»Erbe am Sturmfels«

Zeitreise in die Welt der Römer und Germanen

von Sheyna Jordan

Über die Autorin

Ich heiße *Sheyna* Jordan, wurde 1968 in Schotten/Hessen geboren, bin gelernte Bankkauffrau, verheiratet und Mutter von drei Töchtern. Die Ahnen- und Ortsforschung ist eine meiner großen Leidenschaften.

Schon als Kind war ich fasziniert von Zeitreisen und romantischen Erzählungen. Da ich sehr heimatverbunden bin, entstand früh der Wunsch, eine eigene Geschichte zu verfassen – eine, die regionale Gegebenheiten mit einer fesselnden Handlung verbindet. Aus dieser Idee entwickelte sich die Liebesgeschichte zweier Menschen aus unterschiedlichen Welten vor dem Hintergrund meiner Heimatregion und dem historischen Ereignis der Varusschlacht. So formte sich die Sturmfels-Reihe, in der Herzen über Jahrhunderte hinweg zueinanderfinden.

Sheyna Jordan

»Erbe am Sturmfels«

Genre: Liebesroman – Historie – Fantasy/Zeitreise

Impressum

Bibliografische Information der Deutschen Nationalbibliothek:
Die Deutsche Nationalbibliothek verzeichnet diese Publikation in der Deutschen Nationalbibliografie; detaillierte bibliografische Daten sind im Internet über http://dnb.dnb.de abrufbar.

Korrektorat: Marita Pfaff
Titelbild: © Johannes Plenio (https://www.coolfreepix.com) / unter CC BY 4.0 lizenziert (https://creativecommons.org/licenses/by/4.0)
Bild Seite 8: © S. Jordan

Verlag: BoD · Books on Demand GmbH, Überseering 33, 22297 Hamburg, bod@bod.de
Druck: Libri Plureos GmbH, Friedensallee 273, 22763 Hamburg

ISBN: 978-3-8192-1035-8

Für Elvi

meine beste Freundin,

kluge Ratgeberin,

Namenspatin zwischen den Zeilen,

und ewige Verbündete.

Ohne dich gäbe es

keine Bücher,

keinen Mut, der wagt –

mit Stil und Witz,

ohne dich wär's nur ein Geistesblitz.

Inhalt

MEIN MANN
MEIN RÖMER

PROLOG

ie Romane
»Geheimnis am Sturmfels 1«,
»Entscheidung am Sturmfels 2«,
»Schicksal am Sturmfels 3« und
»Echo am Sturmfels 4«
erzählen die packenden Liebesgeschichten zweier außergewöhnlicher Paare.

Die ersten beiden Bände handeln von Mara Schneider, einer taffen Polizistin, die durch einen unerwarteten Zwischenfall in eine längst vergangene Epoche gerät. Plötzlich befindet sie sich zweitausend Jahre in der Zeit zurück, mitten im Konflikt zwischen Römern und Germanen, unmittelbar vor der Varusschlacht.

In den Folgebänden 3 und 4 begibt sich Tasha auf die Suche nach ihrer verschwundenen Schwester und wird dabei ebenfalls in diese archaische Welt gezogen.

Doch wer das Portal durchschreitet, hat keinen Einfluss darauf, in welches Jahr, Jahrzehnt oder Jahrhundert es ihn verschlägt, auch wenn bisher der Weg aus der modernen Welt stets ins Reich der Römer führte.

Ein weiteres Rätsel: Die Zeit zwischen den Welten folgt keiner festen Regel – zumindest keiner, die der menschliche Verstand erfassen könnte. Reisende aus der Gegenwart verbringen oft Wochen oder Monate in der Fremde, bis zu ihrer möglichen Heimkehr, während in ihrer eigenen Welt nur wenige Tage verstreichen. Mitunter verlaufen beide Zeiten synchron, dann wieder driften sie willkürlich auseinander.

Warum das so ist, ob auch andere Zeitkonstellationen denkbar sind, und was letztlich eine Zeitreise auslöst, bleibt ein Mysterium – ein mögliches Zusammenspiel aus Genetik, besonderen Himmelsereignissen und den geheimen Energien bestimmter Tage im Jahr, die die Tore zwischen den Welten zu öffnen scheinen. Vielleicht ist es aber auch bloße kosmische Willkür, die das Geschehen bestimmt.

So kommt es, dass Tasha auf ihrer letzten abenteuerlichen Reise in die Vergangenheit Marc Antonius Aurelius begegnet – dem Enkel ihrer Schwester. Der römische Centurio steht ihr zur Seite und findet sich am Ende unfreiwillig in der Gegenwart wieder.

Erfahrt jetzt, was Tashas Großneffe im 21. Jahrhundert erlebt – und seht, wohin ihn sein Schicksal führt …

KAPITEL 1 - TASHA

Eves Anruf ist schlagartig zur Nebensache geworden. Den Hörer habe ich unbewusst aufgelegt. Die aktuelle Situation überfordert mich. Was hier gerade passiert, kann unmöglich wahr sein – weil nicht sein kann, was nicht sein darf!

Wäre da nicht Ermin, der mich vor dem Umfallen bewahrt, indem er mich schnell und hart am Arm packt, würde ich es nicht glauben. Doch der Schmerz ist sehr präsent, also ist das, was hier gerade geschieht, real.

Marc Antonius Aurelius steht leibhaftig vor mir. Ein zweitausend Jahre alter Römer, in voller Montur. Auch er wirkt fassungslos, ist kreidebleich und sehr still.

Unterdessen versucht Ermin zu mir durchzudringen, aber er muss seine Worte mehrmals wiederholen.

»Tasha, hörst du mich?«

Träge nicke ich.

»John brachte ihn her. Er griff ihn bei Dunnicaer auf.«

Ich bin noch nicht vollständig im Hier und Jetzt und reagiere erneut mit Unverständnis. »Aber wie kann das sein? Ich verstehe das nicht.«

Der Anblick des Römers, die ganze Situation, bleibt unwirklich.

Nun sind bereits zwei Menschen aus der Vergangenheit im 21. Jahrhundert: Nechtan, ein altertümlicher Schotte, der schwerverletzt im Krankenhaus liegt, und jetzt auch noch dieser Römer, mein Großneffe, der Enkel meiner Schwester Mara.

Wie sollen wir ihre Anwesenheit bloß erklären?

Und vor allem: Wie bringen wir die beiden wieder zurück in ihre Zeit?

O Gott, was für ein Schlamassel!

Plötzlich räuspert sich Aurelius. Seit seiner Ankunft hat er kein Wort gesagt, doch nun bricht es stockend und mit Schrecken aus ihm heraus: »Was in Jupiters Namen war das für ein Ungeheuer? So laut, so schnell, so stinkend … und wo bin ich hier überhaupt?«

»Was?« Ich begreife nicht sofort.

Ermin aber schon. Er schaut Aurelius an und erklärt: »Das war eine Kutsche aus Metall, ohne Pferde.«

Ah, es geht um das Auto – den Wagen meines Chefs.

Für jemanden, der diese Art der Fortbewegung nicht kennt, muss es tatsächlich wie ein wildes Tier aus der Unterwelt anmuten. Zu Aurelius' Pech ist er ausgerechnet auf John getroffen. Er ist ein lieber Kerl, aber ein miserabler Autofahrer – unsicher und immer viel zu schnell unterwegs. Deshalb fahre ich ungern mit ihm. Andererseits war es für Aurelius eine glückliche Fügung, auf ihn zu treffen.

Gut, mein Verstand kommt allmählich wieder in Schwung und beginnt zu arbeiten. Eine Frage drängt sich auf, die ich sogleich auch stelle: »Woher wusste John überhaupt, dass er dich zu uns bringen kann?«

Aurelius antwortet nicht, er blickt mich nur mit großen blauen Augen ratlos an.

Ermin mischt sich ein: »Tasha, er versteht dich nicht. Du musst Latein mit ihm sprechen.«

Er hat recht – ich wiederhole meine Frage.

Als Antwort zückt er das Foto, das ich ihm zur Erinnerung an seine Großmutter, meine Schwester, zugesteckt hatte. Darauf ist nicht nur Mara abgebildet, sondern auch ich – allerdings war ich damals noch ein paar Jahre jünger.

»Ah, verstehe, aber wo ist John? Warum ist er weggefahren, ohne Fragen zu stellen? Das ist nicht seine Art.« Mein Boss ist ein äußerst neugieriger Mensch, und das Aussehen dieses Fremden verlangt geradezu nach einer Erklärung.

Ermin liefert sie prompt: »Ich habe kurz mit ihm gesprochen. Für ihn ist klar, dass Aurelius zu einer Schaustellertruppe gehört. Es hat ihn zwar gewundert, dass er kein Wort spricht, aber er schob das lachend auf seinen Fahrstil. Aurelius hatte ein Bild von dir, und John erkannte dich natürlich. Also brachte er ihn hierher. Er lässt dich grüßen, musste aber direkt weiter nach Aberdeen zu einem dringenden Termin.«

Es dauert einen Moment, bis ich diese Informationen verarbeitet habe, und dann fallen mir noch weitere Fragen ein, darunter: »Wie zur Hölle ist er durch die Passage des Zeittunnels gelangt?«

»Vermutlich mit uns«, antwortet Ermin.

»Aber wir sind doch schon seit gestern zurück. Was hat er in der Zwischenzeit gemacht?«

»Frag ihn doch«, fordert Ermin mich auf und nickt in Aurelius' Richtung.

Dieser große Kerl in römischer Rüstung wirkt in meinem Haus, in meiner Welt, in meinem Leben völlig deplatziert, doch ist er auch Familie. Mit seinem ängstlichen und gleichzeitig um Hilfe bittenden Blick rührt er mein Herz.

Nun gut, es ist, wie es ist. Am besten fangen wir bei null an. Ich frage ihn auf Latein: »Hast du Hunger? Durst?«

»Bitte nur etwas Wasser«, antwortet er zaghaft.

Ich führe ihn in die Küche, fordere ihn auf, Platz zu nehmen, und schütte ihm ein Glas Wasser ein. Dann wende ich mich an Ermin: »Kannst du ihm Kleidung von dir geben? So kann er ja nicht herumlaufen.«

Mein Liebster nickt und bemerkt dabei, dass meine Hände zittern. Bevor er geht, zieht er mich in seine Arme und streicht beruhigend über meinen Bauch. »Es wird alles gut. Wir sind zu Hause, und dem Baby geht es ebenfalls gut. Alles andere wird sich finden.«

Ich atme tief ein und aus. Ja, das stimmt. Wir sind zu Hause, in Sicherheit und irgendwie werden wir unsere beiden Gäste schon zurückbringen.

Ich schmiege mich eng an meinen Fels, meinen Beschützer. Wieder einmal gibt er mir das Gefühl, mit ihm an meiner Seite Berge versetzen zu können. Er schenkt mir noch einen zärtlichen Kuss, dann verlässt er den Raum.

Aurelius, oder besser gesagt Marc, hat sich inzwischen neugierig umgesehen. Sein Blick wandert über die vielen seltsamen Gegenstände um ihn herum.

Schließlich stellt er erneut die Frage: »Wo bin ich hier?«

Ich setze mich ihm gegenüber und blicke ihm direkt in die Augen. »Das ist die Welt, aus der deine Großmutter stammt …« Ich mache eine kurze Pause, bevor ich den schwierigeren Teil ausspreche: »Eine Welt, die zweitausend Jahre nach deiner Zeit liegt.«

Seine Augen weiten sich. Schweiß tritt auf seine Stirn. Wortlos setzt er seinen Helm ab und legt ihn auf den Tisch. Dann fährt er sich mit beiden Händen durchs Haar, murmelt tonlos: »Nein ... ich muss im Tunnel gestorben sein.«

Entschlossen packe ich seine Hände. Mit fester Stimme wiederhole ich: »Glaube mir, es ist wahr: Du bist in einer anderen Zeit, auch dein Großvater kam damals hierher ... unfreiwillig, genau wie du.«

Marc schüttelt den Kopf. Noch weigert er sich, die Wahrheit anzuerkennen.

»Nun gut.« Ich lasse seine Hände los, lehne mich zurück und denke laut nach: »Was könnte dich überzeugen?«

Marc wirkt entrückt, verloren in seinen Gedanken. Sein Ausdruck der Hilflosigkeit lässt mein Mitgefühl für ihn wachsen.

»Hör mal, Marc, du hast doch schon von deiner Großmutter einiges Seltsames gehört und vielleicht sogar gesehen. Ich bin wie sie, und all das hier ist doch mehr als ungewöhnlich ...« Mit einer weiten Geste umfasse ich die Umgebung, um seine Aufmerksamkeit zurückzugewinnen. »Ich kann dir nichts beweisen, wenn du nicht willens bist, es auch glauben zu wollen.«

Zögernd bewegt er sich, als müsste er erst wieder in die Realität zurückfinden. Dann fragt er leise: »Was war das für eine Tibia?«

Tibia - Flöte?

Was meint er damit?

Es dauert einen Moment, bis ich den Zusammenhang erkenne: Er spricht vom Telefon, das bei seiner Ankunft geklingelt hatte.

»Ah, du meinst das Geräusch vorhin? Das war das Telefon«, erkläre ich. »Ein Gerät, mit dem ich mit jedem auf der Welt sprechen kann.«

Er blickt mich ungläubig an. »Du redest mit dem ... *Ding*?«

Ich muss schmunzeln. »Nein, ich spreche da nur hinein und ein anderer Mensch, weit weg von hier, der ebenfalls so einen Apparat besitzt, kann mich hören und mir antworten.«

Er reibt sich über das Gesicht, als könne er das Gehörte nicht fassen.

Okay, so komme ich nicht weiter. Ich muss es anders versuchen und habe auch schon eine Idee.

Ich packe ihn am Handgelenk und ziehe ihn ins Wohnzimmer. Dort angekommen, drücke ich ihn aufs Sofa. Überrascht bleibt er sitzen, ohne zu murren, während ich nach einer bestimmten DVD suche.

Gefunden!

Schnell lege ich sie in den Player und starte die Wiedergabe.

Als die bewegten Bilder über den Bildschirm flimmern, zuckt Marc heftig zusammen. Reflexartig will er aufstehen, doch ich dränge ihn genervt zurück.

»Erkennst du sie nicht? Das sind Mara und Marcus, deine Großeltern. Ich habe das vor ein paar Jahren aufgenommen ... äh, angefertigt. Und da ist auch deine Urgroßmutter und meine älteste Schwester Jenny ...«

Er weicht meinem Blick aus, hält Abstand.

Meine Geduld schwindet. Schärfer als beabsichtigt fordere ich: »Sieh endlich mal hin!«

Zögernd wendet er sich dem Film zu.

Kein Wort, keine Regung – nur hin und wieder ein kaum merkliches Kopfschütteln. Seiner Miene nach erkennt er Mara, aber der Zweifel bleibt.

Ermin ist mittlerweile zurückgekehrt und beobachtet die Szenerie grinsend. Lässig wie eh und je lehnt er am Türrahmen und schmunzelt beim Anblick von Marcs Skepsis. Ich gehe zu ihm und kneife ihm ärgerlich in die Seite.

»Hey, ich habe doch gar nichts gemacht«, verteidigt er sich halbherzig.

»Du solltest ihn doch am besten verstehen«, entgegne ich vorwurfsvoll.

»Er wird das schon verkraften. Er ist seinem Großvater verdammt ähnlich.«

»Ja, nicht wahr? Schon irgendwie komisch, dass uns das bei unserem ersten Aufeinandertreffen nicht gleich aufgefallen ist.«

Gemeinsam beobachten wir Marc und versuchen zu erahnen, wie weit seine Erleuchtung gereift ist. Zumindest ist er ruhiger geworden. Als der Film endet, blickt er uns fragend und ein wenig hilflos an.

»Soll ich ihn noch einmal laufen lassen?«, schlage ich vor. Er nickt.

Mein Germane beginnt sich unterdessen zu langweilen. »Hier sind die Kleidungsstücke, die du wolltest. Ich muss jetzt zu den Pferden. Kommst du ohne mich zurecht?« Dabei legt er die Sachen auf den Tisch.

»Ja, geh nur.«

Er verlässt den Raum, und Marc und ich schauen uns noch ein paar weitere Familienfilme an.

Es schmerzt, Mara so jung und voller Leben zu sehen. Für Mom wiegt der Verlust ihres Kindes schwerer. Sie versteht die zeitlichen Differenzen zwischen den

Epochen noch weniger als ich. Für sie zählt nur die Hoffnung – die Hoffnung, dass ein Wunder ihre Tochter zurückbringt. Doch während sie hofft, bleibt mir nur die Gewissheit, dass Mara Nachkommen hatte und mit ihrem Römer zeitlebens glücklich war.

Spontan ergreife ich Marcs Hand. Tränen steigen mir in die Augen. Marc ist vermutlich in meinem Alter, doch ich fühle mich ihm gegenüber reifer. Das liegt wohl daran, dass ich faktisch seine Großtante bin.

Neugierig betrachtet er mich. »Du vermisst sie«, bemerkt er treffend.

»Ja, sehr. Deine Oma war eine außergewöhnliche Frau. Ich kenne niemanden, der so mutig und stark war wie sie. Sie hat es geschafft, mit deinem Opa in deiner Zeit zu leben. Ich hätte das niemals gekonnt.«

»Das klingt, als wärst du schon einmal dort gewesen?«, fragt er überrascht.

»Ja, vor etwa vier Jahren, auf der Suche nach Mara geriet ich in deine Welt. Mit viel Glück fand ich sie … sie hatte gerade ihr erstes Kind bekommen, deine Tante Freya.«

Marc runzelt die Stirn, sichtlich verwirrt. »Das verstehe ich nicht. Vier Jahre? Das passt nicht zusammen. Du bist noch so … jung. Warum?«

»Das weiß ich auch nicht.« Jetzt muss ich lachen, so wollte ich mich nicht ausdrücken.

Sein irritierter Blick bringt mich dazu, schnell hinzuzufügen: »Also, was ich damit meine, ist, dass ich keine Ahnung habe, wie diese Reisen funktionieren oder warum es den zeitlichen Unterschied gibt. Die Zeit zwischen den Welten vergeht eben anders, warum auch immer.« Es fällt mir schwer, das Ganze in Worte zu fassen – jeglicher Erklärungsversuch endet kompliziert. Es ist eben Chaos, auch wenn selbst darin eine gewisse Ordnung zu liegen scheint, nur erschließt sie sich uns nicht in Gänze.

Marc wirkt niedergeschlagen, als er leise murmelt: »Ich muss in einem Traum gefangen sein, aus dem es kein Erwachen gibt.« Doch dann sieht er mich direkt an und will wissen: »Wann kann ich wieder nach Hause?«

Ich zucke mit den Schultern. »Ich weiß es nicht. Dieses Wunder folgt seinen eigenen Regeln, meist an besonderen Tagen im Jahr. Wenn du und Nechtan Glück habt, vielleicht in sechs Wochen, zum Lammasfest.«

Oder auch nie, denke ich still bei mir, denn ich habe nicht vor, mitzugehen. Laut der Seherin Deirdre, die uns damals aufforderte, Nechtan in unsere Welt zu bringen, sollte seine Heimkehr auch ohne uns möglich sein – dank der besonderen Sternenkonstellation, die bei unserer Rückreise herrschte. Aber kann ich dem wirklich trauen? Die alte Überlieferung besagt, dass nur diejenigen, die gemeinsam durch das Portal reisten, auch zusammen zurückkehren können. Wobei die Gefahr lediglich für Nechtan besteht, nicht für mich, denn ich werde in keinem Fall einen solchen Wahnsinn noch einmal vollziehen. Doch was ist mit Marc? Er ist völlig unbeabsichtigt hier gelandet.

»Nechtan?«, fragt Marc verwundert.

Ach ja, davon weiß er noch nichts. Ich kläre ihn auf: »Er ist ein junger Krieger aus deiner Welt, im Kampf schwer verwundet. Wir nahmen ihn mit, weil man ihm hier helfen kann.«

»Warum?«, fragt er verblüfft.

»Weil es in meiner Welt Heilungsmöglichkeiten gibt, die ihm dort nicht zur Verfügung stehen.«

»Könnte man das nicht auch bei anderen tun?«

Seine Frage lässt mich innehalten. Mein Ton wird schroff. »Wie meinst du das? Menschen durch die Zeit schicken, um sie zu heilen?« Der Gedanke, dieses Tor für medizinische Behandlungen oder für noch Schlimmeres zu missbrauchen, ist mir zutiefst zuwider.

Wenn es stimmt, was Nechtans Mutter Cadha glaubt, verbirgt sich der Schlüssel zu dieser Macht in einem bestimmten genetischen Code, den nur wenige in sich tragen. Das Marc zu erklären, wäre schwierig – ich habe es selbst nur im Ansatz verstanden. Zwar besitze ich eine seltene Blutgruppe – AB negativ –, aber auch wenn nur ein Prozent der Weltbevölkerung diese Eigenschaft teilen, wären das immer noch mehrere Millionen potenzielle Reisende. Ob das wirklich der Schlüssel für die Zeitsprünge ist oder vielleicht nur eine Komponente davon?

Marc lässt nicht locker. »Warum reagierst du so ablehnend? Ihr habt ihn schließlich hierhergebracht. Warum nicht auch andere?«

»Es ist kompliziert. Wir sind zufällig in deine Welt geraten, und obwohl wir einige Kräfte des Zeitensprungs verstehen, können wir nie sicher sein, dass es immer gut gehen wird. Dass wir zurückkehren konnten, bleibt ein kleines Wunder.«

Ich halte kurz inne, bevor ich fortfahre. »Was Nechtan angeht: Eine Seherin aus seiner Welt bat uns, ihn mitzunehmen. Sie sagte, er müsse gerettet werden, weil er für ihr Volk von großer Bedeutung sei. Hätten wir Nein sagen sollen?«

Ich gebe ihm damit viel von Nechtans zukünftiger Rolle preis, die sicherlich auch für die Römer von Interesse sein wird. Hoffentlich ist das Vertrauen, das ich instinktiv in Marc setze, gerechtfertigt.

Mir fällt da noch etwas ein. »Sag mal, Marc, wir sind seit gestern wieder zurück. Wo warst du in der Zwischenzeit?«

Er antwortet nicht sofort, dann entgegnet er müde: »Bevor ich den Tunnel verlassen konnte, wurde ich von herabstürzenden Steinen getroffen und verlor das Bewusstsein. Als ich schließlich wieder zu mir kam und einen Weg nach draußen fand, war alles so fremd und eigenartig ... grelle, unbekannte Lichter leuchteten hektisch in der Ferne und ohrenbetäubende Geräusche hallten durch die Luft. Ich hielt es für sinnvoll, abzuwarten.« Er unterbricht seine Schilderung und trinkt etwas.

Sein Blick und seine Haltung verraten deutlich, dass er erschöpft, aber entschlossen ist, den Rest seiner Geschichte zu erzählen.

»Am Morgen schaute ich wieder nach. All die seltsamen Kreaturen vom Vortag waren verschwunden. Ich fasste Mut, traf aber doch noch auf eines der Ungeheuer. Ich muss zugeben, ich war wie gelähmt. Der Mann, der es beherrschte, sprach mich an, und dabei fiel dein Bild zu Boden. Er erkannte dich und brachte mich hierher.«

So, das reicht jetzt!

»Marc, wir können unsere Unterhaltung später fortsetzen. Du solltest dich jetzt erst einmal ausruhen.«

Er nickt dankbar.

Schwerfällig steht er auf und folgt mir ins Obergeschoss. Ich führe ihn in das Gästezimmer, das über ein eigenes Bad verfügt. Schnell erkläre ich ihm die wichtigsten Dinge des modernen Lebens: vom Lichtschalter über die Dusche bis hin zur Toilettenspülung. Ob er alles verstanden hat, wage ich zu bezweifeln, auch wenn er trotz seiner Müdigkeit sehr wissbegierig ist. Am meisten faszinieren ihn die Lichtschalter. Ich hoffe, dass er mit allem zurechtkommt und lasse ihn allein. Morgen sehen wir weiter.

Und wieder klingelt das Telefon. Noch bevor ich die Treppe hinunter bin, ist Ermin zur Stelle. Er ist gerade zur Haustür hereingekommen und hat den Anruf entgegengenommen. Er spricht nicht viel, aber das tut er ohnehin nie. Telefonieren ist ihm suspekt, weil ihm kein Gesprächspartner gegenübersteht; selbst Skypen findet er schräg. Ich hingegen mache das gerne und oft, besonders mit meinen Lieben in Deutschland.

»Ist es Mom?«, frage ich flüsternd.

Er schüttelt den Kopf.

»Eve?«

Er nickt, und damit endet auch das Gespräch.

»Was hat sie gesagt?«

»Sie wollte wissen, warum du vorhin einfach aufgelegt hast.«

»Und? Was hast du ihr erzählt?«

»Nichts.« Er bemerkt meinen genervten Gesichtsausdruck und fügt grinsend hinzu: »Nur, dass es dir nicht gut ging.«

Okay, das wird sie wohl auf die Schwangerschaft zurückführen.

Ich überlege kurz und schlage dann vor: »Wir sollten Marcs Anwesenheit so lange wie möglich geheim halten. Einverstanden?«

Ermin stimmt zu. »Wo ist er eigentlich?«

»Er schläft … oben.«

Endlich kann ich durchatmen, aber gleichzeitig überkommt mich ein Gefühl der Überforderung. Eng an Ermin geschmiegt, drücke ich meine Unsicherheit aus: »Wie sollen wir die beiden bloß wieder nach Hause schaffen? Und wie erklären wir ihre Anwesenheit?«

»Da wird uns schon was einfallen. Aurelius ist bei uns in Sicherheit und Eve kümmert sich um Nechtan. Sie hat ihm eingetrichtert, sich still zu verhalten. Wir werden den beiden helfen, diese Welt zu verstehen, solange sie hier sind. Ich habe es schließlich auch geschafft.«

Unvermittelt hält er inne, ein verschmitztes Lächeln umspielt seine Lippen. »Wurden wir nicht unterbrochen?«, fragt er flüsternd und zwinkert mir zu. »Ich beabsichtige, unser *Spiel* fortzusetzen.«

Oh, ich weiß, was er damit meint.

Ehe ich mich versehe, hebt er mich hoch und trägt mich ins Schlafzimmer. Erst jetzt wird mir bewusst, dass ich nur spärlich bekleidet bin. Marc kommt mir in den Sinn – er hat mich so gesehen und schläft nur wenige Schritte entfernt. Was ist, wenn er uns hört? Wie peinlich! Doch Ermin vertreibt mit seinen Küssen all diese Gedanken.

Nachdem er mich sanft auf dem Bett abgesetzt hat, befreit er mich von meinem Morgenmantel, dabei wandern seine Augen begierig über meinen nackten Körper. Er startet seine Liebkosungen an meinem Ohrläppchen und arbeitet sich forsch weiter nach unten. Seine Zärtlichkeiten lösen ein wohliges Kribbeln und Gänsehaut in mir aus. Als auch ich aktiver werden möchte, hält er mich zurück. Diesmal will er das Tempo bestimmen. Der Gedanke, welches Ziel er verfolgt, lässt mich erschauern.

Ermin bemerkt meine Reaktion und gibt brummende Laute der Zufriedenheit von sich.

Ich antworte mit einem leisen, lustvollen Stöhnen, während er sich genüsslich meinen erhitzten Knospen widmet – daran saugt und knabbert, als wären sie Bonbons. In der steigenden Erregung presse ich ihm intuitiv mein Becken entgegen. Doch er hält mich sanft zurück und setzt seinen Weg unbeirrt fort.

Alles um uns wird unwichtig, ich nehme nichts mehr wahr; es zählt nur noch unsere Zweisamkeit und das Liebeskarussell, in dem wir uns drehen.

Nicht lange darauf erreicht er sein Ziel. Voller Hingabe beginnt er, mein intimes Dreieck mit gezielten Küssen zu überschütten, um dann Sekunden später mit seiner Zunge meine empfindlichste Stelle zu liebkosen.

Ich kann es nicht verhindern, wollüstige Schreie entweichen mir. Mein Liebster nimmt dies mit sichtlicher Genugtuung wahr. Er leckt und saugt mit immer stärker werdender Intensität an meiner Knospe, bis ich in einem Höhepunkt mit unzähligen kleinen Explosionen aufblühe. Dabei lege ich reflexartig meine Schenkel um seinen Kopf. Er deutet es als Einladung und dringt mit seiner Zunge wieder und wieder tief in mein warmes Inneres vor. Und obwohl ich bereits mein Ziel erreicht habe, reagiert mein Körper erneut auf diese Reize. Wenig später erlebe ich einen weiteren Orgasmus.

Völlig erschöpft gebe ich Ermin frei und liege schwer atmend auf dem Bett. Er sieht mich mit einer Zufriedenheit an, die nur Männern eigen ist.

»Ich habe nie eine Frau gekannt, die so leidenschaftlich beim Liebesakt ist«, bemerkt er fasziniert.

»Dazu braucht es den richtigen Mann«, erwidere ich schmunzelnd und füge hinzu: »Was ist eigentlich mit dir? Du hattest gar nicht deinen eigenen … Spaß.«

»Oh, den hatte ich«, raunt er schelmisch. »Ich werde dich noch nehmen, meine Blume.« Ein verführerisches Funkeln blitzt in seinem Blick auf. Ich weiß, dass es ein Versprechen birgt, das über die Worte hinausgeht. Dann sagt er mit ruhiger Bestimmtheit: »Aber nach allem, was du durchgemacht hast, ist es nun an der Zeit, dich auszuruhen. Wir sind erst seit gestern zurück. Du hast viel erlebt, der Schlaf wird dir helfen, wieder zu Kräften zu kommen.«

Er hat recht. Während ich mit geschlossenen Augen auf dem Rücken liege, spüre ich Ermins zarte Berührungen. Er hat sich auf die Seite gelegt, seinen Kopf auf einem Arm abgestützt und streichelt mich. Ich genieße es – und auch die Stille, die zwischen uns schwebt.

Als seine Fingerspitzen zärtlich meine Brüste umkreisen, bemerkt er anerkennend: »Sie sind größer geworden. Das gefällt mir.«

»Und da wird noch mehr wachsen«, erwidere ich frustriert.

Ermin lacht. »Also, ich freue mich darauf. Ich liebe jedes kleine Polster an dir, meine Blume. Da habe ich immer etwas zum Greifen.« Zur Bestätigung zwickt er mir liebevoll in den seitlichen Hüftspeck.

»Hey, lass das! Du hast ja gar keine Ahnung. Ich werde in den nächsten Monaten bestimmt zum Kugelfisch mutieren«, antworte ich gespielt empört, aber mit einer Spur Unsicherheit in meiner Stimme.

Er nimmt mich in den Arm, sein Lächeln ist breit und warm. »Und wenn schon. Du bist meine Sonne, strahlend schön und groß.«

Seine Lippen suchen die meinen. Es ist ein Kuss tiefer Verbundenheit, ein stiller Schwur, gemeinsam durch dick und dünn zu gehen – im wahrsten Sinne des Wortes.

Als er mich kurz freigibt, wird er ernst. »Ich bin zehn Jahre älter als du und nicht mehr so fit wie damals. Doch du liebst mich ohne Vorbehalte. Das …«

»Schluss damit!«, unterbreche ich ihn forsch, aber auch sanft. »Wir werden beide älter und verändern uns. Das ist der Lauf der Dinge. Ich liebe dich, weil du von Anfang an bereit warst, mich zu retten, vor allem vor mir selbst, und weil du am Ende für mich alles aufgegeben hast.«

Ermin hört aufmerksam zu und hat sich hinter mir in Löffelchenstellung positioniert. Gerührt flüstert er: »Unser Kind hat Riesenglück, dich als Mutter zu bekommen.«

Ich möchte etwas entgegnen, doch er verhindert es, indem er einen Finger leicht auf meine Lippen legt. »Pst! Du musst jetzt schlafen, meine Blume.«

Ich gebe nach. Es dauert nicht lange und ich bin eingeschlummert, wohlbehütet durch Ermins starken Körper und der Gewissheit, in meiner Welt zu sein – in meinem Bett, in Sicherheit. In dieser Nacht träume ich nicht.

Das Sonnenlicht weckt mich. Ermin muss vergessen haben, die Vorhänge zuzuziehen.

Meine Augen sind noch vom Schlaf getrübt, und die unzähligen kleinen Staubteilchen, die in den morgendlichen Lichtstrahlen wild umherwirbeln, erscheinen mir wie tanzende Feen und Elfen. Für die meisten Einheimischen sind sie ein Potpourri aus Fantastereien, während sie Touristen gerne mit Geschichten über

Kobolde, Hexen und allerlei Aberglauben auf die Schippe nehmen.

Wo ist eigentlich mein Germane? Er liegt nicht mehr neben mir. Vermutlich ist er bereits in der Küche, denn der verlockende Duft von frisch gebrühtem Kaffee steigt mir in die Nase. Eigentlich möchte ich das Bett nicht verlassen. Es ist urgemütlich, weich und warm – ganz anders, als die harten, mit Krabbelzeug versifften Strohbetten in der anderen Zeit. Mag sein, dass ich übertreibe, aber mein eigenes Nest fühlt sich am heimeligsten an. Doch der braune Wachmacher ist auch sehr verführerisch.

Schnell mache ich mich frisch und ziehe den beigefarbenen Hasen-Jumpsuit an, den Ermin so liebt. Ausgiebig duschen kann ich nach dem Frühstück.

Im Erdgeschoss angekommen, höre ich die Stimmen von Ermin und Marc. Es ist mir ganz recht, dass sich Ermin seiner annimmt – immerhin ist er derjenige, der am ehesten in der Lage ist, Marc die wichtigsten Lektionen unserer Zeit beizubringen. Die beiden sollten sich aufgrund ihrer ähnlichen Wurzeln gut verstehen, auch wenn Marc davon nichts ahnt. Denn kaum jemand weiß schließlich von Ermins wahrer Identität – der des historischen Arminius.

Marc stellt unermüdlich Fragen, auf Latein, und mein Germane beantwortet sie mit bemerkenswerter Geduld. Unwillkürlich muss ich lächeln. Es erinnert mich an seine Arbeit mit den Pferden, auch dort beweist Ermin eine beeindruckende Ruhe. Er wird ein großartiger Vater sein. Die Vorstellung von einer Familie, einem Leben hier, mit ihm … ein warmer Gedanke, der mir ein wohliges Gefühl im Bauch bereitet.

Gut gelaunt betrete ich die Küche. »Guten Morgen, ihr beiden.«

Ich steuere direkt auf meinen Germanen zu, der mir amüsiert zuzwinkert – wie gesagt, er mag mich in dem hasenartigen Outfit.

Marc hingegen verschluckt sich bei meinem Anblick und muss husten, was mir ein Schmunzeln entlockt. Im Vorbeigehen klopfe ich ihm fest auf den Rücken. Kurz zuckt er zusammen, fängt sich aber schnell wieder. Er trägt eine Jeans von Ermin und dazu einen blauen Pulli – ein ungewohnter Anblick, ganz ohne seine Rüstung.

»Du siehst fesch aus, die Kleidung steht dir gut«, bemerke ich anerkennend und nehme die Tasse Kaffee entgegen, die Ermin mir reicht. Dabei lächelt er mich liebevoll an.

»Mhm, danke«, murmle ich leise und halte die Tasse einen Moment an meine Nase. Der verführerische Duft, den ich so lange vermisst habe, steigt mir intensiv in die Sinne – ein Moment, den ich einfach genieße.

Während ich an meinem heißen Getränk nippe, schweifen meine Gedanken kurz ab. Seit unserer Rückkehr habe ich nichts mehr von Adam gehört – ich sollte ihn mal anrufen. Die ganze Geschichte hat ihm stark zugesetzt. Und dann fällt mir noch etwas ein. »Sag mal, Ermin, seid ihr schon länger auf?«

Er wirft einen bedeutungsvollen Blick zu Marc. »Ja. Das liegt an ihm. Er ist seit vier Uhr früh wach, und ich auch. Er hat Panik bekommen.«

Ich sehe ihn überrascht an. »Wieso das?«

»Er hat versehentlich den Wecker angeschaltet. Um vier Uhr ging er los. Das hat ihn so erschreckt, dass er alles Mögliche im Zimmer umgestoßen hat.« Ermin runzelt die Stirn. »Ehrlich gesagt, wundert es mich, dass du von dem Lärm nichts mitbekommen hast.«

»Nein, ich habe wirklich nichts gehört. Ich war wohl einfach zu erschöpft und erleichtert, endlich wieder zu Hause zu sein, das hat mich in einen tiefen Schlaf versetzt. Warum hast du mich nicht geweckt?«

»Das wollte ich nicht. Du hast so schön geschlafen.«

Besorgt sehe ich zu Ermin. »Geht es Marc denn gut?«

Ermin grinst. »Na, sieh doch selbst. Er lebt und scheint Appetit auf *Kaninchen* zu haben.« Eine Anspielung auf mein Outfit, versteht sich.

Ich kneife ihn zum Spaß, und er zieht theatralisch an meinen Hasenohren, bevor er mich in den Arm nimmt und küsst.

»Stopp! Das könnte für unseren Römer zu viel des Guten sein«, mahne ich und entziehe mich seinen Zärtlichkeiten.

»Er versteht uns doch nicht«, entgegnet Ermin amüsiert.

»Aber er ist nicht blind«, tadele ich leise.

Marc hat bisher keinen Ton von sich gegeben, er beobachtet uns nur sehr aufmerksam.

Ich will nun wissen: »Und? Was habt ihr in den letzten Stunden gemacht?« Immerhin ist die Sonne längst aufgegangen.

»Ich habe ihm die Gegenstände in seinem Zimmer erklärt und noch einiges mehr«, antwortet Ermin sachlich.

»Wie macht er sich?«

»Gut. Er ist nicht dumm. Er hat eine schnelle Auffassungsgabe. Das ist eine gute Basis.«

Genau in diesem Moment räuspert sich das Subjekt, über das wir die ganze Zeit gesprochen haben.

Ermin und ich blicken gleichzeitig zu ihm.

»Könntet ihr euch bitte so ausdrücken, dass ich es verstehe?«, kritisiert Marc uns und hat damit nicht unrecht.

Für den Augenblick ist das fair. Trotzdem spricht nichts dagegen, dass er, solange er in unserem Jahrhundert verweilt, ein bisschen Englisch lernt.

Ich sehe ihn an und räume ein: »Entschuldige, Marc, du hast recht. Dennoch wird es sinnvoll sein, dir ein paar Wörter in unserer Sprache beizubringen.«

Ermin nickt bestätigend und sagt: »Zumindest so lange, wie du hier bei uns bist.«

»Einverstanden«, entgegnet Marc, ohne zu zögern, aber sein verwirrter Gesichtsausdruck bleibt.

»Es ist meine Kleidung, nicht wahr?«, frage ich belustigt.

Mit großen, ungläubigen Augen fixiert er mich. »Sind das die normalen Gewänder der hiesigen Frauen?«

Ich kann mir das Lachen nicht verkneifen, aber darauf eingehen werde ich nicht und winke ab. »Du wirst noch vieles lernen müssen, nicht alles bedarf einer näheren Erklärung. Nimm es einfach hin. Es gibt Schlimmeres.«

»Also, mir gefällt's«, mischt sich Ermin breit grinsend ein.

Das weiß ich. Und während ich ihm einen schnellen Schmatzer auf die Wange gebe, verabschiede ich mich mit den Worten: »Ich gehe jetzt duschen und mich umziehen. Kümmerst du dich …«

Ermin beendet meinen Satz, »… um ihn.« Dabei schiebt er mich sachte Richtung Tür und ergänzt: »Ja, das werde ich. Ich nehme ihn mit zu den Pferden. Mach dir keine Gedanken.«

Nun ja, mein Frühstück hatte ich mir anders vorgestellt, auch wenn der Kaffee fürs Erste reicht. Dann werde ich eben später essen.

Ich stehe lange unter der Brause. Das warme Wasser tut meinen Knochen und meiner Seele gut.

Leider passen mir nur noch wenige Jeans, der Bund ist das Problem, das wird in den nächsten Monaten nicht besser. Aber ich denke nicht weiter darüber nach, sondern erinnere mich daran, dass ich noch einen Frauenarzttermin ausmachen muss. Es muss sein. Ich werde bei der Ärztin im Community Hospital bleiben – sie wirkte kompetent und nett. Nur wenige Minuten später habe ich einen Kontrolltermin: Ende nächsten Monats.

Mir gehen die kommenden Wochen durch den Kopf. John, mein Boss, hat mir das Arbeiten untersagt. Er macht sich Sorgen um mich, weil ich verschüttet war und wegen der Schwangerschaft. Bei seinem Krankenhausbesuch hat er mir eindringlich geraten, eine Auszeit zu nehmen – was eher einem Befehl gleichkam. Nicht die schlechteste Idee. Wir werden die Zeit brauchen, vor allem für unsere Gäste.

Jetzt sollte ich aber mal nachsehen, wo meine beiden Urzeitdinos abgeblieben sind. Bevor ich mich aber auf die Suche mache, schmiere ich mir noch schnell ein Käsebrot und esse es auf dem Weg nach draußen.

Ich finde die beiden auf dem Round-Pen, einem runden, eingezäunten Platz, auf dem Ermin mit Wotan arbeitet. Ich komme gerade dazu, als er Marc seine Arbeit erklärt.

»Pferde wollen mit uns reden. Sie sagen und zeigen uns, was sie bewegt, und das lässt sich am Boden besser wahrnehmen als auf ihrem Rücken.«

Marc erwidert: »Ja, das stimmt. Anspruchsvolle Pferde sind oft sensibel und zugleich wild. Ihr Charakter und Temperament können herausfordernd sein.«

»Genau«, pflichtet Ermin ihm bei. »Die Arbeit am Boden hilft mir, klare Regeln aufzustellen. Wenn ich es richtig mache, wird das Pferd mir selbst in schwierigen Situationen vertrauen und folgen.«

»Es soll schließlich dein Freund sein, kein Sklave«, betont Marc ruhig.

Die beiden Männer scheinen sich gut zu verstehen, der Kitt ist ihr gemeinsames Interesse für Pferde. Das ist schon bemerkenswert, wenn man bedenkt, dass der eine überzeugter Römerfeind ist und der andere das genaue Gegenteil.

»Hallo, ihr zwei«, begrüße ich sie fröhlich. »Wie läuft es mit deinem Problemvierbeiner?«

Ermin bekundet stolz: »Sehr gut, er hat Vertrauen gefasst.«

Und Marc äußert bewundernd: »Ein prächtiges Tier. Es ist größer und kräftiger als die Pferde, die ich kenne.«

»Ein Englisches Vollblut«, werfe ich ein, stolz auf mein Halbwissen. »Diese Rasse wurde erst vor etwa dreihundert Jahren gezüchtet.«

»Das meiste, was ich über Pferde weiß, habe ich von meinem Großvater gelernt«, bemerkt Marc beiläufig, während er das Tier als auch Ermin genau beobachtet.

Der unerwartete Hinweis auf seinen Opa versetzt mir einen Stich im Herzen. Wieder wird mir bewusst, was ich und meine Familie verloren haben. Ein Gefühl, das mich sicher noch öfter überkommen wird. Tränen sammeln sich in meinen Augen, die ich hastig wegwische, als plötzlich ein Auto mit quietschenden Reifen vorfährt. Es ist Adam, mein Kollege, in seinem Mini Cooper.

Ermin schnaubt leise. Er hält wenig von dieser Art von Autos und findet sie unmännlich, was sein Bild von Adam nur weiter verstärkt. Ich mag den Mini, vor allem wegen seiner beeindruckenden 180 PS. Ermin hingegen fährt einen Land Rover Defender mit einer deutlich höheren Leistung – ganz nach seinem Geschmack und, wie er immer betont, passend für einen Mann wie ihn.

Der Mini kommt vor uns zum Stehen. Marc fährt der Schreck in die Glieder. Seine Furcht lähmt ihn, er braucht noch Zeit, um sich an die Gegebenheiten meiner Epoche zu gewöhnen. Doch die Situation entwickelt sich heikel. Adam hat Marc bestimmt schon entdeckt. Das könnte ungemütlich werden, sofern er ihn ohne römische Rüstung erkannt hat.

Stürmisch und mit verkniffenem Gesichtsausdruck kommt Adam auf uns zu.

»Was macht der denn hier?« Seine Hände wirbeln hektisch durch die Luft, seine Augen blicken wild, während er nervös um uns herum tänzelt.

Okay, er hat Marc erkannt.

Adams Stimme ist schrill, als er eher zu sich selbst als zu uns spricht: »Das kann doch alles nicht wahr sein! Hört das denn nie auf?«

Ermins Miene verfinstert sich. Er hat seine liebe Mühe, Wotan unter Kontrolle zu halten, der durch Adams aufbrausendes Auftreten scheut. Meinem Germanen gefällt das alles ganz und gar nicht, das kann jeder sehen. Doch Adam juckt das nicht. Wütend und völlig außer sich tobt er weiter, vor allem gegen Marc, der erstaunlich ruhig bleibt. Bemerkenswert.

Marc mag Adams Worte nicht verstehen, wohl aber entgehen ihm weder dessen aggressiver Ton noch dessen Gestik. Vielleicht ist er aber auch noch von Adams Auto abgelenkt, das er misstrauischer beäugt als seinen Besitzer.

Adams Benehmen ist jedenfalls unmöglich und nicht duldbar. »Adam, beruhige dich …«, wage ich einen Beschwichtigungsversuch.

Aber er unterbricht mich mit bösem Blick: »Spinnst du! Der und seine Kumpels hätten uns fast abgemurkst. Warum zum Teufel ist er hier? Was will er?«

Auch ich werde nun lauter, denn sein ausuferndes Gebaren ist nicht hinnehmbar. »Schrei nicht so rum! Marc ist versehentlich mit uns gereist, und außerdem hat er uns doch gar nichts getan.«

Zwischenzeitlich hat Ermin Wotan in den Stall gebracht. Er ist schnell zurück und steuert direkt auf unseren Schreihals zu. Ohne Vorwarnung packt mein zwei Meter großer Hüne Adam am Kragen und hebt den schottischen Wichtel mühelos in die Luft. Bedrohlich zischt Ermin: »Gib mir nur einen Grund …«

Der *Wichtel* kann, selbst wenn er wollte, nur ein paar erstickte Laute hervorbringen, seine Augen weit vor Angst aufgerissen.

»Das ist nicht der richtige Weg, Ermin. Bitte, lass ihn los«, fordere ich ruhig, aber bestimmt.

»Tasha, er ist eine verdammte Nervensäge und …«

»Ja, ich weiß, aber er hat nur Angst. Offenbar verkraftet er das alles schwer.«

Adam beginnt zu hyperventilieren. Ermin seufzt genervt und lässt ihn abrupt runter.

Sofort sackt Adam nach vorn, stützt sich schwer atmend auf die Knie und hustet, während er keuchend nach Luft schnappt.

»Das … das wird ein Nachspiel haben!«, presst er mühsam hervor.

Er hat es geschafft, denn jetzt werde selbst ich ärgerlich. »Also, für mich stellt sich das so dar: Du bist auf unser Land gekommen und hast uns bedroht.«

Auf diese unterschwellige Warnung richtet er sich schlagartig auf und wehrt sich: »Das ist doch völliger Unsinn, ich …«

Ich lasse ihn aber nicht ausreden. »Sei mal ehrlich, Adam, du brauchst Hilfe.«

Sein Blick jagt mir eine Gänsehaut über den Rücken, so habe ich ihn noch nie erlebt.

Um die Spannung zu lösen, berühre ich ihn sanft am Arm, doch er schüttelt mich unwirsch ab. Ohne ein weiteres Wort zu verlieren, dreht er sich um und geht. Seine Wut ist in jeder seiner Bewegungen zu spüren, und sie entlädt sich endgültig, als er mit quietschenden Reifen davonbraust.

Marc rührt sich wieder. »Was ist mit ihm?«

»Na, du bist!«, entgegne ich trocken.

»Ich? Das verstehe ich nicht.«

»So wie dir deine Reise und all die bisherigen Erlebnisse Angst machen, hat Adam in deiner Welt Todesängste ausgestanden. Und jetzt bist du hier! Für ihn ist das ein lebendig gewordener Albtraum. Er braucht Hilfe, vielleicht einen Arzt«, versuche ich es ihm zu erklären.

Marc runzelt die Stirn und fragt ungläubig: »Dafür gibt es Medizin?«

»Nein … also, ja … aber nicht so, wie du denkst.« Ich suche nach den richtigen Worten. »Es gibt Ärzte, die Menschen helfen, indem sie ihnen zuhören und Ratschläge geben, wie sie mit ihren Ängsten umgehen können. Medizin kommt nur in absoluten Notfällen zum Einsatz.«

»Und das hilft?« Marc bleibt skeptisch.

»Ja, das kann es. Viel schlimmer wäre es, wenn man alles verdrängt und nicht darüber spricht.«

Er wirft einen fragenden Blick zu Ermin, der mit den Achseln zuckt, dann aber beipflichtet: »Es gibt Leute, die schwören darauf.«

Da unterbricht uns plötzlich das Klingeln meines Handys. Ein ungewohnter Klang nach all den Wochen in der Vergangenheit. Es hatte erst aufgeladen werden müssen, bevor ich die Nachrichten abrufen konnte. Einige sind von meiner Mom, andere habe ich noch nicht abgehört. Jetzt aber ruft Elfie an, die Freundin meiner Schwester Mara aus Kindertagen.

»Hallo Elfie, wie geht …«, ich breche mitten im Satz ab. Meine Miene lässt wohl tief blicken, denn Ermin will sofort wissen: »Was ist los?«

»Verflucht! Elfie ist auf dem Weg zu uns. Sie sitzt bereits im Taxi«, antworte ich geschockt.

»Die Ärztin? Etwa heute, jetzt?«

Ich nicke.

Elfie hat damals Ermins Leben gerettet. Sie kennt zwar nicht seine wahre Identität, wohl aber, woher er stammt. Und sie weiß um einige Details unserer Zeitreise. Allerdings hat sie ihre Zweifel nie ganz ablegen können.

Vor einigen Monaten kündigte sie ihren Besuch für heute an. Den Termin habe ich total verschwitzt. Kein Wunder, angesichts der turbulenten Ereignisse der letzten Tage.

»Das lässt sich dann wohl nicht mehr ändern«, stellt mein Liebster nüchtern fest.

»Aber wie sollen wir das alles regeln? Wo soll sie schlafen? Das Gästezimmer hat er«, begehre ich frustriert auf und deute auf Marc.

Gelassen wie immer entgegnet Ermin: »Willst du sie etwa nach Hause schicken?«

Er mal wieder. Ich grolle – sichtbar. Denn er weiß genau, dass ich das nicht tun kann. Und natürlich grinst der verdammte Kerl jetzt wissend.

Nun meldet sich auch Marc zu Wort, der nichts von unserer Unterhaltung verstanden hat. »Was ist? Schlechte Nachrichten?«

»Wie man's nimmt«, murmele ich mürrisch.

KAPITEL 2 - ELFIE

Seltsam. Es war ausgemacht, dass Tasha mich heute am Flughafen in Aberdeen abholt. Doch als ich ankam, war sie nicht da. Ich wartete eine Weile, dann rief ich sie an.

Das Gespräch war eigenartig, sie klang wirklich überrascht. Mein Bauchgefühl sagt mir, dass sie meinen Besuch schlichtweg vergessen hat, was für sie sehr untypisch ist. Vermutlich gibt es eine plausible Erklärung dafür. Immerhin konnte ich ihr noch mitteilen, dass ich mir ein Taxi genommen habe, bevor unser Gespräch plötzlich unterbrochen wurde. Ich hoffe nicht, dass etwas im Argen liegt – vielleicht mit Ermin? Der Gedanke, dass er aus einer anderen Zeit stammen soll, erscheint mir nach wie vor völlig unwirklich. Dieses ganze Thema der Zeitreisen ist mir suspekt.

Vor zwei Jahren habe ich die Burgruine aufgesucht, die Tasha und Mara als eine Art Zeitportal beschrieben hatten. Ich wollte mir selbst ein Bild machen. Doch da war nichts – keine Spur von Magie, kein seltsames Beben, nichts Außergewöhnliches, nur die verfallene Ruine.

Trotz all meiner Zweifel bleibt eine bittere Tatsache bestehen: Meine Freundin Mara, Tashas Schwester, ist spurlos verschwunden, ebenso wie ihr Freund Marcus, als hätte sich der Erdboden unter ihnen aufgetan und sie mit Haut und Haaren verschlungen.

Tasha versuchte mir das Ganze zu erklären. Dabei spielte ein Brief ihrer Schwester eine wichtige Rolle. Es war ihr Abschiedsbrief, in dem Mara mir von ihrer Zeitreise und ihrem Römer berichtete, und dass sie in seine Welt zurückkehren werde. Ich gebe zu, ich war fasziniert von all den Details, sowohl den kleinen als auch den großen. Alles schien so einleuchtend. Und dann ist da auch noch die Geschichte von Tasha und ihrem Ermin. Er kam schwer krank zu uns in die Klinik, sprach Latein und trug fremdartige Kleidung. In vielerlei Hinsicht verhielt er sich wie ein unwissendes, naives Kind. So schlüssig die Indizienkette aber auch wirkte, meine Vorbehalte wollten nie ganz verstummen.

Wie sollte eine solche Reise funktionieren? Dafür müsste es doch eine physikalische Erklärung geben? Warum sollten uns Zeittunnel in die Vergangenheit bringen? Und warum ausgerechnet in die Epoche der Römer? Warum nicht in die Steinzeit, ins Mittelalter oder in die Zukunft? All das ergibt für mich keinen Sinn – es wirkt völlig willkürlich. Oder geht es hier eher um das Prinzip von Yin und Yang? Zwei entgegengesetzte Kräfte, die dennoch miteinander im Einklang stehen. Alles hat seinen Gegenpol, das eine kann nicht ohne das andere existieren. Kein Gift ohne Gegengift. Kein Gut ohne Böse.

Darüber zermartere ich mir nun schon seit damals das Gehirn, und auf der Fahrt zu Tasha kommt nun alles wieder hoch. Doch es ist nicht nur das. Eine innere Stimme wirft mir Ignoranz vor, die möglicherweise als

Neid interpretiert werden könnte. Neid auf das, was die beiden in der anderen Welt gefunden haben, was mir hier bisher verwehrt geblieben ist.

Ja, vielleicht bin ich neidisch, aber nicht missgünstig, denn ich gönne ihnen ihr Glück von Herzen – solange es anhält. Ich hingegen habe das Vertrauen in die Liebe und die Ehrlichkeit in Beziehungen verloren. Schuld daran ist meine letzte Partnerschaft. Mara hatte mich gewarnt, insbesondere vor Beziehungen mit Polizisten. Hätte ich doch nur auf sie gehört!

Zu spät erfuhr ich, dass er noch verheiratet war. Monatelang hatte er mich belogen und ausgenutzt, und als die Wahrheit ans Licht kam, ließ er mich wie eine heiße Kartoffel fallen. Seitdem habe ich mich auf keinen Mann mehr eingelassen. Mein Misstrauen ist groß. Mittlerweile würde ich eher ein Arrangement zu beiderseitigem Nutzen in Erwägung ziehen, da es weniger schmerzhaft wäre.

Leidenschaftliche Liebe und sexuelle Anziehungskraft werden ohnehin überschätzt. Anfänglich ist alles rosarot. Man hat Schmetterlinge im Bauch, bekommt Blumen und kleine Geschenke, sieht sich regelmäßig, hat oft und guten Sex. Doch dann … dann landet man hart auf dem Boden der Tatsachen. Die Aufmerksamkeiten bleiben aus, er geht seltener ans Telefon, die Kurznachrichten werden weniger, kürzer und nicht mehr sofort gelesen, es gibt nur noch unverfängliche oder gar keine Smileys. Am Ende werden Treffen mit fadenscheinigen Ausreden abgesagt, und wenn man schließlich mal Sex hat, ist er schnell und bedeutungslos.

Ich redete mir damals ein, der arme Kerl habe einfach viel zu tun, bis eines Tages seine Frau vor meiner Tür stand und mich aufklärte.

Der ganze Stress führte dazu, dass ich bei der Arbeit unachtsam wurde. Ein Mann wäre beinahe unter meiner Obhut gestorben, weil ich zu spät und falsch reagiert hatte. Man riet mir, eine Auszeit zu nehmen, und das tat ich auch. In dieser Zeit wurde mir klar, dass ich mein Leben grundlegend ändern musste. Ich sattelte um und bin nun als Psychotherapeutin im Traumabereich tätig. Es ist zwar auch nicht leicht, aber zumindest kann ich selbst entscheiden, wann und mit wem ich arbeite.

Jetzt, wo Ruhe in mein Leben eingekehrt ist, gönne ich mir ein paar freie Tage. Warum ich mich ausgerechnet für Schottland entschieden habe und nicht für die sonnige Karibik, lässt sich nur durch ein tiefes inneres Bedürfnis erklären – den Drang, die Wahrheit hinter Maras und Tashas fantastischen Reisen zu entdecken. Ich muss einfach wissen, was an den Geschichten dran ist.

Lange habe ich gezögert, mich mit diesen Fragen auseinanderzusetzen. Vielleicht aus Angst vor dem, was ich entdecken könnte? Doch nun bin ich hier, und was passiert gleich zu Beginn – Tasha vergisst mein Kommen. Vielleicht ein Omen?

Ah, wir sind da. Die Fahrt hat nicht mal eine halbe Stunde gedauert. Vor dem Haus wartet bereits Tasha auf mich. Schon von Weitem erkenne ich, dass sie bedrückt wirkt. Schnell bezahle ich den Fahrer und begrüße sie stürmisch mit einer festen Umarmung.

»Hallo, mein Mädchen.«

»Oh, Elfie, wie schön, dich zu sehen«, erwidert sie leise, aber ehrlich.

Neugierig beäuge ich sie. »Sag mal, ist alles in Ordnung? Du hast vergessen, dass ich heute komme, nicht wahr? Das passt gar nicht zu dir.« Ich grinse breit, während sie verlegen zu Boden schaut. Also hatte ich recht.

»Tasha, falls etwas sein sollte, kann ich auch gerne in eine Pension oder ein Hotel gehen. Das ist wirklich kein Problem.«

Sie winkt sofort ab. »Nein, nein, das ist schon okay. Wir ...«

Während sie spricht, fällt mein Blick auf einen großen dunkelhaarigen Mann, der am Gatter eines Pferdelongierplatzes steht. Er sieht aus wie ... aber, kann das wirklich sein?

Ohne Tasha ausreden zu lassen, unterbreche ich sie: »Warum hast du mir das nicht gleich gesagt?«

Sie reagiert überrascht: »Was meinst du?«

»Wo ist deine Schwester? Ist sie im Haus?«

»Äh, wie kommst du denn darauf?«, fragt sie verwundert.

»Na, da drüben! Das ist doch Marcus.« Ich deute in die Richtung des Gatters und rufe ihm gleichzeitig zu: »Hallo, Marcus!«

Ich habe ihn zwar nie direkt zusammen mit Mara getroffen, aber ich kenne ihn aus dem Krankenhaus. Er hatte damals einen Autounfall, worüber ich Mara informierte.

»Das ... das ist nicht Marcus«, stottert Tasha.

»Was? Quatsch, natürlich ist er es!«

»Nein, Elfie, das ist Marc.«

Ich schüttle lachend den Kopf. »Klar, Marc … Marcus … was soll diese Wortspielerei? Ist das irgendein Geheimding?«

Sie blickt mich mit großen, traurigen Augen an. Es sieht nicht danach aus, als würde sie einen Jux machen wollen.

»Jetzt red endlich und sag was«, fordere ich ungeduldig.

Inzwischen ist die Marcus-Kopie näher an uns herangetreten. Ein ernst dreinschauendes Mannsbild, sehr gut gebaut, und er mustert mich intensiv.

Nun erkenne ich es selbst: Das ist nicht Maras Römer. Er sieht ihm ähnlich, verdammt ähnlich, aber tatsächlich ist etwas an ihm anders. Nur was genau, erkenne ich noch nicht.

Mittlerweile ist auch Ermin zu uns gestoßen. »Hallo, Elfie, es ist schön, meine Lebensretterin wiederzutreffen.«

Er spielt darauf an, dass er ebenfalls bei uns im Krankenhaus gewesen ist, nachdem Tasha ihn zu uns gebracht hatte. Er war vergiftet worden, aber wir konnten ihm noch rechtzeitig helfen.

Spontan drücke ich ihn. Es scheint, als hätte ich ihn damit überrascht, denn er zuckt leicht zusammen.

Frotzelnd schlage ich ihm auf die Schulter und schmunzle. »Beruhige dich, du bist nicht mein Typ.« Dabei muss ich ganz schön hochblicken, denn Ermin ist ein echter Riese, größer als die meisten – was bei mir auch kein Kunststück ist, schließlich bin ich klein, sogar noch kleiner als Tasha.

Ermin bricht in schallendes Lachen aus. Herrlich!

Der triste Willkommensgruß ist sofort vergessen. Selbst Tasha beginnt zu kichern, während dieser Marc weiterhin ernst bleibt. Sein Blick ist bohrend. Er begutachtet mich von oben bis unten, als wäre ich ein Pferd. Solche Blicke reizen mich, was gewöhnlich zu spontanen Aktionen führen kann. In diesem Fall bleibt es auch nicht aus: Ich beginne zu wiehern!

Alle drei schauen mich nun verwirrt an. Ich nehme die Erklärung vorweg: »Bitte entschuldigt, aber er sieht mich an, als stünde ich zum Verkauf auf einem Fleisch- und Viehbasar.«

Ermin und Tasha reagieren belustigt, Marc zuckt nicht mal mit der Wimper.

Jetzt drehe ich den Spieß um und inspiziere ihn von allen Seiten. Gut, es scheint ihn zu irritieren.

»Was ist mit ihm? Ist er taub?«, will ich von Tasha wissen.

»Nein, er spricht unsere Sprache nicht«, erklärt sie, noch immer schmunzelnd.

Aha, das ergibt Sinn.

»Jetzt mal Klartext: Was ist hier los?« Eindringlich suche ich den Augenkontakt zu ihr.

Sie bleibt ruhig und entgegnet gelassen: »Komm erst einmal mit ins Haus, das erzählt sich nicht in zwei Minuten.«

Nicht die schlechteste Idee, zumal ich dringend auf die Toilette muss.

Nachdem Tasha mir das WC gezeigt hat, erwartet sie mich in der Küche mit einer Tasse Früchtetee. Sie kennt meinen Geschmack. Das englische Nationalgetränk trinke ich lieber als Kaffee.

»Wo sind die beiden Männer?«, will ich wissen.

»Draußen, damit wir ungestört sind«, antwortet sie, ihre Miene verrät Anspannung.

Ich starte: »So, meine Liebe, lass uns jetzt in Ruhe und von vorn beginnen. Ich habe Zeit.« Mit einem leichten Pusten in die Teetasse und einem Augenzwinkern blicke ich sie abwartend an.

Tasha beginnt träge. Man merkt, dass sie nach dem richtigen Einstieg sucht. Sie holt tief Luft. »Also, vor ein paar Tagen stießen wir bei unseren Ausgrabungen auf eine Höhle … und einen Tunnel …«

Sie stockt kurz, ich lasse ihr die Zeit. Druck und Hetze bringen jetzt nichts. Natürlich bin ich mit ihrer Arbeit und dem Thema ihrer archäologischen Untersuchungen – den Pikten – vertraut. Sie hatte mir darüber geschrieben. Vielleicht will sie mir beichten, dass sie einen bedeutenden Schatz entdeckt hat und etwas davon beiseitegeschafft wurde – auch wenn das überhaupt nicht zu ihr passen würde.

Nun fährt sie fort: »Ich weiß, dass du noch Bedenken hegst, was meine damalige *Reise* angeht, daher bitte ich dich, mir bis zum Ende zuzuhören. Ja?«

Sie versteht es, Spannung zu erzeugen. Ich nicke und neige den Kopf leicht zur Seite, um ihr zu zeigen, dass ich voll und ganz bei ihr bin.

»Also … es war für mich ein richtiger Schock, denn auch dieser Tunnel hat seine Magie entfaltet und mich zurück in die Vergangenheit gebracht …«

Was sagt sie da? Sie redet nicht weiter, sondern mustert mich intensiv. Erwartet sie eine Reaktion von mir? Doch ihre Worte sind noch nicht ganz bei mir angekommen – ich ringe mit dem, was sie mir gerade enthüllt.

Habe ich das denn wirklich richtig verstanden?

Sie war erneut in der Vergangenheit?

Mein Gesicht muss Bände sprechen, denn sie entgegnet rasch: »Es ist wahr«, und erklärt, »es scheint mit den Genen zu tun zu haben, das liegt meiner Familie offenbar im Blut. Jedenfalls wurden wir ins erste Jahrhundert Schottlands katapultiert und erneut in die Konflikte jener Zeit verwickelt …«

Tasha spricht weiter, während in meinem Kopf merkwürdigerweise nur ein bestimmtes Detail nachdrücklich pocht. Ich erinnere mich an unsere Telefonate, in denen sie erwähnte, dass Ermin bisher nicht bei der Ausgrabungsstelle war. Deshalb kann ich nicht anders, als einzugreifen: »*Wir?* Wer war bei dir?«

Sie sieht mich irritiert an, wohl weil ich ihren Redefluss unterbrochen habe. Ihre Antwort folgt aber prompt: »Meine beiden Kollegen und später auch Ermin …« Wieder pausiert sie, um meine Reaktion zu beobachten. Ich entgegne jedoch nichts, da ich damit beschäftigt bin, ihre Worte zu verarbeiten.

Die Stille währt nur einen Moment, dann redet sie weiter – wie ein Wasserfall. Ich bemühe mich, ihr zu folgen, aber es ist unmöglich.

Am Ende sagt sie: »Lange Rede, kurzer Sinn: Wir haben es geschafft, heil zurückzukehren, allerdings nicht alleine … Marc kam mit.«

Ich brauche einen Moment, dann will ich wissen: »Wer ist er?«

»Ein römischer Centurio und, äh … Maras Enkel.«

Hä, was? Sie muss durchgedreht sein! Oder will sie mich vergraulen?

»Tasha, jetzt hör mal …«

Sie stoppt mich streng. »Nein, Elfie! Ich sage die Wahrheit. Es ist, wie es ist, und er ist, wer er ist.«

Ich schüttele den Kopf. »Aber selbst, wenn ich dir glauben wollte, wie könnte ich? Du sprichst von ihrem Enkel. Das passt doch zeitlich gar nicht.«

»Elfie, hör zu, ich verstehe deine Skepsis. Mir fällt das alles auch nicht leicht. Die Zeit zwischen den Welten vergeht aus unerfindlichen Gründen nicht synchron. Wir landeten diesmal im Jahr dreiundachtzig oder vierundachtzig nach Christus. Lange nach Maras Tod.«

Tasha beginnt zu weinen, und auch bei mir laufen Tränen über die Wangen. Sofort nehme ich sie in den Arm und will sie trösten, ach was, wir versuchen uns gegenseitig Trost zu spenden.

Als unsere Tränen versiegen, sagt sie schluchzend: »Es war unser Glück, dass wir dort Marc begegneten. Er half uns. Seine Reise hierher war nicht geplant.«

»Tasha, ich weiß nicht, was ich darauf erwidern soll. Ich sehe deine Trauer … so echt, so greifbar, dass es mich mitreißt. Aber mal ehrlich, es ist doch völlig verrückt.« Voller trotziger Bedenken schüttele ich erneut den Kopf.

Sie seufzt. »Ich habe keine anderen Beweise, außer mein Wort, dazu noch in Persona Marc und Nechtan und natürlich meinen Germanen. Wenn das nicht reicht, dann weiß ich nicht mehr weiter.«

»Stopp! Wer ist denn jetzt Nechtan?«

»Das habe ich dir doch eben schon alles erzählt.« Tasha reibt sich über die Schläfen. »Na gut, also auch er kommt aus der Vergangenheit. Er wurde schwer verletzt, wir nahmen ihn mit und brachten ihn ins Hospital.«

Ich fahre mir frustriert durch die Haare. »Tasha, du machst mich wahnsinnig!«

Sie atmet schwer aus, ihr Blick verliert sich in der Ferne, als sie flüstert. »Elfie, ich habe Albträume, die ich wohl nie jemandem erzählen werde. Begegnungen, die sich jeder Logik entziehen, und Realitäten, die ich kaum in Worte fassen kann. Bitte, glaub mir doch.«

Ihre Augen – so flehend und tief berührend. Was spricht gegen einen Versuch? Gibt es nicht mehr zwischen Himmel und Erde, als uns die Schulweisheit lehrt?

Mein Beruf als Seelenklempnerin ist schließlich auch ein modernes Konzept. Was hätten die Menschen vor Jahrhunderten davon gehalten?

Da hießen wir noch Teufels- und Dämonenaustreiber, gebe ich mir selbst eine Antwort.

Okay, keine Lippenbekenntnisse mehr! Bloße Worte bringen uns hier nicht weiter – entweder versuche ich, ihr zu glauben, oder ich lasse es und kehre heim. Daher sage ich: »Nun gut, ich will es wagen ... dir zuliebe. Aber gib mir bitte Zeit.«

In diesem Augenblick betritt Ermin den Raum. Sein Blick fällt auf Tasha. Besorgt erkennt er, dass sie geweint hat. »Geht es dir gut? Willst du dich nicht lieber ausruhen? Ich kümmere mich in der Zwischenzeit um deine Freundin.«

Ein leises, unkontrollierbares Lachen entweicht mir. Der subtile Haken in seiner Bemerkung – dieses doppeldeutige *kümmern um die Freundin* – erinnert mich an früher, an die süffisanten Wortspiele mit Mara und Tasha. Kindisch? Vielleicht. Aber vergessen habe ich es nie. Das war eine wundervolle, unbeschwerte Zeit.

Mein Lachen zeigt Wirkung. Es reißt Tasha aus ihrer Nachdenklichkeit. Der Funken des Verstehens flackert in ihren Augen auf – sie erinnert sich.

Ein schelmisches Grinsen breitet sich auf ihrem Gesicht aus. Für einen Moment lebt das Kind in ihr auf. Schön, dass sie sich das bewahrt hat.

Ermin begreift nichts. Er schaut nur ratlos, aber wir lassen das einfach so stehen.

Wie er, dränge ich sie nun vorsichtig: »Du solltest dich wirklich hinlegen.« Denn wenn alles stimmt, was sie behauptet, hat sie tatsächlich viel durchgemacht. Ich kann nur erahnen, wie schwer das alles auf ihr lastet.

Um sie ein wenig aufzuheitern, füge ich dann mit einem Augenzwinkern hinzu: »Aber keine Sorge, ich werde die Jungs schon nicht allzu hart rannehmen.«

Sie lächelt wieder und fragt dann: »Willst du nicht erst einmal deine Koffer auspacken?«

»Das hat Zeit«, wehre ich ab.

»Wie du willst. Ich hoffe, es ist in Ordnung, wenn wir uns ein Zimmer teilen, während Marc und Ermin das Gästezimmer bekommen?«

»Klar, kein Problem. Ich freue mich auf unsere abendlichen Revival-Mädelsgespräche«, bekunde ich heiter und ergänze: »Vielleicht kann Ermin mir eine kleine Führung geben und ein paar Fragen beantworten.«

Tasha wirkt unsicher. »Ich weiß nicht …«

Doch ihr Liebster weiß es und schiebt sie sanft, aber mit Nachdruck in Richtung Treppe. »Nicht nachdenken! Ruh dich einfach aus«, sagt er zu ihr, und schon ist sie auf dem Weg nach oben.

»Wir sehen uns später«, rufe ich ihr nach, bevor ich mich Ermin zuwende. »Wo ist eigentlich dieser Marc?«

»Bei den Pferden«, antwortet er knapp und gedankenverloren, dabei hält er mir die Tür auf.

Ich werde stiller, nun, wo ich mit diesem Urzeit-Germanen allein bin, obwohl er alles andere als ein Relikt ist.

»Ermin?«

»Ja.«

»Du weißt, dass ich Bescheid weiß, auch wenn ich eigentlich nichts weiß«, erkläre ich viel zu schnell und merke erst danach, wie doof sich das anhören muss, aber besser habe ich es nicht auszudrücken vermocht.

Ermin bekommt einen Lachanfall. »Also, Elfie, du wirst Tasha eindeutig guttun. Da bin ich mir sicher.«

Das beantwortet gar nichts, außer, dass dieser grimmige Riese tatsächlich lachen kann.

Er hat aber recht. Das war ungeschickt formuliert, also werde ich direkter, irgendwo muss ich ja beginnen. »Erzähl mal, wie war dein … dein früheres Leben? Vermisst du es nicht?«

Er lässt sich Zeit mit einer Antwort, die dann knapp ausfällt. »Nein. Es war vom Kampf bestimmt.«

Das kann nicht alles gewesen sein. Ich hake nach: »Es muss doch auch friedliche Momente gegeben haben?«

»Nein.« Zu meinem Leidwesen bleibt er wortkarg.

Ich lasse nicht locker. »Und in dieser offenbar brutalen Zeit tauchte plötzlich Tasha auf. Wie war das?«

»Meine Rettung.«

Verflucht, der Kerl bekommt einfach nicht die Zähne auseinander. Er will mir offenbar nichts verraten.

»Verdammt, Ermin, versteh mich doch! Mir fällt es immer noch schwer, das Ganze zu glauben. Aber ich will es … für Tasha! Kannst du mir nicht mehr Informationen geben?«

»Du suchst keine Informationen, sondern Beweise. Aber so funktioniert das nicht. Es kommt letztlich darauf an, ob man glauben will.«

Nicht dumm, der Mann.

Unvermittelt fragt er: »Glaubst du an Gott?«

Das überrascht mich. »Ja, klar. Aber warum willst du das wissen?«

»Welche Beweise hast du für seine Existenz?«

Volltreffer. Touché. Versenkt.

Er lächelt, als er meinen verkniffenen Gesichtsausdruck sieht. Eine Antwort erwartet er nicht, doch er gibt mir noch einen Tipp: »Du kannst doch ein wenig Latein. Sprich mit Marc. Vielleicht ist er ja imstande, deine Zweifel auszuräumen.«

Ausgerechnet dieser Blödian.

Ermin bemerkt meinen Missmut und schmunzelt. Er hakt mich spielerisch unter und steuert entschlossen auf Marc zu.

Bedauerlicherweise sieht dieser *Römer* gar nicht mal schlecht aus, wenn man von seiner finsteren Miene absieht. Von Mara hat er nur die blauen Augen, ansonsten gleicht er seinem Opa aufs Haar.

Wie er da steht: breitbeinig und lässig. Man könnte meinen, er wäre ein Model, und wie er das Pferd massiert, als wäre es eine Frau.

Er mustert mich erneut sehr intensiv. Verflucht, ich komme mir dabei so entblößt vor. Es ist nicht nur, dass er mich anstiert, als besäße er den berühmten Röntgenblick, nein, es ist, als wisse er von meinen tiefsten Geheimnissen. Zu allem Überfluss muss ich zu diesem Hünen aufschauen, was mir das Gefühl gibt, wie ein dummes, kindisches Gör dazustehen.

Ich bin ansonsten mit mir im Reinen, habe eine passable Figur und bin frisch frisiert. Ich trage nun einen Bob, hinten kurz, vorne lang, mit braunen Naturwellen, passend zu meinen braunen Augen, so meine Friseurin. Alles in allem finde ich mich gut, so wie ich bin, mit Ausnahme meiner Größe, da hätten meine Eltern mir ruhig ein bisschen mehr mitgeben können. Dafür vererbten sie mir ihre Frohnatur. Ich lache gern und oft. Trotz ihres Unfalltods vor einigen Jahren habe ich meinen Humor nie verloren. Mara konnte das nur schwer nachvollziehen, sie trauerte tief um den Verlust ihres Vaters. Auch ich vermisse meine Eltern, doch hätten sie nie gewollt, dass ich mein Leben mit Trübsal vergeude. Sie waren Freigeister und pfiffen auf gesellschaftliche Zwänge. Mögen sie in Frieden ruhen.

Vielleicht sollte ich Marc gegenüber nicht so voreingenommen sein, denn wenn er tatsächlich aus seiner Zeit gefallen ist, muss auch ich ihm merkwürdig erscheinen. Als er uns kommen sieht, nickt er uns kurz zu.

»Ist diese Stute gestürzt?«, will er auf Latein von Ermin wissen.

Dieser bestätigt es. »Ja, rechts hat sie Probleme. Sie ist aus dem Takt.«

Marc streicht sanft mit der flachen Hand über den Pferderücken und das rechte Vorderbein. Das Tier zeigt sich leicht unwillig und lässt die Berührung anfangs nur widerwillig zu. Vorsichtshalber gehe ich auf Abstand, Pferde sind mir nicht geheuer.

Marc intensiviert seine Bemühungen und massiert weiter – beginnend am Kopf und an den Ohren, dann entlang des Halses und schließlich über den restlichen Körper. Allmählich entspannt sich die Stute.

Fasziniert schaue ich ihm dabei zu und stelle mir plötzlich vor, wie es wäre, wenn er eine Frau berühren würde – mich berühren würde. Ein Schauer überkommt mich, ich muss den Gedanken sofort abschütteln. Das ist doch zu verdreht. Er ist ein völlig Fremder und immerhin auch Maras Enkel – zumindest soll er es sein.

Er bemerkt mein Frösteln. »Ist dir kalt?«, fragt er. »Das Wetter hier im Norden ist gewöhnungsbedürftig.«

Ich beginne zu stottern: »Äh, nein … ach, alles gut.« Peinlich. Doch er geht nicht weiter darauf ein und wendet sich stattdessen Ermin zu, mit dem er nun fachsimpelt. Wahrscheinlich hält er mein Gestammel für mangelnde Lateinkenntnisse. Tatsächlich beschränken sie sich auf das, was ich in der Schule gelernt habe, ergänzt durch das übliche Ärztelatein – aber ich spreche auch Italienisch. Zusammengenommen sollte das ausreichen, um die beiden zu verstehen und mich verständlich auszudrücken.

Mara und ich belegten damals freiwillig Italienisch in der Schule und verbrachten im Rahmen eines Schüleraustauschprogramms ein Jahr in der Nähe von Rom – und das alles nur, weil wir in den Sohn des Pizzabäckers verknallt waren, der nach einem Jahr zurück nach Italien musste. Zum Glück für unsere Freundschaft entschied er sich für eine andere. Doch die Erinnerungen an diese Zeit und die vielen schönen Erlebnisse mit Mara und ihren Lieben sind mir immer noch sehr präsent. Sie waren wie eine zweite Familie für mich.

Während ich in Gedanken schwelge, spüre ich mit einem Mal Marcs prüfenden Blick auf mir. Sein Ausdruck verrät Neugier und leise Verwunderung. Schnell reiße ich mich zusammen und lausche dem Gespräch der beiden. Zu meiner Überraschung verstehe ich mehr, als ich erwartet hatte. Es geht um die Gelenke der Pferde, die durch Verhärtungen in ihrer Beweglichkeit eingeschränkt sind.

Die beiden Männer scheinen sich gut zu verstehen. Ihre Begeisterung für Pferde kann ich allerdings nicht nachempfinden. Ich bin kein Pferdenarr, habe Respekt vor ihnen, eher sogar Angst, denn ich halte sie für gefährlich und unberechenbar. Neben ihnen wirke ich wie ein zerbrechlicher Gartenzwerg.

Ermin beendet jäh das Gespräch und lässt uns allein. Er bringt die Stute zurück in den Stall.

Zwischen Marc und mir herrscht peinliche Stille. Da mir das von Minute zu Minute unangenehmer wird, versuche ich eine Konversation zu beginnen, und duze ihn sofort: »Also, ich bin Elfie und du?«

Er streckt sich und antwortet stolz: »Centurio Marc Antonius Aurelius.«

»Es freut mich, dich kennenzulernen, Centurio Marc Antonius Aurelius«, wiederhole ich höflich, aber innerlich verdrehe ich die Augen – seinen Rang und vollständigen Namen so förmlich zu betonen, als würde ihn das wichtiger machen oder etwas beweisen.

Da sich erneut eine peinliche Stille anbahnt, frage ich das Erstbeste, was mir in den Sinn kommt: »Wie geht es dir?« Genial. Eine selten dämliche Einstiegsfrage. Kein Wunder, dass er mich nun fixiert. Er hält mich jetzt bestimmt für einfältig. Doch er scheint sich um eine ernsthafte Antwort zu bemühen.

»Ich weiß es nicht. Vielleicht befinde ich mich noch in der Höhle, bewusstlos, in einer Traumwelt gefangen, oder …« Er starrt ins Leere, sucht nach einer weiteren

Erklärung für sein Hiersein. »Oder es liegt ein Fluch auf mir«, sagt er schließlich und sieht mich dabei intensiv an.

»Guck mich nicht so an. Damit habe ich nichts zu tun«, wehre ich mich mit erhobenen Händen. Aber die Idee ist so amüsant, dass ich grinsen muss, was ihn ärgert. Er fühlt sich offensichtlich nicht ernst genommen, das kränkt ihn. Er brummt mürrisch und wendet sich von mir ab.

»Entschuldige, das war ...« Ich stocke, auf der Suche nach den richtigen Worten, und beginne daher neu: »Marc, auch ich tue mich schwer mit dir ... dem Römer.«

Wieder herrscht nervtötendes Schweigen.

Ich will, dass er mich ansieht, und packe ihn am Arm. »Verflucht, es tut mir leid, wirklich.«

Ruckartig dreht er sich zu mir um. Ich stehe ihm dabei viel zu nah. Seine Bewegung streift mich, ich wanke und drohe zu fallen. Doch bevor es so weit kommt, hält er mich fest und zieht mich instinktiv zu sich heran. Mein Gesicht landet direkt an seiner Brust. Sofort beginnt mein Herz wild zu schlagen. Die plötzliche Nähe raubt mir den Atem. Was passiert hier gerade?

Marc rührt sich nicht, er hält mich weiterhin fest. Ich spüre, wie sich sein Brustkorb heftig hebt und senkt. Der Körperkontakt scheint sich endlos hinzuziehen.

Ich bin es, die sich zuerst befreien will, und fordere: »Du kannst mich loslassen.« Kaum treffen sich unsere Blicke, blitzt Belustigung in seinen Augen auf, begleitet von etwas, das ich nicht deuten kann. Schließlich gibt er mich wortlos frei.

Mit etwas Abstand zwischen uns versuche ich, meine Verlegenheit zu überspielen, doch ein Kloß in meinem Hals blockiert jedes Wort. Ich räuspere mich, aber meine Stimme klingt rau und fremd, als ich endlich hervorpresse: »Du glaubst an … Flüche? Echt? Äh, warum sollte dir das jemand antun?«

Hat er meine Unsicherheit bemerkt? Wenn ja, lässt er es sich nicht anmerken. Auf meine Frage reagiert er mit einem Schulterzucken und den Worten: »Vor ein paar Tagen fand ich eine Fluchtafel unter meinem Bett.«

»Fluchtafel?« Ich sehe ihn ungläubig an. Er nickt bekräftigend. Demnach habe ich ihn richtig verstanden. Ich wusste nicht, dass es so etwas damals gab.

»Was stand denn darauf?«, will ich neugierig wissen.

»Jemand wünschte sich, dass ich Mut, Kraft und Verstand verliere, und womöglich geschieht das gerade.«

»Unsinn! Hast du Feinde?«

»Wer hat die nicht?«

Ich seufze. Okay, das war zu direkt. Ich halte kurz inne, bevor ich es anders formuliere. »Also, was ich meine, ist: Gibt es Menschen, die dir nicht wohlgesonnen sind?«

Marc hört aufmerksam zu, bleibt jedoch still.

Aus Verlegenheit fühle ich mich gezwungen, weiterzusprechen: »Du bist nicht verflucht und auch nicht verrückt! Sieh deinen Aufenthalt in dieser Welt einfach als glückliche Fügung.« Schon interessant, wie schnell ich in diese Geschichte einzutauchen beginne.

Marc sagt immer noch nichts, er blickt mich nur forschend an.

Wieder plappere ich drauflos, wie es eben meine Art ist, wenn der Gesprächspartner schweigt oder eine

Situation unangenehm wird. »Ich kannte deine Oma sehr gut, wir waren Freundinnen. Ich vermisse sie.«

Endlich richtet sich sein Blick wieder auf mich. »Ich vermisse sie auch, sehr. Sie war eine außergewöhnliche Frau, einzigartig.«

Wehmut überkommt mich. »Ja, das war sie. Und das Traurige ist, dass wir sie nie wiedersehen werden.«

Und dann, wie aus dem Nichts, steht Ermin plötzlich vor uns. »Und? Habt ihr euch schon näher kennengelernt?«

Mist, sofort schießt mir das Blut ins Gesicht. Ich senke den Blick und hoffe, dass es niemand bemerkt.

Ermin wartet nicht auf eine Antwort, sondern fragt direkt: »Wollt ihr jetzt die Farm erkunden?«

Natürlich! Bloß raus aus dieser unangenehmen Situation und dem Gefühlschaos. Das ist mir lieber, als in der Vergangenheit zu schwelgen oder allein mit Marc zu sein. Schnell murmle ich ein »Ja.« Aber ich spüre auch tief in mir drin, wie sich etwas zu verändern beginnt.

Während unseres Rundgangs zeigt sich Marc besonders interessiert. Er sieht sich alles sehr genau an und lässt sich von Ermin die technischen Details einiger Maschinen erklären, so gut es eben möglich ist. Selbst ich verstehe nicht alles. Das ist zu viel Latein für meine Verhältnisse und zu viel Technik für meinen Geschmack. Ich lausche lieber dem Gespräch der beiden und beobachte fasziniert, wie Marc mit einer fast kindlichen Neugier auf die Alltagsdinge reagiert. Dabei wirkt er sehr authentisch für jemanden, der das alles zum ersten Mal erlebt.

Fange ich etwa an, das Unmögliche für real zu halten – es ernsthaft in Erwägung zu ziehen? Es fühlt sich so an.

Ermin durchbricht meine Überlegungen und blickt Marc und mich fragend an. »Hunger?«

Nicht die schlechteste Idee. Ich hatte heute nur ein Frühstück, und es ist bereits Nachmittag. »Was gibt es denn?«

»Etwas vom Italiener«, schlägt Ermin vor.

»Italiener, wie passend.« Ich lache und zwinkere Ermin zu, mit einem Seitenblick auf Marc.

Ermin grinst ebenfalls, übersetzt aber für unseren Römer nur, dass wir jetzt essen wollen, die Anspielung lässt er außen vor.

Tasha begrüßt uns in der Küche. Sie sieht schon viel rosiger aus. Ermin schenkt ihr einen liebevollen Kuss. Dann greift er zu seinem Handy. Bevor er wählt, schaut er mich an. »Was für eine Pizza willst du?«

»Mit Pilzen und Paprika«, antworte ich. »Und Peperoni darf auch nicht fehlen.«

Tasha wirft ein: »Wäre eine Familienpizza in XXL nicht praktischer?«

Ermin nickt zustimmend und bestellt.

Marc wird nicht gefragt – er ist sicher nicht wählerisch.

Während wir auf die Lieferung warten, unterhalten wir uns über Gott und die Welt – ich mit Tasha in unserer Heimatsprache, die beiden Männer in ihrer.

Hin und wieder riskiere ich einen Blick auf Marc. Seine Ahnungslosigkeit und sein offener Drang nach Wissen fesseln mich.

Manchmal treffen sich unsere Blicke, dann fühle ich mich ertappt. Er scheint zu ahnen, dass ich ihn mustere, denn er grinst mich unverhohlen an.

Verflucht, warum bringt er mich nur so durcheinander …

Die Pizza wird alsbald geliefert. Nach den ersten Bissen zeigt sich Marc sichtlich zufrieden. Doch das ändert sich schlagartig, als er eine meiner Peperonis erwischt – er beginnt zu prusten, keuchen und läuft knallrot an. Ich kann mich vor Lachen kaum halten. Trotz seiner Qualen schaut er mich böse an. Der Kerl versteht einfach keinen Spaß.

Tasha reicht ihm schnell ein Glas Milch, die das Brennen lindern soll. Widerwillig nimmt er einen Schluck und verzieht das Gesicht. Kurz darauf entspannt er sich sichtbar. Ermin stellt ihm nun ein Bier hin, das er deutlich lieber annimmt. Ohne zu zögern, kippt er es in einem Zug herunter und greift sofort zum nächsten.

Das Bier der Moderne ist allerdings stärker als seine antiken Vorgänger – und so dauert es nicht lange, bis Marc in ausgelassener Stimmung ist und Anekdoten aus seinem Leben erzählt.

Doch es fällt mir schwer, seinen Ausführungen zu folgen. Zwar übersetzt Tasha hin und wieder die Erinnerungen aus seiner Kindheit und Militärzeit – etwa die von der misslungenen Mission, bei der er fast ertrunken wäre –, aber als er von seiner Großmutter berichtet, ist Tasha so tief berührt, dass sie mit dem Übersetzen verständlicherweise aufhört.

Je später es wird und je mehr Alkohol fließt, desto öfter sieht mich Marc begehrlich an, und ich kann nicht leugnen, dass mir das gefällt. Gleichzeitig nehme ich wahr, dass Tasha die Einzige ist, die keinen Alkohol trinkt. Das überrascht mich.

»Hier, nimm. Du hattest noch kein Bier.«

»Ich darf nicht«, flüstert sie.

»Wieso nicht?«

Mit einer sanften Bewegung fährt sie über ihren Bauch – eine Geste, die mehr sagt als tausend Worte. Spontan springe ich auf und umarme sie herzlich. »Oh, wie schön! Ich freue mich so für dich und Ermin. Weiß deine Mom schon Bescheid? Und wann hast du Termin?«

Marc schaut mich erstaunt an. Ermin hingegen deutet meinen Überschwang richtig – und strahlt vor Stolz.

Doch bevor Tasha überhaupt antworten kann, quassle ich schon weiter drauflos. »Mir sind deine Rundungen bereits aufgefallen, aber ich dachte mir nichts dabei. So kenne ich dich, von Zeit zu Zeit etwas …« Ups, ich beende den Satz lieber nicht. Das Thema *Gewicht* hört sie bestimmt nicht gern. Schnell entschuldige ich mich: »Verzeih mir bitte, das war unüberlegt von mir.«

Sie legt ihre Hand auf meinen Arm und sieht mich verständnisvoll und voller Glück an.

Nun muss ich vor Selbstmitleid weinen. Der Alkohol ist schuld, er macht mich gefühlsduselig. »Ich freue mich für dich. Das weißt du! Leider war mir ähnliches Glück bisher nicht vergönnt.«

»Das kommt noch, bestimmt«, erwidert sie aufmunternd.

Ich ziehe eine Schnute, mehr gespielt als ernst.

Tasha schenkt mir darauf ein warmes, ermutigendes Lächeln. »Ich glaube, viele von uns gehen blind durchs

Leben und erkennen ihr Glück nicht, selbst wenn es direkt vor ihnen steht.«

»Na, du hast leicht reden, schließlich hast du deinen Mister Right gefunden.« Ich seufze und ergänze frustriert: »Wie weiß man denn, dass man dem Richtigen begegnet ist?«

»Ich gebe zu, das ist nicht einfach. Aber ich denke, es sind nicht die Menschen, die wir nie getroffen haben, die uns bewegen sollten, sondern jene, die uns unvergesslich geblieben sind.«

»Das klingt irgendwie traurig. Als müsste man sich erst trennen, um die wahre Liebe zu erkennen. Könnte es dann nicht zu spät sein?«, stelle ich geknickt fest.

»Vielleicht …«, äußert Tasha nachdenklich. »Bei mir war es jedenfalls so. Aber mal ehrlich, manche sind der Ansicht, es würde immer noch etwas Besseres nachkommen, und dann ist es oftmals zu spät für eine Rückbesinnung«, erklärt Tasha.

»Na ja, meiner Erfahrung nach wollen die Männer immer nur das Eine … für eine Weile. Starke Frauen sind den meisten doch suspekt«, äußere ich deprimiert.

Ermin hat einen Teil unserer Unterhaltung mitbekommen. »Also, ich liebe kluge Frauen, die wissen, was sie wollen und wann sie es wollen«, sagt er augenzwinkernd.

Die Aussage regt mich auf. Ich schnaube verächtlich. »Pah! Ihr Männer! Immer dasselbe. Nach außen sollen wir eine Dame spielen, in der Familie ein Engel sein und im Bett eine Hure.« Diese Bemerkung kommt spontan und spöttisch – und unter Alkoholeinfluss.

Ermin sieht mich ärgerlich an und will mit grimmigem Ton etwas erwidern: »Elfie, das ist …«

Doch ich unterbreche ihn mit hochrotem Kopf, da mir bewusst wird, wie unüberlegt meine Worte waren.

»Es tut mir leid, ich habe heute eindeutig zu viel getrunken. Es ist schon spät. Ich gehe besser ins Bett, ehe ich mich noch um Kopf und Kragen rede.« Dabei schaue ich vor allem Tasha entschuldigend an. Ihr Gesichtsausdruck verrät Verständnis und Mitgefühl.

Marc hat nichts von unserer Unterhaltung verstanden, wohl aber die emotionale Lage erfasst. Er redet mit Ermin, der ihm offenbar einiges übersetzt. Ich will es gar nicht näher wissen.

Als ich den Raum verlasse, spüre ich seinen bohrenden Blick im Nacken. Egal. Ich muss mich konzentrieren, denn ich wanke stark. Für die Zukunft notiere ich mir im Geiste: Nicht mehr als zwei Bier, vielleicht drei.

Kaum in meinem Zimmer angekommen, schlummere ich ein. Heute Nacht wird es nichts mehr mit einem regen Austausch zwischen uns Mädels. Ich bekomme nicht einmal mehr mit, wie Tasha zu Bett geht.

Ich blinzle verschlafen, als ich aus einem unruhigen Schlaf erwache. Die Dunkelheit umhüllt den Raum wie eine weiche Decke, nur das leise Atmen von Tasha ist zu hören. Der Geruch von Alkohol liegt in der Luft und die Erinnerungen an den letzten Abend schwirren in meinem Kopf herum und hinterlassen ein peinliches Gefühl. Doch daran lässt sich nichts mehr ändern.

Ein Blick auf die Uhr zeigt mir, dass es erst zwei ist – viel zu früh, um aufzustehen. Vergeblich versuche ich wieder in den Schlaf zu finden. Vielleicht hilft eine Tasse Tee. Und wie das in solchen Momenten eben ist, drückt auch die Blase.

Leise stehe ich auf und schleiche mich aus dem Zimmer – zuerst zur Toilette, dann ins Erdgeschoss.

Zu meiner Überraschung treffe ich in der Küche auf Marc. Er hat mich noch nicht bemerkt, also beobachte ich ihn eine Weile. Er blickt in den Kühlschrank, oder besser gesagt, er öffnet und schließt die Tür immer wieder, während er sich dabei verbiegt, um das Innere bei fast geschlossener Tür zu inspizieren.

Oh, ich glaube, ich weiß, worum es geht: um das Kühlschranklicht. Prompt fallen mir einige Schottenwitze dazu ein, beispielsweise von dem, der in seinem Kühlschrank erfror, weil er sich vergewissern wollte, dass das Licht bei geschlossener Tür auch wirklich ausgeht. Ich kichere. Jetzt erst nimmt mich Marc wahr, richtet sich abrupt auf und stößt sich dabei den Kopf.

»Entschuldige, ich wollte dich nicht erschrecken«, äußere ich bedauernd, aber ich kann nicht verhindern, dass sich ein schiefes Grinsen auf meinem Gesicht ausbreitet.

»Was machst du hier?«, will er überrascht wissen und streicht sich über seinen schmerzenden Schädel.

»Ich konnte nicht mehr einschlafen und dachte, eine warme Tasse Kräutertee würde mir helfen.« Während ich ihm das erkläre, bereite ich mir meinen Tee zu.

Marc beobachtet mich dabei.

»Willst du auch einen?«, frage ich.

Ja, er will.

Gemeinsam sitzen wir mit unseren dampfenden Tassen am Tisch – keiner spricht.

Ich trage einen Pyjama und mein Haar ist vom Schlafen zerzaust. Marc ist lediglich mit einer Schlafanzughose bekleidet. Das bringt mich ins Schwitzen, denn ich kann meine Augen kaum von seinem muskulösen, naturgebräunten Oberkörper abwenden. Auch er inspiziert mich. Alles in allem beginne ich mich unwohl zu fühlen. Normalerweise macht mir das nichts aus. Im Klinikalltag habe ich schon viele nackte Körper gesehen, und was mein eigenes Erscheinungsbild betrifft, bin ich eher uneitel. Während des Nachtdienstes hat ein gelegentliches Nickerchen mich auch nicht wie aus dem Ei gepellt wirken lassen. Mein Aussehen war mir immer egal, es zählt schließlich nur, dass man Seele hat. Aber gerade jetzt ist es mir unangenehm. Das führt nun dazu, dass ich anfange, nervös an meinem Pyjama und meinen Haaren herumzuzupfen.

Marc erfasst jede meiner Bewegungen und beginnt zu schmunzeln. »Du bist hübsch und anders als die Frauen, die ich kenne.«

Ich antworte spontan und mit Ironie: »Kein Wunder, ich bin auch nicht zweitausend Jahre alt.« Erst verspätet registriere ich, dass er mich hübsch genannt hat, und erröte. Zum Glück nimmt er dies im Dämmerlicht der kleinen Küchenlampe nicht wahr, und meine Spöttelei scheint ihn auch nicht zu jucken.

»Wartet jemand auf dich?«, will er plötzlich wissen.

Ich schaue ihn irritiert an. »Wie meinst du das?«

Ah, jetzt verstehe ich. »Ob ich einen Freund habe?« Ich schmunzle und füge hinzu: »Nein, habe ich nicht. Warum interessiert dich das?«

Er wirkt merklich verlegen und vermeidet meinen Blick. Hat er etwa Hintergedanken? Gewisse Absichten? Das wäre in vielerlei Hinsicht absurd.

Ich will gar keine Antwort auf meine Frage und wechsele rasch das Thema. »Wieso bist du überhaupt noch auf?«

»Ich konnte auch nicht schlafen. Zu viel geht mir durch den Kopf«, sagt er nachdenklich, während er mit der leeren Tasse vor sich spielt.

»Möchtest du noch einen Tee?«

Er verneint.

Nach einer Weile der Stille werde ich direkt: »Du willst wieder nach Hause, nicht wahr?«

Doch er bleibt stumm und in sich gekehrt.

»Kannst du denn wieder zurück … in deine Welt?«, frage ich weiter.

Er antwortet immer noch nicht, seine Augen sind fest auf den Tisch gerichtet. Er ist ganz offensichtlich nicht im Hier und Jetzt. Ich sollte ihn alleine lassen, auch um seiner Körperlichkeit zu entgehen. Seine Blöße macht mich zunehmend nervös. Außerdem brauche ich noch eine Mütze Schlaf, sonst bin ich den Tag über nicht zu gebrauchen.

Eine Entschuldigung murmelnd, verlasse ich ihn. So wie es aussieht, hat er das nicht einmal mitbekommen. Er muss wirklich weit weg in seinen Gedanken sein.

Sein Schicksal bedauere ich, er wirkt so verloren. Wie wäre das wohl für mich, wenn ich an seiner Stelle stünde? Es ist schon seltsam, wie schnell ich ihn vom Blödmann zum Mitleidsobjekt umdeklariert habe.

KAPITEL 3 - MARC

Bin ich tot? Unwahrscheinlich.

Bin ich verflucht? Vielleicht.

Die Fluchtafel, die ich unter meinem Bett fand, war mit ziemlicher Sicherheit von Casto.

Er verdächtigte mich, den Gefangenen bei der Flucht aus dem Lager geholfen zu haben, was auch stimmt. Aber er war schon immer von Neid zerfressen, denn ich genieße die Gunst und das Vertrauen von Severus, unserem Lagerpräfekten. Doch all seine Beschwerden über mich stießen bei Severus auf taube Ohren, was ihn nur noch verbitterter machte. Castos Tod im Tunnel hat mir einige Probleme erspart. Und dennoch traue ich im Moment kaum noch meinem eigenen Verstand.

Diese Traumwelt, in der ich aufgewacht bin, wenn es denn eine ist, fühlt sich sehr körperlich an, geradezu greifbar. Ich sitze in diesem Augenblick an einem Küchentisch und trinke Kräuterwasser. Es ist heiß und ich verbrühe mir fast den Mund. Genau das spüre ich, und ich nehme *sie* wahr: die Anwesenheit dieser fremden Frau.

Nur, wie ist das möglich? Und warum sind ausgerechnet Ermin und Tasha in meinem Traum, aber keiner meiner Kameraden? Vielleicht ist es keine Illusion. Vielleicht ist alles wirklich wahr?

Was immer das hier ist, der gestrige Tag war unglaublich faszinierend. Ermin zeigte und erklärte mir vieles: Dinge, die zugleich interessant, neu und wundersam waren. All die eigenartigen Gegenstände im Haus und auf dem Gelände schienen von seltsamer Magie durchzogen, viel zu greifbar, um bloße Fantastereien zu sein. Auch spürte ich das grelle Sonnenlicht auf meiner Haut, den Wind in meinem Haar, den kräftigen Herzschlag des Pferdes – so lebendig, so real.

Doch stärker als all das zog mich die Fremde in ihren Bann, als sie für einen Augenblick an meiner Brust lag, ihr Duft mich umhüllte, ihr Atem meine Haut streifte und sich ihre Brüste an mich schmiegten.

Sie lacht viel und herzlich, niemals bin ich einem fröhlicheren Menschen begegnet. Doch hinter dieser Leichtigkeit ahne ich eine andere Seite – eine Verletzlichkeit, die sie zu verbergen sucht.

Ich muss gestehen, ich fühle mich zu ihr hingezogen. Oder ist es bloßes Verlangen nach körperlicher Nähe? Es ist lange her, dass ein weibliches Wesen in meinen Armen lag. An den käuflichen Mädchen im Lager fand ich anfänglich Gefallen, aber was mein Herz am meisten begehrt, ist eine Frau, die ich lieben könnte. Eine, die nicht nur meine Begierde weckt, sondern bei der auch ich wahre Leidenschaft entfachen kann. Eine Frau, die klug ist, die zuhören kann und mich notfalls vor Dummheiten bewahrt.

Also, ist dies alles hier nun ein Fluch, ein Geschenk oder eine Prüfung – oder alles zusammen?

Unvermittelt kommt mir meine Großmutter in den Sinn. Manchmal besucht sie mich in meinen Träumen und erzählt von Dingen, die ich nie gesehen habe, die mir aber seltsam vertraut vorkommen. Meine Vernunft versucht dann, Avias Botschaften zu deuten, als seien sie verschlüsselte Hinweise. Allmählich beginne ich zu glauben, dass es Erinnerungen sind – ihre eigenen.

Als Tasha bei uns im Lager auftauchte und Lieder sang, die ich nur von meiner Avia kannte, überkam mich ein seltsames Gefühl. Aber nicht nur ihr Gesang, auch ihre Gestik und Mimik kamen mir vertraut vor. In diesem Moment drängte mich eine innere Stimme, ihr zu helfen.

Später enthüllte Tasha mir, dass sie Avias Schwester sei. Verrückt, dachte ich, einfach verrückt. Doch ein mir von ihr zugestecktes Pergament, das ihre beiden Antlitze darstellte, schien eindeutig und übernatürlich, und nun habe ich noch diesen *Film* gesehen, wie Tasha ihn nennt, der meine Avia in ihren besten Jahren zeigt, mit Avus Marcus an ihrer Seite. So schön, so jung, aber auch so fremd. Es muss stimmen. Meine Großmutter stammt von hier. Es ist kein Fluch, sondern ein Teil meiner eigenen Herkunft.

Plötzlich werde ich aus meiner Grübelei gerissen. Hat Tashas Freundin etwas gesagt? Erst jetzt nehme ich meine Umgebung wieder wahr. Es ist Nacht und ich sitze in der Küche, in einer völlig fremden Welt. Die verwirrende Frau ist fort. Sie hatte mit mir gesprochen, aber ihre Worte sind an mir vorbeigegangen.

Schade, vielleicht hätte ich mit ihr mehr reden sollen. Sie macht mich neugierig, und langsam gewinne ich dem Ganzen auch etwas Positives ab. Mein Interesse an all den seltsamen Dingen, die es hier noch zu entdecken gibt, wächst, und ich bin gespannt darauf, was es mit dieser kleinen, quirligen Frau auf sich hat. Doch das muss jetzt warten. Ich bin müde und möchte einfach nur schlafen, und träumen.

Auf dem Weg ins Obergeschoss zu meinem Zimmergenossen kommt mir einmal mehr in den Sinn, wie widersprüchlich er ist. Ich werde aus Ermin nicht schlau. Er ist anders als die anderen, anders als Adam – als würde er nicht in diese Welt gehören. Ich habe ihn beobachtet. Er kennt keine Angst, fürchtet keine Gefahr, ist mutig und erfahren im Kampf. Er erschrickt nie, geht stets beherzt voran. Auf dem Schlachtfeld zeigte er kein Erbarmen, doch in ihm ruht eine Sanftheit, die er nur seiner Frau gegenüber zeigt. Der Rest ihrer Gruppe erschien mir eher schwach und im Gefecht ungeübt, sogar ängstlich. Ob Ermin ein ausgebildeter Krieger ist? Aber in dieser Welt kämpft er nicht. Er beschäftigt sich ausschließlich mit Pferden, wie er mir heute Morgen erklärte.

Seine Zuneigung zu Tasha ist innig. Ich vermute, dass er das Kämpfen ihr zuliebe aufgegeben hat. Auch ich habe mir vorgenommen, nach meinem Militärdienst eine Familie zu gründen und das Familiengut zu bewirtschaften. Allerdings werden meine Kinder, im Gegensatz zu mir, wissen, wer ihr Vater ist. Mater hat es mir bis heute nicht verraten, ein Dauerstreitthema zwischen uns. Ich suchte Abstand und fand ihn in der Armee; seither leiste ich meinen Dienst fern von ihr. Natürlich liebe ich sie, aber es war nie einfach, ohne Vater aufzuwachsen – und mit einer Mutter, die in allem sehr streitbar war und es noch ist. Sie weiß, dass ich sie mit meiner Flucht bestrafe und sie unter Druck setze, mir das Geheimnis endlich preiszugeben. Bisher blieb sie eisern, ich aber auch. Dabei sehne ich mich nach geordneten Verhältnissen. Das muss jedoch warten. Jetzt brauche ich vor allem Ruhe und Zeit, um mich in dieser Fremde zurechtzufinden.

Zurück im Zimmer muss ich leider das Licht anmachen, um mich zu orientieren – hoffentlich wacht Ermin nicht auf.

Die Lichtquellen in dieser Welt und ihr Mechanismus sind schon sehr merkwürdig, ganz anders als das, was ich kenne. Bei uns verwenden wir Steh- und Hängelampen, auch Ständer mit Öllämpchen, seltener Kerzen – aber all das vermag die Dunkelheit nicht so schlagartig zu vertreiben und so hell zu erleuchten wie ihre Lichter. Ermin sagte, dass *Strom* die Ursache wäre, allerdings konnte er mir die Funktionsweise nicht erklären – nur, dass er nicht ungefährlich ist.

Gut, Ermin scheint tief zu schlafen, aber da er sich auf unserem Nachtplatz breitgemacht hat, muss ich ihn vorsichtig beiseiteschieben, um mich ins Bett legen zu können.

Doch gerade als ich mich hinlegen will, brummt er gereizt: »Mach endlich das Licht aus.«

Ich murmele eine Entschuldigung und schalte es schnell aus. Er dreht sich sofort zur Seite und schläft weiter. Es dauert einen Moment, bis auch ich zur Ruhe komme. Ich lasse den Tag noch einmal in meinen Gedanken an mir vorbeiziehen, ehe meine Augen zufallen.

Es überrascht mich nicht, dass ich von meiner Avia träume. Sie lächelt und wirkt zufrieden. Ihre Hand hält jemanden fest – es ist dieses fremde Geschöpf namens Elfie. Doch dann reißt ein Geräusch mich aus dem Schlaf.

Es ist Ermin. Er weckt mich unsanft, obwohl es noch dunkel ist. Hellwach und bereits angekleidet, fordert er mich auf, aufzustehen. Zuerst glaube ich, ich würde noch träumen, aber dem ist nicht so. Ich stöhne und setze mich müde auf. »Argh …«

Ermin deutet auf einen Stuhl. »Dort liegt Kleidung für dich. Mach dich etwas frisch. Du weißt ja jetzt, wie alles funktioniert. Wir treffen uns in der Küche.« Dann verlässt er den Raum.

Nun gut, diesmal werde ich es schon hinbekommen. In der ersten Nacht war ich noch überfordert mit all den fremden Gegenständen. Ich erwachte durch schrille Töne, die mich plötzlich umgaben, und wusste nicht, wo ich war. Der Schreck fuhr mir gehörig in die Glieder.

Ermin hörte den Krach und kam mir zu Hilfe.

Die Ursache des ganzen Aufruhrs war ein Zeitmesser, der – ebenso wie die Laternen – mit Strom betrieben wird, erklärte es Ermin mir. Ich kenne nur Sonnen- und Wasseruhren. Dieses kleine, laute Gerät mit seiner fremdartigen Schrift ist mir immer noch suspekt.

Aber einiges wirkte auch vertraut, wie das Bad. Im Haus meiner Großeltern gab es ein ähnliches, das in Teilen diesem hier glich. In ganz Mogontiacum existierte nichts Vergleichbares. Bedauerlicherweise fiel es nach dem Tod meiner Großeltern einem Brand zum Opfer.

Ich muss Ermin danken. Er hatte sich geduldig Zeit genommen, mir das Wichtigste zu erklären. Er ist ein wirklich erstaunlicher Mann. Es schien, als wisse er genau, wie ich mich fühle – und das ist für einen Nicht-römer, der noch vor Kurzem gegen mich kämpfte, besonders beachtlich. Deshalb will ich ihn nicht länger warten lassen. Körperlich erfrischt und angezogen, mache ich mich auf den Weg zu ihm.

Er erwartet mich bereits in der Küche und begrüßt mich mit einem knappen Nicken.

Vor mir ist der Küchentisch großzügig gedeckt mit allerlei Speisen – sowohl vertrauten als auch fremden. Da sind Brot, Eier und Käse, alles Nahrungsmittel, die mir bekannt sind sowie das dampfende Kräutergetränk, das sie *Tee* nennen und das ich durchaus zu schätzen weiß. Doch meine Gedanken schweifen ab, hin zu etwas anderem, zu jemand anderem.

»Sind die Frauen schon auf?«

»Nein, sie schlafen noch«, antwortet er, nimmt einen Bissen Brot und fügt hinzu: »Tasha hat viel durchgemacht. Sie muss sich erholen, vor allem wegen der Schwangerschaft.«

Schwanger? Überrascht hebe ich die Augenbrauen, davon habe ich nichts gewusst. »Sie erwartet ein Kind? Meinen Glückwunsch!«

Ermin geht nicht darauf ein. Stattdessen greift er zu einem eigenartig duftenden Getränk – eindeutig kein Tee.

»Was trinkst du da?«

»Kaffee. Willst du mal probieren?«

»Ja, gerne.« Ich nehme einen Schluck – und verziehe sofort das Gesicht. Scharf und bitter, ganz anders, als der Duft vermuten ließ.

Ermin grinst.

Ich ergreife die Gelegenheit, um ihm ein paar Fragen zu stellen. »Sag mal, wer regiert dieses Reich? Wer hält die Macht? Rom?«

Er antwortet direkt: »Dein Rom gibt es nicht mehr. Über die Jahrhunderte haben sich neue Völker und neue Grenzen geformt. Die meisten leben friedlich miteinander, regiert von gewählten Männern und Frauen.«

Er trinkt kurz etwas und ergänzt: »Es ist kein Paradies, aber eine gute Zeit. Wir leben sicher und frei.«

»Gibt es keine Armeen? Keine Schlachten? Du wirkst wie ein Krieger und scheinst viel davon zu verstehen. Woher kommt das?«

Ermin wirkt entrückt. »Das war in einem anderen Leben. Jetzt bin ich da, wo ich sein will, und bin zufrieden.« Nach einem weiteren Schluck seines Gebräus erklärt er: »Natürlich gibt es in dieser Welt noch Kriege, das liegt in der Natur des Menschen, aber sie werden nicht hier geführt.«

Seine Worte klingen rätselhaft. Während ich darüber nachdenke, fällt mir auf, dass auf dem Gut weder Verwandte von ihm noch von Tasha leben und bisher niemand zu Besuch kam. In meiner Welt, bei den Römern wie Germanen, ist das unvorstellbar – Familie ist immer präsent. Doch hier wohnen nur die beiden. Wo also sind ihre Familien? Ich hake nach: »Was ist mit euren Verwandten? Sind sie in der Nähe?«

»Nein«, entgegnet er knapp, und um das Thema schnell zu beenden, sagt er: »Es ist gut, dass du hier bist. Mein Stallbursche Henry ist erkrankt und ich brauche Hilfe auf dem Hof. Als Erstes beginnen wir mit der Versorgung der Tiere.«

Ich hätte noch viele weitere Fragen stellen können, doch ich respektiere seine Grenze. Außerdem bin ich froh, dass er mir eine Aufgabe überträgt – die Ablenkung wird mir guttun.

Die Arbeiten auf einem Landgut sind mir vertraut, auch wenn hier sicher manches anders sein wird. Aber das werde ich schon lernen. Ich habe meinem Großvater oft geholfen: bei der Stallarbeit, dem Füttern und Pflegen der Tiere. Ich brachte sie morgens auf die Weide und abends wieder zurück. Besonders fasziniert hat mich dabei immer die Arbeit mit Pferden. Natürlich gehören zum Alltag auch kleinere Instandhaltungsarbeiten wie das Reparieren von Zäunen. Die Hosen, die in dieser Welt Männer und Frauen gleichermaßen tragen, erscheinen dabei äußerst praktisch und bequem – auch wenn ich mich an den Anblick erst noch gewöhnen muss.

Ermin weist mir zügig meine Aufgaben zu, und die Stunden vergehen rasch. Dann erhalte ich die Gelegenheit, mit einem Pferd zu arbeiten – einem stolzen, eigensinnigen Hengst, der mich nur zögerlich an sich heranlässt. Ermin traut mir offenbar diese Herausforderung zu, was ich erstaunlich finde, da er mich im Grunde kaum kennt – geschweige denn meine Fähigkeiten.

Tasha taucht auf. Sie versorgt uns mit Tee und belegten Broten. Aber wo ist eigentlich Elfie?

Während sie mir das heiße Kräuterwasser einschenkt, frage ich beiläufig: »Ich habe deine Freundin heute noch nicht gesehen.«

»Sie ist noch im Haus und will später die Gegend erkunden. Vielleicht möchtest du sie begleiten?« Sie grinst vielsagend.

»Ähm, ich weiß nicht«, stottere ich unter ihrem prüfenden Blick.

Zum Glück lenkt Ermin das Gespräch in eine andere Richtung. »Gibt es Neuigkeiten von Nechtan?«

Tasha sieht ihn tadelnd an. »Du musst nicht Latein sprechen. Und ja, Eve hat vorhin angerufen. Nechtan wird noch ein paar Tage in der Klinik bleiben müssen. Ich besuche ihn später.«

Dann blickt sie wieder zu mir. »Entschuldige, Marc, aber heutzutage spricht niemand mehr Latein.«

Ermin entgegnet ruhig: »Tasha, das wäre Marc gegenüber unhöflich. Ich werde mich auch weiterhin in einer für ihn verständlichen Weise mit ihm unterhalten.«

»Darum geht es mir nicht«, entgegnet sie. »Du weißt doch, wie die Menschen sind. Sie werden sich wundern, wenn sie uns zufällig Latein reden hören … und dann kommen garantiert allerlei neugierige Fragen. Und auf gar keinen Fall wollen wir Aufmerksamkeit, oder?« Sie seufzt.

»Keine Angst, meine Blume, ich werde ihm schon das Nötigste beibringen.« Schmunzelnd zieht er seine leicht schmollende Blume in die Arme und küsst sie, bis sie lächelt.

Mich stört es nicht, dass die beiden Zärtlichkeiten austauschen, meine Anwesenheit scheint sie ebenso wenig zu stören.

Beim Gehen ruft sie noch über die Schulter: »Ich sage euch Bescheid, wenn das Mittagessen fertig ist.«

Die Szene erinnert mich an meine Kindheit – an die Tage, an denen ich mit Opa draußen war und Oma uns zum Essen rief. Ich vermisse die beiden sehr.

»Hey, Marc …«

Ermins Stimme reißt mich aus meiner Erinnerung. »Hm? Was?«

»Träumst du? Du wirkst, als wärst du mit dem Kopf ganz woanders.«

»Entschuldige.«

»Mach dir keine Sorgen. Du kommst wieder heim. Aber halte dich fern von den Einheimischen«, mahnt er mit ernster Stimme.

Er hat recht – und Tasha auch. Ich muss vorsichtig sein und schnell lernen. Vor allem ihre Sprache – und all die fremdartigen Dinge im Haus und auf dem Hof. Alles andere kann warten.

Ein Gedanke schießt mir durch den Kopf, vielleicht etwas gewagt, aber ich zögere nicht, ihn auszusprechen. »Sag mal, Ermin, bist du hier geboren?« Es kam mir ganz spontan in den Sinn, dass er womöglich, wie ich, ein Reisender ist. Warum sollten nicht schon vor mir andere das Portal durchschritten und die wundersame Magie erlebt haben?

Ermin zieht die Augenbraue hoch. »Wie kommst du darauf?« Seine Stimme klingt kühler als zuvor.

Das war wohl zu forsch. Doch ich halte seinem scharfen Blick stand und mustere ihn ebenso. »Ich weiß nicht. Es ist … die Art, wie du dich gibst, wie du kämpfst. Du wirkst anders als die Menschen, die ich bisher hier getroffen habe.«

»Du hast noch kaum etwas von dieser Welt gesehen und weißt nichts über ihre Bewohner«, entgegnet er trocken. Damit ist das Gespräch für ihn beendet. Er schickt mich in den Stall zum Ausmisten.

Es bringt nichts, darüber zu grübeln, warum er mir keine direkte Antwort gegeben hat. Es passt zu ihm. Und tatsächlich weiß ich wenig über meine neue Umgebung, und mir fehlt die Zeit, sie kennenzulernen.

Gerade als sich mein Magen bemerkbar macht, taucht Elfie auf. »Tasha hat mich geschickt, ihr sollt zum Essen kommen. Bestimmt habt ihr Hunger, oder?« Sie klingt gut gelaunt.

Ermin hat sie kommen sehen und tritt zu uns. Und ja, ich habe Appetit, aber nicht nur auf Nahrung, denn ihr Anblick fesselt meine Aufmerksamkeit.

Sie trägt eine kurze, enganliegende Tunika, die ihre Figur betont. Sogar die Umrisse ihrer Brüste sind deutlich zu erkennen, bis hin zu den Brustwarzen. Sie geht ganz unbekümmert damit um. Ihr Grinsen verrät mir aber, dass sie genau weiß, wie sie auf mich wirkt. Ich zwinge mich, den Blick abzuwenden, und eile zum Haus.

Kaum habe ich die Eingangstür erreicht, steigt mir ein herrlicher Bratenduft in die Nase. Die Ablenkung tut gut und mein Magen beginnt, erneut zu knurren.

Tasha lächelt mich an und bittet mich, Platz zu nehmen. Kurz darauf erscheinen auch Elfie und Ermin. Ich vermeide den Augenkontakt mit ihr und fixiere den gedeckten Tisch.

Es gibt Gebratenes und Gemüse, und jeder kann sich nehmen, was und wie viel er möchte. Aber nicht alles davon kenne ich. Ich stochere in einer Knolle herum, die mir unbekannt ist. Sie hat einen erdigen Geschmack und erinnert mich am ehesten an Rote Bete. Ermin bezeichnet sie als *Kartoffel* und erzählt mir zudem, woher sie stammt. Der Herkunftsort klingt fast wie ein Märchen – ein riesiger Kontinent im Westen, von dem zu meiner Zeit niemand etwas ahnte.

Geduldig nimmt sich Ermin für mich immer wieder Zeit, auch was die Musik angeht, die aus einem seltsam kleinen Gerät ertönt. Wieder erklärt er, dass auch dieser Apparat mit *Strom* betrieben wird. Er scheint in dieser Welt unentbehrlich zu sein.

Währenddessen sind die beiden Frauen in ihr eigenes Gespräch vertieft, in ihrer Sprache. Doch immer wieder kreuzen sich meine Blicke mit Elfies – mal flüchtig, mal etwas länger. Besonders, wenn wir uns gleichzeitig Nachschlag nehmen und unsere Hände sich dabei zufällig berühren.

Weshalb übt diese Frau nur eine solche Faszination auf mich aus? Sie ist klein, laut und unbeschwert, aber das allein erklärt nicht, warum ich mich so magisch zu ihr hingezogen fühle.

Hat Tasha etwas zu mir gesagt?

Mit einem leicht tadelnden Blick mustert sie mich und wiederholt: »Also, Ermin und ich sind für ein paar Stunden weg. Ich will Nechtan besuchen, und Ermin hat noch etwas in der Stadt zu erledigen.« Sie sieht Elfie und mich jetzt abwechselnd an, bevor sie fragt: »Kommt ihr ohne uns zurecht?«

Elfie antwortet als Erste: »Ja, klar. Ich will sowieso wandern gehen und die Gegend erkunden.«

Dann schaut sie zu mir. »Wenn du möchtest, kannst du mich begleiten. Ich würde mich über Gesellschaft freuen.«

Ihre Einladung verunsichert mich. Ist sie wirklich nur freundlich oder steckt mehr dahinter?

Weil ich nicht sofort reagiere, lacht sie. »Er hat wohl Angst vor mir.«

Ich schaue sie grimmig an, dann wende ich mich an Ermin: »Und wer kümmert sich in der Zwischenzeit um die Tiere?«

»Das machen zwei Jungs aus dem Nachbarort. Sie kennen sich aus und kommen einmal die Woche nach der Schule, manchmal auch öfter, wenn ich sie brauche.«

Elfie sieht mich herausfordernd an, die Arme verschränkt. »Und? Was ist nun?«

Ich stehe auf, sodass sie zu mir aufsehen muss. »Ich komme mit. Wann?«

Sie wirkt überrascht, vielleicht auch ein wenig eingeschüchtert, doch erwidert sie prompt: »In dreißig Minuten.«

Ermin hat mir gestern erklärt, wie die Zeitmessgeräte funktionieren, und mir eines für das Handgelenk gegeben – eine *Armbanduhr*, wie er es nannte. So weiß ich bereits, was Elfie mit der Angabe in Minuten meint. Ich lerne schnell, und das muss ich auch, um nicht unnötig aufzufallen.

»Gut«, entgegne ich. Doch plötzlich rümpft sie die Nase.

Ich blicke sie fragend an.

»Du riechst nach Stall«, sagt sie grinsend, »besser du ziehst dich um.«

Ich soll stinken, nur weil ich bei den Tieren war? Das erscheint mir verrückt.

Inzwischen hat sich Elfie umgedreht und hilft Tasha beim Abräumen des Tisches. Die beiden sind beschäftigt und beachten uns nicht weiter.

Ermin erhebt sich. »Komm mit, Marc. Sie hat recht, wir sollten uns umziehen.«

Kaum sind wir im Zimmer, bemerkt er unvermittelt, als wäre es die selbstverständlichste Feststellung der Welt: »Sie mag dich.«

Ich blinzele. »Wie meinst du das?«

»Da ist etwas zwischen euch.«

Ich schnaube leise. »Selbst wenn, es würde nicht gehen.«

Ermin hebt eine Braue. »Warum nicht?«

Ich blicke ihn ernst an. »Was ist das für eine Frage. Es gibt keinen Grund zur Hoffnung.«

»Es gibt immer einen Grund zur Hoffnung«, widerspricht er nüchtern.

Ich schüttle den Kopf. »Du weißt sehr genau, dass wir grundverschieden sind.«

Seine Antwort kommt prompt und mit einem breiten Grinsen: »Ja, aber das sind Mann und Frau doch immer.«

Die Tatsache, dass wir aus völlig unterschiedlichen Welten stammen, übergeht er dabei vollkommen.

In diesem Moment ruft Tasha nach ihm. Sie ist ungeduldig und drängt zum Aufbruch.

Ermin beeilt sich. »Ich muss los. Wir sind gegen Abend wieder zurück. Mach keinen Unsinn, Junge.« Dabei klopft er mir aufmunternd auf die Schulter.

Ich sehe noch, wie die beiden in die eiserne Kutsche steigen, und das dröhnende Brummen des Gefährts ertönt. Ich bin froh, nicht in diesem Ungetüm sitzen zu müssen. Aber auf mich wartet bereits eine andere Herausforderung.

Nachdem ich die Treppe hinuntergegangen bin, tritt Elfie an mich heran. »Bereit?«

Ich nicke.

Auch sie hat sich umgezogen – beachtlich, wie schnell sie das geschafft hat.

»Wo willst du eigentlich hin?«, frage ich neugierig.

»Weiß ich noch nicht. Was hältst du von der Küste?«

»Gerne«, antworte ich, denn es ist mir gleich.

Still gehen wir eine Weile nebeneinander her. Um sich zu orientieren, schaut Elfie hin und wieder auf ein Pergament. Sie vermeidet die offiziellen Wege, doch ganz lässt sich das nicht umgehen, und so begegnen wir unweigerlich auch den lauten Vehikeln dieser

Welt. Ich zucke jedes Mal zusammen, aber nicht mehr so heftig wie zu Beginn.

Elfie bemerkt es und erklärt mir mit merklichem Vergnügen, um welche Kutschen es sich handelt. Es gibt viele verschiedene: große und kleine, schnelle und langsame, laute und leisere. Weitere Worte wechseln wir nicht. Das ist mir grundsätzlich recht, doch es überrascht mich auch. Ich hatte erwartet, dass sie die Gelegenheit nutzt, mir Fragen zu stellen oder mich zumindest mit meiner Unbedarftheit aufzuziehen, aber nichts dergleichen geschieht.

Ermin hatte ihr ganz offen von der unfreiwilligen Reise in meine Welt erzählt, allerdings hegt Elfie Zweifel. Ich habe das Gefühl, dass die beiden wollen, dass ich sie davon überzeuge – nur bin ich selbst noch nicht ganz überzeugt. Oder war genau das ihre Absicht: Uns gegenseitig Klarheit zu verschaffen?

Plötzlich deutet Elfie nach Osten. Tatsächlich hat sie uns in die Nähe der Piktensiedlung geführt. Warum ausgerechnet hierher? Was bezweckt sie damit?

»Sieh mal!«, ruft sie aufgeregt.

Ich reagiere schroff. »Was willst du hier?«

»Es verstehen«, gibt sie ernst zur Antwort.

Ich weiß genau, was sie meint – den Ursprung des Sprungs in diese Zeit inspizieren.

»Das lässt sich nicht nachstellen«, entgegne ich abweisend.

Ihr Blick bleibt unergründlich, doch ihre Körpersprache und ihre Marschrichtung verraten Entschlossenheit.

Die zeige ich ebenfalls. »Wir gehen zurück!«, bestimme ich und packe sie am Arm, wohl etwas zu hart, sie beginnt zu jammern.

»Entschuldige …«, murmele ich und lasse sie jäh los. Sogleich setzt sie ihren Weg in Richtung der Klippen fort – flink wie sie ist.

Ich hole sie erst ein, als sie fast angekommen ist. Während sie sich umschaut, stellt sie nüchtern fest: »Keine Menschenseele zu sehen, auch niemand, der hier arbeitet.«

»Was hast du denn erwartet?«, frage ich verstimmt.

»Antworten«, sagt sie. Dann mustert sie mich nachdenklich. »Wie kannst du ein echter Römer sein? Das ist verrückt.«

Ich kontere gereizt: »Und wie kann ich in der Zukunft sein? Mit einer Frau, die mich wahnsinnig macht.« Warum habe ich das Gefühl, dass diese Fragen für uns viel bedeutsamer sind, als wir ahnen.

Sie bleibt hartnäckig. »Wo ist die Höhle? Wo der Weg hinein?«

Ich stöhne genervt auf. »Selbst wenn ich es wüsste, würde ich es dir nicht sagen.«

»Du veralberst mich. Was soll das?«

»Elfie, an diesem Ort sind wir nicht herausgekommen«, entgegne ich ehrlich.

Sie ist verwirrt. »Aber … hier wurde doch Tasha verschüttet.«

»Das mag sein, doch es ist nicht unser Ausstieg.«

Sie wird ungeduldig. »Dann sag mir, wo er ist!«

»Nein! Das bringt nichts. Lass es sein.«

Mit vor dem Oberkörper verschränkten Armen wippt sie unschlüssig hin und her, während sie unruhig auf ihrer Lippe kaut und der Wind ihr braunes, welliges Haar zerzaust.

Süß – so mein spontaner Gedanke. Aber ich muss mich zusammenreißen, denn ich will nicht, dass sie es bemerkt. Also frage ich: »Warum ist dir das so wichtig?«

Sie antwortet nicht. Ich bin mir nicht einmal sicher, ob sie mich gehört hat.

Sie nähert sich dem Rand der Felsen und steht nun viel zu nah an der Klippe. Ohne groß nachzudenken, ergreife ich ihren Arm und ziehe sie zurück. Dabei kommen wir uns nahe.
Instinktiv will sie einen Schritt zurück machen, doch ich halte sie fest. Für einen Moment verharrt sie still. Schließlich flüstert sie: »Weißt du, diese ganze Geschichte mit der Reise in die Vergangenheit ist einfach zu unglaublich. Du weißt immerhin, woher du kommst und dass du nun in einer fremden Welt bist. Aber ich … ich soll das einfach glauben. Einfach so!

»Das erklärt nicht, warum es dir so wichtig ist«, sage ich mit Bedacht.

Mit großen Augen sieht sie mich an. Tränen schimmern darin. Dieses Wesen, was so gerne und viel zu lachen scheint, wirkt jetzt sehr verletzlich.

Sie lässt sich mit einer Antwort Zeit.

»Ich habe keine Familie mehr, Marc. Ich bin ganz allein. Mara war mir von allen am nächsten, auch wenn wir uns mal länger nicht gesehen haben. Als sie ging, hinterließ sie eine Lücke, ähnlich der, die der Tod meiner Eltern hinterlassen hat. Deshalb fällt es mir so schwer, das hier zu begreifen. Ich habe immer an ein Wiedersehen mit ihr geglaubt. Ich will Gewissheit. Verstehst du das?«

Ein beklemmendes Gefühl ergreift mich. Ihr Verlust ist auch meiner. »Ich verstehe dich, wirklich. Doch Mara ist nicht mehr. Es gibt dort nichts zu finden.«

Sie schluckt schwer. »Ich will ja nicht auf Dauer bleiben. Ich möchte nur mal sehen, woher du und Ermin stammen.«

Ermin kommt also aus meiner Welt?

Ich hatte es bereits geahnt, aber es nun zu wissen, überrascht mich trotzdem. Er muss sein altes Leben für Tasha aufgegeben haben, und das dürfte schon eine Weile zurückliegen, denn er kennt sich mit den hiesigen Gepflogenheiten hervorragend aus. Er zeigt keinerlei Angst oder Scheu in dieser für mich so fremden Welt.

Plötzlich, ohne Vorwarnung, wird unsere Unterhaltung unterbrochen. Eines der Ungeheuer rollt auf uns zu und bleibt mit einem Ruck in kurzer Entfernung stehen.

Es ist Adam! Der Mann, der mit Tasha und Ermin auf dem Hof gestritten hat. Auch jetzt ist er aufgebracht und voller Zorn. Er brüllt mich an: »Du! Was willst du hier?«

Elfie stellt sich schützend vor mich.

Schon niedlich, denn ich kann problemlos über sie hinwegsehen, und es wäre keine Herausforderung, diesen Wüterich im Handumdrehen zu überwältigen.

Elfies Bemühungen, die Situation zu beruhigen, prallen an Adam ab. »Was soll das? Wer bist du überhaupt?«

»Elfie! Tashas Freundin und auch seine«, antwortet sie selbstbewusst.

Adam ist irritiert.

Da die beiden die Sprachen mischen, verstehe ich nur einen Teil ihrer Worte, aber ich kann mir einiges zusammenreimen.

Meine Beschützerin setzt nun nach: »Was soll dieser dramatische Auftritt? Und wer sind Sie eigentlich? Ich kenne sie nicht.«

»Und du kennst ihn nicht.« Seine Augen verengen sich, als er zu Marc hinschielt. »Du hast keine Ahnung, wer er ist. Er ist eine Abartigkeit der Natur«, zischt Adam böse zwischen den Zähnen hervor.

»Nein, das finde ich nicht. Er ist ganz offensichtlich ein Mensch. Ein Mann, dem Tasha vertraut. Was muss ich mehr über ihn wissen?«, kontert sie ruhig.

»Er … er gehört nicht hierher! Das ist falsch! Ein Fehler des Universums.« Wild fuchtelt er mit den Armen, als suche er verzweifelt nach einer besseren Erklärung.

Diesmal hat er alles auf Latein gesagt, wohl um sicherzustellen, dass ich es verstehe.

Ich bleibe unbeeindruckt. Es ist nur ein erbärmlicher Wicht mit einem großen Mundwerk.

Doch jetzt reicht es!

Entschlossen schiebe ich meinen süßen menschlichen Schutzwall zur Seite und baue mich bedrohlich vor dem Schreihals auf. Normalerweise genügt das, um mir Respekt zu verschaffen.

Adam wirkt kurz verunsichert, dann tritt er mir selbstsicher entgegen und sagt mit gefährlich leiser Stimme: »Du hast hier keine Macht! Das wirst du bald merken.«

Ohne ein weiteres Wort zu verlieren, dreht er sich um und eilt zu seiner Kutsche, äh, seinem Auto. Ich muss mir die Begriffe dieser Zeit zu eigen machen. Das Lernen beginnt im Kopf.

Sein Auto heult auf wie ein verwundetes Tier. Mit erschreckender Schnelligkeit bewegt es sich an uns vorbei, nicht ohne uns gefährlich nahe zu kommen.

Ich zeige keine Angst, diese Genugtuung gebe ich ihm nicht. Doch Elfie gerät ins Wanken. Rückwärts strauchelnd, nähert sie sich gefährlich dem Rand der Klippe. Im letzten Augenblick kann ich sie am Arm packen und zu mir ziehen. Vor Schreck klammert sie sich an mich, ihr Gesicht ist kreideweiß und ihr Atem geht stoßweise. Das hätte böse enden können.

»Geht es dir gut?«, frage ich besorgt.

Fassungslos sieht sie mich an. »Der Typ hat eindeutig ein psychisches Problem.«

Ich verstehe ihre Worte nicht. Ich schaue nur wie gebannt auf ihren Mund, der leicht geöffnet ist. Unbewusst fährt sie sich mit der Zunge über ihre Lippen. Der Anblick entfacht Verlangen in mir – und sie bemerkt es.

Ich denke nicht mehr, ich handle und küsse sie.

Und dann das Überraschendste: Sie erwidert meinen Kuss – stürmisch, fast hungrig. Ihr Körper schmiegt sich an meinen. Dieses kleine Wesen brennt förmlich vor Leidenschaft. Es ist, als wäre sie genauso ausgehungert wie ich.

Plötzlich löst sie sich von mir und flüstert, beinahe bedauernd: »Das war vielleicht keine gute Idee.«

Ich will etwas erwidern, doch sie kommt mir zuvor. »Marc, wir sollten jetzt zurückgehen.« Sie seufzt leise. »Das war genug Aufregung für einen Tag.«

Ich nicke nur. Was könnte ich schon sagen? Dass ich sie begehre? Ich bin mir nicht einmal sicher, ob ich diese Komplikationen überhaupt will. Dennoch frage ich mich, ob sie es bereits bereut.

Aber sie hat mich gewollt, hat auf meine Zärtlichkeiten reagiert. Und das war zugegeben ein gutes Gefühl.

Vieles mag sich in zweitausend Jahren verändert haben, doch dieses Eine, zwischen Mann und Frau, bleibt zu allen Zeiten gleich.

Wir erreichen die Farm, noch bevor Tasha und Ermin zurückkehren. Elfie zieht sich direkt in ihr Zimmer zurück, ohne ein Wort mit mir zu wechseln. Bald darauf höre ich das Rauschen von Wasser. Eine Weile stehe ich nur da und lausche.

In meinem Geiste formt sich ein Bild: Wie sie nun ein Bad nimmt, nackt, wie die Götter sie schufen. Ein zartes Wesen mit prallen Brüsten, bronzefarbener Haut, schmalen Schultern und einer schlanken Taille, dazu ein strammer Po, der zum Anfassen einlädt. Nicht zu übersehen ihre langen schmalen Fingerglieder und das wundervoll gelockte, kastanienbraune Haar, auch wenn es eine seltsam eigenwillige Form besitzt. Blickt man in ihre Augen, glaubt man, in die Tiefe der Unendlichkeit abzutauchen, sich in ihnen zu verlieren.

Einmal mehr macht sich mein Körper bemerkbar, die Sehnsucht nach Lust und Befriedigung erfasst mich. Diese Art von süßem Schmerz habe ich schon lange nicht mehr gespürt. Elfie dort oben zu wissen, in ihrer Natürlichkeit, raubt mir fast den Verstand. Viele meiner Kameraden hätten jetzt keine Skrupel, sie zu nehmen. Doch es wäre nur ein kurzes Vergnügen, das mit Sicherheit von Reue begleitet würde. Nein, sie wird freiwillig mein werden.

Das Geräusch eines Autos, das ich inzwischen zuordnen kann, reißt mich unsanft aus meinen Gedanken.

Tasha und Ermin sind zurück.

Ich muss mich von meinen Fantasien lösen, es ist nicht der richtige Zeitpunkt.

Nur Augenblicke später stehen meine Gastgeber im Eingangsbereich.

Tasha begrüßt mich fröhlich. »Hallo, Marc.« Sie tritt näher und sieht mich prüfend an. »Wirst du krank? Du bist ja ganz verschwitzt.« Sie legt eine Hand auf meine Stirn.

Ich winke ab. »Es geht mir gut.« Die Situation ist mir unangenehm, also sage ich schnell: »Wir sind selbst noch nicht lange da. Unsere Wanderung war anstrengender als gedacht.«

Skepsis liegt in ihrem Blick, doch nach einem Moment des Zögerns, fragt sie schließlich: »Und wo ist Elfie?«

Ich deute nach oben.

»Wo seid ihr denn gewesen?«, will Ermin nun wissen, dabei mustert er mich intensiv.

Gerade als ich antworten will, höre ich Schritte auf der Treppe. Elfie kommt herunter, mit nassem Haar und glasklaren Augen. Sie hat sich erstaunlich schnell frisch gemacht.

Nur flüchtig sieht sie mich an, bevor sie sich direkt an Ermin wendet – offensichtlich hat sie seine Frage mitgehört. »Wir waren an der Küste. Da tauchte so ein Kerl auf. Der benahm sich total daneben. Wäre Marc nicht gewesen, läge ich jetzt im Meer und wäre Fischfutter.«

Tasha starrt sie entsetzt an. »Was? Wer war das?«

»Da musst du Marc fragen. Dieser Fremde schien ihn zu kennen und etwas gegen ihn zu haben«, erklärt Elfie und zuckt mit den Achseln.

»Das war Adam«, antworte ich knapp.

Ermins Miene verfinstert sich, während Tasha verärgert schnaubt. »Das ist doch nicht zu fassen. Dieser blöde Kerl ...«

»Keine Sorge, ich kümmere mich darum«, verkündet Ermin mit düsterer Stimme.

Tasha widerspricht scharf: »Nein! Du bist wie die Axt im Walde. Ich regele das!«

»Tasha, bitte, wer weiß, wozu er fähig ist«, warnt er eindringlich.

Seine Liebste sieht das anders. »Ermin, er hat offensichtlich ein ernstes Problem und braucht Hilfe.«

Dann blickt sie zu Elfie. »Du arbeitest doch mit Menschen, die einen Knacks haben. Könntest du nicht ...«

Elfie schüttelt sofort den Kopf. »Sei mir nicht böse, Tasha. Ich bin hier, um Urlaub zu machen, nicht um zu arbeiten. Und ehrlich gesagt, will ich das auch gar nicht ... wegen dieses Mannes wäre ich beinahe von der Klippe gestürzt.«

Tasha nimmt ihre Freundin in den Arm. »Entschuldige, du hast ja recht. Hauptsache, dir ist nichts geschehen.«

Diese Menschen sind für mich Fremde. Ich kenne sie nicht näher, doch ich habe ein gutes Gespür dafür, wenn eine Situation zu kippen droht. Die Augen von Adam, oben auf der Klippe, waren vom Wahnsinn gezeichnet. Das habe ich schon öfter gesehen – bei Soldaten, die dem Kriegsalltag nicht gewachsen waren und den Verstand verloren. Ich kann Ermins Bedenken daher nachvollziehen, er hält Adam für unberechenbar und für eine Gefahr.

KAPITEL 4 - ♀

Es braut sich etwas zusammen. Ermins Gesichtsausdruck spricht Bände. Dieser Adam scheint bei ihm nicht hoch im Kurs zu stehen.

Ich finde ihn ebenfalls unsympathisch, vor allem, weil ich seinetwegen beinahe von der Klippe gestürzt wäre – was Marc gerade noch verhindern konnte. Und das führt mich direkt zum nächsten Problem: Marc!

Dieser Mann verwirrt mich. Ich bin nicht prüde, aber ein Techtelmechtel mit Maras Enkel? Das geht doch nicht! So reizvoll dieser Riese auch sein mag. Ganz zu schweigen von dem Aspekt, dass er aus einem gefühlt Lichtjahre entfernten Universum stammt. Vielleicht sollte ich schnellstens wieder abreisen und das alles hinter mir lassen, bevor die Dinge aus dem Ruder laufen.

Eigentlich wollte ich den heutigen Ausflug nutzen, dem Römer auf den Zahn zu fühlen und mir die Höhle mit dem Tunnel zeigen zu lassen. Doch dann tauchte dieser Verrückte auf und bedrohte Marc – und indirekt mich.

Verdammt! Jetzt meldet sich auch noch mein therapeutisches Gewissen: Ihn als *verrückt* zu bezeichnen, ist alles andere als professionell.

Mag sein, aber er hätte mich fast umgebracht, das weckt nun mal Antipathie in mir. Ich bin schließlich auch nur ein Mensch und nicht frei von persönlichen Vorbehalten.

Nun ja, Adam schien tatsächlich sehr verzweifelt zu sein. Er muss eine überwältigende und beängstigende Erfahrung gemacht haben, vielleicht sogar eine lebensbedrohliche. Vermutlich ergriff ihn dabei ein Ohnmachtsgefühl und er war sich seiner Machtlosigkeit bewusst, weil er keinen Einfluss auf die Situation hatte.

Solche intensiven Empfindungen gehen oft mit enormen seelischen Qualen einher und können sich sogar in körperlichem Schmerz manifestieren. Häufig verdrängen Menschen diese Erlebnisse und meiden alles, was sie daran erinnern könnte.

Doch so wie es aussieht, ist Marc für Adam eine Art Trigger. Seine Anwesenheit ruft das Trauma wieder hervor. Allem Anschein nach leidet Adam unter einer posttraumatischen Belastungsstörung. Er sollte dringend darüber sprechen, in Behandlung gehen, womöglich wäre ein Wohnortwechsel sinnvoll.

Aber ich bin nicht seine Therapeutin und möchte es auch gar nicht sein. Für einen Heilungserfolg ist gegenseitiges Vertrauen unerlässlich. Das wäre von meiner Seite aus nicht gegeben, schon gar nicht bei jemandem, der mein Leben gefährdet hat und mir von Anfang an unsympathisch war. Zudem ist die Bearbeitung eines Traumas ein langwieriger Prozess, den ich zeitlich nicht leisten kann, da ich ohnehin in ein paar Wochen abreise.

Schluss jetzt! Das ist nicht mein Bier und geht mich nichts an. Ich sollte mich besser um mein eigenes Seelenheil kümmern, denn dieser Marc bringt mich völlig aus dem Takt. Seine schiere Präsenz und Ausstrahlung machen mich nervös. Schon nach unserem Kuss wusste ich, dass es ein Fehler war. Und nun versuche ich ihm Gleichgültigkeit vorzuspielen und mir nicht anmerken zu lassen, wie sehr er mich verunsichert.

Die Stimmung bleibt angespannt, was sich auch beim Abendessen zeigt. Wir sitzen schweigend am Tisch. Ermin ist noch verstimmt, weil Tasha alleine zu Adam gehen will. Marc hingegen beäugt mich aufmerksam. Und ich? Ich bemühe mich, desinteressiert zu wirken.

Plötzlich durchbricht Marc die Stille und spricht Ermin an. »Ich habe gehört, dass du ebenfalls aus meiner Zeit stammen sollst. Ich hatte dich doch schon gefragt, warum hast du es mir nicht gleich gesagt?«

Erstaunt sieht Ermin zu Tasha, dann zurück zu Marc. »Wer behauptet das?«

Marc deutet auf mich.

Ich bin mir keiner Schuld bewusst und zucke gelassen mit den Schultern. Ich hatte angenommen, Marc wüsste längst über ihr gemeinsames Schicksal Bescheid.

»Wieso ist das wichtig?«, erkundigt sich Ermin auffällig ruhig, während er nach einem Stück Brot greift, das er für meinen Geschmack viel zu großzügig mit Schinken belegt.

Marc überlegt kurz. »Es erklärt eben vieles: deinen Kampfstil, dein Wissen über unsere Taktiken, deine Selbstbeherrschung … Hast du womöglich in unserem Heer gedient?«

Aus Marcs Sicht ist das eine durchaus berechtigte Frage. Doch Ermin bleibt stumm und kaut fast manisch auf seinem Brot.

Warum ziert er sich?

Schließlich ergreift Tasha das Wort. »Das ist nicht mehr wichtig und liegt lange vor deiner Zeit.«

Aber Marc lässt nicht locker. »Noch vor meiner Zeit? Wann genau? Was ist geschehen?«

Plötzlich springt Ermin auf. »Satis est!«, brüllt er und schlägt mit der Faust auf den Tisch.

Es reicht ihm.

Erschrocken sehen wir ihn an. Besonders Tasha zuckt zusammen und fasst sich an den Bauch. Als Ermin das bemerkt, ändert sich sein Verhalten. Mit einem Ausdruck der Reue berührt er sanft ihre Wange – eine stumme Entschuldigung. Dann verlässt er den Raum.

»Was war das denn gerade?«, frage ich verdutzt.

Tasha schaut mich nachdenklich an. »Du musst ihn verstehen. Sein früheres Leben war von Kampf und Schmerz geprägt. Jetzt ist er hier, doch die Schatten der Vergangenheit lassen einen nie ganz los.«

»Dir ist schon klar, dass diese Reaktion nicht gesund ist«, sage ich offen. »Wäre er wirklich mit sich im Reinen, würden ihn solche Fragen nicht aufwühlen.«

Meine Worte bringen sie zum Grübeln. Sie wirkt in sich gekehrt.

Währenddessen hat uns Marc still beobachtet, vermutlich ohne viel zu verstehen. Bevor er den Raum verlässt und nach oben geht, äußert er sich bedauernd: »Ich bin zu weit gegangen. Es tut mir leid. Es ist sein Leben ... euer Leben. Diese Fragen stehen mir nicht zu.«

Ich kann Marcs Neugierde nachempfinden, auch ich hätte gerne ein paar Antworten. Aber im Moment ist das nicht wichtig. Ich mache mir Sorgen um Tasha. Sie ist blass und angespannt. »Geht es dir gut?«

»Ja, schon.« Sie atmet tief durch, und allmählich kehrt Farbe in ihr Gesicht zurück. »Weißt du, Ermin steht unter enormem Druck: unsere letzte Reise in die Vergangenheit, Marc und Nechtan im Hier, meine Schwangerschaft und der durchgeknallte Adam. Das alles ist nicht einfach für ihn … für uns. Ermin hat mit seinem alten Leben abgeschlossen, und jetzt scheint es fast so, als würde es seine Fühler nach ihm auszustrecken.«

»Entschuldige, ich wollte keine alten Wunden aufreißen«, entgegne ich leise.

»Dafür kannst du nichts, dafür bist du nicht verantwortlich. Ich sollte besser mal nach ihm schauen.« Tasha steht auf. »Wir sehen uns morgen. Ich wünsche dir eine gute Nacht, Elfie.«

Sie geht und ich bleibe allein zurück, unsicher, was ich mit mir anfangen soll. Okay, ein *Seelentröster* wäre jetzt genau das Richtige für mich. Der stellt wenigstens keine dummen Fragen.

Also, wo hat Tasha den Schnaps versteckt?

Nachdem ich jede Schranktür in der Küche geöffnet und die Fächer durchsucht habe und nichts finden konnte, versuche ich mein Glück im Wohnzimmer.

Und siehe da: Fortuna meint es gut mit mir – eine Flasche Whiskey. Ich schenke mir großzügig ein.

Während ich den ersten Schluck genieße, höre ich plötzlich Stimmen. Das Fenster in Richtung der Pferdeställe ist gekippt. Schnell wird mir klar, es sind Tasha und Ermin, die sich leise unterhalten. Sie stehen weiter weg, sodass ich nur Bruchstücke ihres Gesprächs auffange. Es fallen immer wieder Worte wie *Liebe* und *Sicherheit* sowie *Schmerz*, *Angst* und … *Arminius*.

Arminius? Was hat der denn damit zu tun?

Tasha erzählte mir, dass meine Freundin Mara in die Wirren der Varusschlacht geraten ist. Nur, wie wahrscheinlich ist es, dass sie bei ihrer Zeitreise zufällig über Arminius oder Varus stolperte? Solche historischen Persönlichkeiten tauchen nicht gerade an jeder Straßenecke auf.

Und dann ist da noch Tashas eigene Reise in die Vergangenheit, die, soweit ich weiß, erst nach der berühmten Schlacht im Teutoburger Wald, auf der Suche nach ihrer Schwester, stattfand. Sollte sie etwa auf den berühmten Bezwinger Roms gestoßen sein?

Was also bedeutet die Erwähnung dieses Mannes?

Ach, unwichtig! Ich bekomme sowieso kein klares Bild von ihrem Gespräch zusammen und es geht mich auch nichts an, und damit zurück zum Whiskey.

Ich fülle mein Glas auf, einmal, zweimal – zu oft.

Eigentlich soll der Alkohol mir helfen, die Grübelei um Marc loszuwerden. Doch weit gefehlt, je mehr ich davon in mich hineinschütte, desto stärker kreisen meine Gedanken um ihn.

Hm, er ist aber auch wirklich ein schnuckeliges Kerlchen. Ob er behaart ist? Die Männer seiner Zeit haben sich bestimmt nicht rasiert, oder? Es wäre schon interessant, das herauszufinden.

Bei der Vorstellung kichere ich und gönne mir gleich noch ein Glas.

O Gott, genug jetzt! Ich gerate zunehmend auf verrückte, gefährlich verlockende Abwege und gebe mir selbst den Befehl: *Stell die verdammte Flasche weg, solange du es noch kannst!*

Was war das gerade? Schreie?

Nein, keine Schreie – Lustschreie.

Liebeslaute von Tasha und Arminius – äh, ich meine natürlich Armin, nein, Ermin.

Meine Güte, bin ich betrunken. Diese Assoziation ist echt schräg.

Ich schüttle mich und frage mich, ob ich das Ganze nur träume oder ein Freud'scher Wunsch dahintersteckt. Um sicherzugehen, schlage ich mir mit der flachen Hand auf die Wangen.

Nein, kein Traum. Die beiden vergnügen sich tatsächlich da draußen.

Warum überrascht mich das eigentlich? Die zwei lieben sich und müssen in ihrer Intimität zurückstecken, seit Marc und ich hier sind. Wir teilen die Zimmer mit ihnen, für ein ungestörtes Liebesleben ist das nicht gerade ideal. Kein Wunder also, dass sie sich alternative Kuschelplätze suchen.

Verflixt, ich stehe immer noch am Fenster wie ein Voyeur. Ich muss zugeben, die beiden sind schon schwer inspirierend. Und verflucht, da oben liegt ein Kerl, der nur auf eine Einladung von mir wartet.

Bei der Vorstellung wird mir ganz heiß. Mein Kopfkino läuft auf Hochtouren, der Puls rast, die Atmung beschleunigt sich, gleichzeitig ist mein Mund trocken. Aber ich schüttle den Gedanken ab und rede mir ein, dass nur der Whiskey daran schuld ist.

Notiz an mich: Keinen Seelentröster mehr!

Jetzt schnell weg hier, ehe mich die beiden noch entdecken. Das wäre mir mehr als peinlich.

Doch bevor ich ins Bett gehen kann, werde ich wohl oder übel noch eine kalte Dusche nehmen, um wieder einen klaren Kopf zu bekommen.

So leise wie möglich mache ich mich auf den Weg ins Obergeschoss. Als ich an Marcs Schlafzimmer vorbeischleiche, versuche ich besonders leichtfüßig und vorsichtig zu sein. Ich habe sogar die Schuhe ausgezogen und halte sie in der Hand. Aber das war ein Fehler.

Mit meinen ungelenken Tentakeln und meinem Alkoholpegel stoße ich blöderweise gegen eine Vase, die zu wanken beginnt. Reflexartig lasse ich die Schuhe fallen, um sie aufzufangen, mit dem Ergebnis, dass nun alles auf einmal zu Boden poltert. Mist!

Es kommt, wie es kommen muss: Nur Sekunden später fliegt die Tür auf und Marc steht vor mir, mit nacktem Oberkörper und herrlich zerzaustem braunem Haar. Er trägt eine locker sitzende Pyjamahose, die meinen Blutdruck in die Höhe treibt, weil sich seine Männlichkeit deutlich darunter abzeichnet.

Zuerst scheint er überrascht, allerdings ändert sich seine Miene schnell. Seine Augen bekommen einen lüsternen Glanz – oder bilde ich mir das nur ein, weil ich es mir wünsche?

Vorsicht, Mädchen! Ich sollte schleunigst verschwinden. Ich traue ihm nicht und noch weniger mir selbst.

Während ich hektisch versuche die Scherben aufzusammeln, murmele ich: »Tut mir leid, dass … ich dich geweckt habe.« Gleichzeitig schreit die Stimme in meinem Kopf: Geh! Solange du noch kannst. Doch mein Körper, dieser Verräter, gehorcht mir nicht.

Da Marc keinen Mucks von sich gibt, werde ich neugierig und schaue auf.

Er lächelt süffisant, er hat meine hilflose Lage durchschaut. Will er sie ausnutzen?

Oh ja, tue es! Moment mal, was?

Bin ich jetzt völlig durchgeknallt? Habe ich eine gespaltene Persönlichkeit? Bin ich dissoziativ?

Ob ich mich selbst therapieren könnte? Wie machen die Psychologen das eigentlich, wenn sie anfangen, am Rad zu drehen? Merken sie es selbst oder kann nur jemand aus ihrer Zunft das erkennen?

Ach herrje, was für ein gequirlter Mist geht mir da nur durch den Kopf! Ich bin nervös und – ja, auch erregt.

Endlich spricht Marc, seine Stimme wird mit jedem Wort rauer: »Du bist eine sehr merkwürdige kleine Person … äußerst interessant.«

»Ja, das bin ich … ich war schon immer anders als vermutet, selten wie erwartet und erst recht nicht, wie andere mich gerne hätten.« O-Ton meiner Mutter.

Marc lacht laut. Doch dann, völlig unerwartet, verändert sich seine Stimmung. Ohne Vorwarnung zieht er mich in seine Arme, hebt mich mit Leichtigkeit ein Stück an und küsst mich leidenschaftlich.

Ich spüre seine Bartstoppeln auf meiner Haut und seine harte Männlichkeit, die sich an meinem Unterleib reibt. Es erregt mich und lässt mein Verlangen wachsen. Ich dränge mich noch enger an ihn.

Meine Brüste drücken sich fest gegen seinen entblößten Oberkörper und meine empfindlichen Spitzen schmerzen beinahe vor Spannung. Es fühlt sich an, als berührten sie seine nackte Haut, trotz meines Shirts.

Ich stöhne hemmungslos auf, er deutet es als Einladung. Und während seine Zunge sanft die meinige umspielt, hebt er mich mühelos hoch und trägt mich in sein Zimmer, dabei schließt er mit einem gekonnten Fußkick die Tür.

O Gott, das ist ein Fehler, warnt mich meine garstige innere Stimme. Aber die andere pfeift darauf, sie begehrt seinen Körper, will seine Liebkosungen genießen und seine Männlichkeit tief in sich spüren. Ich verzehre mich nach körperlicher Erfüllung – es ist viel zu lange her.

Vor innerer Anspannung und sinnlicher Erwartungshaltung beginnt mein Herz aus dem Takt zu schlagen und mein Körper zu glühen.

Beinahe unbemerkt hat mich Marc in der Zwischenzeit entkleidet, ich habe es willenlos geschehen lassen.

Als ich nackt vor ihm stehe, wandert sein Blick eine Weile intensiv über jeden Zentimeter meines Körpers.

Ich hingegen fixiere nahezu unentwegt die markante Ausbuchtung seiner Pyjamahose. Er bemerkt es und ein unverschämtes Grinsen spielt auf seinen Lippen.

Doch das ist mir egal. Alles, was zählt, ist, dass ich gleich mit diesem Mann schlafen werde. Das raubt mir den Atem.

Auch er befreit sich nun von seinem letzten störenden Kleidungsstück. Der Anblick, der sich mir darbietet, lässt mich fast sprachlos zurück. Ohne Kontrolle über meine Stimme entweicht mir ein überraschter, gurgelnder Laut.

Er ist perfekt gebaut – und tatsächlich rasiert. Also doch, selbst damals legten die Männer Wert auf solche Details. So wirkt *er* natürlich noch imposanter.

Marc nimmt meine Reaktion mit sichtlicher Genugtuung wahr. Sein Grinsen hat etwas Anzügliches. Er ist sich seiner Wirkung auf mich vollends bewusst. Und ich? Ich bin wie ein Spielzeug – sein Spielzeug – und es gefällt mir.

Als er auf mich zukommt, schließe ich die Augen, überwältigt von einem plötzlichen Anflug von Angst vor meiner eigenen Courage.

Ich spüre, wie seine Hände über meinen Körper gleiten – beginnend bei meinen Brüsten, die er zart mit seinen Fingern umrundet. Während er mein Gesicht mit unzähligen zärtlichen Küssen bedeckt, murmelt er Worte auf Latein. Ihre Bedeutung entgeht mir, denn das Rauschen meines eigenen Blutes übertönt alles.

Sanft hebt er mein Kinn an, fordert mich so auf, ihm in die Augen zu sehen. Nur träge folge ich seinem Drängen. In seinem Blick spiegeln sich Zärtlichkeit und Verlangen wider. Er sagt wieder etwas, diesmal verstehe ich ihn.

»Ich will dich, Elfie! Aber du musst es auch wollen und es mir jetzt sagen. Denn wenn ich einmal anfange, werde ich nicht mehr aufhören können.« Er seufzt. »Also, willst du, dass ich weitermache?«

Ach herrjemine, ein prickelndes Frösteln erfasst mich, Gänsehaut überzieht meinen Leib, vor Aufregung knabbere ich an meiner Unterlippe. Jede Faser in mir schreit, ihm nachzugeben, während die leise Stimme des Zweifels nur noch schwach zu hören ist.

»Elfie …« Sein Ton ist flehentlich, und man sieht ihm an, wie sehr er sich beherrschen muss.

Auch bei mir siegt der menschliche Trieb, und da mir meine Stimme nicht mehr gehorcht, antworte ich mit einem kurzen Kopfnicken.

Marc seufzt vor Erleichterung auf und trägt mich zum Bett, dabei raunt er voller Begierde: »Gut, ich glaube nicht, dass mich ein Nein noch hätte aufhalten können.«

Seine ehrlichen Worte dringen nur gedämpft durch den Schleier des Rausches zu mir durch, der mich wie ein Nebel umhüllt.

Vorsichtig legt er mich aufs Bett und beginnt mit dem Spiel der Spiele.

Zunächst widmet er sich meinen Brüsten. Diesmal hält er sich nicht zurück und wandert mit seinen Lippen direkt zu meinen steifen Knospen.

Vor unbändiger Lust will ich mich ihm entgegenstrecken, doch er hält mich mit seinem Gewicht fest in Position. Seinen warmen, feuchten Stab nehme ich deutlich an meinem Oberschenkel wahr – er ist groß.

Ich bin kein Kind von Traurigkeit und beim Sex selten leise – ich seufze, stöhne und schreie gerne und viel, was manche meiner Partner verunsichert hat. Aber ein Blick auf Marc offenbart, dass es ihm gefällt. Wie befreiend, mich endlich einmal völlig fallen lassen zu können.

Marc sagt etwas, doch im Taumel der Leidenschaft kommt es nur gedämpft bei mir an.

Ich glaube, er entschuldigt sich. Wofür? Das begreife ich erst im nächsten Augenblick. Denn er hält inne, schiebt sanft meine Beine auseinander und dringt in mich ein. Ein Schrei der Lust entfährt mir, als er mich vollständig ausfüllt. Das kam unerwartet und reißt mich sofort mit.

Wohlige Schauer durchströmen in wiederkehrenden Wellen meinen Körper. Ich drücke mich ihm entgegen, lege meine Beine um seine Hüften, um ihn noch tiefer in mir zu spüren.

Vor Ekstase klammere ich mich am Bettlaken fest, und immer wieder entweichen mir spitze Liebeslaute, während Marc stöhnend sein eigentliches Werk beginnt.

Anfänglich mit zarten und langsamen Stößen, dann immer intensiver und schneller werdend. Er beherrscht sein Handwerk, und mit jedem Eindringen reizt er meine Liebesknospe mehr, sodass ich das erste Mal in meinem Leben einen Höhepunkt durch den puren Akt erlebe – und das in schwindelerregend schneller Zeit.

Mein Körper erbebt in einer Flut von Empfindungen, ich beginne laut aufzuschreien.

Marc beugt sich über mich, sucht meine Lippen und dämpft meine Laute mit einem langen Kuss, während er unaufhaltsam weiter in mich eindringt, förmlich in mir versinkt, bis auch er schließlich seine Erfüllung findet.

Verschwitzt und lächelnd sinkt er auf mich nieder.

Noch atemlos wispert er: »Du bist laut.«

Das lässt mich sofort erröten.

Doch dann fügt er hinzu: »Mir gefällt das.«

Eine kurze Pause folgt, ehe er leise weiterspricht. »Es tut mir leid, dass ich unser Liebespiel so abrupt verkürzt habe, aber ich konnte nicht länger warten. Ich wollte dich einfach spüren. Beim nächsten Mal wird es anders. Da nehme ich mir alle Zeit der Welt.« Er schmunzelt und streicht zärtlich über meine Wange.

O Gott, wie süß! Er entschuldigt sich, weil er sich nicht zügeln konnte – und noch viel wichtiger: Er möchte es wiederholen.

Aber kommt jetzt nicht der Katzenjammer? Sollte sich mein Gewissen nicht melden? Mit ihm zu schlafen, war womöglich nicht die beste Idee. Ich sollte es ihm ehrlich sagen.

Doch anstatt es anzusprechen, lasse ich mich von seinen Berührungen ablenken, sie gefallen mir viel zu sehr.

»Ich bin noch keiner Frau wie dir begegnet. Du bist wunderschön«, raunt er. »Und du duftest so gut, nach Sommerblüten. Deine Haut ist makellos, weich … und dein üppiger Busen einfach unwiderstehlich.«

Er ist sehr direkt, und um seine Worte zu unterstreichen, küsst er jede der benannten Stellen, und jedes Mal entlockt er mir einen sinnlichen Laut des Wohlgefallens.

Und ja, meine Oberweite ist nicht zu übersehen. Normalerweise trage ich Körbchengröße C, manchmal D, je nach Modell. Viele Männer richten ihren Blick als Erstes dorthin, was mich stört – aber nicht bei Marc. Seine Bemerkung finde ich sehr erregend.

Auch er ist gut ausgestattet, das kann ich ohne Zweifel sagen. Ich habe schon oft erlebt, dass Männer sich mit der Frage quälen, ob *er* groß genug ist. Dabei kommt es nicht auf die Größe an, sondern auf die Technik. Nun ja, beides zusammen ist natürlich nicht zu verachten.

Wir Frauen neigen dazu, uns an unserer Figur, der Körbchengröße und der Straffheit des Busens zu messen. Vermutlich sind all diese Vergleiche Relikte aus der Evolution. Je attraktiver die Merkmale, desto höher die Chance auf Fortpflanzung. Ach, egal! Das ist ein Thema für die Wissenschaft, nicht für mich!

Jedenfalls ist mein Busen, trotz der Größe, verhältnismäßig fest und rund. Das verdanke ich nicht nur guten Genen, sondern auch regelmäßigem Training meiner Brustmuskulatur und dem Bindegewebe.

Oh, wo will er denn hin?

Marc hat inzwischen meinen Bauchnabel erreicht und verwöhnt ihn mit sanften Küssen. Ein wohliges Kribbeln breitet sich auf meiner Haut aus, während sich ein pulsierendes Prickeln in meinem intimsten Bereich entfaltet, bis es mich vollkommen durchdringt. Normalerweise benötige ich mehr Zeit, um wieder bereit zu sein, aber dieser Mann besitzt eine ungeahnte Macht über meinen Körper.

Ich schließe die Augen, um das Gefühl noch intensiver zu erleben. Sein Ziel ist klar und ich kann es kaum erwarten. Doch kurz bevor er es erreicht, hält er inne. Warum?

Verwirrt öffne ich die Augen und suche fragend seinen Blick. Ein schelmisches Grinsen spielt auf seinen Lippen und erst jetzt setzt er seinen Weg fort.

Verdammter Kerl! Er wollte offenbar nur sehen, wie sehr er meine Gier, meine Lust entfesselt hat. Und wieder entweichen mir Laute der Verzückung.

Plötzlich erfasst mich ein Gedanke: Was, wenn Ermin und Tasha auftauchen?

Doch meine Libido ist stärker und gibt mir die Antwort: Marc darf auf keinen Fall aufhören! Er hat längst die empfindlichste Stelle meines Körpers erreicht. Es ist unerträglich schön und schmerzhaft zugleich, auf eine entrückte Art, und vor allem nicht mehr stoppbar.

Instinktiv strecke ich ihm meinen Unterleib entgegen, will mehr. Dieser Aufforderung beugt er sich. Mit seiner Zunge kommt er schnell und tief zur Sache. Er ist unglaublich versiert in dem, was er tut, wie er es tut. Er achtet sensibel auf meine Bewegungen, Reaktionen und Töne – so findet er rasch die Stelle, die jede Frau glücklich macht.

Im Moment des Orgasmus presse ich seinen Kopf fest zwischen meine Oberschenkel. Ich habe schon Sorge, zu krampfen, so intensiv ist dieser zweite Höhepunkt. Alles an und in mir zuckt. Ein ewigsüßer Schmerz, der bereits im Augenblick der Erlösung nach Wiederholung schreit. Es fällt mir schwer, Marc freizugeben.

Als er zu mir aufblickt, funkeln Stolz und Zufriedenheit in seinen Augen und seine Stimme vibriert vor Anerkennung. »So viel Leidenschaft habe ich bei keiner anderen Frau erlebt.«

Andere Frauen? Seltsam, zum einen freut mich seine Aussage, zum anderen versetzt sie mir einen kleinen Stich. Natürlich ist er wie auch ich nicht unerfahren, dennoch weckt die Vorstellung, dass er Ähnliches mit anderen geteilt hat, einen Hauch von Eifersucht in mir.

Er bemerkt den feinen Stimmungswechsel und fragt: »Was ist mit dir?«

»Nichts«, antworte ich knapp. Ich muss mich von diesen irrationalen Vergleichen lösen. Ich liebe es, Sex zu haben, und dieser Mann hat wie kein anderer einen Sinnesrausch in mir entfacht. Und das Beste daran? Ich will mehr, und zwar jetzt! Denn auch er soll noch einmal auf seine Kosten kommen. Ob ich es später bereuen werde? Vielleicht, aber nicht in diesem Augenblick!

Verdammt! Die Zimmertür wird abrupt geöffnet.

Es ist Ermin!

Erschrocken ziehe ich die Bettdecke über mich. Gleichzeitig spüre ich, wie mir die Röte in die Wangen schießt – ich bin sicher knallrot vor Scham.

»Oh, entschuldigt, ich wusste nicht …«

Ermin mag stottern, aber sein Blick zeigt deutlich: er ist amüsiert. Und ein Seitenblick zu Marc offenbart: er auch.

Marc macht nicht einmal Anstalten, sich zu verhüllen. Er entgegnet nichts. Er grinst nur über das ganze Gesicht, als hätte er einen Lottogewinn abgeräumt.

Indessen verabschiedet sich Ermin pragmatisch: »Nun, so haben Tasha und ich wieder ein Zimmer für uns alleine. Euch wünsche ich noch eine gute Nacht.«

»Danke, die werden wir haben«, kommentiert Marc mit einem schelmischen Grinsen.

Den Spruch hätte er sich sparen können. Dafür boxe ich ihm leicht in die Seite, worauf er einen wenig überzeugenden Schmerzenslaut von sich gibt.

Ermin ist gegangen und ich bin angesäuert.

Marc schaut mich neugierig an. »Was ist? Jetzt haben wir doch wenigstens die Nacht ganz für uns«, meint er belustigt und selbstgefällig.

»Das war echt peinlich«, murmele ich, noch immer beschämt darüber, erwischt worden zu sein.

»Unsinn! Wir machen nur das, was auch sie tun.«

»Das mag stimmen, aber ich stehe nicht so auf Zuschauer.«

Nachdenklich geworden, fügt er hinzu: »Du bist schon eine seltsame Frau. So frei und offen beim Liebesakt und dann wieder so unnötig verlegen.«

»Ach, ihr Männer aus der Steinzeit«, schimpfe ich.

»Steinzeit?«

»Vergiss es!«

»Sei nicht sauer, meine süße Shian«, flüstert er und beginnt mich erneut zu liebkosen – erst den Arm aufwärts streichelnd und küssend, dann am Hals entlang bis zu den Ohrläppchen. Und wieder hat er mich in seinen Bann gezogen.

»Was bedeutet *Shian*?«, frage ich leise seufzend.

»Das habe ich im Castrum aufgeschnappt. Die Einheimischen nennen kleine fliegende weibliche Geister so«, raunt er heiser und knabbert an meinen Lippen.

Ach, wie süß, er hat mir einen Kosenamen gegeben. Vermutlich eine frühe Namensform für eine Elfe. Es schmeichelt mir und noch mehr gefällt mir, dass er schon wieder voller sichtbarem Verlangen ist. Diesmal jedoch bin ich dran, ihn zu verwöhnen.

Mit dem Überraschungsmoment auf meiner Seite drehe ich mich schwungvoll so herum, dass er nun unter mir liegt. Er blinzelt überrascht, lässt es aber geschehen.

Ich sitze jetzt auf ihm, und sofort will er an Busen und Hüfte Hand anlegen. Doch diesmal bestimme ich und nehme sie von dort weg, führe sie seitlich an seinem Kopf vorbei. Dabei kommen meine Brüste seinem Gesicht sehr nahe. Er sucht mit seinem Mund danach, findet sie und entlockt mir einen spitzen Laut. Rasch entziehe ich mich ihm wieder, was ihn gespielt schmollen lässt.

»Geduld«, raune ich heiser und beginne seine Brust Zentimeter für Zentimeter abzuküssen, auch seine Brustwarzen nehme ich mir vor, sauge und knabbere genüsslich daran.

Marc schließt die Augen. Je tiefer ich gelange, umso heftiger atmet und stöhnt er. Deutlich spüre ich seinen harten Stab – und bin ihm schon sehr nah.

Als Marc erneut eingreifen will, verhindere ich es konsequent. »Nein! Leg dich zurück. Lass mich machen.«

Widerstrebend, aber mit einem Hauch von Bewunderung in seinen Augen, folgt er meinem Wunsch. Seine Ungeduld gefällt mir. Es zeigt mir, wie stark er auf mich reagiert. Um ihn nicht allzu lange auf die Folter zu spannen, wende ich mich nun seinem besten Stück zu.

Vor Wollust japst er schwer atmend auf, als ich beginne, mit meiner Zunge über seinen Schaft zu lecken. Gequält vor süßer Pein spannt er seine Bein- und Bauchmuskulatur an, ringt nervös nach Luft. Ich fahre mit Kreisbewegungen um seine Eichel fort und nehme, mittels zarten Saugens, die empfindliche Unterseite ins Visier.

Marc hat sich nur schwer unter Kontrolle, keucht und stöhnt immer lauter werdend, dabei habe ich nicht einmal richtig begonnen.

Er ergreift meinen Kopf und bedeutet mir mit flehendem Blick, ihm die ersehnte Erlösung zu bereiten.

Gut, er ist so weit, dann gebe ich ihm, wonach er lechzt.

Ich führe *ihn* in meinen Mund ein. Er ist groß, zu groß, um ihn vollständig aufzunehmen. Aber das macht nichts, ich nehme meine Hände zu Hilfe. Während diese den Schaftansatz stimulieren, lasse ich den Rest seiner Männlichkeit in meinem Mund auf- und abgleiten, dabei umspiele ich immer wieder mit meiner Zunge seine Eichel.

Der Rhythmus ist gefunden und Marc in völlige Ekstase abgetaucht. Als ich das Gefühl habe, dass er kurz vor seinem Höhepunkt steht, lege ich Daumen und Zeigefinger unterhalb seiner Eichel an und drücke für einige Sekunden zu.

Marc nimmt es nicht sofort wahr, aber als er es begreift, reagiert er enttäuscht. »Was machst du da?«

Ich beruhige ihn schnell. »Ich will mehr, auch für dich. Vertrau mir.«

Es funktioniert, der Ejakulationsdrang ist für einen kurzen Moment verschwunden. Schnell richte ich mich auf und setze mich auf seinen Schoß, gleichzeitig führe ich ihn ein.

Was für ein Wahnsinnsgefühl. Er füllt mich voll aus. Laut stöhnend, mit Lustschreien garniert, bewege ich mich auf und ab, immer schneller, immer wilder. Marc unterstützt mich, indem er seine Beine anwinkelt und mit seinen Händen mein Becken umfasst.

Mein Kopf, meine Haare wippen wild hin und her, wie auch meine Brüste sich unkontrolliert auf und ab bewegen. Als der Orgasmus sich in explosionsartigen Wellen über seinen Körper ausbreitet, bäumt er sich unter mir auf. Wahnsinn! Was für ein Akt der Hingabe.

Völlig erschöpft und verschwitzt, sinke ich auf ihm nieder. Selbst schwer atmend, höre ich sein Herz wild unter mir schlagen und seinen Brustkorb sich heftig auf und nieder bewegen.

Ich habe meine Augen geschlossen, spüre aber Marcs Hände, wie sie sanft über meinen nackten Körper gleiten. Seine Zärtlichkeiten lösen Gänsehaut bei mir aus und ein zutiefst befriedigendes Gefühl. Er nimmt wohl an, dass ich friere und zieht die Decke über unsere Körper.

So liege ich eine Weile auf ihm, die Stille nur von unserem gleichmäßigen Atem unterbrochen, bis er schließlich leise spricht: »Du musst eine Zauberin sein, meine süße Shian.«

»Nicht mehr als du ... mein Römer.«

Er küsst zärtlich mein Haar, dann sucht er meine Lippen. Als er sie wieder freigibt, schmunzelt er und zwinkert mir zu. »Wir sollten etwas schlafen. Die Nacht ist noch lang.«

Ich gurre lediglich meine Zustimmung, bleibe aber an Ort und Stelle liegen. Es tut so gut, diesen warmen und kraftvollen Körper unter mir zu spüren.

Ich kenne ihn kaum zwei Tage und beginne nicht nur seine Herkunft zu akzeptieren, sondern habe auch mit diesem Fremden unglaublichen Sex. Dabei weiß ich kaum etwas über ihn. Ich kenne weder seine Heimat noch seinen Charakter. Ich frage mich, was er wirklich fühlt. Er könnte genauso gut ein Psychopath sein.

Andererseits habe ich einen Blick auf seine einfühlsame und leidenschaftliche Seite erhascht. Er zeigte mir seinen Beschützerinstinkt, und das gibt mir Vertrauen. Also den Aspekt Psychopath kann ich schon mal ausschließen.

Meine Gedanken verfliegen schnell, die Müdigkeit übermannt mich und bald sinke ich in einen tiefen Schlaf. Doch dieser währt nur kurz. Marc fordert mich in dieser Nacht noch einmal heraus.

Ich hätte nie gedacht, dass es möglich ist, so viel Lust in einer einzigen Nacht zu erleben. Aber wir sind beide ausgehungert und süchtig nach mehr, neugierig und voller Entdeckungsdrang.

Besonders Marc scheint meinen Körper mit jeder Berührung neu zu erforschen. Auch ich werde nicht satt, von ihm zu kosten. Doch irgendwo in meinem Inneren frage ich mich, ob dieses Verlangen immer so weitergehen kann oder ob die Vernunft irgendwann ihren Tribut fordert …

KAPITEL 5 - 

ie spricht im Schlaf. Ihre Worte verstehe ich nicht, aber sie scheint zufrieden zu sein – und das zu Recht.

Ich habe mit ihrem Körper nahezu alles getan, was sie wollte, und auch, was ich wollte. Diese Frau ist unglaublich und unersättlich. Sie benutzte mich, war gierig, leidenschaftlich und hemmungslos. Sie ist herrlich frei, unbefangen und unerschrocken offen. Ihre Ekstase trägt sie laut und unverhohlen nach außen. Eine Frau genau nach meinem Geschmack.

Sie zeigte mir stets den Weg zu ihrer Erfüllung, nicht ohne dabei meine Bedürfnisse aus dem Auge zu verlieren. Ich will mehr von ihr erfahren – wie sie denkt, fühlt, handelt. Und ja, ich will ihren Leib erneut spüren, ihn besitzen. Noch nie habe ich ein solches Verlangen nach einem Menschen empfunden. Es schmerzt allerdings, wenn ich an die Zukunft denke.

Langsam beginne ich zu begreifen, wie schwer es für meine Großeltern gewesen sein muss, eine Entscheidung zu treffen – vor allem für Avia, die damals alles für Großvater aufgegeben hat. Früher war mir das nicht klar, doch jetzt ergibt vieles Sinn. Für mein eigenes Dilemma hilft mir das allerdings nicht weiter.

Was soll ich tun? Ich kenne diese Frau doch erst seit Kurzem.

Kommt Zeit, kommt Rat, würde meine Oma sagen.

Nun gut, dann werde ich mich fürs Erste damit begnügen, die Zweisamkeit mit ihr im Hier und Jetzt zu genießen – so intensiv und so oft, wie es nur möglich ist.

Im Moment ist sie bei mir, liegt in meinen Armen und schläft. Ihre prallen Brüste hat sie eng an mich gepresst. Ihre Haut schimmert dunkel, bronzefarben, wie die einer Römerin. Ihr Haar, dunkel und lockig, ist im Nacken überraschend kurz und länger zur Brust hin. Eine einzelne Strähne hat sich in ihr Gesicht verirrt, behutsam streiche ich sie zur Seite, dabei wird sie wach.

»Entschuldige, ich wollte dich nicht wecken«, sage ich leise.

Sie streckt sich, gähnt und lächelt verschlafen. »Das war eine kurze Nacht.«

»Und eine außergewöhnliche«, erwidere ich mit einem Schmunzeln.

Sofort dreht sie sich zu mir hin, stützt sich mit einem Arm ab und fixiert mich intensiv.

»Ja, das war sie«, entgegnet sie, ihr Blick keck und herausfordernd.

Ich zögere nicht lange. Mit einem schnellen Griff ziehe ich sie näher an mich. Während ich sie küssend liebkose, reibt sie mit ihrem Po an meiner Männlichkeit. Ich kann nicht anders und stöhne vor Verlangen ebenso laut wie sie.

Als ich die Position ein wenig verändere, gleitet *er* mühelos in sie hinein. Ein keuchender Laut entweicht ihr, sie wirft den Kopf zurück, schließt die Augen und gibt sich ganz der Ekstase hin.

Ihre Bewegungen sind kraftvoll und ungehemmt, ihre Lust laut und ungeniert. Ich bin verblüfft, wie sie nach einer solchen Nacht erneut voller Energie sein kann – und ebenso erstaunt über mich selbst.

Ich lasse ihr die Kontrolle – fürs Erste.

Auf meinem Unterleib sitzend, bewegt sie sich wild und ungezügelt auf und ab. Ich bin hypnotisiert von ihrem Verlangen und den sinnlichen, rhythmischen Bewegungen ihrer Weiblichkeit. Meine Lippen finden ihre empfindsamen Knospen, und wie Trauben beginne ich sie genussvoll zu pflücken. Ihre lauten, hingebungsvollen Seufzer verraten, dass sie nicht nur im Rausch ihrer Sinne abgetaucht ist, sondern sich dem Punkt ihrer Erfüllung nähert.

Auch ich bin im Bann unseres Aktes gefangen, und im Augenblick unserer beider Höhepunkte ziehe ich sie ganz eng an mich heran. Mein pulsierender Stab zuckt tief in ihrer warmen, feuchten Höhle und ich ergieße mich in ihr. Gleichzeitig erzittert ihr Körper, bebt unkontrolliert. Diese Hingabe, diese Ekstase ist vollkommen. So müssen es sich die Götter gedacht haben.

»Das könnte ich den ganzen Tag mit dir tun«, raune ich ihr atemlos ins Ohr.

Ihr Blick wandert zum Fenster. »Die Sonne geht auf.«

Ich streiche ihr sanft über den Po. »Ja, unsere erste Nacht endet, aber es werden noch viele weitere folgen.« Zumindest hoffe ich das.

Sie wirkt auf einmal tief in Gedanken versunken. Ich runzle die Stirn. »Alles in Ordnung?«

Sie antwortet nicht sofort. Schließlich sagt sie: »Äh, ja, ich … ich muss nur an Ermin und Tasha denken.«

»Ja, und?«

Sie beißt sich auf die Lippe. »Sie wissen, was wir getan haben.«

Ich schmunzele. »Und was haben wir getan?«

Sie schaut mich genervt an. »Du weißt genau, was ich meine.«

Um ihr besser in die Augen sehen zu können, hebe ich ihr Kinn an. »Wir haben die natürlichste Sache der Welt miteinander geteilt, meine süße Shian.«

»Ja, aber die beiden wissen es nun, und das ist mir unangenehm«, formuliert sie leise und beschämt.

»Warum?«

»Ach, du verstehst mich einfach nicht«, wiegelt sie frustriert ab und zieht sich aus meiner Umarmung zurück.

»Wo willst du hin?«

»Duschen«, entgegnet sie knapp in ihrer Sprache, doch schnell wird mir klar, was sie damit meint.

Während sie sich frisch macht, klopft es an der Tür.

Es ist Ermin, mit einem belustigten Grinsen im Gesicht. »Zieh dich an. Die Arbeit ruft. Wir treffen uns beim Frühstück.«

Ich erwidere nicht viel, murmele lediglich eine kurze Bestätigung.

Mit einem noch breiteren Grinsen auf den Lippen verlässt er mich.

Was er denkt, ist mir gleichgültig, denn meine Aufmerksamkeit gilt nur ihr. Wenn ich schon in dieser Welt festsitze, kann ich die Zeit ebenso gut genießen – mit ihr gemeinsam. Außerdem beginnt sie, mich zu interessieren.

Als ich die Tür zum Bad öffne, kommt sie mir bereits entgegen. Ihre nassen Haare glänzen und sie trägt nichts außer einem schmalen Tuch. Wassertropfen gleiten über ihre goldschimmernde Haut und perlen von ihren zierlichen Schultern. Ein Anblick, der mein Verlangen sofort erneut entfacht.

Ich will sie in die Arme schließen, doch sie weicht meinem Griff aus, wirkt mit einem Mal distanziert. Das versetzt mir einen Stich.

»Was ist mit dir?« Auf meine Frage antwortet sie nicht, vermeidet sogar den Blickkontakt und zieht sich schweigend an.

Ich möchte sie nicht bedrängen, aber ich verstehe es einfach nicht, schon gar nicht nach einer solchen Nacht.

»Elfie! Sprich mit mir. Habe ich was falsch gemacht?«, frage ich nun eindringlicher.

Sie senkt den Blick. »Marc, entschuldige, es liegt nicht an dir. Ich brauche Zeit, muss nachdenken.« Ohne ein weiteres Wort dreht sie sich um, geht zur Tür und lässt mich einfach stehen.

Ich starre ihr hinterher. Was ist eben gerade geschehen? Verwirrt von ihrem plötzlichen Stimmungswechsel, reibe ich mir übers Gesicht. Bereut sie es?

Verdammt, ich muss mich ankleiden, Ermin wartet. Ich werde später mit ihr reden. Trotzdem lässt mich ihr Verhalten nicht los. Warum benimmt sie sich so eigenartig? Habe ich etwas Falsches gesagt oder getan? Sie verletzt oder bloßgestellt? Ihre Scham gegenüber unseren Gastgebern halte ich nicht für den Grund. Da steckt etwas anderes dahinter.

Ermin erwartet mich bereits in der Küche. Er drückt mir eine Tasse Kaffee in die Hand. »Du siehst müde aus. Hier, nimm! Der wird dir guttun.«

Der scharfe Geruch steigt mir in die Nase. Eigentlich mag ich das Getränk nicht, aber ich nehme einen Schluck – und tatsächlich fühle ich mich schon ein bisschen klarer.

Ermin mustert mich aufmerksam. »Elfie war eben hier. Sie wirkte verstört. Ist etwas vorgefallen?«

Was soll ich sagen? Ich stocke kurz und murmle: »Nein … vielleicht … ich weiß es nicht. Hat sie irgendwas gesagt?«

Ermin lehnt sich zurück und betrachtet mich neugierig. »Nein, hat sie nicht.« Mit einem breiten Grinsen fügt er hinzu: »Ihr wart laut. Und das ziemlich oft.«

Denkt er, was ich denke? Oder glaubt er etwa, dass ich ihr Unrecht angetan habe?

Ich will es schon aufklären, als er augenzwinkernd sagt: »Ruhig Blut, mein Junge. Ich kenne *den* Unterschied.« Er hält kurz inne und blickt mich dann ernst an: »Rede mit ihr.«

Ein Seufzer entfährt mir. »Das habe ich versucht, aber sie will nicht.«

»Dann übe dich in Geduld, bis sie es will.« Er wird nachdenklich und ergänzt: »Überlege dir deine nächsten Schritte gut. Das hier ist nicht deine Welt … sondern ihre.«

»Darüber bin ich mir im Klaren.«

Für eine Weile herrscht Schweigen zwischen uns.

Während er sein Frühstück genießt, habe ich kaum Appetit. Antworten werde ich so jedenfalls nicht finden, aber auch andere Fragen beschäftigen mich, und die stelle ich nun.

»Wie kam es, dass du hiergeblieben bist?« Mir ist bewusst, dass er das Thema gestern abgebrochen hat, aber womöglich ist er heute bereit, mit mir darüber zu reden.

»Ist das nicht offensichtlich?«, stellt er nüchtern fest.

Ich ahne, worauf er hinauswill, doch es scheint mir nicht Grund genug. »Nur wegen einer Frau?«

Er nickt und entgegnet lächelnd: »Du wirst das nicht verstehen. Sie war und ist mein Heilmittel.«

»Aber vermisst du denn nichts? Deine Heimat? Deine Familie? Und macht dir diese Welt denn keine Angst?«, hake ich skeptisch nach.

Er begegnet mir mit einer Gegenfrage: »Was wünschst du dir, Marc Antonius Aurelius? Wie soll dein Leben einmal aussehen?«

»Nun, nach dem Militärdienst möchte ich zurück nach Mogontiacum, einen Hof bewirtschaften und eine Familie gründen.«

Darauf erwidert Ermin: »Nichts anderes habe ich mir gewünscht, und zwar mit der einzigen Frau, die ich je an meiner Seite hätte haben wollen.«

»Aber ohne Sippe, ganz alleine in einer völlig fremden Welt, mit all den eigenartigen Dingen … ich verstehe dich nicht.«

»Marc, von den mir nahestehenden Menschen waren damals nur noch wenige übrig, außerdem trachtete man mir nach dem Leben. Nie hätte ich dort ein friedvolles Dasein führen können.« Er atmet kurz durch, dann sagt er klar und bestimmt: »Tasha ist alles, was ich brauche. Sie ist meine Familie.«

Schöne Worte. Doch ist das wirklich seine Überzeugung? Denn er schien sich in meiner Zeit wohl zu fühlen. Auch im Kampf wirkte er souverän und hatte Gefallen daran. Oder täusche ich mich?

»Ich glaube dir, was Tasha angeht, aber den Rest ...«

Unsere Unterhaltung bricht abrupt ab, Tasha hat den Raum betreten und sie hat meine letzten Worte gehört.

Mit großen Augen starrt sie Ermin an. Verletzt und verunsichert, fragt sie: »Hat er recht? Du willst hier gar nicht sein?«

Sofort tritt Ermin zu ihr und zieht sie in seine Arme. »Nein, meine Blume, ich möchte nirgendwo sonst sein als bei dir. Glaube mir!«

Doch sie entzieht sich ihm. »Wie kann ich das? Offenbar scheinst du lieber in der Vergangenheit leben zu wollen ... zwar mit mir an deiner Seite, aber eben dort, oder etwa nicht?«, fragt sie sichtlich betroffen.

Er schüttelt den Kopf. »So ist das nicht. Lass es mich erklären ...« Er hält kurz inne, bevor er fortfährt: »Wenn du an deine Mutter denkst, wirst du manchmal wehmütig, so geht es mir ...«

Tasha unterbricht ihn: »Okay, du vermisst deine Familie, das kann ich nachvollziehen. Aber ich frage dich noch einmal: Wärst du lieber dort?« Sie sieht ihn traurig an.

Ermins Blick wandert zum Fenster, als ob eine Erinnerung in ihm aufsteigt. Er seufzt. »Es kommt vor, dass ich von früher träume. Dann kann ich förmlich das Feuer der Herdstätten riechen, sehe die Männer für den Kampf trainieren und höre den Wind durch die dichten Wälder nach mir rufen ... und ich muss zugeben, unsere letzte Reise hat diese Erinnerungen verstärkt. Aber mehr auch nicht!«

Er dreht sich zu ihr um, neigt sich vor und schaut ihr tief in die Augen.

Seine Stimme ist fest und entschlossen. »Nein, meine Blume! Ich habe nicht vor, zurückzugehen. Mein Glück habe ich längst gefunden. Ich bin da, wo ich hingehöre. Hier bei dir!«

Ohne auf mich zu achten, zieht er sie erneut in seine Arme und küsst sie. Beide seufzen hörbar – ob vor Erleichterung oder Leidenschaft, lässt sich schwer deuten. Die Grenze zwischen beidem verschwimmt.

Es ist mir unangenehm, diesem Moment beizuwohnen, aber ich habe keine Wahl – sie stehen direkt vor der Tür und versperren mir den Rückzug.

Als Ermin sich von ihren Lippen löst, rollen Tränen über Tashas Wangen. Sie flüstert traurig: »Ich will dich nicht verlieren. Ich kann das nicht noch einmal ertragen.«

»Das musst du nicht, meine Blume.« Sein Blick ruht liebevoll auf ihr, während er ihr zärtlich die Tränen fortwischt. »Mein Platz ist hier, bei dir! Du bist alles für mich.« Dann küsst er sie erneut.

Die beiden ziehen mich in ihren Bann. Ihre Leidenschaft ist offensichtlich, aber es ist ihre innige Verbundenheit, die mich wirklich beeindruckt.

Es wird Zeit, sie alleine zu lassen. Ich räuspere mich, und endlich nehmen sie mich wahr.

Ermin sieht mich mit einem amüsierten Lächeln an. »Entschuldige, Marc.« Dann tritt er zur Seite und gibt die Tür frei. »Geh schon mal in den Stall und bring Wotan auf die Weide. Ich komme gleich nach.«

Ich nicke und verlasse den Raum – erleichtert, aber mit einem seltsamen Gefühl in der Brust.

Vielleicht ist es Neid, der sich in mir regt, auf das, was die beiden vereint. Etwas, das auch meine Großeltern besaßen, was meiner Mutter jedoch fehlte und wonach ich mich mein Leben lang gesehnt habe. Ich frage mich, ob die zart geknüpften Bande zu Elfie jemals dieselbe Stärke erreichen könnten.

Die Stimme des Zweifels meldet sich prompt: *Du kennst sie nicht. Ihr stammt aus völlig verschiedenen Welten. Ihr hattet nur diese eine gemeinsame Nacht, mehr nicht.*

Das mag stimmen. Aber begann es nicht auch bei Ermin und Tasha so? Und bei meinen Großeltern?

Verrückt! Was fantasiere ich mir da bloß zusammen?

Ich kenne sie wirklich nicht.

Was weiß ich schon über sie?

Sie ist erst vor wenigen Stunden in mein Leben getreten. Und trotzdem ertappe ich mich dabei, wie ich beginne, mir mehr vorzustellen.

Bei den Göttern! Ich werde aufgerieben zwischen meinen Sehnsüchten und der Realität. Und das Schlimme ist, ich kann Elfie noch immer spüren. Ihr Duft haftet an mir, ihre Lippen brennen auf meiner Haut. Mein Verlangen nach ihr wächst.

Verdammt, ich muss mich ablenken, um dem Durcheinander in meinem Kopf zu entkommen.

In den folgenden Stunden schufte ich wie ein Besessener. Ermin bemerkt es und ahnt, worum es geht. Aber er weiß auch, dass er mir nicht helfen kann, und zieht sich zurück.

Die Arbeit lässt mich die Zeit vergessen, jedoch nicht mein Problem. Den ganzen Vormittag über hoffte ich, dass Elfie einmal vorbeischauen würde, doch sie tat es nicht. Stattdessen kam Tasha und brachte uns etwas zu essen.

Es beginnt, langsam wehzutun, dass Elfie mir offenbar aus dem Weg geht, während mir gleichzeitig die liebevolle Zweisamkeit von Ermin und Tasha vor

Augen geführt wird – und der sichtbare Stolz auf ihre bevorstehende Elternschaft.

Das hätte längst auch mein Leben sein können – zumindest würde meine Mutter das sagen.

In meiner Welt gründet man früh eine Familie. Mater drängte mich, eine Ehefrau zu wählen. Doch keine der arroganten, törichten Weiber entsprach meinen Vorstellungen – eines unserer vielen Streitthemen. Letztlich war die römische Armee mein Ausweg.

»Marc! Kommst du mal!« Ermins Stimme reißt mich aus meinen Gedanken.

»Was ist? Brauchst du Hilfe?«

»Ich möchte, dass du die Zäune auf der Nordweide kontrollierst. Schaffst du das?«, fragt er direkt.

»Natürlich.« Es erfüllt mich mit einem gewissen Stolz, dass er mir vertraut und mich allein losschickt.

Er reicht mir noch etwas Verpflegung und ermahnt mich, die abgesteckte Grenze nicht zu verlassen. Dann reite ich los – auf einem älteren, gemütlichen Wallach.

Ich bin fast fertig mit meinem Kontrollritt, als mir in der Nähe eines einzeln stehenden Baumes eine Gestalt auffällt, die meine Neugier weckt.

Ermin hatte mich zwar vor dem Kontakt mit Einheimischen gewarnt, doch trotz möglicher Verständigungsprobleme will ich wissen, wer dort lagert und ob er eine Bedrohung darstellt.

Vorsichtig nähere ich mich.

Meine Überraschung ist groß, als ich erkenne, wer es ist – Elfie!

Hat Ermin es gewusst und mich absichtlich hierher geschickt?

Ich möchte sie nicht erschrecken, also steige ich rechtzeitig vom Pferd ab und schleiche mich zu ihr.

Sie lehnt an dem Baum, tief in Schlaf versunken. Ein Pergament liegt auf ihrem Schoß. Als ich näher trete, stocke ich. Auf dem Pergament entdecke ich mein eigenes Antlitz. Sie hat mich gezeichnet und das auf eine Weise, die mir sehr gefällt.

Die Zeichnung wirkt beinahe lebendig, fast so, als würde das Bild atmen. Ich bin beeindruckt von ihrem Talent, besonders von der Detailtreue und der Art, wie sie mich eingefangen hat. Das ist wirklich außergewöhnlich.

Vor Sehnsucht, sie berühren zu wollen, atme ich hörbar aus. Der Laut lässt sie aus ihrem Schlaf aufschrecken.

»Keine Angst, ich bin es nur«, versuche ich sie rasch zu beruhigen.

»Verdammt, was machst du denn hier?«

»Ich kontrolliere die Zäune«, antworte ich ruhig.

Sie blickt sich irritiert um und stellt genervt fest: »Aber hier gibt es gar keinen Zaun.«

Glaubt sie etwa, ich würde lügen? »Du denkst, ich wäre deinetwegen hier?«

Skeptisch sieht sie mich an. »Du willst doch nur …«

Ärgerlich unterbreche ich sie: »Ja, natürlich möchte ich wissen, was mit dir los ist. Letzte Nacht warst du so … jedenfalls bin ich zufällig hier. Und verdammt, was ist denn nun mit dir?«

Von meiner Lautstärke überrascht, springt sie auf und beginnt nervös hin und her zu wippen.

Ich lege meine Hand leicht auf ihre Schulter, um sie zu beruhigen und sage leise. »Bitte Elfie, erklär es mir.«

Sie vermeidet den Augenkontakt, aber ich zwinge sie, mich anzusehen: »Elfie! Jetzt rede endlich. Bitte!«

Angespannt kaut sie auf ihren Lippen. Zuerst zögerlich, dann einem Wasserfall gleichend, spricht sie: »Marc, ich weiß es auch nicht. Du bist ein echter Römer, nicht wahr? Du kommst aus einer Zeit, die zweitausend Jahre zurückliegt. Stimmt doch? Wir hatten unglaublichen Sex … äh, Beischlaf. Ja, den hatten wir. Aber verflucht, wo soll das hinführen?«

Sie hält inne, atmet einmal durch und fährt dann fort: »Ich habe Angst, mich zu verlieren. Ich will mich nicht nach etwas sehnen, was vergebens ist. Ich muss dem ganzen Einhalt gebieten, bevor es zu spät ist.«

Ich verstehe sie. Doch aufgeben ist keine Option. Also antworte ich mit einem Zitat von Ovid: »Spes est, quae pascat amorem.«

»Was sagst du da? Die Hoffnung ist es, die die Liebe nährt?« Ihre Stimme vibriert vor Verzweiflung. »Es gibt keine Hoffnung für uns!«

Ich werde ihren Rückzug aber nicht akzeptieren.

Ich ziehe sie in meine Arme, ob sie will oder nicht, und küsse sie leidenschaftlich. Mit diesem Kuss versuche ich ihr zu verdeutlichen, dass unsere Körper sich brauchen und ergänzen – dass wir mehr sind, als nur Worte und Zweifel.

Es dauert nicht lange und ihr Widerstand schwindet, begleitet von hilflosem Stöhnen. Die Verzweiflung löst sich, ersetzt durch ein brennendes Verlangen, das uns beide ergreift.

Als ich für einen kurzen Moment ihre Lippen freigebe, raune ich heiser: »Ich bin dir verfallen, meine süße Shian. Du hast mich in deinen Bann gezogen, nicht nur auf Pergament.«

Wieder entweicht ihr ein Seufzer, der wie ein stilles *Ja* klingt. Doch plötzlich zerreißt ein ohrenbetäubender Knall die Stille und wir zucken erschrocken zusammen. Instinktiv blicke ich mich suchend um, aber die Quelle des Geräusches bleibt verborgen

»Was war das?«

Elfie scheint das Geräusch zu kennen und bemüht sich, um eine Erklärung: »Das war wohl der Schuss einer eisernen Kugel. Sie ist schneller als ein Pfeil.«

»Der Schuss einer Kugel? Will uns jemand Schaden zufügen?«, frage ich und lasse die Überlegung, welche Waffe dafür verantwortlich sein könnte, vorerst beiseite.

»Warum sollte uns jemand nach dem Leben trachten? Wahrscheinlicher ist, dass es ein Weidmann war, der danebengeschossen hat«, antwortet sie, doch ihre Stimme verrät eine Spur Unsicherheit.

Mir gefällt das nicht. »Wir sollten besser umkehren. Ich nehme dich mit.«

Ihr entsetzter Blick wandert zum Pferd. »Was? Auf diesem Ungeheuer?«

Ein Schmunzeln umspielt meine Lippen. »Keine Sorge, er ist ein sanfter Riese. Und außerdem ... ich passe auf dich auf.«

»Das ist eine ganz dumme Idee«, grummelt sie leise, doch ihr Widerstand wirkt halbherzig.

Trotz ihrer Bedenken ziehe ich sie mühelos zu mir aufs Pferd. Kaum sitzt sie vor mir, entfährt ihr ein erschrockenes Keuchen, gefolgt von einem Wimmern.

»Kann ich nicht wenigstens hinter dir sitzen?«, fragt sie mit flehendem Ton.

»Nein«, erwidere ich bestimmt. »So habe ich alles besser unter Kontrolle.« Und zugegeben, es ist für mich auch angenehmer, denn so habe ich ihren Körper nah bei mir.

»Aber bitte nicht zu schnell reiten, ja?«, bettelt sie und klammert sich krampfhaft an meinem Arm fest.

Ich lächle und erwidere beruhigend: »Vertrau mir, es wird dir gefallen.«

»Das wage ich zu bezweifeln«, flüstert sie skeptisch.

Während ich amüsiert ihre Angst vor dem Pferd zur Kenntnis nehme, bleibt mein Blick wachsam auf die Umgebung gerichtet. Der Schuss, den wir gehört haben, geht mir nicht aus dem Kopf. Der Kämpfer in mir ist angespannt. Einmal dachte ich, das Heulen eines schnell wegfahrenden Ungetüms gehört zu haben – war mir aber nicht sicher. Begegnet sind wir jedenfalls niemandem.

Wir lassen die offenen Felder hinter uns und erreichen schließlich einen kleinen Wald. Die Luft ist drückend und dunkle Wolken ziehen rasch auf. Feuchte, kühle Böen kündigen einen Regenschauer an.

Als der erste Windstoß durch die Bäume fährt, blickt Elfie nervös zum Himmel. »Schaffen wir es noch rechtzeitig zurück?«, fragt sie besorgt.

»Vielleicht. Aber ganz in der Nähe gibt es einen Unterstand, ich habe ihn auf meiner Kontrollrunde entdeckt. Dort können wir notfalls Schutz finden.«

Kaum habe ich die Worte ausgesprochen, setzt der Regen ein – erst ein leises Prasseln, dann ein heftiger Schauer. Als wir endlich den Schuppen erreichen, sind wir bis auf die Haut durchnässt.

»Zieh die nassen Sachen aus, sonst erkältest du dich noch«, sage ich und mir ist bewusst, welche Wirkung meine Worte haben.

Natürlich sieht sie mich entgeistert an. Mich belustigt ihre Reaktion, doch schnell füge ich hinzu: »Keine Sorge, ich habe nicht vor, über dich herzufallen. Ich möchte nur nicht, dass du krank wirst.«

Sie zögert, aber schließlich siegt die Vernunft.

Während sie ihre durchnässte Kleidung ablegt – bis auf ein paar leichte Stoffe, die mehr enthüllen als verbergen –, streife ich ebenfalls meine nassen Sachen ab.

Elfie friert, das sehe ich. Ich schaue mich im Schuppen um und finde eine alte, abgenutzte Decke, die ich ihr sofort umlegen will. Doch sie wehrt sich und äußert angewidert: »Tu das dreckige Ding weg. Wer weiß, wie lange die schon da liegt.« Sie schüttelt sich vor Ekel.

»Unsinn! Möchtest du lieber frieren und krank werden?«

Sie antwortet nicht, schlingt ihre Arme um den Oberkörper und richtet ihren Blick stur nach draußen.

Frauen!

Ohne lange zu überlegen, gehe ich zu ihr und ziehe sie in meine Arme, sie fährt erschrocken zurück.

»Elfie, bitte, ich will dich nur wärmen.«

Sie zaudert, sieht mich für einen Moment unsicher an, dann seufzt sie und gibt nach.

Natürlich genieße ich den direkten Hautkontakt, ich werde die Situation aber nicht ausnutzen. Sie soll lernen, mir zu vertrauen. Nur kann ich nichts gegen die Bilder der letzten Nacht tun, die sich unaufhaltsam in meine Gedanken schleichen. Genauso wenig wie gegen die Gefühle, die sie in mir auslösen und die sich nun unübersehbar bemerkbar machen. Und ich weiß, sie spürt es ebenfalls.

»Verdammt, Marc!«, entfährt es ihr, ihre Stimme schwankt zwischen Verlegenheit und Entrüstung.

»Tut mir leid. Ich kann nichts dafür«, gestehe ich mit einem schiefen Lächeln.

Elfie stöhnt genervt auf, geht ein Stück auf Abstand und nimmt nun doch noch die Decke. Zwar prüft sie den Stoff argwöhnisch, aber sie friert wohl mehr, als sie zugeben möchte.

Hastig wechselt sie das Thema. »Tasha wird sich schon Sorgen machen und sich fragen, wo wir bleiben.«

»Ruf sie doch an ... mit deinem Apparat.«

»Der ist ... äh, leer.«

Ich zucke mit den Schultern. »Ich denke nicht, dass wir hier allzu lange festsitzen. Das Wetter wechselt schnell. Bis zum Abend sind wir zurück.«

Ihre Miene entspannt sich ein wenig. Doch plötzlich mustert sie mich forsch, als würde ihr etwas auf der Zunge brennen. »Erzähl mir von dir.«

Ich hebe die Augenbraue. »Was genau möchtest du denn wissen?«

»Hm, vielleicht etwas über deine Familie, oder ...« Sie räuspert sich und fügt zögerlich hinzu: »Oder über die Frauen in deinem Leben.« Sie bemüht sich, gleichgültig zu klingen, aber das misslingt.

Ein Schmunzeln huscht über mein Gesicht. »Über die Frauen, ja?«

»Oder was auch immer«, knurrt sie verlegen.

Ich lehne mich leicht zurück und beginne: »Nun, meine Mutter gehört zu den wichtigsten Menschen in meinem Leben. Sie ist eine beeindruckend starke Frau. Das muss sie auch sein, denn sie hat nie geheiratet. Keine leichte Sache, vor allem in ...«

Elfie unterbricht mich. »Oh, und wie bist du dann entstanden?«

Ihre Direktheit bringt mich zum Lachen. »Auf dem üblichen Weg, aus dem Leib meiner Mater.«

Sie grollt, was ziemlich süß ist. Doch jetzt werde ich ernst und stelle klar: »Sie hat mir nie erzählt, wer mein Vater ist. Das blieb immer ein schwieriges Thema zwischen uns. Schließlich führte es zum Bruch und dazu, dass ich hierherkam, in den Norden.«

»Vermisst du sie denn nicht?«

»Natürlich vermisse ich sie. Aber ich habe ihr geschworen, erst zurückzukommen, wenn ich die ganze Geschichte erfahre.«

»Das ist hart«, meint Elfie leise.

»Noch härter war es für einen kleinen Jungen, der von seinen Altersgenossen schikaniert wurde, weil er keinen Vater hatte ... einen Vater, der ihn beschützt«, erkläre ich frustriert. Auch jetzt noch, als Erwachsener, spüre ich diese Leere. Ich mag mir einen Namen gemacht haben, werde respektiert und geachtet, von manchen sogar gefürchtet, doch die Wunde bleibt offen und wird erst heilen, wenn ich die Wahrheit kenne.

Elfie tritt näher und umarmt mich. In ihren Augen liegt ein stilles Mitgefühl, während ihre Hand zärtlich über meine Wange streicht. Eine Geste, die beruhigend, beinahe heilsam wirkt, und doch ist da auch diese aufflammende Spannung zwischen uns, diese unausweichliche Anziehungskraft. Ob ich wirklich die Finger von ihr lassen kann?

Ihr Blick verrät mehr, als Worte es könnten – sie nimmt den besonderen Moment ebenso wahr.

Wortlos nähern sich unsere Lippen. Der Kuss beginnt zunächst zaghaft, wird dann fordernder, getrieben von einem Verlangen, das sich nicht länger leugnen lässt. Meine Bedenken zerstreuen sich und ich gebe mich dem Augenblick hin.

Ich ziehe sie sanft auf meinen Schoss, schiebe ihr Höschen beiseite, ein Zittern durchfährt ihren Körper. Sie drängt sich an mich und mühelos finde ich den Weg in ihre Wärme. Ihr Körper empfängt mich willig, ein Laut der Lust entweicht ihren Lippen – ein Klang, der all meine Sinne entfacht. Sie übernimmt die Kontrolle und ich lasse mich von ihr führen.

Ihre Bewegungen sind geschmeidig, voller Hingabe. Ihr Becken kreist und schwingt im Rhythmus eines Tanzes – mal langsam, mal fordernd. Ich gebe mich diesem sinnlichen Spiel hin und will mehr.

Ihre Brüste wippen im Takt und ich kann nicht widerstehen. Meine Hände greifen nach ihnen, während meine Lippen sich um ihre Brustwarzen schließen.

Ihr Atem geht stoßweise, ihr Körper bäumt sich unter meinen Liebkosungen auf. Sie ist ein Sturm aus Ekstase, und ich verliere mich ganz in ihr.

Als ihre Lust ihren Höhepunkt erreicht, entfährt ihr ein lauter Schrei – ein Ausdruck purer Wollust. Ich spüre, wie sie bebt, wie ihr Körper unter der Intensität fast zerbirst. Und doch macht sie weiter und treibt mich an den Rand meiner eigenen Kontrolle. Kurz darauf finde auch ich meine Erfüllung. Ein Moment der vollkommenen Einheit durchströmt uns, intensiv und überwältigend.

Als wir erschöpft ineinander sinken, sehe ich sie an – Elfie, diese unglaubliche Frau. Sie ist pure Sinnlichkeit, voller Leben und Leidenschaft – eine Offenbarung. Dieses Gefühl, dieses Erleben mit ihr, möchte ich nie wieder missen.

Ihr Körper ist warm und duftet nach einer nassen Blumenwiese, und nach vollbrachter Liebe.

»Warum nur kann ich dir nicht widerstehen?«, wispert sie kaum verständlich und in ihrer Stimme schwingt ein Hauch von Resignation mit.

»Weil du mich begehrst«, entgegne ich spontan, mit einem Lächeln auf den Lippen und zufrieden mit der Klarheit der Situation.

»Ich wollte …«, beginnt sie, doch sie bricht mitten im Satz ab, um mir direkt in die Augen zu sehen. Für einen Moment scheint sie nach den richtigen Worten zu suchen, bevor sie bedrückt fortfährt: »Ich wollte Abstand zu dir. Die ganze Situation hat mich überrumpelt, ist einfach verrückt und ohne Aussicht auf …«

Mit einer schnellen Handbewegung gebiete ich ihr Einhalt. »Elfie, ich weiß nicht, was morgen sein wird oder in ein paar Tagen, aber ich genieße deine Gegenwart, und ich glaube, du tust es auch.« Zärtlich küsse ich ihre Nasenspitze und ergänze: »Lass uns einander erst einmal kennenlernen, dann sehen wir weiter.«

Ihre Miene verändert sich, Neugier blitzt in ihren Augen auf, bevor sie direkt wird. »Also gut, Marc, da habe ich auch schon eine Frage an dich: Du bist kein Jüngling mehr und gehörst in Mogontiacum zur Oberschicht. Jung zu heiraten, ist doch üblich bei euch. Also, warum hast du noch keine Frau?«

Da ich nicht sofort antworte, hakt sie misstrauisch nach: »Oder hast du eine?«

Ich nehme ihr hübsches, noch von unserem Liebesakt gerötetes Gesicht in meine Hände und bestätige ruhig: »Nein, habe ich nicht. Es hat mir nie eine zugesagt.«

Sie hat währenddessen den Atem angehalten und holt nun erleichtert wieder Luft.

Ich will nun wissen: »Und was ist mit dir?«

»Oh, ich habe auch niemanden. Also, äh, ich bin nicht verheiratet«, entgegnet sie und fühlt sich offenbar unwohl bei meiner Frage, dabei hat sie selbst das Thema gewählt.

»Warum nicht?«, hake ich nach.

»Ich bin immer auf den Falschen getroffen«, antwortet sie knapp.

Plötzlich wirkt sie abgelenkt und sieht zum Tor des Schuppens. »Es hat aufgehört zu regnen. Wir können zurück.«

Abrupt entzieht sie sich mir und greift nach ihrer nassen Kleidung. Doch bevor sie sie anziehen kann, stehe ich bei ihr und wende mich eindringlich an sie: »Bitte, Elfie, geh nicht wieder auf Distanz zu mir.«

Nachdenklich schaut sie mich an. »Nein, das werde ich nicht, aber … lass mir Zeit.«

Zeit. Genau das ist es, was uns fehlt. Bald werde ich in meine Welt zurückkehren, vorausgesetzt, es funktioniert. Aber bis dahin muss ich – ja, was muss ich denn bis dahin? Na, bis dahin muss ich herausfinden, was ich wirklich will. Ist die Begegnung mit Elfie womöglich bedeutender als alles andere in meinem Leben? Welche Entscheidungen könnten daraus folgen? Sollte sie mit mir in meine Welt kommen? Würde sie das überhaupt wollen? Soll ich bleiben? Und wenn ja, würde sie das ebenfalls wollen? Was, wenn wir nicht glücklich würden? Wie haben meine Großeltern damals nur diesen Schritt gewagt? Es ist alles sehr verwirrend.

Elfie wird ungeduldig: »Komm schon, Marc, träum nicht, beeil dich! Vielleicht schaffen wir es noch, bevor es dunkel wird.«

Tasha hat uns bereits vom Fenster aus kommen sehen und steht nun mit sichtlicher Erleichterung an der Tür. »Zum Glück seid ihr endlich zurück. Wir wollten schon nach euch suchen.«

Ermin tritt heran, nickt mir kurz zu und führt das Pferd weg.

»Das Wetter hat uns überrascht, aber wir fanden einen Unterschlupf«, erwidere ich und werfe einen Seitenblick auf Elfie.

Elfie zittert, was Tasha sofort bemerkt. »Du frierst ja.« Dann mustert sie uns beide und erkennt die Ursache. »Oje, eure Sachen sind völlig durchnässt. Kommt schnell rein! Zieht euch um und nehmt eine warme Dusche. Danach gibt es heißen Tee und etwas zu essen für euch beide.«

Nachdem ich mich geduscht und umgezogen habe, sitze ich mit Tasha in der Küche und genieße einen Teller Erdäpfel mit Speck und Eiern.

Tasha freut sich über meinen Appetit und reicht mir ein Bier. Kurz darauf stößt Ermin hinzu und als Letzte betritt Elfie den Raum. Sie betrachtet das Essen, lehnt es jedoch ab und nimmt stattdessen nur das heiße Kräuterwasser, das Tasha ihr anbietet.

Neugierig beobachtet uns unsere Gastgeberin und fragt schließlich ohne Umschweife: »Ihr seid doch getrennt voneinander losgegangen. Wie kommt es, dass ihr nun gemeinsam zurückgekehrt seid?«

Elfie antwortet als Erste: »Wir haben uns zufällig getroffen, und dann änderte sich das Wetter.«

Tasha runzelt die Stirn. »Aber warum kommt ihr erst jetzt? Es regnet seit Stunden nicht mehr.«

Nun antworte ich: »Wir haben es wegen des Wetters nicht mehr rechtzeitig zurückgeschafft.« Dann werfe ich einen Blick auf Elfie und setze betont beiläufig hinzu: »Außerdem durfte ich nicht zu schnell reiten.«

Tasha schmunzelt wissend. »Ja, nicht zu fassen, Elfie und ihre Angst vor Pferden.«

Elfie funkelt sie an. »Lach nicht!«

Doch Tasha kann sich das Grinsen nicht verkneifen. »Entschuldige. Ich weiß ja, wie du zu Pferden stehst.«

Elfie grummelt leise und sieht dabei stur auf ihre Tasse. Plötzlich schaut sie auf, ihre Miene verändert sich. »Vielleicht irre ich mich, aber ich glaube, jemand hat auf uns geschossen.«

Tasha erstarrt. Ermin fragt sofort: »Was ist passiert?«

Ich mische mich ein: »Ich fand Elfie auf der nördlichen Weide, bei einer alten Eiche. Auf einmal hörten wir einen sehr lauten Ton. Elfie meinte, es könnte eine kleine eiserne Kugel gewesen sein. Gibt es so etwas überhaupt?«

Tasha und Ermin sehen sich verwundert an, bevor Ermin erklärt: »Ja, natürlich. Das solltest du doch wissen, solche Kugeln gab es auch schon zur Römerzeit. Damals waren sie aus Blei, nur die Abschussvorrichtungen sind heute anders. Seid ihr euch denn sicher, dass es ein Schuss war?« Er blickt zu Elfie.

Sie zuckt mit den Schultern und sagt nachdenklich: »Eigentlich weiß ich, wie sich ein Schuss anhört. Doch wer sollte uns etwas antun wollen?« Sie nippt an ihrem

Tee und fügt leise hinzu: »Es war bestimmt nur ein Jäger.«

Ermin wirkt in sich gekehrt. Tasha hat ihn im Blick. »Worüber grübelst du?«

Er zögert, schließlich äußert er eine Vermutung: »Vielleicht war das Adam.«

Sie schüttelt den Kopf und weist den Verdacht zurück. »Nein, das kann ich mir nicht vorstellen.«

»Aber er hat uns gedroht«, beharrt Ermin.

»Nein, nein, er ist Pazifist«, widerspricht Tasha entschieden.

»Pazifist? Bitte sprich so, dass wir es verstehen«, fordert er sie auf.

Tasha wirkt ein wenig genervt, erklärt dann aber: »Pazifisten lehnen Krieg und Gewalt ab, sie weigern sich, Waffen zu benutzen. Ich glaube nicht einmal, dass Adam weiß, wie sie funktionieren.«

Ich selbst kenne Adam kaum, hatte bisher nur kurz Kontakt mit ihm – auf mich wirkte er eher wie ein Gelehrter. Was hätte er davon, mich zu töten? Und Elfie kann er nicht gemeint haben, er kennt sie nicht. Immer vorausgesetzt, es war tatsächlich ein Anschlag und er der Verursacher.

Elfie schweigt einen Moment, dann sagt sie: »Ich bin müde. Ich werde zu Bett gehen.« Sie sieht Tasha an, das bedeutet wohl erneut getrennte Zimmer. Auch Ermin hat es verstanden und seufzt tief.

KAPITEL 6 - ♀

Die Männer hatten für diese Nacht sicher andere Pläne. Natürlich tun mir Ermin und Tasha leid, aber ich kann jetzt nicht mit Marc in einem Zimmer schlafen. Er würde mich garantiert wieder um den Finger wickeln. Der Sex mit ihm ist unvergleichlich berauschend – intensiver als alles, was ich bisher erlebt habe. Er macht süchtig und ich bin ausgehungert.

Ich will ihm zwar nicht aus dem Weg gehen, aber ich muss auch nicht jede freie Minute sein williges Sex-Toy sein. Ich brauche Abstand und ich bin müde, in der letzten Nacht kam ich kaum zum Schlafen.

Während meiner Wanderung, bei einer kurzen Rast, bin ich schließlich eingenickt, und wer taucht plötzlich auf? Marc! Ausgerechnet er, derjenige, dem ich für ein paar Stunden bewusst aus dem Weg gehen wollte.

Seine überwältigende Ausstrahlung hat mich augenblicklich wieder in ihren Bann gezogen. Diese tiefblauen Augen, sein muskulöser, fast übermenschlicher Körper – er macht mich ganz wuschig.

Es ist kaum zu glauben, dass ich mit so vielen Zweifeln an der Möglichkeit von Zeitreisen angereist bin, doch die bloße Präsenz dieses lebendigen Relikts der Geschichte scheint all meine Bedenken wie fortgewischt zu haben. Er wirkt zu perfekt, zu authentisch in seiner Erscheinung als Römer, in seiner Sprache und seinem Verhalten.

Nur, wie soll es nun weitergehen? Nutze ich für die Zeit seiner Anwesenheit einfach seine körperlichen Vorzüge – zur reinen Lustbefriedigung, die er zu meinem Leidwesen nahezu perfekt beherrscht? Oder steckt da längst mehr dahinter? Verliebe ich mich etwa in ihn, und das nach so kurzer Zeit? Gibt es überhaupt die Liebe auf den ersten Blick? Früher habe ich daran geglaubt. Heute sehe ich vieles nüchterner. Anziehungskraft, sexuelle Begierde – ja, daran glaube ich. Aber Liebe? Das erscheint mir recht abwegig.

Über all das und mehr wollte ich nachdenken – alleine. Doch zu einem klaren Ergebnis bin ich nicht gekommen. Stattdessen habe ich die Zeit genutzt und ihn gemalt und schwups, da stand er plötzlich vor mir. Sofort war diese besondere Magie zwischen uns zu spüren. Wie ein Magnet zieht er mich an, und jede Faser meines Körpers verlangt danach, ihn zu berühren. Viel zu willig nahm ich seinen Kuss entgegen.

Fast als glückliche Fügung möchte ich da den Schuss bezeichnen, der unsere aufkeimende Intimität unterbrach. Ich bin mir gar nicht sicher, ob es überhaupt einer war, und wenn ja, muss es nicht unbedingt bedeuten, dass wir Ziel eines Anschlags werden sollten – auch wenn Ermin das zu glauben scheint. Er vermutet, dass dieser Adam dahinterstecken könnte. Ohne Frage hat Adam psychische Probleme, und er hat mich an der Klippe in Gefahr gebracht. Aber einen Mordanschlag? Das ist eine ganz andere Liga. Ich halte es immer noch für einen verirrten Schuss eines schlechten Jägers.

Die Nervosität der anderen drei – besonders Ermins – verunsichert mich jedoch zusehends. Ihr Verhalten lässt mich aufhorchen, trotzdem beschließe ich, es vorerst beiseitezuschieben und mich endlich in Morpheus' Arme sinken zu lassen, in der Hoffnung auf einen tiefen, erholsamen Schlaf. Bevor ich jedoch zur Ruhe komme, öffnet sich die Tür. Es ist Tasha.

In mir wächst das Bedürfnis, mich bei ihr zu entschuldigen. »Sorry, dass ich euch die Zweisamkeit verdorben habe.«

»Ach, alles gut«, entgegnet sie taktvoll und zieht sich ihren Pyjama an. Dann schaut sie mich mit einem schelmischen Lächeln an. »Mal was anderes, was läuft da eigentlich zwischen dir und Marc? Das ging ja wie im Zeitraffer: Verliebtheit, Sex, Hochzeit, Scheidung … alles an nur einem Tag.« Sie grinst breit.

»Also bitte, Tasha, übertreib nicht.« Ich spiele die Entrüstete, obwohl ich genau weiß, was sie meint. »Der Typ hat mich einfach umgehauen. So etwas ist mir noch nie passiert«, füge ich schließlich nachdenklich hinzu.

Tasha lacht herzhaft. »Ach komm, ehrlich jetzt? Das sagst du doch immer! Denk mal an deinen Letzten, den Polizisten. Wie hieß er noch gleich?«

»Das war etwas völlig anderes«, versuche ich abzuwiegeln, und murmele leise: »Kristian Wieland.«

Ihre Miene wird ernst. »Elfie, bitte sei vorsichtig. Marc ist ein toller Mann, keine Frage, aber er gehört nicht in diese Zeit. Er hat in seiner Welt noch eine Familie und ist nicht im Ansatz so wie ein Mensch von hier. Er wird wieder zurückgehen. Ich will nicht, dass er dir das Herz bricht.«

Genau hier liegt mein Dilemma: Ich könnte mich vielleicht damit abfinden, mein Herz an einen Schotten zu verlieren – aber an einen zweitausend Jahre alten Römer? Was soll ich tun? Ich bin schon zu weit gegangen und fühle mehr, als ich will. Es ist alles so sinnlos.

Ich schlucke schwer und seufze laut, während ich versuche die Tränen zurückzuhalten. Doch es gelingt mir nicht und ich lasse meinen Emotionen freien Lauf.

Sofort nimmt Tasha mich in den Arm, sieht mich mitfühlend an. »Ach, meine Süße, lass es raus. Ich bin die Letzte, die dir in solchen Dingen Ratschläge geben sollte. Immerhin habe ich mich selbst in einen antiken Barbaren verliebt.«

Schluchzend greife ich ihre Worte auf. »Ja, und er lebt jetzt mit dir hier. Ihr hattet wenigstens ein Happy End.«

Tasha streicht mir tröstend über den Rücken. »Aber das kam nicht von heute auf morgen. Anders als Mara kehrte ich zunächst allein nach Hause zurück, während Ermin in seiner Welt blieb. Erst ein Jahr später gelangte er zu mir. In seiner Zeit waren währenddessen fast zehn Jahre vergangen«, erklärt sie mir so offen wie nie zuvor.

»Aber dann war er ja beinahe ein anderer Mensch und viel älter als du. Wie habt ihr das geschafft? Und warum tauchte er überhaupt erst so spät bei dir auf?«

Tasha ist erstaunlich still geworden, sie überlegt. Schließlich sagt sie leise: »Es ist, wie es ist. Für mich waren es nur zwölf Monate. Für ihn qualvolle zehn Jahre des Kampfes, Verlustes und der Entbehrungen. Wie du ja noch weißt, lag er im Sterben, als man ihn zu mir brachte.«

Ja, ich erinnere mich. Damals bat Tasha mich um Hilfe. Ermin hatte eine schwere Arsenvergiftung und es stand wirklich auf Messers Schneide.

Tasha fährt fort: »Eine Rückkehr war für ihn nicht möglich. Man hielt ihn für tot, und außerdem wollte er gar nicht mehr zurück.«

»Aber wie habt ihr es geschafft, die Entfremdung zu überwinden? Und wie hat er so schnell gelernt, sich anzupassen?« Ich bin wirklich beeindruckt von dem, was die beiden in so kurzer Zeit gemeinsam vollbracht haben.

Tasha lächelt versonnen. »Er ist eben Arm… äh, Ermin, ein Meister der Anpassung. Das hat er schon in seiner Welt bewiesen. Und ich? Ich war und bin immer noch über beide Ohren in ihn verliebt. Er ist mein Gegenstück und ich das seine«, schwärmt sie mir vor.

Während ich ihr zuhöre, frage ich mich, ob ich jemals genauso empfinden kann. Ein Gedicht von *Theodor Storm* fällt mir ein:

> *»So komme, was da kommen mag.*
> *So lang du lebest, ist es Tag.*
> *Und geht es in die Welt hinaus,*
> *wo du mir bist, bin ich zu Haus.*
> *Ich seh dein liebes Angesicht,*
> *ich sehe die Schatten der Zukunft nicht.«*

Es handelt von der Zuversicht, dass die Zukunft, so ungewiss sie auch sein mag, für die Liebenden voller Licht ist, solange sie miteinander verbunden bleiben. Alle Sorgen und Ängste treten in den Hintergrund, weil ihre Liebe und Zusammengehörigkeit alles überstrahlen.

Bei Tasha und Ermin scheint diese Botschaft zu stimmen, auch wenn ich gestern bei ihm ein gewisses Maß an inneren Zweifeln zu erkennen glaubte. Das äußere ich nun: »Gestern Abend wirkte dein Pendant aber ziemlich missgestimmt. Er schien nicht wirklich im Reinen mit sich zu sein, wie ich dir ja schon gesagt habe.«

Tasha antwortet ohne Zögern: »Ich habe mit ihm darüber gesprochen. Er ist manchmal wehmütig, genauso wie ich. Doch im Gegensatz zu ihm kann ich meine Mom anrufen oder sie besuchen. Diese Möglichkeit hat er nicht. Durch unseren Aufenthalt in der Vergangenheit wurde sein Wunsch nach seiner Familie kurzzeitig genährt. Aber er weiß auch genau, was er will: mich und eine Familie, und das in dieser Welt.« Sie grinst wie ein Honigkuchenpferd, weil sie glücklich ist.

»Ich gönne es dir von Herzen.« Und das tue ich wirklich! Ich wünsche den beiden für ihre Zukunft nur das Beste, zumal sie Nachwuchs erwarten.

Was mich persönlich angeht, bin ich noch unschlüssig und durcheinander. Könnte Marc mehr Bedeutung in meinem Leben erlangen? Das würde mich bald vor wichtige Entscheidungen stellen. Aber nicht heute, auch nicht morgen oder übermorgen. Step by step, day by day. Jeden Tag ein Stückchen näher an das unbekannte Ziel.

Ich werde immer schläfriger und beginne, unkontrolliert zu gähnen. »Entschuldige, Tasha, ich bin todmüde.« Dabei lasse ich mich aufs Bett fallen.

»Kein Wunder, du warst ja letzte Nacht auch sehr aktiv« schmunzelt sie. »Und das unüberhörbar.«

Schamhaft halte ich mir die Hände vors Gesicht und murmele: »Tut mir leid.«

Sie lacht. »Jedem nach seinem Geschmack.«

Es wird nichts mit dem ruhigen Schlaf. Die Nacht bleibt unruhig. In meinen Träumen werde ich ständig vor die Wahl gestellt, völlig sinnlose Entscheidungen zu treffen: roter oder grüner Apfel, nach links oder rechts gehen, Baby mit oder ohne Haare. Ziemlich viel dummes Zeug. Natürlich ist die Botschaft klar: Es gibt nur ein Ja oder Nein, kein Jein.

Währenddessen glaube ich, immer mal wieder Tasha zu hören, oder viel mehr zu spüren, wie sie mich zurechtrückt und dabei wohl auch ein wenig schimpft. Unterbewusst entschuldige ich mich wispernd, denke ich.

Als ich aufwache, ist sie nicht mehr da. Sie hat mich schlafen lassen, denn es ist bereits nach neun. Ich werde nicht in Hektik verfallen, schließlich bin ich hier, um Urlaub zu machen.

Ganz in Ruhe dusche ich und ziehe mich an.

Im Flur, beim Eingangsbereich, treffe ich auf Tasha. Sie begrüßt mich mit einem Grinsen: »Guten Morgen, Elfie, gut geschlafen?«

»Zum Schluss ja«, erwidere lächelnd. »Danke, dass du mir das gegönnt hast.«

»Gern geschehen. Du warst in der Nacht sehr unstet.«

»Tut mir leid. Ich hoffe, ich habe dich nicht allzu sehr gestört.«

Sie winkt ab und fordert mich auf: »Komm mit! Du brauchst jetzt einen starken Kaffee.«

Auf dem Küchentisch befinden sich noch die Reste vom Frühstück. Ich bediene mich und nehme den Muntermacher dankbar an. Es muss nicht immer Tee sein, auch wenn ich ihn normalerweise bevorzugen würde.

»Wo sind die Männer?«, frage ich neugierig.

»Sie sind bereits draußen und erledigen ihre Arbeiten.«

Während sie mir eine weitere Tasse eingießt, will ich wissen: »Hast du heute noch etwas vor?«

»Wieso fragst du?« Im gleichen Atemzug gibt sie mir die Antwort: »Ich will zu Adam.«

Ich bin erstaunt. »Hältst du das für eine gute Idee?«

Sie seufzt. »Er ist kein schlechter Mensch. Die Zeitreise hat ihm schwer zugesetzt. Ich will sehen, wie es ihm geht, und ihm wegen eures gestrigen Erlebnisses auf den Zahn fühlen. Danach werde ich Nechtan im Krankenhaus besuchen.«

»Lass mich mitkommen, bitte! Ich muss einfach mal raus, weg vom Hof.«

»Eigentlich wollte ich …«

Ich unterbreche sie schnell: »Komm schon, Tasha. Ich bin doch nicht nur hier, um die Natur zu genießen. Nimm mich mit, und während du deine Besuche machst, gehe ich shoppen, okay?«

Tasha überlegt einen Moment, dann stimmt sie zu.

»Wann willst du losfahren?«, erkundige ich mich, da ich es kaum abwarten kann.

»In zehn Minuten. Passt das?«

»Perfekt! Ich muss nur kurz noch, äh, für kleine Mädchen. Ich warte dann beim Auto.«

Tasha nickt.

Ich stehe längst beim Wagen, aber Tasha lässt auf sich warten.

Als ich mich umschaue, entdecke ich Marc auf dem Longierplatz. Mit beeindruckender Souveränität trainiert er dort ein Pferd. Seine Bewegungen sind elegant und geschmeidig. Er ist ein verdammt gut aussehender Kerl. Ich frage mich, wie es überhaupt möglich ist, dass er sich ausgerechnet zu mir hingezogen fühlt. Wenn er auf mehr Frauen meiner Zeit träfe, würde sein Interesse an mir vermutlich schnell verfliegen.

Während ich noch darüber grübele, was es sein könnte, höre ich Tasha rufen: »Elfie? Träum nicht, wir wollen los!«

»Oh, entschuldige. Klar, lass uns fahren.«

Bevor ich ins Auto steige, schaue ich noch einmal zu Marc. Er hat mich bemerkt und sieht mich fragend an. Ein leiser Seufzer entweicht mir, zum Glück hört es niemand. Dieser Mann ist einfach so ... so unerhört attraktiv. Es ist ganz gut, dass ich jetzt für einige Stunden etwas anderes zu sehen bekomme.

Auf dem Weg nach Aberdeen reden Tasha und ich kaum. Ich lehne mich zurück, schaue aus dem Fenster und lasse meinen Blick über die vorbeiziehende Landschaft gleiten.

Immer wieder kreisen meine Gedanken um Marc, egal wie oft ich versuche, sie abzuschütteln. Dieser Kerl hält mich in seinem Bann. Das wird eine teure Shoppingtour, um mich abzulenken.

»Alles in Ordnung mit dir?«, fragt Tasha plötzlich.

»Ja, klar, warum?«

»Du hast eben aufgestöhnt, als hättest du Schmerzen.«

»Nein, das war nichts«, antworte ich hastig.

Sekunden später verkündet sie fröhlich: »Wir sind
da! Ich lasse dich beim Union Square raus. In dem Einkaufszentrum wirst du dich austoben können.« Sie
lächelt breit, während sie den Wagen zum Stehen
bringt.

»Und wo willst du jetzt zuerst hin?«

Sie überlegt nicht lange. »Adam wohnt ganz in der
Nähe. Derzeit muss keiner von uns arbeiten, er dürfte
also zu Hause sein. Wenn etwas ist, ruf mich einfach
an.«

Ich hake vorsorglich noch einmal nach. »Bist du dir
auch wirklich sicher? Traumatisierte Menschen können
unerwartet reagieren. Soll ich dich nicht begleiten?«

Sie lehnt dankend ab. »Nein, das ist lieb von dir,
aber es ist besser, wenn ich alleine mit ihm rede.« Als
sie meine Skepsis bemerkt, ergänzt sie: »Vertrau mir,
ich bekomme das schon hin.«

»Sei trotzdem vorsichtig, okay?«

Sie nickt. »Wir treffen uns wieder hier. In vier Stunden?«

»Ja, das passt. Und falls etwas ist, telefonieren wir.«
Beim Aussteigen ruft sie mir noch hinterher: »Viel Spaß
beim Bummeln.«

»Oh, den werde ich haben«, erwidere ich augenzwinkernd.

Im Einkaufszentrum angekommen, nehme ich mir
einen Moment, um mich zu orientieren.

Erstes Ziel: eine neue Jeans. Denn ich habe nur zwei
Hosen eingepackt, und eine davon hat bereits ein Loch.
Glücklicherweise bietet die Einkaufsmeile eine reiche
Auswahl an Geschäften. Bei LEVI'S werde ich schnell

fündig. Später kommen noch einige Mitbringsel für zu Hause dazu.

Inmitten des Einkaufsmarathons beschleicht mich das dumpfe Gefühl, beobachtet zu werden. Doch so oft ich mich auch umdrehe, ich entdecke niemanden. Wahrscheinlich bilde ich mir das nur ein.

Nach einer halben Ewigkeit in verschiedenen Läden meldet sich mein Magen und ich beschließe, ihn mit italienischem Essen zu füllen. Allein zu essen fühlt sich aber irgendwie unangenehm an – und es fällt auf. Ein paar Schotten bieten mir spontan ihre Gesellschaft an, was ich freundlich ablehne.

Plötzlich taucht Henry auf – ich erkenne ihn sofort. Er arbeitet auf Ermins Hof und er ist nicht alleine unterwegs. Er stellt mir seinen Begleiter vor: Colin, seinen Bruder. Colin entpuppt sich als besonders hartnäckig und charmant. Ich gebe schließlich nach und lasse die beiden sich zu mir setzen.

Zu meiner Überraschung verläuft das Gespräch angenehm. Colin übernimmt die Initiative und stellt viele Fragen, auf die er aber nicht immer eine Antwort erhält.

Nach einer Weile schaut Henry auf die Uhr. »Oh, es ist schon spät. Ich muss los«, sagt er und verabschiedet sich. Colin bleibt jedoch.

Ich muss zugeben, er ist ein interessanter Gesprächspartner. Er erzählt von mystischen Geschichten und aktuellen Ereignissen in der Umgebung. Die Zeit vergeht wie im Flug, und ich ertappe mich dabei, wie ich ihn mit Marc vergleiche. Kindisch, ich weiß, doch es geschieht ganz von selbst.

Colin ist kleiner als Marc, aber nicht weniger durchtrainiert. Er hat ein rundliches Gesicht, dunkle Haare und tiefbraune Augen. Insgesamt nicht unattraktiv, vor allem wenn er lächelt. Vielleicht etwas zu burschikos, aber keineswegs dumm – und Tierarzt, was ich nicht sofort vermutet hätte.

Jedenfalls genieße ich seine Gesellschaft, und es ist offensichtlich, dass er sich für mich interessiert, was mich gleichermaßen belustigt wie schmeichelt. Wir lachen viel, und das tut gut.

Ab und zu blicke ich auf mein Handy. Tasha hat sich nur einmal kurz gemeldet, doch die vier Stunden sind fast um. Gerade als ich mich frage, ob ich ihr schreiben soll, klingelt es. Es ist Tasha.

»Hallo Elfie, ich bin unterwegs und in etwa zehn Minuten da.«

Ich schaue Colin bedauernd an, während ich ihr antworte: »Okay, ich mache mich auf den Weg. Bis gleich.«

Colin hat das Gespräch zwar mitbekommen, aber nicht verstanden, da ich auf Deutsch gesprochen habe.

Jetzt muss ich mich zügig von ihm verabschieden. »Es hat mich gefreut, dich kennenzulernen, Colin. Leider muss ich nun los, meine Freundin wartet.«

Ich will ihm die Hand zum Abschied reichen, doch er greift stattdessen nach meinen Einkaufstaschen.

»Ich begleite dich noch bis nach draußen«, sagt er mit einem gewinnenden Lächeln.

»Das ist wirklich nicht nötig«, versuche ich ihn abzuwimmeln.

»Keine Diskussion!«, bestimmt er. »Wir Schotten sind sehr hilfsbereit. Ich kann eine hübsche Lady wie dich doch nicht allein das ganze Zeug schleppen lassen.« Sein Grinsen wird breiter und breiter – gegen so viel schottische Höflichkeit habe ich keine Chance und muss schließlich selbst grinsen.

Auf dem Parkplatz vor dem Einkaufszentrum wartet bereits Tasha auf mich, sie winkt mir zu. Als sie sieht, dass ich in Begleitung komme, kann sie ihre Neugier nicht verbergen. Ich stelle ihr daher in knappen Worten Henrys Bruder, Colin, vor.

»Ach, stimmt. Ich habe Sie schon einmal mit Henry gesehen. Sie sind Tierarzt, nicht wahr?«, fragt sie lächelnd. Colin nickt. »Wir werden Ihre Dienste wohl bald in Anspruch nehmen, denn unser Veterinär geht demnächst in den Ruhestand«, fügt sie hinzu.

»Kein Problem. Einfach Henry Bescheid geben oder mich anrufen, ich stehe im Telefonbuch«, entgegnet er freundlich. Dann wendet er sich an mich: »Ich würde dich gerne wiedersehen.«

Tasha verschluckt sich beinahe und beginnt heftig zu husten. Ich klopfe ihr auf den Rücken und überlege gleichzeitig, was ich ihm antworten soll, doch mir entgleitet nur ein stotterndes: »Ähm, also …«

Plötzlich zerreißt ein lauter Knall die Luft, so nah, dass meine Ohren klingeln und ich unwillkürlich zusammenzucke.

Instinktiv zieht Colin uns zu Boden. »Damn crap, was war das?«, flucht er und blickt sich angespannt um.

Die Erinnerung an gestern kommt hoch. Vielleicht ist es doch Adam? Ich schaue zu Tasha rüber. Sie ahnt meine Gedanken und schüttelt den Kopf.

Colin sieht uns besorgt an. »Alles okay bei euch?«
Wir nicken beide.

Er wird ernst. »Das war doch ein Schuss. Wir sollten die Polizei rufen.«

Aber niemand sonst vor dem Union Square wirkt beunruhigt. Kein panisches Wegrennen, keine Schreie – nur vereinzelte Ratlosigkeit, als einige Passanten sich irritiert umsehen. Vielleicht war es doch nichts?

»Ach, Unsinn. Das war bestimmt nur eine Fehlzündung«, sage ich. Trotzdem sollten wir unverzüglich aufbrechen, also ergänze ich schnell: »Tut mir leid, Colin, aber wir müssen jetzt los.«

Ich stehe auf und ziehe Tasha mit hoch. Beim Weggehen bedanke ich mich für den netten Nachmittag und füge höflich die Floskel hinzu, dass wir das gerne wiederholen können. Er bekommt keine Gelegenheit, etwas zu entgegen. Dann steigen wir ins Auto und fahren los. Im Außenspiegel sehe ich, wie Colin noch immer an Ort und Stelle steht und uns nachblickt.

Wir sind gerade aus der Stadt raus, als Tasha ihre Stimme wiederfindet und losflucht: »Was für ein kranker Scheiß war das denn?«

»Was meinst du, Colin oder den Schuss?«

»Na, den Schuss natürlich.«

»Keine Ahnung. Mir schlottern immer noch die Knie. Gestern dachte ich ehrlich, es sei ein Fehlschuss gewesen, aber das heute …« Zwei Schüsse an zwei Tagen – und beide Male war ich in der Nähe. Das kann kein Zufall sein. Bin ich das Ziel? Wer steckt dahinter? Ich bin doch erst seit wenigen Tagen hier, kenne niemanden und habe kaum jemanden getroffen – mit Ausnahme von Adam, der mich tatsächlich fast umgebracht hätte. Daher mutmaße ich: »Das muss Adam gewesen sein. Aber warum?«

Tasha widerspricht: »Nein, unmöglich! Das war er nicht.«

»Wieso bist du dir da so sicher?«

»Ich war bei ihm. Er ist ein Häufchen Elend, zittert und steht unter Medikamenten, die ihn müde und apathisch machen. Unter diesen Umständen hätte er niemals rechtzeitig dort sein können, geschweige denn schießen. Und warum sollte er ausgerechnet dich töten wollen? Das ergibt keinen Sinn. Nein, er war es nicht.«

»Nun gut, wenn nicht er, wer dann?«

Tasha bleibt mir die Antwort schuldig. Verständlich, denn auch mir fällt dazu nichts ein.

Den Rest der Fahrt hängen wir unseren Gedanken nach. Zu Colin äußert sich Tasha nicht, was mir ganz recht ist. Da gibt es auch nicht viel zu sagen – eine nette Zufallsbekanntschaft, mehr nicht.

Zurück auf der Farm kommt uns Ermin mit grimmiger Miene entgegen. »Wo wart ihr so lange? Tasha, warum bist du nicht ans Telefon gegangen?«

Während sie in ihrer Handtasche nach dem Handy sucht, erkläre ich schnell: »Wir waren in Aberdeen. Shoppen.«

»Verdammt, ich muss es verloren haben«, murmelt Tasha nachdenklich.

Ermins prüfender Blick haftet auf seiner Frau. »Was ist mit dir?« Sein Ärger weicht Besorgnis und mit wenigen Schritten ist er bei ihr. Er streicht sanft über ihre Wange, als wolle er prüfen, ob sie Fieber hat.

»Mir geht es gut«, behauptet sie und zwingt sich zu einem Lächeln.

Ermin spürt, dass etwas nicht stimmt. »Lüg mich nicht an! Ich merke doch, dass du beunruhigt bist. Was ist passiert?«

Marc ist inzwischen dazugekommen, sein bohrender Blick ist auf mich gerichtet.

Schließlich bin ich es, die mit der Wahrheit herausrückt: »Wir wurden, nein … *ich* wurde beschossen.«

Ermin reagiert sofort mit einer Flut von Fragewörtern: »Wie? Wer? Wann? Warum?«

»Alles berechtigte Fragen. Leider habe ich nicht auf jede eine Antwort«, erwidere ich frustriert. Dann fahre ich fort: »Tasha holte mich am Einkaufszentrum ab, als auf dem Parkplatz ein Schuss fiel. Colin wollte schon die Polizei rufen …«

Ermin fällt mir ins Wort. »Wer ist Colin?«

»Henrys Bruder, der Tierarzt«, kommt Tasha mir zuvor. »Elfie hat ihn im Einkaufszentrum zufällig kennengelernt.«

Ermin sieht von mir zu Marc, der bisher geschwiegen hat – kein Wunder, er versteht uns ja nicht. Aber natürlich bleibt ihm die Unruhe nicht verborgen. Jetzt will auch er wissen, was los ist. Ermin klärt ihn auf, ohne jedoch Colin zu erwähnen.

Sofort ist Marc bei mir und nimmt mich in den Arm. »Geht es dir gut? Hast du den Attentäter gesehen?«

Ich schüttle den Kopf und muss wieder einmal feststellen, wie beruhigend seine Nähe auf mich wirkt.

Ermin rührt sich wieder. »Verflucht, das gefällt mir nicht!«

»Vielleicht sollten wir doch noch die Polizei einschalten«, murmele ich mehr zu mir selbst als zu den anderen.

Tasha widerspricht prompt. »Nein! Was, wenn sie Fragen zu Marc stellen? Wir können seine Anwesenheit nicht erklären, wir haben ja keine Papiere für ihn.«

»Dann müssen wir eben vorsichtiger werden und uns im Blick behalten, immer nur noch zu zweit rausgehen«, bestimmt Ermin.«

»Wie wäre es, wenn wir ein paar Überwachungskameras installieren oder zumindest ein paar Wildkameras anbringen«, schlägt Tasha vor.

Ermin stimmt zu. »Das ist eine gute Idee.«

Ich fühle mich erschöpft und von der ganzen Situation überfordert, ich brauche Zeit zum Nachdenken.

»Ich möchte aufs Zimmer und mich ausruhen. Kommst du mit?«, frage ich Tasha und löse mich von Marc, der mich verständnisvoll ansieht.

»Gerne, ein Nickerchen könnte auch ich gebrauchen«, antwortet sie und gibt ihrem Ermin einen Kuss, dann hakt sie sich bei mir unter.

Oben angekommen, wirft sie sich aufs Bett und schließt die Augen. »Was für ein Tag«, stöhnt sie.

Ich mache es mir im Sessel bequem und lege die Füße hoch. »Jetzt mal ehrlich. Glaubst du wirklich, jemand hat es auf mich abgesehen?«

»Keine Ahnung«, grummelt sie leise.

»Ich verstehe das alles nicht. Sind das bloße Zufälle? Einen Irrläufer hätte ich noch nachvollziehen können, oder dass Marc das Ziel ist … aber ich? Das ergibt doch keinen Sinn.«

Tasha brabbelt nur eine kurze Zustimmung, während meine Gedanken weiter kreisen. »Wen habe ich hier denn schon getroffen? Dich und Ermin, Marc und Adam, Henry und nun auch Colin.«

Bei Colins Namen wird Tasha munter. Sie dreht sich zu mir und schaut mich intensiv an. »Genau. Colin. Er scheint dich zu mögen und hätte wohl gerne eine Wiederholung eures Treffens.«

»Er kann es aber nicht gewesen sein«, entgegne ich gedankenverloren. »Außer, sein Bruder wäre der Täter, denn Henry ließ uns ja alleine. Er hätte damit sowohl Zeit als auch die Gelegenheit gehabt. Aber welches Motiv? Das wäre noch absurder als die Adam-Variante.«

Tasha lacht mit einem Mal und ruft: »Huhu, Elfie! Ich meinte doch nicht Henry oder Colin als Schützen, sondern dass der Tierarzt dich ganz offensichtlich angemacht hat.«

»Was?« Ich erröte.

»Hast du es nicht bemerkt? Das war eindeutig«, sagt sie grinsend und ergänzt: »Sei mal ehrlich, er ist schon ein hübscher Kerl.«

Ich hebe die Augenbraue. »Findest du?«

»Ja, klar.« Tasha schmunzelt. »Vielleicht ist das gar nicht mal so schlecht. Du könntest ein wenig Ablenkung von Marc gebrauchen.«

Darauf möchte ich nicht eingehen. Marc ist der Mann, der mich zum Leuchten bringt. Ich empfinde bereits viel für ihn.

Gedanklich lasse ich nun die letzten Tage und Stunden Revue passieren, und genau darüber schlafe ich ein.

Ein Klopfen reißt mich aus dem Schlaf. Zunächst verorte ich es als Kopfschmerzen, dann wird mir klar, dass jemand an die Tür pocht. Ich schaue zum Bett, Tasha ist nicht mehr da, sie muss bereits aufgestanden sein.

Als ich mich aus dem Sessel erheben möchte, schmerzen meine Muskeln so sehr, dass ich laut aufstöhne und jäh wieder zurückfalle.

Da wird plötzlich die Tür aufgerissen. Marc erscheint, kampfbereit, und starrt mich irritiert an.

»Was soll das?«, frage ich genervt.

»Ich … ich dachte, du wärst in Not«, stammelt er unbeholfen.

»So ein Unfug.«

»Aber du hast doch vor Schmerzen geschrien«, erklärt er sich abermals.

»Ja, habe ich auch. Rückenschmerzen. Ich bin im Sessel eingeschlafen. Das war nicht sehr bequem«, äußere ich trocken.

»Ich mache mir eben Sorgen«, erwidert er, leicht verstimmt.

Nun habe ich ein schlechtes Gewissen. »Entschuldige, Marc, das ist lieb von dir …« Gleichzeitig versuche ich aufzustehen, doch nach nur wenigen Schritten durchzuckt mich erneut ein scharfer Schmerz und lässt mich zusammensacken.

Marc ist sofort zur Stelle und fängt mich auf. Das tut doppelt gut – ich liege in seinen Armen und kann gleichzeitig meine Wirbelsäule entlasten.

Er wird ernst. »Ich will etwas versuchen. Vertraue mir.« Er dreht mich um, zieht mich ein Stück fester an sich und sagt: »Entspann dich, bleib ganz ruhig und atme tief ein und aus.«

Ich weiß nicht, was er vorhat, aber ich folge seinen Anweisungen.

Er drückt schnell und kräftig zu. Ein Knacksen ertönt. Nicht zu fassen, ich glaube, er hat meine Blockade gelöst – fast wie bei einem Chiropraktiker.

Als er mich loslässt, prüfe ich vorsichtig, wie es sich anfühlt. Ich bin positiv überrascht. »Wow, viel besser. Woher kannst du das?«

»Meine Großeltern hatten oft Besuch von einem griechischen Medicus. Auch nach deren Tod hatte ich noch Kontakt zu ihm. Er brachte es mir bei. Mein Lagerpräfekt wusste das zu schätzen.«

»Ich auch«, sage ich und falle ihm um den Hals.

Ein unbändiges Bedürfnis überkommt mich. Ich will seine Lippen spüren und seine Hände auf meiner Haut.

Marc nimmt es willig an, umschließt mich. Sein Kuss ist fordernd, sein Unterleib drängt sich gegen meinen. Ich reibe mich an ihm. Er stöhnt vor Lust. Doch dann werden wir durch laute Rufe gestört. Nur widerstrebend lösen wir unsere Lippen voneinander. Noch immer hält er mich im Arm und streicht mir eine Locke aus dem Gesicht.

»Du machst mich wahnsinnig, süße Shian. Den ganzen Tag habe ich an dich denken müssen«, flüstert er mir heiser in mein Ohr.

Und wieder werden wir gerufen. Er seufzt. »Sie haben mich geschickt, um dich zum Abendbrot zu holen.«

»Mir ist nicht danach«, wispere ich, meinen Kopf an seine Brust gelehnt.

»Geht mir genauso, aber Tasha zuliebe sollten wir Folge leisten.«

»Hallo, ihr beiden. Schaut, was ich alles vorbereitet habe.«

Tasha sieht mich mit einem strahlenden Lächeln an. »Elfie, extra für dich Lachs. Ich weiß doch, wie sehr du ihn magst.«

Ich schmunzle. Sie kennt mich eben und weiß, womit sie mich ködern kann.

Beim Essen lenkt Ermin das Gespräch wieder auf die Vorfälle. »Ich habe Kameras bestellt. Die müssten in den nächsten zwei Tagen geliefert werden. Bis dahin verlässt keiner mehr alleine das Haus oder das Gelände.«

Er wiederholt alles noch einmal auf Latein für Marc. Dieser will wissen, welche Waffe so viel Angst verursacht.

»Eine, die aus großer Entfernung töten kann, ohne dass man dem Opfer nahe kommen muss«, erklärt Ermin und ergänzt: »Auch wenn die Treffsicherheit von anderen Faktoren abhängt.«

Ich schalte mich ein. »Ich begreife es immer noch nicht. Warum sollte es jemand auf mich abgesehen haben? Und das gleich zweimal?«

Tasha äußert nachdenklich: »Dass der Schütze es wagte, seinen Anschlag mitten auf einem belebten öffentlichen Platz auszuführen, zeugt von Kaltschnäuzigkeit und Erfahrung. Gerade das macht mich stutzig.«

»Eben. Vielleicht ist es Absicht, ein gezieltes Spielchen, an ein Versehen glaube ich nicht«, überlegt Ermin laut.

»Das wäre echt krank«, gebe ich verbittert von mir.

»Der einzige Kranke in unserem Umfeld ist Adam«, entgegnet Ermin provokant.

Tasha sieht ihn böse an. »Wie ich dir schon sagte: Adam war das nicht!«

»Und wie ich dir schon sagte, war es leichtsinnig, zu ihm zu gehen und dich womöglich in Gefahr zu bringen«, erwidert Ermin nicht minder säuerlich.

»Ich war nie in Gefahr! Adam ist nicht in der Lage, so etwas zu tun. Das wüsstest du, wenn du ihn gesehen hättest.« Verärgert stochert sie in ihrem Obstsalat. Ermin legt beruhigend seine Hand auf ihre. Sein Blick ist weich, als wolle er seinen harschen Ton wiedergutmachen.

Tasha atmet tief durch und seufzt schließlich. Dann wechselt sie das Thema. »Eve hat mir erzählt, Nechtan sei so weit genesen, dass er am Wochenende entlassen werden kann. Aufgrund unserer Wohnsituation wird er vorerst bei ihr wohnen.«

»Ist den Ärzten nicht aufgefallen, dass er … anders ist?«, will ich neugierig wissen.

»Doch, schon, aber Eve hat ihnen erzählt, dass er ein Nostalgiker sei, der die Vergangenheit liebt und lebt. Die Ärzte glauben, dass der Schock des Verschüttetseins ihn derart traumatisiert hat, dass er quasi in der Vergangenheit festhängt … vorübergehend«, erklärt Tasha.

»Und wer zahlt das alles, also die medizinische Versorgung?«

»Wir übernehmen das«, wirft Ermin ein.

»Das ist sehr großzügig«, sage ich ehrlich.

»Das ist das Mindeste«, entgegnet Ermin nüchtern. »Außerdem ist es besser, nicht unnötig aufzufallen.«

Nachdenklich schweigen wir für einen Moment, besonders Marc wirkt in sich gekehrt. Er war während der gesamten Unterhaltung sehr still. Ich weiß, dass er sich Sorgen macht.

Tasha lehnt sich plötzlich zu mir und fragt leise: »Wo wirst du heute Nacht eigentlich schlafen?«

»Bei dir!«, antworte ich wie aus der Pistole geschossen. Sie hebt die Augenbrauen amüsiert.

Als Tasha dann aufsteht und allen eine gute Nacht wünscht, folge ich ihr. Ich bemerke die Blicke der beiden Männer in meinem Rücken, ignoriere sie jedoch.

Kaum im Zimmer angekommen, verschwindet Tasha im angrenzenden Bad, um sich für die Nacht fertig zu machen, während ich gedankenverloren aus dem Fenster starre.

Ich zucke zusammen, als sich plötzlich ihre Hand auf meine Schulter legt. »Sei unbesorgt, du bist hier sicher«, sagt sie sanft.

Ich seufze schwer. »Ich kann immer noch nicht glauben, dass da jemand sein soll, der mir Übles will.«

»Womöglich ist es ganz anders … Komm jetzt, leg dich hin. Der Schlaf wird dir guttun.«

Leicht gesagt.

Sie ist gesegnet, denn sie schläft fast augenblicklich ein, während ich noch wach im Bett liege. Vermutlich ist mein Nachmittagsnickerchen der Grund, warum ich nicht sofort ins Nimmerland abtauchen kann – oder meine Gedanken, die keine Ruhe geben.

Schließlich stehe ich leise auf und schleiche auf Zehenspitzen in die Küche, um mir eine warme Milch zu machen. Doch selbst danach bin ich noch zu wach. Also setze ich mich ins Wohnzimmer, mein Handy habe ich mitgenommen – falls im TV nichts läuft. Früher hat mir die Flimmerkiste bei Einschlafproblemen geholfen, mittlerweile greife ich eher aufs Handy zurück, aber heute versuche ich es wieder mit dem Fernseher.

Eingekuschelt im Ohrensessel und mit einer Doku über Burgen im Hintergrund werde ich endlich schläfrig. Meine Augenlider sind schwer, und dann bekomme ich auch schon nichts mehr mit.

KAPITEL 7 - ♂

Ich bin längst wach, geschlafen habe ich kaum. Mich belastet, dass ich Elfie nicht helfen kann. Wie soll man einen Gegner außer Gefecht setzen, wenn er unsichtbar ist?

Doch all das Grübeln bringt mir nichts, und länger im Bett zu bleiben, auch nicht. Also beschließe ich, aufzustehen – ehe Ermin es tut, obwohl die Sonne noch nicht aufgegangen ist. Ich schaue einfach mal, was ich in der Küche zu essen finde, bevor ich meine Arbeit in den Ställen beginne.

Als ich die Treppe hinuntergehe, höre ich plötzlich ein Geräusch aus dem Wohnbereich, gegenüber der Küche. Es kommt von einem Telefon – einem Handy, wie ich inzwischen weiß.

Ich bin überrascht. Der Zauberkasten mit den beweglichen Bildern ist an, und Elfie schläft davor in einem Sessel, ohne die schrillen Töne wahrzunehmen. Sie hat die Beine angewinkelt und eine Decke über sich gezogen, ihr Kopf ist zur Seite geneigt. Sie sieht niedlich aus und so schutzbedürftig.

Und da ist es wieder!

Das Klingeln kommt definitiv von ihrem Handy, das auf einem kleinen Tisch neben ihr liegt.

Neugierig nähere ich mich. Ich will wissen, wer so früh am Morgen Kontakt zu ihr sucht.

Immer wenn es brummt, erscheint ein Name: Tasha! Das verwirrt mich, denn sie schläft oben, und warum sollte sie ihre Freundin anrufen? Sie könnte einfach runterkommen.

Ich möchte Elfie aber nicht wecken, also nehme ich ihr Telefon in die Hand, streiche über das Gerät, wie Ermin es mir erklärt hat, und halte es an mein Ohr.

Ich hoffe, es richtig zu machen, und frage etwas unsicher: »Wer ist da?« Doch keine Antwort, nur schweres Atmen.

Ein Verdacht keimt in mir auf, und ich entscheide mich, aufs Ganze zu gehen.

»Wer auch immer du bist und wo auch immer du bist, ich finde dich!« Dann halte ich kurz inne, lausche und füge mit kalter Entschlossenheit hinzu: »Und wenn ich dich erwische, werde ich dich töten! Das schwöre ich bei Jupiter.«

Plötzlich stoppt das Keuchen. Eine tiefe Männerstimme meldet sich. Ich verstehe kein Wort.

Verflucht! Erst jetzt begreife ich, dass unsere Worte einander fremd sind – meine Sprache gegen die seine. Doch mein Instinkt sagt mir: Er ist es – der Schütze.

Um einen Feind besiegen zu können, musst du erst einmal seine Sprache verstehen, hat mein Großvater einmal gesagt. Er hatte recht, aber die Zeit ist zu knapp, um alles Notwendige zu erlernen.

Elfie hat von alledem nichts mitbekommen.

Jetzt höre ich Schritte auf der Treppe. Es ist Ermin, der mich verwundert ansieht. »Warum bist du denn schon so früh auf?«

Ich fasse ihn am Arm und ziehe ihn in die Küche, während ich ihm bedeute, leise zu sein.

Er reagiert überrascht. »He! Was ist denn los?«

»Wo ist Tashas Handy?«, frage ich unumwunden.

»Sie hat es gestern verloren. Wieso willst du das wissen?«

»Ich glaube, der Schütze hat sich eben bei Elfie gemeldet, mit Tashas Gerät.« Er sieht mich skeptisch an, also ergänze ich schnell: »Elfies Handy hat geklingelt, der Name von Tasha erschien, ich ging ran. Zuerst war nichts zu hören. Als ich ihm zu drohen begann, sprach er kurz, nur verstand ich ihn nicht, und dann war es auch schon vorbei.«

Ich warte auf eine Reaktion von ihm, aber er grummelt nur, runzelt die Stirn und macht sich dabei einen Kaffee. Wie kann er nur so ruhig bleiben?

Ungeduldig hake ich nach: »Und? Was denkst du?«

»Möglich«, antwortet er und nimmt einen Schluck seiner braunen Brühe. Dann fragt er: »Würdest du seine Stimme wiedererkennen?«

Ich schließe die Augen, rufe mir das Gespräch ins Gedächtnis. »Ja, ich denke schon.«

»Hast du an ihm etwas bemerkt? Ob er eher jung oder alt ist?«, will er nun wissen.

Ich lasse die Erinnerung erneut aufleben und denke laut nach. »Ich habe zwar die Bedeutung seiner Worte nicht verstanden, aber es klang wie eine Drohung. Seine Stimme war tief und ruhig. Er ist kein Jüngling, auch kein Greis.« Dann erinnere ich mich an ein weiteres Detail: »Seine Sprache … sie klang nach Elfies.«

Ermin grübelt. »Nun, das ist doch schon eine ganze Menge: Er ist kein junger Mann, erfahren und gefasst, und vermutlich aus Germanien.«

Ich frage mich, was er mit diesen Informationen anfangen will. Eine Suche nach dem Mann wird schwierig, zumindest für mich. Ich darf in dieser Welt nicht auffallen, und freiwillig wird sich der Mistkerl mir kaum offenbaren.

»Was hast du vor?«, hake ich nach.

»Wenn Henry kommt, werde ich ihn bitten, sich einmal umzuhören, nach männlichen Gästen, die alleine reisen und aus meiner Heimat stammen.«

Keine schlechte Idee, mir fällt da noch etwas anderes ein. »Ruf doch Tashas Handy an, vielleicht geht er ran.«

Ermin zückt kommentarlos sein Telefon. Es dauert eine Weile, bis sich etwas tut, dann spricht er plötzlich – und wieder einmal verstehe ich nichts. Doch sein Tonfall, die Art wie er redet, lassen keinen Zweifel: Er wirkt zu allem entschlossen, wie eine Bestie, die man besser nicht reizt.

Als er das Handy endlich weglegt, bohre ich ungeduldig nach: »Und? Was hat er gesagt?«

»Nichts!«, so seine knappe Antwort.

»Das verstehe ich nicht.«

»Er war dran und hat zugehört, aber keinen Ton gesagt. Ich habe ihn gewarnt: Sollte er meiner Familie, und das schließt Elfie mit ein, noch einmal zu nahe treten, werde ich ihn jagen und zur Strecke bringen.«

Unvermittelt steht Elfie in der Tür und sieht uns verwirrt an. Ihr Haar ist zerzaust, ihre Augen noch müde vom Schlaf, und sie hat sich in eine Decke gewickelt.

Mit einem Gähnen fragt sie: »Wer will hier wen jagen?« Sie schaut uns abwechselnd an.

»Er hat sich auf deinem Handy gemeldet«, antwortet Ermin ruhig.

»Wer?«

»Der Mann, der dich verfolgt«, mische ich mich ein.

Augenblicklich entgleiten Elfie die Gesichtszüge und sie taumelt einen Schritt zurück. Panisch wirft sie die Decke zu Boden. »Ich reise ab ... noch heute!«, stammelt sie und will gehen.

Ich packe sie am Arm. »So ein Unsinn.« Aber sie hört mich nicht. Wie ein verwundetes Tier windet sie sich, entwickelt für ihre schmale Gestalt erstaunliche Kräfte.

Ermin ist sofort zur Stelle und verpasst ihr eine Ohrfeige – nicht hart, aber fest genug, um sie aus ihrer Panik zu reißen.

Mit großen, entsetzten Augen starrt sie ihn an, dann lodert Trotz auf, und sie will auf ihn losgehen. Sie schimpft und tritt nach ihm, obwohl ich sie noch immer festhalte. Und Ermin? Der grinst nur.

Das Geschrei ist so laut, dass nun auch Tasha auftaucht – im Nachtgewand und mit einem erschrockenen Blick. »Verdammt! Was ist denn hier los?«

Tashas Stimme scheint Elfie endlich zur Besinnung zu bringen. Sie hört auf, sich zu wehren, und beginnt zu weinen.

Ich berichte Tasha von den jüngsten Ereignissen. Währenddessen lehnt Ermin lässig am Schrank, einen Becher Kaffee in der Hand, und sieht uns zu.

Nachdem ich sie über alles informiert habe, kümmert sie sich um ihre Freundin. Sie nimmt sie tröstend in den Arm, spricht beruhigend auf sie ein.

»Elfie, es hat doch keinen Sinn, zu flüchten. Wer auch immer er ist, er hat sich die Mühe gemacht, dich bis hierher zu verfolgen.« Gleichzeitig wirft sie ihrem

Liebsten einen vorwurfsvollen Blick zu, Ermin ist sich keiner Schuld bewusst und zuckt mit den Schultern.

Seufzend wendet sie sich wieder Elfie zu. »Wir sind für dich da und passen auf dich auf.«

»Aber ich will euch nicht in Gefahr bringen«, schluchzt sie.

Ermin greift ein. »Nirgendwo anders als bei uns bist du sicher. Wir werden ihn erwischen. Glaub mir!«

Sie bleibt skeptisch. »Wie willst du das anstellen?«

»Hier auf der Farm können wird dich beschützen. Wir können Fremde schon von Weitem ausmachen. Zuerst sorgen wir dafür, dass dein Handy gesperrt wird, und Henry bekommt den Auftrag, nach männlichen Reisenden Ausschau zu halten.«

»Das bringt doch alles nichts«, widerspricht sie frustriert.

Ermin reagiert nun erstaunlich einfühlsam. »Überlege selbst einmal. Wenn du jetzt abreist, wird er nicht einfach verschwinden. Was auch immer er will, um an dich heranzukommen, muss er seine Deckung verlassen. Und er weiß noch nicht, mit wem er sich angelegt hat.«

Seine letzten Worte trägt er mit einer solchen Entschlossenheit vor, dass sie viel über ihn aussagen. Er kommt aus meiner Welt, ist ein Germane – mutig, kampferprobt und stolz. In seiner Zeit muss er ein großer Anführer gewesen sein. Ich möchte ihm nicht als Feind begegnen.

Elfie atmet tief durch, sammelt sich und sagt: »Das ist sehr anständig von dir, Ermin. Ich weiß deine Hilfe zu schätzen, aber …« Sie geht einen Schritt auf ihn zu. Dieses kleine Wesen muss den Kopf in den Nacken legen, um ihm in die Augen zu sehen. Ihre Miene wird ernst, fast streng. »Aber wenn du mich noch einmal schlägst, reiße ich dir die Eier ab.«

Ermin bemüht sich um Haltung, bricht dann jedoch in schallendes Gelächter aus. Vielleicht nicht die beste Idee, auch wenn ich seine Reaktion verstehen kann – Elfie ist kein Gegner für ihn.

Sie lässt sich das nicht gefallen. Mit einem schnellen, entschlossenen Schlag trifft sie ihn an der für jeden Mann empfindlichsten Stelle. Er krümmt sich vor Schmerz und ich fühle mit ihm. Damit hat niemand von uns gerechnet. Tasha bleibt ungerührt und schmunzelt sogar.

Bevor Elfie geht, sagt sie noch: »Tut mir leid, das musste sein, auch wenn ich dich gut leiden mag.« Dann gibt sie dem nach Luft ringenden Ermin spontan einen Kuss auf die Wange, dreht sich um, murmelt eine kurze Entschuldigung in Tashas Richtung und verlässt uns mit erhobenem Haupt.

»Wird es gehen? Leg dich am besten für ein paar Minuten hin«, schlägt Tasha vor.

Er kann noch nicht sprechen, winkt jedoch ab.

»Du solltest uns Frauen nicht unterschätzen. Elfie mag zwar Angst haben und körperlich einem Mann unterlegen sein, aber sie ist auch wütend. Sehr wütend«, tadelt sie ihn.

Ermin krümmt sich immer noch vor Schmerz, doch er will unbedingt etwas loswerden: »Das … das war Absicht.«

»Was meinst du damit?«, frage ich verwirrt.

»Sie sauer zu machen.«

Jetzt ist es Tasha, die lacht. »Du wolltest also, dass Elfie dir in deine edlen Teile schlägt?«

»Nein! Ich dachte nicht, dass sie das tatsächlich tut. Ich … ich wollte nur ihr Selbstvertrauen stärken. Es ist besser, verärgert zu sein, als Angst zu haben.«

»Na, das ist dir ja super gelungen«, kommentiert Tasha mit einem breiten Grinsen.

»Grins nicht! Das tut verdammt weh«, jammert er und übertreibt dabei ein wenig.

Sofort zieht sie ihn in ihre Arme und küsst ihn zärtlich. »Ach, du mein schlauer, lieber alter Barbar.«

»Wer ist hier alt?«, kontert er gespielt empört.

Wieder einmal fühle ich mich fehl am Platz. Ohne ein Wort zu sagen, drehe ich mich um und lasse die beiden allein. Ich könnte zwar nach Elfie sehen, ich nehme jedoch an, sie möchte jetzt ihre Ruhe haben.

Wie sie muss ich das alles erst einmal ordnen und werde versuchen, bei der Arbeit einen klaren Kopf zu bekommen. Aber eins steht fest: Um Elfie zu helfen, brauche ich einen Gegner aus Fleisch und Blut. Und noch etwas steht fest: Die Frauen in der Zukunft sind wirklich erstaunlich.

Während ich den Stall ausmiste, kommt Ermin hinzu. Er ist wieder ganz der Alte, entspannt und mit einem Lächeln auf den Lippen.

Eine Sache lässt mir jedoch keine Ruhe, und ich frage ihn: »Sag mal, Ermin, wolltest du Elfie tatsächlich mit Absicht wütend machen?«

»Ja. Sie ist stark. Sie sollte sich dessen bewusst sein«, antwortet er, als wäre es eine Selbstverständlichkeit.

»Ich verstehe das trotzdem nicht«, gebe ich zu.

Ermin schweigt einen Moment, als würde er seine Worte sorgfältig abwägen, dann sagt er: »Deine Großmutter war eine willensstarke und kluge Frau. Sie hat gezeigt, dass Frauen nicht nur kämpfen können, sondern auch, dass sie nicht Opfer sein müssen, indem sie ihr Schicksal selbst in die Hand nehmen.«

Es dauert einen Moment, bis mein Verstand die Bedeutung seiner Worte erfasst – eine Bemerkung, die mich umhaut.

»Bei Jupiter! Du kanntest sie! Wie? Woher?«

Ermin erstarrt, als hätte ich etwas ausgesprochen, das niemals jemand erfahren sollte. Er gibt jetzt keinen Mucks mehr von sich.

Warum?

Meine Neugier ist erwacht. Ich möchte endlich mehr über meine Großmutter erfahren, über die seltsamen Geschichten, die sich um sie ranken. Meine Mutter hat sich immer bedeckt gehalten. Es gab Bewunderer meiner Großeltern, aber auch Menschen, die sie und uns für abnormal hielten. Mater schob es stets auf das germanische Blut meiner Großmutter – auf die Welt, aus der sie stammte. Jetzt weiß ich, dass es mehr gibt. Und Ermin könnte mir davon berichten, wenn er nur sein Wissen preisgeben würde.

»Bitte, rede! Wann und wie bist du auf sie getroffen?«

Doch Ermin rührt sich nicht, sieht mich nicht einmal an.

Ich umfasse sein Handgelenk, worauf er ungewöhnlich gereizt reagiert.

»Lass das! Frag nicht weiter! Da gibt es nichts zu berichten!« Er dreht sich um und lässt mich einfach stehen.

Ich bleibe ratlos zurück.

Warum will er nicht mit mir reden?

Was ist damals vorgefallen, dass er es zu einem Geheimnis macht? Und was weiß Tasha? Auch sie hat mir bisher nicht erzählt, dass Ermin meine Avia kannte.

Bis zum Mittag sehe ich ihn kaum. Er weicht mir aus. Nur kurz begegnen sich unsere Blicke, als er mit Henry spricht. Auch Tasha und Elfie zeigen sich nicht.

Mein Kopf arbeitet den ganzen Morgen unermüdlich daran, die Einzelheiten zusammenzusetzen, doch es bleibt schwierig.

Was weiß ich denn schon? Nur, dass Tasha die Schwester meiner Großmutter Mara ist und dass sie in meine Welt kam, um Avia zu suchen. Doch das hätte sie nie ohne Hilfe geschafft. Hat Ermin ihr möglicherweise geholfen? Aber als Cherusci, Kämpfer und Anführer, ein Feind Roms, wäre es eher unwahrscheinlich, dass er bis nach Mogontiacum gelangt ist, wo Mara lebte. Ich muss unbedingt mehr über ihn erfahren.

Meine Überlegungen werden abrupt unterbrochen, als sich ein Auto der Farm nähert. An die Geräusche, die solch ein Transportmittel verursacht, werde ich mich nur schwer gewöhnen – sie sind zu laut und monströs.

Ein Mann steigt aus und sieht sich suchend um.

Ob er unser Attentäter ist? Nein, wohl kaum.

Henry geht auf ihn zu und begrüßt ihn herzlich mit einem Handschlag. Kurz darauf erscheint Elfie. Der Fremde lächelt sie breit an und sie lächelt zurück.

Was hat das zu bedeuten? Woher kennen die beiden sich? Ein Gefühl von Argwohn und Eifersucht steigt in mir auf – ungebeten und drängend.

Die drei kommen in meine Richtung, genauer gesagt, sie gehen zum Stall. Die Männer nicken mir zur Begrüßung zu.

Wieder wird mir bewusst, wie sehr mich die Sprachbarriere einschränkt. Sie unterhalten sich angeregt, aber ich verstehe nichts davon.

Zu allem Überfluss ignoriert Elfie mich völlig. Kein Blick, kein Wort. Warum bestraft sie mich so? Was habe ich getan? Ich möchte ihr doch helfen, ihr beistehen.

Ihr überfreundliches Verhalten dem Neuankömmling gegenüber verstärkt nur meine Abneigung ihm gegenüber.

Wie aus dem Nichts ertönt plötzlich hinter mir Ermins Stimme. »Ruhig Blut, mein Junge. Er ist nicht der, den wir suchen, sondern nur Henrys Bruder Colin, ein Tierarzt. Er soll sich die trächtige Stute ansehen.«

Nach einer kurzen Pause fügt er hinzu: »Elfie hat ihn gestern kennengelernt. Er war bei ihr, als der Schuss fiel. Und ja, er zeigt Interesse an ihr.«

Ich pruste verächtlich. Dieses kleine Irrlicht ist keine Konkurrenz für mich. Lächerlich.

Ermin beobachtet mich amüsiert und grinst über meine Reaktion, dann wird er ernst. »Was unser eigentliches Problem angeht, wird sich Henry umhören. Ich habe ihm nur gesagt, dass unser Gast belästigt wird … Mach dir keine Gedanken, wir werden ihn finden!«

Daran habe ich keinen Zweifel. Doch jetzt stehen mir gleich zwei Männer im Weg: der Schütze und dieser Eingeborene. Beide würde ich liebend gern tief im Erdreich begraben.

Als sie zurückkommen, unterhält sich der Mann noch mit Ermin. Dann verabschiedet er sich, nicht ohne vorher mit Elfie zu plaudern. Sie lacht immer mal wieder laut auf, als wäre ihr Gegenüber besonders unterhaltsam. Ich finde das alles andere als amüsant. Mein Groll wächst. Zu gerne würde ich dazwischengehen und ihm zeigen, zu wem sie gehört. Aber ich tue es nicht. Elfie würde das nicht tolerieren und es mir vermutlich nicht verzeihen.

Meinen Unmut lasse ich stattdessen am Gatter aus. Es birst unter meiner Faustattacke, was mir die Aufmerksamkeit der beiden kurzzeitig einbringt. Der Mann wirft mir einen irritierten Blick zu, sagt jedoch nichts. Endlich steigt er in sein Monstrum und fährt davon.

Kaum ist er außer Sicht, eile ich zu Elfie. Ohne Umschweife und sichtlich missmutig frage ich: »Was will der Kerl von dir?«

Sie sieht mich unschuldig an. »Was soll er denn wollen? Er hat sich nur um ein Pferd gekümmert.«

»Und sich an dich herangemacht«, zische ich ärgerlich.

Ihre Mundwinkel zucken belustigt. »So? Findest du?«

Ihr Ton reizt mich. »Ja! Ich will nicht, dass du dich mit ihm abgibst.«

Ohne Vorwarnung stellt sie sich direkt vor mich, ihre Augen funkeln nun vor Zorn.

Instinktiv lege ich meine Hände schützend vor meinen Unterleib, ich will nicht, dass sie mir das Gleiche antut wie Ermin.

Sie nimmt es mit sichtlicher Genugtuung zur Kenntnis und faucht: »Du hast kein Recht, über mich zu bestimmen! Ich bin nicht deine Frau! Mit wem ich rede, wann und wo, ist und bleibt ganz allein meine Entscheidung. Verstanden?«

Sie dürfte wissen, dass ich sie mit wenigen Handgriffen bewegungsunfähig machen könnte. Natürlich werde ich das nicht tun. Ihre Gegenwehr wäre anstrengend und mit Verletzungsgefahr verbunden. Aber im Ernstfall würde ich ohne Zögern handeln – egal, wie zornig sie dann auf mich wäre.

Jetzt hat sie mir deutlich zu verstehen gegeben, dass sie keine weitere Diskussion mit mir führen will.

Aufrecht und unbeeindruckt dreht sie sich um und lässt mich stehen. Ich bleibe zurück, frustriert und allein mit meinen Gedanken. Es wird wieder eine lausige Nacht – ohne sie. Ein schwerer Seufzer entfährt mir. Ermin, der sich gerade Richtung Hauseingang bewegt, hört ihn.

Mit einem kräftigen Klaps auf die Schulter kommentiert er trocken: »Sie haben ihren eigenen Willen. Das ist das Erste, was du lernen musst. Komm jetzt mit, es gibt Essen.«

Beim Betreten des Hauses schlägt uns fröhliches Gelächter entgegen, das jedoch sofort verstummt, sobald wir in die Küche kommen. Elfie scheint mich weiter mit Missachtung strafen zu wollen. Tasha hingegen ist fröhlich, und auch Ermin gibt sich Mühe, die angespannte Stimmung zu entschärfen.

Warum ausgerechnet ich derjenige bin, auf den Elfie sauer ist, bleibt mir ein Rätsel. Nicht ich, sondern Ermin hat ihr eine Ohrfeige verpasst. Der kleine Disput von vorhin kann doch nicht der Grund dafür sein?

Für den Rest des Tages schickt mich Ermin auf die Weiden, um Reparaturen vorzunehmen – offenbar häufen sich die Defekte an Zäunen und Gattern. Gleichzeitig soll ich die Augen nach Fremden offenhalten.

Doch auch am Abend finde ich keine Ruhe und in den folgenden Tagen ebenso wenig. Elfie meidet mich konsequent. Das setzt mir mehr zu, als ich zugeben möchte. Jede Begegnung mit ihr ist wie ein Dolchstoß. Ich beginne zu zweifeln, ob die Taktik, sie in Ruhe zu lassen, wirklich die richtige ist, um sie zurückzugewinnen.

Die Tage ziehen träge dahin, ohne dass sich etwas ändert. Elfie geht mir weiterhin aus dem Weg, und das mit beeindruckendem Geschick. Sie scheint Unterstützung zu haben: Tasha oder Ermin sind stets in ihrer Nähe, sie ist nie allein anzutreffen. Gleichzeitig hält Ermin mich mit Aufgaben auf Trab, sodass ich keine Gelegenheit finde, nachzuhaken, was es mit seiner Begegnung mit meiner Großmutter auf sich hat. Auch vom Schützen gibt es keine Neuigkeiten. Selbst Henry konnte nichts herausfinden. Anscheinend hat sich der Unbekannte an einen abgelegenen Ort zurückgezogen. Tashas Handy ist ebenso nicht mehr erreichbar. Vielleicht hat er aufgegeben, oder er will uns in trügerischer Sicherheit wiegen. Ermin ist davon überzeugt, dass er noch in der Nähe ist und nur auf eine günstige Gelegenheit wartet.

Elfie bereitet uns jedoch zunehmend Sorgen – mir besonders. Sie verliert immer öfter die Geduld und widersetzt sich Anweisungen, weil sie sich wie ein Vogel im Käfig eingesperrt fühlt – so ihre Worte. Manchmal verschwindet sie sogar von der Farm, wenn auch nie weit. Und nach wie vor meidet sie mich. Ich weiß nicht mehr weiter und suche schließlich das Gespräch mit Tasha.

Vor dem Haus in ihrem Schaukelstuhl finde ich sie, mit einer dampfenden Tasse Tee und einem Buch in der Hand.

Unsicher räuspere ich mich, bevor ich frage: »Hast du einen Moment für mich?«

»Natürlich, für meinen Großneffen doch immer.«

Sie lächelt mich warm an. Ich kann verstehen, warum Ermin diese Frau liebt. Ihre offene Art ist bezaubernd, und mit jedem Tag ihrer Schwangerschaft wirkt sie noch strahlender und schöner. Ich bin dankbar, sie getroffen zu haben und ein Teil ihrer Familie zu sein.

Ich platze direkt damit heraus. »Was habe ich falsch gemacht?«

Eine Erklärung ist nicht nötig, sie versteht sofort, worauf ich hinauswill und antwortet knapp: »Nichts.«

Doch das hilft mir nicht weiter.

Als sie meine ratlose Miene sieht, schmunzelt sie und sagt: »Marc … Elfie wird sich von Tag zu Tag bewusster, was sie für dich empfindet und welche Bedeutung das für ihre Zukunft haben könnte.«

»Ich bedeute ihr etwas?«

Tasha lacht. »Natürlich! Bist du blind?« Sie nimmt einen Schluck aus ihrer Tasse und murmelt: »Ja, manchmal seid ihr Männer wirklich blind.«

»Aber sie geht mir aus dem Weg. Und das schon seit Tagen.« Meine Stimme klingt gereizt, obwohl ich es nicht will.

Tasha lehnt sich zurück und blickt mich ernst an. »Sieh mal, die Rückkehr in deine Welt naht. Was erwartest du denn von ihr?«

Gute Frage – und ich habe keine Antwort darauf.

Tasha spricht weiter: »Im Gegensatz zu meiner Schwester Mara, deiner Großmutter, habe ich mir nie vorstellen können, in deiner Welt zu leben. Ich bin ein Kind meiner Zeit.«

»Und was denkst du, wofür sich Elfie entscheiden würde?«, frage ich vorsichtig.

»Das weiß nur sie.« Tasha wird nachdenklich. »Vielleicht weiß sie es auch nicht … noch nicht.«

»Das bringt mich nicht weiter. Was soll ich tun?«

Tasha seufzt leise. »In der Nähe der Ostweide hat sie einen geheimen Rückzugsort, eine kleine Kate, versteckt in einem Hain. Sie gehört eigentlich zum Nachbargrundstück. Dort hält sie sich in letzter Zeit öfter auf.«

Das erklärt, warum ich sie nie finden konnte.

Ich flüstere ein kurzes »Danke«, gebe ihr einen Kuss auf die Stirn und mache mich auf den Weg.

Sie ruft mir hinterher: »Die Info hast du aber nicht von mir!«

Die Hütte finde ich schnell. Einen Moment lang bleibe ich davor stehen, unschlüssig, ob ich eintreten soll.

Wie beginne ich das Gespräch? Und was erwarte ich eigentlich davon? Antworten natürlich – vielleicht auch eine Entscheidung.

Mein Herz hämmert in meiner Brust, als ich endlich den Mut aufbringe und die Tür öffne. Doch Elfie ist nicht da. Die Kate ist leer – das wird sofort klar, da sie nur aus einem einzigen schlichten Raum besteht. Trotzdem zieht mich die Atmosphäre in ihren Bann. Von außen wirkt sie unscheinbar, aber im Inneren herrscht eine ganz besondere Stimmung.

Überall an den Wänden hängen Zeichnungen, die vor allem die Natur und Umgebung widerspiegeln.

Doch einige Bilder stechen hervor – sie zeigen Tasha, Ermin und mich, fantasievoll und voller Ausdruck, mit lebendigen Details. Ermin ist als wilder Barbar dargestellt, ich als Römer in voller Rüstung.

Kein Zweifel, diese Werke stammen von Elfie. Nur sie kennt uns so gut. Sie versteht es, nicht nur naturgetreu abzubilden, sondern auch das Wesen und die Gefühle der Menschen einzufangen. Auf den Bildern strahlt Tasha wie eine Sonne, Ermin verkörpert Kraft und Energie, und mich – mich hat sie als leuchtenden, übergroßen Helden gezeichnet.

Die Ergriffenheit packt mich mit voller Wucht.

Dann entdecke ich ein Pergament, versteckt hinter anderen Zeichnungen, fast so, als wollte sie es verbergen. Neugierig greife ich danach, doch plötzlich höre ich eine Stimme hinter mir.

»Marc? Was tust du hier?«

Ich drehe mich um. Elfie steht im Eingang, die Sonne im Rücken, ihr Gesicht im Schatten verborgen.

»Ich habe dich gesucht«, entgegne ich ehrlich.

»Woher wusstest du, dass ich hier bin?«

»Spielt das eine Rolle? Ich möchte mit dir reden.«

Statt zu antworten, tritt sie näher. Ihr Blick fällt auf die Zeichnung in meiner Hand.

»Das Einzige, auf dem wir beide zusammen zu sehen sind«, bemerkt sie leise.

»Es ist wunderschön, wie all deine Werke«, sage ich und frage: »Warum hast du nur dieses eine von uns gemalt?«

Ein bitteres Lächeln huscht über ihr Gesicht. »Weil es schmerzt.«

»Es muss nicht schmerzen«, wispere ich sanft und mache einen Schritt auf sie zu. Doch sie weicht zurück. »Was ist mir dir? Warum gehst du mir aus dem Weg, süße Shian?«

»Du bist Heil und Weh zugleich«, flüstert sie aufgewühlt.

Ich kann nicht mehr warten, nicht länger auf sie verzichten. Ein heiseres Stöhnen entfährt mir, als ich sie eng an mich ziehe. Kurz sträubt sie sich, dann bricht sie in Schluchzen aus. Tränen laufen ihre Wangen hinab, die ich sacht wegküsse.

»Bitte, Elfie, weine nicht«, murmele ich und wiege sie in meinen Armen.

»Wie soll das bloß enden?«, stößt sie verzweifelt hervor, ihre Hände klammern sich an mich, als suchten sie Halt.

»Ich weiß es nicht«, raune ich heiser. »Aber ohne dich will ich nicht länger sein. Das ist mir in den letzten Tagen klar geworden.«

Ich lasse ihr keine Zeit zum Nachdenken und nehme ihre Lippen in Besitz. Zunächst zögert sie, doch dann gibt sie nach und erwidert meinen Kuss – willig, fast hungrig.

Ich hebe sie hoch, ihre Beine schlingen sich instinktiv um meine Hüfte, ihre Arme legen sich eng um meinen Nacken. Unsere Körper sind so nah, dass ich ihren Herzschlag spüren kann. Ich bin längst bereit, aber dann halte ich inne, will ihr noch etwas sagen, und löse meine Lippen von ihren.

Doch ehe ich sprechen kann, durchbricht ein donnerndes Geräusch die Luft – ein heftiger Knall, der die Wand hinter uns erbeben lässt. Staub rieselt von der Decke. Sofort ziehe ich Elfie zu Boden.

»Das war ein Schuss«, sagt sie panisch.

»Ja, so scheint es. Hast du dein Handy dabei?«

Sie kramt es hervor, doch der Bildschirm ist zerbrochen. Verdammt! Das Ding ist völlig hinüber.

Natürlich ahnen wir, wer uns da draußen auflauert. Wieso taucht dieser Kerl ausgerechnet jetzt auf? Hat er uns schon länger beobachtet? Und wenn ja, warum hat er nicht früher zugeschlagen?

Der Schuppen bietet uns jedenfalls keinen echten Schutz. Ich sehe mich nach etwas um, das mir als Waffe dienen könnte, aber da ist nichts.

Plötzlich ertönt der Ruf des Angreifers, der sich nicht weit von uns entfernt aufhalten muss.

»Was will er?«, frage ich, doch Elfie bleibt stumm. Ihre Haut ist bleich, sie zittert, hört mich nicht einmal.

Verdammt, was soll ich tun? Am liebsten würde ich ihm direkt gegenüberstehen – Mann gegen Mann kämpfen. Aber er hat eine Waffe, gegen die bin ich machtlos.

Jetzt bleibt mir nur abzuwarten – ob er etwas unternimmt oder Hilfe auftaucht. Tasha weiß, wo wir sind. Wenn wir nicht zurückkehren, wird sie Ermin informieren, und er wird uns suchen.

Ich seufze tief und lasse meinen Blick zu Elfie schweifen, die in meinen Armen liegt und die ich unbedingt beschützen muss. Leise rede ich zu ihr, versichere ihr, dass alles wieder gut wird.

Es vergeht eine Weile, doch der Kerl rührt sich nicht – er kommt nicht, schießt nicht, ruft nicht.

Ob er weg ist?

Ich überlege, einen Blick zu riskieren.

Gerade als ich in Richtung Tür schleichen will, erwacht Elfie aus ihrer Starre.

»Nein, Marc! Geh nicht, bleib bei mir!«

»Du musst dir keine Sorgen machen. Ich bin Soldat und im Kampf erfahren. Ich will nur nachsehen, ob er noch da ist.«

»Nein, das ist zu gefährlich. Er hat eine Waffe, du nicht! Ich bitte dich, bleib hier!«

Nun gut, meine Erfolgsaussichten wären besser, wenn er näher käme, dann könnte ich ihn vielleicht überwältigen, trotz seiner Waffe.

Seufzend gebe ich nach. »Gut, wir warten.«

»Ist alles wieder in Ordnung mit dir?«, frage ich.

Sie lacht hysterisch. »In Ordnung? Gar nichts ist in Ordnung!«

Kaum hat sie das gesagt, scheint sie ihren Gefühlsausbruch zu bereuen. Sie schließt die Augen, atmet mehrmals tief durch und wird ruhiger.

»Es tut mir leid. Ich bin wieder bei mir. Was denkst du? Ist er weg?«

Verstehe einer die Frauen. »Elfie, genau das wollte ich doch eben überprüfen.«

Sie sieht mich tadelnd an. »Und ich wollte nur nicht, dass du die Hütte verlässt! Jetzt will ich einfach deine Meinung hören.«

Ich schüttele den Kopf. Widersprüchlich ist das schon, aber ich kann nachvollziehen, dass die Situation sie mitnimmt. Daher entgegne ich ruhig: »Schwer zu sagen. Er weiß, dass er uns in der Falle hat. Die Frage ist, was er eigentlich will.«

»Das kann ich dir beantworten«, gibt sie unumwunden kund.

»Was meinst du?«

»Er will mich.«

Ich bin nicht wirklich überrascht, aber trotzdem frage ich nach: »Kennst du ihn?«

»Ich habe seine Stimme erkannt. Er ist ein … ehemaliger Freund.«

Aha. Ein früherer Liebhaber also. Doch warum versetzt er sie in solche Angst? Wenn er wirklich vorhatte, sie zu töten, dann hätte er es längst getan. Mir scheint, er hat es auf mich abgesehen. Nur, was erhofft er sich davon?

»Was will er damit erreichen?«, überlege ich laut.

»Das verstehe ich auch nicht. Er hat mich belogen und verlassen. Er muss verrückt geworden sein.«

Plötzlich dringt ein lautes, brummendes Geräusch zu uns durch. Ein Auto nähert sich rasch und hält direkt vor der Hütte.

Ich wage einen Blick. Es ist Ermins Wagen. Aber Henry steigt aus – mit einer Donnerwaffe in der Hand. Vorsichtig sieht er sich um, dann ruft er uns etwas zu. Ich schaue Elfie fragend an.

»Er will, dass wir ins Auto steigen«, sagt sie.

»Gut, dann raus hier!«

Doch bevor wir loskönnen, erschallt abermals ein Schuss, gefolgt von einem weiteren.

Henry war es nicht. Er blickt erschrocken um sich. Dann hören wir Gebrüll, das aus der Ferne zu uns herüberdringt. Der Junge mahnt nun zur Eile.

Ohne zu zögern, ziehe ich Elfie mit mir. Die hintere Tür des Fahrzeugs steht bereits offen. Wir springen hinein und Henry fährt sofort los. Der junge Mann redet unaufhörlich, er ist sichtlich nervös.

Elfie übersetzt: »Henry und Tasha haben den Schuss auf der Farm gehört und umgehend Ermin informiert. Henry sollte dann zur Kate kommen, um den Schützen

– sollte er es sein – abzulenken, während Ermin versucht, ihn zu stellen.«

Bei Jupiter, das kann er nicht alleine schaffen. Ich muss ihm helfen. »Elfie, sag Henry, er soll anhalten und mich rauslassen. Auf der Stelle!«

»Nein, das werde ich nicht tun. Das ist Wahnsinn! Du bist unbewaffnet«, widerspricht sie stur.

»Ich muss es tun!«

Ich packe Henrys Schulter und brülle: »Stopp!« Ganz so unwissend bin ich in ihrer Sprache nicht mehr. Vor Schreck hält er an.

Ich greife nach der Waffe auf dem Sitz und springe hinaus – Ermin hat mir vor Tagen gezeigt, wie sie funktioniert. Das sollte für mich kein Problem sein.

Elfie stößt einen spitzen Schrei aus, doch jetzt zählt nur, dass sie in Sicherheit ist. Ich muss Ermin unterstützen.

Mit einer Handbewegung fordere ich Henry auf, weiterzufahren. Kaum hat er den Wagen in Bewegung gesetzt, mache ich mich auf die Suche nach Ermin.

Es dauert nicht lange, bis erneut ein Schuss fällt, nicht weit von mir entfernt. Die wenigen Bäume bieten nur mäßige Deckung, daher kann ich zumindest Ermin recht bald ausmachen.

Er sucht sich hinter einem breiten Baumstamm Schutz. Und anders als der Schütze hat er mich kommen sehen.

Nun gibt er mir Zeichen, deutet in Richtung einiger Büsche. Der Schütze muss sich dort aufhalten.

Ermin signalisiert, dass ich mich von hinten an ihn heranschleichen soll, aber ich muss einen Umweg nehmen, um nicht zu früh entdeckt zu werden.

Verdammt, zu spät!

Ein am Boden liegender Ast zerbricht unter meinem Gewicht und verrät mich. Das schreckt unseren Gegner auf. Er erkennt die Gefahr, gegen zwei bewaffnete Männer will er es offenbar nicht aufnehmen und rennt davon.

»Er darf nicht entkommen!«, brüllt Ermin.

Sofort nehmen wir die Verfolgung auf. Doch unser Gegner ist schneller und entwischt uns.

KAPITEL 8 - ♀

Tasha ist sichtlich erleichtert, mich wohlauf zu sehen, als ich mit Henry zurückkehre.

Ein Schuss in dieser Gegend ist eine Ausnahme und hat sie aufgeschreckt. Sie ahnte instinktiv, dass ich in Not bin. Ohne zu zögern, verständigte sie Ermin, der alles stehen und liegen ließ, um mir zu Hilfe zu eilen.

Er ist ein wirklich außergewöhnlicher Mensch. Ich gehöre nicht zu seiner Familie und er kennt mich kaum, doch er setzt sich blindlings für mich einer Gefahr aus.

Aber das alles ist zu viel für mich. Angstschweiß klebt an meinen Klamotten, sie fühlen sich schwer und unangenehm an. Meine Nerven sind zum Zerreißen gespannt.

Tasha zeigt Verständnis, dass ich nicht darüber reden will und mich zurückziehen möchte.

Im Zimmer lasse ich mich aufs Bett fallen, drücke das Gesicht ins Kissen und schreie meine Wut heraus – all die Anspannung, die Angst, die Hilflosigkeit.

Ich versuche meine Gedanken zu ordnen, doch ehe ich es realisiere, nicke ich erschöpft ein.

Mein Schlaf ist kurz. Die Sorge um Marc und Ermin lässt mir keine Ruhe. Müde stehe ich auf, gehe ins Bad und spritze mir kaltes Wasser ins Gesicht.

Nun warte ich mit Tasha vor dem Haus. Nervös und rastlos gehen wir auf der Veranda auf und ab. Tashas Miene wird zunehmend ernster.

Wo bleiben sie nur? Ich bin schon seit Stunden zurück, mittlerweile dämmert es. Die Schatten werden länger und mit ihnen wächst das mulmige Gefühl.

»Verflucht, ich brauche einen Schnaps«, murmele ich und gehe ins Haus. Ich weiß genau, wo der Whiskey steht. Tasha könnte vermutlich auch einen gebrauchen, aber wegen der Schwangerschaft kommt das für sie nicht infrage. Ich mache es mir einfach und greife mir gleich die ganze Flasche.

Mit dem Whiskey in der Hand kehre ich nach draußen zurück, setze mich auf die Stufen der Veranda und starre auf die Einfahrt. Tasha schenkt mir ein schwaches Schmunzeln, als sie die Flasche in meiner Hand sieht.

»Sorry, den habe ich jetzt nötig«, sage ich und nehme einen tiefen Schluck daraus.

»Alles gut.« Sie seufzt und zieht den Gürtel ihrer Jacke fester um sich. »Ich würde mir auch einen genehmigen, wenn ich dürfte.«

Und dann, endlich, tauchen die beiden auf.

Tasha stürzt sofort auf Ermin zu, schlingt die Arme um ihn. Ich bleibe zurückhaltend, nicht aus Mangel an Erleichterung, sondern weil ich nicht weiß, wie ich mich verhalten soll. Schließlich bin ich es, die sie alle in diesen Schlamassel gebracht hat.

»Und, habt ihr ihn?«, fragt Tasha hoffnungsvoll.

Ermin schüttelt frustriert den Kopf. »Nein, der Mistkerl ist uns entwischt. Wir haben gesucht, bis es dunkel wurde, aber er ist wie vom Erdboden verschluckt.«

»Kommt erst mal rein. Ihr habt sicher Hunger«, schlägt Tasha vor.

Marc hat keinen Ton gesagt. Er beobachtet mich nur sehr intensiv. Als wir gleichzeitig eintreten wollen, berührt er mich zaghaft am Arm. Ich halte inne und schaue zu ihm auf.

»Geht es dir gut?«, fragt er leise.

Ich nicke stumm.

Sein Blick fällt auf die Flasche in meiner Hand und ein leises Grinsen huscht über sein Gesicht. »Zur Beruhigung?«

»Ja«, antworte ich ehrlich. »Ich hatte Angst … um dich.«

Seine Reaktion ist eine zärtliche Geste. Er streicht mir sanft über den Rücken, als wolle er mir mit dieser Berührung die Anspannung nehmen.

Am Tisch sitzend, stellt Tasha nun einige Fragen. »Henry war völlig aufgelöst. Nur mit Mühe konnte ich ihn davon abbringen, die Polizei zu rufen. Was ist das denn für ein Kerl, der Elfie bedroht?«

Marc mischt sich ein. »Hat sie dir nichts erzählt?«

»Was denn?« Tasha schaut mich fragend an.

»Ich glaube, es ist mein Ex«, gebe ich zögerlich zu.

»Kristian, der Polizist? Warum? Er hat dich doch sitzen lassen«, entgegnet Tasha erstaunt.

»Ja, er ist zu seiner Frau zurückgekehrt, aber ein paar Wochen später hat er versucht, wieder Kontakt zu mir aufzunehmen. Doch nicht mit mir!«, antworte ich sauer. Es ist gut, dass Marc nicht viel versteht. Mir ist das alles mehr als peinlich.

Ermin hakt nach: »Ich verstehe das nicht. Er ist verheiratet, Polizist und will trotzdem noch was von dir?«

Gereizt entgegne ich: »Vielleicht … ach, keine Ahnung! Ich bin selbst überrascht. Er hat mich monatelang über seine Ehe angelogen, und als es herauskam, hat er mich verlassen. Das war's.«

»Du hast damals schon gesagt, dass er unangenehm werden kann, wenn es nicht nach seinem Kopf geht«, fügt Tasha hinzu und mutmaßt: »Vielleicht hofft er auf eine Wiedervereinigung und merkt jetzt, dass er das nicht mehr hinbekommt, also dreht er durch.«

Ermin bezweifelt das. »Und deshalb verfolgt er sie bis hierher und räumt vermeintliche Liebhaber aus dem Weg?«

»Wenn er hätte töten wollen, dann wären wir tot. Er ist beim SEK, genauer gesagt beim PSK, ein Präzisionsschütze«, widerspreche ich energisch.

Tasha will beschwichtigen. »Betrachten wir das Ganze einmal nüchtern: Er ist hier, das steht fest, und er scheint immer dann aufzutauchen, wenn ein Mann dir zu nahe kommt. Auch das ist ein Fakt.«

Inzwischen hat Marc sich von Ermin alles übersetzen lassen. Einiges versteht er auch so schon und greift ein: »Das könnten wir doch zu unserem Vorteil nutzen.«

»Wie meinst du das?«, frage ich neugierig.

»Nun, wir stellen ihm eine Falle, wählen Ort und Zeit und planen es so, dass wir beide da sind, und Ermin schnappt ihn … bestenfalls.« Marc grinst zufrieden, überzeugt von seiner Idee.

Ich bleibe skeptisch. »Ich weiß nicht. Was wollt ihr mit ihm machen, wenn ihr ihn habt?«

Marc und Ermin tauschen vielsagende Blicke aus. Das gefällt mir nicht.

»Nein! Da mache ich nicht mit. Ich will nicht, dass ihm etwas geschieht!«

»Elfie, er hat auf uns geschossen. Wer weiß, wie weit er gegangen wäre, wenn er uns heute in die Finger bekommen hätte, oder wozu er noch fähig ist«, echauffiert sich Marc.

»Er hat uns aber nicht erwischt, und jetzt, wo wir wissen, um wen es sich handelt, könnten wir gezielt nach ihm suchen. Wenn wir ihn finden, reden wir mit ihm.«

Das erscheint mir die vernünftigere Lösung. Nur meinen Mitstreitern gefällt sie nicht. Sie sind eben aus der Zeit gefallen, inklusive ihrer antiquierten Ansichten.

Ermin sieht mir an, was ich denke. »Verurteile uns nicht vorschnell. Dein Liebhaber …«

Ich unterbreche ihn scharf: »Ex! Ex-Freund!«

»Okay, dein Ex-Freund …«, er seufzt genervt, »… ist ein Elite-Kämpfer, der auf Zivilisten Jagd macht. Was sagt das über ihn und diese Welt aus?«

»Man kann das doch nicht miteinander vergleichen«, brumme ich unwillig.

Mehr wird heute nicht besprochen. Es ist schon spät, und Kristian, der Auslöser des Ganzen, wird hier bestimmt nicht auftauchen. Trotz seiner Fähigkeiten könnte er nicht unbemerkt zu uns gelangen, da Ermin inzwischen die Farm und das Grundstück mit Überwachungsapparaten gesichert hat.

Was er von mir will, bleibt mir jedoch weiterhin unklar. Er war zwar schon immer ein wenig eigen, aber das hier ist wirklich verrückt. Etwas muss passiert sein

– im Privaten oder bei der Arbeit. Doch was habe ich damit zu tun?

Das alles ist mir auf den Magen geschlagen und zehrt an meinem Nervenkostüm. Ich kam hierher, um auszuspannen, Kraft zu tanken und ein paar Antworten zu finden, doch jetzt werde ich von verrückten, gefährlichen Ereignissen überflutet. Es raubt mir zusehends meine Energie.

Ich bin müde und erschöpft. Das teile ich den Dreien kurz mit und verabschiede mich. Nach Marcs Miene zu urteilen, würde er mich gerne begleiten, aber er unterlässt es, was mir recht ist.

Während ich die Treppe hinauf gehe, höre ich die drei noch angeregt miteinander sprechen. Ich dagegen will nur noch duschen und ins Bett.

Was für ein Tag, was für ein Chaos!

Noch nie in meinem Leben habe ich so viel in so kurzer Zeit erlebt, und noch nie so viel Furcht und Herzschmerz durchgemacht. Ich weiß nicht, was ich mir wünschen soll. Für den Moment: einfach nur Ruhe!

Ich erwache, als der Morgen bereits graut.

Tasha schläft neben mir, ein Lächeln auf den Lippen. Vermutlich träumt sie von etwas Angenehmen. Besser das, als andersrum, und das soll auch so bleiben.

Gestern Abend, bevor ich eingeschlafen bin, habe ich eine Entscheidung getroffen: Ich werde abreisen! Denn nur durch mich geraten alle in Gefahr. Kristian mag bisher niemandem geschadet haben, aber was nicht ist, kann noch werden. Er hat sich verändert. Ich hätte nie geglaubt, dass er zu so etwas fähig wäre. Vielleicht auch zum Äußersten?

Und was Marc angeht: Er ist ein großartiger Mann – der großartigste, den ich je getroffen habe. Aber wir stammen aus völlig unterschiedlichen Welten. Ich kenne ihn erst seit wenigen Wochen. Daraus kann einfach nichts werden.

Ich plane meine Abreise heimlich. Irgendwann in den nächsten Tagen wird sich ein günstiger Moment ergeben, wenn alle aus dem Haus sind, dann werde ich ungesehen verschwinden.

Tasha hat Ende Juli einen Frauenarzttermin, das ist nicht mehr lange hin, und Ermin wie Marc sind oft auf dem weitläufigen Farmgelände unterwegs oder halten Ausschau nach meinem *Stalker*. Das wird dann der Moment sein, den ich abpassen muss. Der Flug lässt sich kurzfristig buchen, doch ein Taxi werde ich mir lieber nicht bestellen. Henrys Bruder Colin könnte mir helfen. Mein Handy ist zwar defekt, aber bis dahin habe ich ein neues. Ansonsten rufe ich ihn einfach über das Festnetz an, die Nummer wird unter der Tierarztpraxis gespeichert sein.

Ja, so sieht mein Plan aus. Ein trauriger, aber rationaler Plan. Jetzt muss ich lediglich die Zeit bis dahin überbrücken. Das Herz wird mir schwer beim Gedanken, Abschied nehmen zu müssen, ohne es persönlich zu tun, aber so ist es das Beste für alle Beteiligten.

In den folgenden Tagen gelingt es mir, Marc geschickt aus dem Weg zu gehen. Das ist auch keine große Kunst, da die beiden Männer ständig unterwegs sind – auf der Suche nach Kristian oder bei der Arbeit auf der Farm. Es bleibt kaum Zeit für längere Gespräche oder mehr.

Inzwischen habe ich Marc noch von einer anderen Seite kennengelernt. Er kann unglaublich eifersüchtig sein, und das nur, weil ich mich vom Tierarzt auf einen Kaffee einladen ließ.

Colin war vorbeigekommen, um nach der Stute zu sehen, und schlug mir spontan ein Tête-à-Tête vor. Ich war froh, dem Käfig – also der Farm – für ein paar Stunden zu entkommen, und hinterließ eine kurze Nachricht auf dem Küchentisch.

Colin nahm mich mit nach Stonehaven in ein kleines Café. Wir setzten uns in die hinterste Ecke, um sicherzustellen, dass wir nicht gesehen werden – eine reine Vorsichtsmaßnahme.

Er ist wirklich ein sympathischer und angenehmer Gesprächspartner. Als er über den Schuss reden wollte, wurde ich jedoch angespannt. Er muss von den jüngsten Ereignissen erfahren haben. Wahrscheinlich von seinem Bruder, obwohl er Ermin versprochen hatte, nichts darüber zu verraten.

Nachdem Colin aber bemerkt hatte, dass mir das Thema unangenehm war, ließ er es fallen. Trotz seiner rauen Schale ist er ein sehr aufmerksamer Mann.

Auf der Rückfahrt fragte ich ihn frei heraus, warum er noch nicht vom Markt genommen worden sei. Da wurde er plötzlich ernst und öffnete überraschenderweise sein Herz.

Er erzählte mir von seiner Freundin Maya, die eines Tages spurlos verschwand – ohne Grund, ohne Abschiedsbrief, ohne jeden Hinweis. Man nahm an, sie sei von den Klippen gestürzt, doch Colin habe das nie geglaubt. Dann sagte er, ich würde ihn an sie erinnern. Das hat mich schlucken lassen und ich wurde still.

Er nahm auch hier meine plötzliche Zurückhaltung sofort wahr und wechselte das Thema, erzählte stattdessen von witzigen Anekdoten aus seinem Berufsleben.

Ich empfand Mitleid für ihn. Er hatte mir einen Einblick in seine verletzliche Seele gewährt, allerdings hinterließ der Vergleich mit Maya bei mir auch ein komisches Gefühl.

Marc ist schon von Weitem auf der Veranda zu sehen, und sein Blick spricht Bände.

Das bleibt auch Colin nicht verborgen. Belustigt registriert er Marcs finstere Miene.

Um noch eins draufzusetzen, gibt Colin mir zum Abschied einen Kuss auf die Wange. Das genügt, um meinen Römer auf die Palme zu bringen. Zum Glück greift Ermin rechtzeitig ein und hält Marc am Arm zurück, bevor sich mein impulsiver Heißsporn zu einer Dummheit hinreißen lässt.

Sichtlich vergnügt verabschiedet sich Colin und schlägt vor, unser Treffen bald zu wiederholen.

Dieser Schotte hat ein beachtliches Selbstvertrauen, und ich muss zugeben, dass mir nicht nur das gefällt, sondern auch, wie mein Römer darauf reagiert.

Als ich gerade ins Haus gehen will, hält Marc mich unwirsch zurück. »Musst du jeden Mann in deiner Umgebung verrückt machen?«

»Wieso verrückt? Und wieso jeden? Den Eindruck hatte ich von Colin nicht«, entgegne ich unschuldig und weiß, dass ich damit Öl ins Feuer gieße, aber es macht Spaß, Marc zappeln zu sehen.

»Fehlt nur noch, dass du Ermin den Kopf verdrehst«, brummt er seine nächste Attacke.

Der wiederum prustet vor Lachen los, und ich … nun, ich nutze die Gelegenheit und gebe Ermin demonstrativ einen Kuss auf die Wange. Natürlich einen rein freundschaftlichen – um Marc zu ärgern.

Prompt steigt Zornesröte in sein Gesicht. Er weiß genau, dass ich ihn aufziehe, und es funktioniert hervorragend, das ärgert ihn. Und dennoch, während ich ihn so beobachte, fühle ich: *Er wird mir fehlen. Seufz.*

Noch im Flur treffe ich auf Tasha, die mir mit vorwurfsvollem Ton entgegenkommt. »Mensch, Elfie, du kannst dich doch nicht einfach so davonschleichen.« Trotz ihres Rüffels nimmt sie mich erleichtert in die Arme.

»Das habe ich nicht«, protestiere ich halbherzig.

»Aber da war bloß ein Zettel, dass du mit Colin einen Kaffee trinken gehst. Du hast nicht geschrieben, wo.«

Ich verstehe ihre Bedenken, doch ich bin alt genug, um selbst auf mich aufzupassen. »Ja, sorry, keine Sorge, ich habe gut aufgepasst, mir ist niemand gefolgt.«

Ermin mischt sich ein. »Dein Ex hat dich sogar im Einkaufszentrum beobachtet und attackiert. Er wartet nur auf eine Gelegenheit wie diese.«

Mir reicht's!

»Beruhigt euch bitte, ich bin hier, nichts ist passiert, alles ist gut. Und jetzt alle zusammen: *Om.*«

Die Männer können mit meinem Yoga-Mantra natürlich nichts anfangen, aber mir tut es gut – und vielleicht auch Tasha ein wenig. Wir könnten alle ein bisschen entspannter sein.

Während Tasha grinst, schauen mich die beiden Männer verständnislos an – typisch, das bin ich ja schon gewohnt.

Marc mimt auch noch am Abend den Beleidigten, und ich kann mir schon denken, warum. Es ist die Eifersucht, die ihn antreibt. Und die Tatsache, dass wir heute Abend alleine im Haus sein werden, macht die Situation nicht einfacher.

Tasha hat ihn zu meinem persönlichen Aufpasser bestimmt, denn sie und Ermin wollen Eve und Nechtan besuchen. Die beiden habe ich bisher noch nicht kennengelernt, aber Tasha hat mir alles erzählt: Woher Nechtan stammt, dass er verletzt war, ins Krankenhaus kam und schließlich von Eve aufgenommen wurde. Wie Marc darf auch er sich nicht in unserer Welt zeigen und muss sich möglichst unauffällig verhalten.

Eve, Tashas Kollegin, hat sich mit Nechtan in das Cottage ihrer Familie zurückgezogen – etwa dreißig Kilometer von hier. Dort soll sich Nechtan erholen, bis er in seine Welt zurückkehren kann, was wohl in wenigen Tagen der Fall sein soll. Deshalb besuchen Tasha und Ermin die beiden, um die letzten Details zu klären. Das bedeutet gleichzeitig: Marc wird mit ihnen zurückgehen.

Eigentlich ist das eine gute Nachricht, denn auch ich möchte so schnell wie möglich von hier weg.

Aber während ich daran denke, spüre ich ein leichtes Ziehen in meiner Magengrube. Was will ich eigentlich wirklich? Vielleicht mache ich mir nur etwas vor, weil ich hoffe, mit meinem überstürzten Abgang dem drohenden Kummer von Marcs Heimreise zu entgehen?

Ich merke kaum, wie die Zeit vergeht, bis wir schließlich am Küchentisch sitzen. Das Abendessen ist beinahe beendet, und draußen beginnt es zu dämmern.

Tasha und Ermin haben sich längst verabschiedet und sind aufgebrochen. Die Atmosphäre im Haus ist eigenartig schwer – angespannt, fast greifbar.

Plötzlich durchbricht Marc die Stille. »Woran denkst du gerade? An ihn?« Er schnaubt verächtlich.

Seine Frage reißt mich aus meinen Überlegungen. Verwirrt schaue ich ihn an. »Was?«

Er stöhnt gequält auf, läuft ein paar Schritte hin und her, bevor er stehen bleibt und mich direkt ansieht. »Komm mit mir, Elfie!«

Ich runzle die Stirn. »Wohin?«

»Das weißt du doch, in meine Welt«, sagt er ernst.

Für einen Moment bin ich wie erstarrt. Vor dieser Frage habe ich mich gefürchtet.

Endlich finde ich meine Stimme wieder und äußere beinahe abweisend: »Du bist verrückt!«

»Ja, verrückt nach dir«, antwortet er rau, und noch ehe ich reagieren kann, zieht er mich mit einem einzigen Ruck in seine Arme.

Sein Kuss trifft mich mit einer Mischung aus Verzweiflung und Leidenschaft. Ich sollte mich wehren, doch ich kann nicht. Der Drang, mich in seinen Armen zu verlieren, ist stark. Ich habe seine Nähe vermisst.

Seine Küsse werden fordernder, dringlicher, als wolle er beweisen, dass ich zu ihm gehöre. Ich versuche mich zurückzuhalten, aber es gelingt mir nicht. Seine Berührungen sind voller Intensität und Verlangen nach mehr.

Mit einer schnellen, entschlossenen Bewegung schiebt er mein Shirt nach oben und hält kurz schmunzelnd inne, als er bemerkt, dass ich darunter nichts trage. Sofort finden seine Lippen meine hart gewordenen Knospen. Ein Schauer jagt durch meinen

Körper und ich stöhne laut auf, unfähig, mich zurückzuhalten.

Wir sind allein, völlig ungestört. Das Wissen darüber
lässt mich hemmungslos werden. In diesem Moment
zählen nur noch er … und ich.

Marc will nicht länger warten. Mit Leichtigkeit hebt
er mich hoch und setzt mich auf die Tischkante. Seine
Hände gleiten an meinem Rock entlang und ziehen ihn
nach oben.

Alles geschieht so schnell, so entschlossen, fast roh in
ihrer Dringlichkeit. Ich höre ihn keuchen und das leise
Rascheln seines Gürtels, als er seine Hose öffnet. Und
dann ist *er* da – heiß und bereit.

Auch ich bin längst erregt, fiebrig und pulsierend
vor Lust, und erwarte ihn sehnsüchtig. Die Welt um
mich herum hört auf zu existieren, in dem Moment, in
dem er in mich eindringt. Die Gier erfasst uns beide –
süß und qualvoll zugleich.

Mein Becken bewegt sich wie von selbst, drängt sich
ihm entgegen, während seine Hände meine Hüfte fester packen und mich tiefer zu ihm ziehen. Sein Atem ist
rau, genauso wie meiner. Sein Leib bebt vor Erregung.
Jeder Stoß treibt mich näher an den Rand des Wahnsinns, lässt mich alles vergessen, was vorher war – jede
Entscheidung, jeden Plan, ihm zu entkommen. Es gibt
nur noch uns und dieses brennende Feuer.

Doch dann, als ich kurz vor meinem Höhepunkt
stehe, zieht sich Marc plötzlich zurück.

Verwirrt sehe ich ihn an. Mit einem schelmischen
Grinsen auf seinem Gesicht geht er vor mir in die Knie,
drückt sanft meine Beine auseinander und beginnt,
mich mit Lippen und Zunge zu verwöhnen. Wellen der

Lust rasen über meine Haut und ein lauter, unkontrollierter Schrei entfährt mir.

Marc weiß genau, was er tut, und ich bin ihm ausgeliefert – völlig verloren in der Tiefe dieser Verbindung.

Mit seiner Zunge fährt er sanft die Konturen meines warmen Dreiecks entlang, vollführt Schlängellinien bis hin zum Venushügel und taucht immer wieder tief in mich ein. Ich presse mich ihm entgegen, stöhne laut, verliere mich in diesem Rausch, aber noch will ich nicht loslassen, noch nicht erlöst werden. Ich will mehr – mehr von ihm, von diesem Gefühl – und zögere den Moment hinaus.

Schließlich kann ich die Spannung nicht mehr halten und lasse mich fallen. Laut und hemmungslos schreie ich auf, als mein Innerstes in einem wilden Strom zu explodieren beginnt. Doch Marc gibt mich nicht frei, vertieft die Verbindung weiter, bis ich völlig aufgelöst unter ihm erzittere.

Mit einem tiefen, befriedigten Seufzer erhebt er sich und dreht mich, sodass mein Oberkörper auf der Tischplatte liegt. Ich gebe mich ihm hin, in der Erregung des Augenblicks versunken. Dann nimmt er mich von hinten, ungestüm und fordernd. Getrieben von seinem Verlangen stößt er mit voller Kraft in mich, schneller und härter, bis er sich mit einem letzten Stoß schwer keuchend in mir entlädt.

Ermattet und verschwitzt sinkt er auf mich, während die Hitze in uns beiden nur langsam nachlässt.

Eine kurze Zeit der Stille folgt, nur unser flacher Atem ist zu hören. Dann räuspere ich mich: »Marc, ähm, du wirst nun doch ein wenig schwer …«

»Oh, tut mir leid …« Sofort löst er sich von mir, zieht mich sanft hoch und dreht mich zu sich.

Tiefe Bewunderung liegt in seinen Augen, als er wispert: »Du bist so schön, meine süße Shian.« Dann, fast flehend, flüstert er: »Bitte, komm mit mir.«

Ich antworte nicht sofort. Ich bin noch trunken von unserem Akt und dem Gefühlschaos, das sich in mir auszubreiten droht.

Wieder flüstert er eindringlich: »Bitte, begleite mich in meine Welt, ich liebe dich. Ich …«

Habe ich das wirklich gehört? Oder täuschen mich meine Sinne? Er liebt mich? Mein Herz schlägt schneller, seine Worte hallen in mir nach, während ich versuche, ihre Bedeutung zu begreifen.

Mit sanfter Ungeduld hakt er nach. »Hast du gehört, was ich gerade gesagt habe? Ich möchte, dass du meine Frau wirst.«

Völlig perplex schaue ich ihn an. Die Zeit scheint stillzustehen. Erst nach einer gefühlten Ewigkeit beginne ich zu antworten, stotternd: »Was? … Nein, das ist jetzt zu viel … Das kann ich nicht … Es ist einfach zu absurd.«

Zärtlich umfasst er mein Gesicht, zwingt mich, ihm in die Augen zu sehen. »Bitte, Elfie, wir gehören zusammen. Das musst du doch selbst erkennen. Was hält dich hier?«

Ein Kloß bildet sich in meinem Hals und mit Mühe entgegne ich: »Alles.«

»Was genau? Sag es mir.« Seine Stimme ist ruhig, aber entschlossen.

Verflucht! Er weiß, dass ich keine Familie mehr habe, keine Verwandten, nur Freunde wie Tasha. Ich gebe zu, ich fürchte mich vor einer Welt ohne die Annehmlichkeiten, die ich kenne: moderne Medizin, Fortbewegungsmittel, all das, was mir vertraut ist. Ich wäre dort allein, nur Marc an meiner Seite. Aber für immer?

»Ich habe einfach Angst«, flüstere ich schließlich.

Er ahnt meine Beweggründe und sieht mich verständnisvoll an. »Du würdest dich wundern, wie ähnlich meine Welt der deinen ist.«

Ich lache nervös. »Das kann kaum sein. Und, was wäre, wenn du eines Tages genug von mir hast? Was, wenn du dich von mir entfernst?«

Seine Augen flammen auf. »Ich? Genug von dir? Niemals!«

Ich schüttle den Kopf, ein bitteres Lächeln auf den Lippen. »Das sagst du jetzt. Wir kennen uns erst seit Kurzem. In ein paar Jahren sieht das vielleicht anders aus.« Mein Blick senkt sich und ich füge leiser hinzu: »Oder nach den ersten Streitigkeiten. Die hatten wir ja bereits.«

Wäre er doch nur ein Mann meiner Zeit, dann würde ich ihm bis ans Ende der Welt folgen. Aber mein Jahrhundert für ihn zu verlassen, das wäre eine sehr drastische Entscheidung.

»Elfie, du musst vertr…« Er bricht den Satz abrupt ab, denn wir hören die Eingangstür. Tasha und Ermin kommen zurück. Schnell zupfen wir unsere Kleidung zurecht und platzieren uns hastig an verschiedenen Stellen in der Küche.

Tasha ist die Erste, die auf uns trifft. Sie grinst.

»Na, ihr beiden, wart ihr auch schön brav?«, neckt sie uns mit einem Augenzwinkern, als wollte sie uns an die letzten Tage erinnern. Da wir nicht darauf reagieren, schaut sie uns etwas zu eindringlich für meinen Geschmack an. Ich weiche ihrem Blick aus und spüre, wie mir das Blut in die Wangen schießt.

Schließlich stottere ich eine knappe Entschuldigung, dränge mich an ihr und Ermin vorbei, der soeben dazugekommen ist. Eilig mache ich mich auf den Weg in mein Zimmer. Ich will nicht, dass sie merkt, was zwischen Marc und mir passiert ist – vor allem nicht hier, in ihrer Küche. Ich weiß, sie würde es erkennen, wenn sie mich länger ansieht. So aber wird sie glauben, es seien die typischen Differenzen zwischen ihm und mir.

Während die drei noch unten sind, habe ich geduscht und versuche nun einzuschlafen, doch trotz der Müdigkeit gelingt es mir nicht. Quälende Fragen halten mich wach. Was soll ich tun? So vieles hält mich hier – und dann auch wieder nichts. Die andere Welt kenne ich nicht, nur Marc kenne ich.

Mama hat einmal gesagt: *Irgendwann wird jemand in dein Leben treten und dir zeigen, warum es mit den anderen nicht geklappt hat.* Ist dieser Tag gekommen? Ist er dieser Mann?

Es liegt nahe, den einfacheren Weg zu wählen. Courage zu beweisen und etwas im Leben zu verändern, ist weitaus schwieriger. Aber habe ich nicht schon vieles in meinem Leben aufgegeben? Bin ich nicht genau deshalb hierhergekommen, um den Schlüssel zu Maras und Tashas Hingabe zu finden? Und habe ich ihn nicht schon längst gefunden?

Ach, was für ein Blödsinn! Bleib realistisch!, mahne ich mich selbst.

Ja, die Anziehungskraft ist da, der Sex stimmt auch. Aber reicht das für eine dauerhafte Beziehung – vor allem in einer völlig fremden Umgebung?

Übermorgen hat Tasha ihren Termin bei der Frauenärztin, die beiden Männer sind dann ebenfalls unterwegs. Ich werde abreisen. Das scheint die beste Lösung für uns alle zu sein. Basta!

Ich bin noch wach, als Tasha ins Bett kommt. Um ein Gespräch zu vermeiden, stelle ich mich schlafend. Schon nach kurzer Zeit höre ich ihren tiefen, regelmäßigen Atem. Dieser wirkt beruhigend auf mich – zumindest einen Moment lang, denn eine erholsame Nacht bleibt mir verwehrt.

Ich träume schlecht. Immer wieder renne ich darin durch dichten, erdrückenden Nebel, verfolgt von meiner eigenen Angst, bis ich schließlich aufschrecke. Mein Unterbewusstsein versucht mir etwas mitzuteilen, aber ich weigere mich, zuzuhören.

Sollte ich mir einen Schlummertrunk gönnen?

Nein, besser nicht. Die Vorstellung, aufstehen zu müssen, um nach unten zu gehen, ist mir zu unbequem. Und dann besteht noch die Gefahr, dass Marc es mitbekommt und die Chance nutzt. Allein der Gedanke an das, was er mit meinem Körper anstellen könnte, lässt mir eine Gänsehaut über den Rücken laufen und den Schweiß ausbrechen.

Verflucht! Schon wieder dreht sich alles nur um ihn und um das, was ich eigentlich zu vermeiden suche: Zweifel an meinem Fluchtplan.

Der Wecker klingelt und erlöst mich aus dieser quälenden Nacht.

Tasha streckt sich, gähnt genüsslich und schenkt mir ein Lächeln. »Guten Morgen, Elfie.«

»Morgen«, erwidere ich brabbelnd und schläfrig.

Sie wirkt zufrieden, vermutlich freut sie sich darauf, bald mit ihrem Ermin allein zu sein, sobald die Gäste fort sind. Ich werde dann längst zu Hause sein – hoffentlich, ohne es zu bereuen.

»Einen Penny für deine Gedanken«, sagt sie plötzlich.

»Ach, nichts Wichtiges«, weiche ich aus.

»Soll ich mal raten?«

Ich zucke mit den Schultern.

»Du denkst an *ihn*, stimmt's? Und überlegst, was du machen sollst.«

Ganz falsch liegt sie nicht, aber ich bleibe stumm, und so spricht sie weiter: »Ich kenne das nur zu gut. Da trifft man auf den Mann der Träume, der das ganze Leben völlig auf den Kopf stellt, allerdings hat es einen Haken.«

»Du hast dich aber für ein Leben in unserer Welt entschieden«, werfe ich leise ein.

»Ja, das habe ich«, antwortet sie nachdenklich. »Doch damals hatte ich auch das Gefühl, die falsche Entscheidung getroffen zu haben.«

»Und jetzt? Würdest du im Nachhinein anders handeln?«, frage ich.

Sie überlegt nur kurz. »Nein. Aber ich bin überglücklich, dass er hierhergekommen ist.«

»Vielleicht würde Marc das auch tun?« Hoffnung schwingt in meiner Stimme mit.

Tasha sieht mich mitleidig an. »Ich glaube nicht. Anders als Ermin hat Marc in seiner Welt noch Familie und eine Zukunft.« Und schon holt mich die Realität unsanft ein.

Könnte ich doch nur seine Welt testen wie einen Urlaub, um dann zurückzukehren und in Ruhe zu entscheiden, ob es wirklich etwas für mich ist. Diese Vorstellung lässt mich tief seufzen.

Tasha, die mein Seufzen bemerkt, glaubt, mich mit Folgendem trösten zu können: »Auch andere Mütter haben schöne Söhne. Was ist mit Colin? Er scheint echtes Interesse an dir zu haben.«

Für wen oder was hält sie mich eigentlich? Sie sollte mich besser kennen. Verärgert fahre ich sie an: »Meinst du ernsthaft, ich bin so ein flatterhaftes Weibsstück, die von einem zum anderen springt?« Ich warte ihre Reaktion nicht ab, und da ich mich mittlerweile angezogen habe, lasse ich sie einfach stehen und gehe.

Sie beginnt zu stammeln, aber ich ignoriere es. Ich bin längst auf dem Weg nach draußen.

Keine Lust auf Zähneputzen.

Keine Lust auf Frühstück.

Keine Lust auf Gesellschaft.

Ich will nur weg.

Aber wohin?

In mein zerlöchertes Refugium!

Das Laufen tut gut.

Hat nicht Konfuzius gesagt: *Der Weg ist das Ziel?*

Er wollte wohl nie ankommen. Ich hingegen bevorzuge es, Ziele zu erreichen, mögen sie noch so klein gesteckt sein. Denn genau das gibt mir Kraft: ein Vorhaben erfolgreich abzuschließen und mich an den kleinsten Fortschritten zu erfreuen.

Im Moment ist mein Ziel die Hütte mit meinen Bildern darin. Ich möchte dort eine Weile für mich sein.

Keine Ahnung, ob Kristian noch in der Gegend ist und das Wagnis erneut eingehen will. Ich kann es mir kaum vorstellen, denn Ermin hat das Gelände gut gesichert, einschließlich der Nachbarhütte. Das dürfte er mittlerweile wissen. Aber trotzdem reizt es mich, zu erfahren, warum er hier ist und mich verfolgt – auch wenn es verrückt wäre, ihm zu begegnen, nachdem er schon auf mich geschossen hat.

Bei meiner Ankunft herrscht eine seltsame Ruhe – niemand ist zu sehen, niemand ist zu hören. Doch der Anblick der Einschusslöcher trifft mich unerwartet. Tränen steigen mir in die Augen. Vielleicht liegt es an den Strapazen der letzten Tage, vielleicht ist es auch etwas anderes.

Egal.

Ich bin hier, um den anderen aus dem Weg zu gehen, und weil ich ein besonderes Abschiedsgeschenk für Marc anfertigen möchte.

Er soll eine Zeichnung bekommen. Üblicherweise fertige ich einfache Kohlezeichnungen von Tieren und Landschaften an, seltener von Menschen. Doch heute werde ich mich an ein weiteres Bildnis von uns beiden wagen, und was noch wichtiger dabei ist, ich will Sehnsucht und Liebe in unseren Gesichtern einfangen. Ob mir das gelingt, weiß ich nicht. Ich muss es versuchen, es ist mir ein inneres Bedürfnis.

Natürlich wäre eine Fotografie viel einfacher, aber ein Gemälde hat mehr Tiefe, mehr Seele, als der technische Fortschritt es je auszudrücken vermag.

Ich arbeite fast den ganzen Tag daran. Einige Entwürfe landen im Papierkorb, aber gegen Mittag bin ich auf einem guten Weg.

Zwischendurch versucht Tasha, mich auf meinem neuen Handy zu erreichen. Zuerst ignoriere ich ihre Anrufe, doch bevor sie mir die geballte Männlichkeit auf den Hals hetzt, schicke ich ihr schließlich eine Videonachricht, in der ich sie beruhige:

Ich sei in der Hütte, es gehe mir gut, mache aber klar, dass ich keinen Besuch will.

Ihre Antwort folgt prompt. Sie entschuldigt sich für die blöde Bemerkung am Morgen, sagt, dass sie mich lieb habe und sich nur Sorgen mache. Außerdem bittet sie mich, nicht zu spät zurückzukommen.

Böse bin ich ihr nicht. Sie hat es gut gemeint, hat jedoch meinen wunden Punkt getroffen.

Trotzdem, die Rückkehr auf die Farm bereitet mir ein mulmiges Gefühl. Marc erwartet eine Entscheidung. Er hat mir seine Liebe gestanden und möchte, dass ich ihn begleite. Aber ich kann ihm keine positive Antwort geben, auch wenn mein Herz das Gegenteil schreit. Ich muss fort von hier, fort von ihm. Getreu dem Motto: Aus den Augen, aus dem Sinn.

Lügnerin!, schimpft mein inneres Ich. Doch ich weigere mich, darauf zu hören.

Am Nachmittag trete ich den Heimweg an. Mein Magen knurrt vor Hunger. In der Hütte gab es nur ein paar Wasserflaschen, die Snacks sind schon seit Tagen aufgebraucht.

Zurück auf der Farm treffe ich als Erstes auf Ermin. Mit einem verärgerten Gesichtsausdruck stellt er sich mir in den Weg. »Das war dumm von dir. Du kannst froh sein, dass Tasha uns zurückgehalten hat.«

Ich entgegne nichts. Doch bevor er den Weg freigibt, ergänzt er grimmig: »Wir haben genug zu tun, als dir ständig hinterherzulaufen.«

Seine Worte treffen mich, ich reagiere gereizt: »Das habe ich nie von euch verlangt!«

Er zieht hörbar die Luft ein, unterdrückt jedoch einen weiteren Kommentar.

Gerade in diesem Augenblick taucht Marc auf. Er blickt mich mürrisch an. Mit ihm möchte ich nicht auch noch diskutieren, also eile ich ins Haus.

Der einzige Mensch, der mir freundlich begegnet, ist Tasha. Sie umarmt mich. »Es tut mir so leid …«, sagt sie leise.

Ich unterbreche sie. »Alles gut. Ich habe überreagiert. Ich bin im Moment einfach nicht ich selbst.«

»Verstehe«, antwortet sie und streicht mir sacht über den Rücken. »Komm, ich habe dir etwas vom Mittagessen aufgehoben. Schnitzel mit Bratkartoffeln.«

Ihre mitfühlenden Blicke rühren mich so sehr, dass ich beinahe zu weinen beginne. Ich kann es mir nur verkneifen, weil Ermin und Marc auftauchen und ich nicht will, dass sie das mitbekommen.

Während ich mein Mittagessen nachhole, und die beiden Männer ihr Abendbrot verspeisen, mustert mich Marc immer wieder. Es ist ihm anzusehen, dass er mit mir sprechen will, aber davor fürchte ich mich. Also beeile ich mich, das Mahl zu beenden, um mich schnell zurückzuziehen.

Nachdem ich endlich allein bin und unter die Dusche trete, beginne ich erneut, meine Situation zu überdenken. Ich komme zu dem Schluss, dass das alles Chaos ist und dass das kein Urlaub war – ich habe kaum etwas von diesem schönen Land gesehen. Dank Kristian war ich die letzten Tage sogar noch isolierter als zuvor. Dennoch möchte ich nicht von einem Fehler sprechen, hierhergekommen zu sein. Ich glaube nun mehr denn je an das Abenteuer *Zeitreise*. Und ich habe einen Mann kennengelernt, der mir tief unter die Haut

gegangen ist und mir viele schöne Stunden beschert
hat. Diese Erinnerung werde ich tief in meinem Herzen
bewahren.

Die folgenden Tage und Nächte verschwimmen.
Eine Zeit, die von Einsamkeit und Traurigkeit geprägt
ist und viel zu zäh vergeht.

Marc bekommt nicht mehr die Gelegenheit, mit mir
allein zu sein. Tasha steht mir zur Seite und hilft mir,
ihn auf Abstand zu halten, und Ermin versorgt ihn mit
ausreichend Arbeit. Die beiden wissen, wie schwer mir
seine Heimkehr fallen wird, und wollen mir den Abschied erleichtern, mit sich als Puffer.

Doch was weder sie noch die anderen ahnen: Ich
werde bereits heute abreisen, sobald Tasha ihren Arzt-
termin wahrnimmt. Marc und Ermin sind auf der
Weide, weit genug entfernt, und Colin wird mich bald
abholen. Ich habe ihn heimlich angerufen.

»So, ich muss los. Drück mir die Daumen«, unterbricht Tasha meine Überlegungen. Seit ihrer Fehlgeburt
ist sie vor jeder Vorsorgeuntersuchung nervös.

Ich umarme sie und versuche ihr Mut zu machen:
»Keine Sorge. Es wird alles in Ordnung sein.«

Sie wiederholt es, wohl um sich selbst zu beruhigen:
»Ja, das wird es. Bestimmt!«

Ich umarme sie erneut, diesmal fester, sie lacht und
fügt hinzu: »Elfie, es ist alles gut. Glaube mir.« Dann
ergänzt sie: »Ich hoffe, es macht dir nichts aus, hier
allein zu bleiben? Ermin und Marc sind zwar nicht da,
aber die Videoüberwachung wird jedes Mal auslösen,
wenn sich jemand der Farm nähert.«

»Nein, alles gut«, antworte ich zügig.

Über die Überwachung habe ich mir auch schon Gedanken gemacht. Ich nehme jedoch an, dass Ermin nicht mehr rechtzeitig hier sein wird, wenn er erkennt, was ich vorhabe.

Plötzlich sieht sie mich zweifelnd an. Etwas in meiner Stimme oder Miene muss ihre Neugier geweckt haben, vielleicht die zweite Umarmung. »Elfie, ist auch wirk…«

Schnell unterbreche ich sie. »Kein Problem! Wirklich! Fahr jetzt, sonst kommst du noch zu spät.«

Sie schaut auf die Uhr. »Oh ja, ich muss los. Dann bis später.« Sie drückt mir einen Schmatzer auf die Wange, winkt mir noch einmal zu und dann ist sie weg.

Ach herrje, das Ganze fällt mir schwerer als gedacht. Ich muss mir ein paar Tränen verkneifen. Sollte ich meinen Plan noch einmal überdenken?

Nein! Außerdem wird mir das jetzt abgenommen, denn Colin taucht auf – viel zu früh.

Puh! Gut, dass Tasha schon weggefahren ist. Sie wird ihn zwar gesehen haben, aber sich nichts dabei denken. Er ist Tierarzt und hat ein Auge auf mich geworfen – zwei Gründe, die für einen Besuch sprechen. Das gilt auch für Ermin, wenn er Colins Ankunft über die Kamera gemeldet bekommt.

»Hallo Elfie«, begrüßt er mich freudestrahlend.

»Oh, mit dir hatte ich nicht so früh gerechnet«, bemerke ich überrascht.

Verschmitzt sieht er mich an. »Ich dachte, wir trinken noch einen Kaffee zusammen, bevor dein Flieger geht. Am Flughafen gibt es ein tolles Café.«

Ich überlege kurz. »Das können wir gerne machen. Bleib hier, ich beeile mich.«

Er nickt und grinst breit.

Ich spute mich. Meinen Koffer habe ich längst gepackt und in meinem Teil des Kleiderschranks versteckt. Abschiedsbriefe und Bilder für Ermin, Tasha und natürlich Marc liegen auf den Zimmern bereit.

An der Eingangstür drehe ich mich noch einmal um. Erinnerungen blitzen auf, besonders beim Blick zur Küche. Ein schwerer Seufzer entweicht mir und hastig wische ich mir ein paar Tränen weg.

Mein Herz schreit: Fehler!

Mein Kopf bejaht es – aber nur leise.

Und doch verlasse ich diesen Ort wie in Trance.

Colin hilft mir, das Gepäck ins Auto zu laden, dann fahren wir auch schon los. Auf meine Bitte hin macht er einen kleinen Umweg. Ich möchte noch einmal zur Küste, nach Dunnottar Castle und Dunnicaer – den Orten, an denen für Tasha und Marc alles begann. Und auch irgendwie für mich, denn so bekam ich die Gelegenheit, einen Römer – meinen Römer – kennenzulernen.

KAPITEL 9 - ♂

Als wir am späten Nachmittag von unserer Arbeit auf der Weide zurückkehren, ist Elfie nirgends zu finden. Anfangs denke ich mir nichts dabei und vermute, sie ist wieder in der Hütte. Doch die Wahrheit ist viel schlimmer.

Während ich mich frisch machen will, entdecke ich auf meinem Nachtlager ihren Abschiedsbrief.

Elfie ist fort, bereits auf dem Weg nach Hause. Aber das darf nicht sein! Sie ist die Frau meines Lebens. Bei Jupiter, ich muss etwas unternehmen.

»Verdammt, sie ist weg!«, rufe ich laut und eile die Treppenstufen hinunter.

»Wer ist weg?«, fragt Ermin.

»Elfie!«

Tasha sieht mich erschrocken an. »Was? Sie soll weg sein?«

Ich nicke.

»Das war bestimmt der Polizist«, murmelt sie ängstlich, doch einen Moment später hellt sich ihr Gesicht auf. »Ach nein, sie ist sicher mit Colin unterwegs. Ich habe ihn zur Farm fahren sehen.«

»Nein, so ist es nicht. Sie hat einen Brief hinterlassen. Er lag auf meinem Bett. Und da war auch einer für dich, Ermin.«

Ich überreiche ihm den Umschlag, während Tasha die Treppe hinaufstürzt. Kurz darauf kehrt sie mit einem weiteren Schreiben zurück. Sie überfliegt die Zeilen mit ernster Miene.

»Vielleicht ist es besser so«, meint Ermin schließlich. Dann runzelt er die Stirn und brummt nachdenklich: »Warum hat die App der Überwachungskameras nichts gemeldet? Das muss ich später noch kontrollieren.«

Tasha blickt ihn traurig an. »Aber sie hätte sich doch wenigstens von mir verabschieden können.«

Ermin legt tröstend einen Arm um sie. »Sie wird ihre Gründe haben und sich bestimmt bald bei dir melden.«

Mehr muss er nicht erklären. Wir alle wissen, dass ich der Grund für ihre überstürzte Abreise bin. Es steht in etwa so in ihrer Nachricht.

Zum Andenken hat sie mir eine Zeichnung dagelassen. Sie ist wunderschön und stellt uns beide dar – verliebt, glücklich und zufrieden. Ein außergewöhnliches Pergament, genau wie die Frau, die es geschaffen hat. Doch je länger ich es betrachte, desto stärker wächst in mir der Unmut. Wenn sie wirklich etwas für mich empfunden hätte, wäre sie nicht einfach gegangen.

Mühsam presse ich hervor: »Sie kann mich nicht geliebt haben, sonst wäre sie nicht fort.«

Tasha sieht mich mit einer Mischung aus Mitleid und Unverständnis an. »Verstehst du es denn nicht, du dummer Kerl?« Sie umfasst mein Gesicht mit beiden Händen. »Sie liebt dich, aber sie hat Angst vor einem

Leben in deiner Welt. Und sie wollte dich nicht vor die Wahl stellen müssen.«

Auch Ermin meldet sich zu Wort, ruhig und bestimmt. »Marc, du hast dort Familie und ein gutes Leben. Wäre es dir tatsächlich leichtgefallen, das aufzugeben?«

Ich senke den Blick. »Ich weiß es nicht«, antworte ich ehrlich. »Darüber habe ich nie nachgedacht. Ich bin davon ausgegangen, dass Elfie mit mir kommen würde. Sie ist allein hier, hat keine Angehörigen mehr und wir haben uns doch gut verstanden.« In meinen Gedanken füge ich hinzu, was ich nicht ausspreche: *auch körperlich.*

Ein tiefer Schmerz durchfährt mich, als mir klar wird, dass ich nie wieder in ihre warmen Augen blicken werde und sie nie wieder in meinen Armen halten kann. Jetzt stehe ich vor der Frage: Was soll ich tun? Die Zeit läuft mir davon. Morgen ist die Rückkehr in meine Welt geplant, so die Götter es wollen.

»Bitte, Tasha, ruf sie an.«

Sie wehrt ab. »Marc, sie wird nicht rangehen.«

»Versuch es wenigstens. Ich möchte sie nur kurz sprechen«, flehe ich eindringlich.

Tasha wirft einen Blick zu Ermin und seufzt. »Okay, ich mache es, aber erwarte nicht zu viel. Sie wird vermutlich schon im Flieger sitzen.«

Das Ergebnis ist ernüchternd. »Tut mir leid, Marc. Sie geht nicht ran.«

Leere breitet sich in mir aus. Sie hat Licht in mein Leben gebracht und jetzt ist es erloschen.

Doch dann, ganz unvermittelt, ertönt ein Klingeln.

Elfie?

Ja, sie muss es sein, denn Tasha schaut lächelnd auf ihr Telefon und nimmt ab. »Hallo Elfie, wieso …?« Ich will es ihr schon aus den Händen reißen, doch der Ausdruck tiefer Besorgnis in Tashas Augen hält mich zurück.

Auch Ermin bemerkt ihre plötzliche Veränderung und fragt nach. »Was ist passiert?«

Aber Tasha schweigt, also nimmt er ihr das Gerät ab und hört selbst. »Da ist niemand dran.«

Ihre Hände zittern, als sie sagt: »Da war ein Mann.«

»Colin, dieser Tierarzt?«, frage ich und kämpfe gegen die Verachtung in meiner Stimme.

»Nein, nicht er. Es war …«

»Was meinst du mit *Nein*?«, unterbreche ich sie ungeduldig.

Tasha spricht weiter. »Zuerst war Elfie dran, glaube ich … dann ein Fremder, denke ich …«

Meine Verwirrung wächst und ich bohre nach: »Ja, was denn nun?«

Ermin wirft mir einen missbilligenden Blick zu, bevor er sich wieder Tasha zuwendet. »Mein Liebling, was genau hast du gehört?«

»Es ging alles so schnell …« Wieder stockt sie, während meine Unruhe wächst.

Ermin sieht mich mahnend an, fordert mich auf, ruhig zu bleiben, und bittet dann Tasha sanft: »Schließ deine Augen, atme durch und versuche dich zu erinnern.«

Sie folgt seiner Aufforderung. »Es war, als hätte jemand Elfie mitten im Gespräch das Handy weggenommen. Eine wütende männliche Stimme war kurz zu hören und … ein Schrei.« Sie hält inne, die

Besorgnis steht ihr ins Gesicht geschrieben. »Ermin, da stimmt etwas nicht. Ich denke, Elfie ist in Gefahr.«

Ein Gedanke drängt sich sofort auf: ihr Exfreund. Er muss es sein. Er hat die Gelegenheit genutzt.

Ermin beginnt, den Flurschrank zu durchwühlen.

»Was suchst du?«, fragt Tasha neugierig.

»Colins Kontaktdaten. Er hat sie gefahren. Ich muss wissen, was er weiß.«

Sie seufzt. »Du hast doch seine Daten im Handy gespeichert.«

Abrupt beendet er seine Suche und wählt Colins Nummer, der Anruf bleibt leider unbeantwortet. Fluchend legt er auf.

Tasha hat eine Idee. »Und was ist mit Henry? Frag ihn.«

Er kontaktiert ihn umgehend, gibt einen Vorwand an, aber auch er weiß nichts. Die Nichterreichbarkeit seines Bruders erklärt er mit einem Notfall in der Tierarztpraxis. Das komme häufig vor. Sorgen macht er sich jedenfalls keine.

Tasha hingegen schon. »Es wäre besser, die Polizei zu informieren«, schlägt sie vor.

Ermin widerspricht. »Noch nicht! Wir suchen sie zuerst selbst.«

»Wo wollen wir anfangen?«, frage ich.

»Sie war auf dem Weg nach Aberdeen, also konzentrieren wir uns auf diese Strecke.« Er schnappt sich seine Jacke.

»Tasha du bleibst hier für den Fall, dass sie zur Farm zurückkehrt.«

»Und du«, sagt er zu mir, »nimmst Tashas Handy und reitest die Grundstücksgrenze ab. So bleiben wir in Kontakt. Du weißt ja, wie es funktioniert.«

Ich nicke.

Doch ehe wir loskönnen, fährt ein Auto vor. Es sind Nechtan und Eve.

»Was macht ihr denn schon hier?«, fragt Tasha überrascht.

Die junge Frau bemerkt die angespannte Situation und sieht uns irritiert an. »Das war doch so ausgemacht. Ist etwas passiert?«

»Ich glaube, man hat meine Freundin entführt. Ermin und Marc gehen sie suchen«, erklärt Tasha knapp.

»Entführt? Können wir helfen?«

Tasha schüttelt den Kopf. »Nein, kommt erst einmal rein. Ich erzähle euch dann alles.«

Währenddessen beäugt mich Nechtan misstrauisch. Verständlich, schließlich waren die Umstände beim letzten Mal völlig andere. Es mutet merkwürdig an, ihm hier zu begegnen – dem einzigen Menschen aus meiner Welt. Obwohl das nicht ganz stimmt. Auch Ermin stammt aus meiner Zeit, wenn auch aus einer etwas früheren Periode, denn er kannte meine verstorbene Großmutter noch persönlich.

Schade.

In den letzten Tagen habe ich öfter versucht, ihm sein Wissen über meine Avia zu entlocken – vergeblich. Ihr Aufeinandertreffen wird wohl nicht ohne Schwierigkeiten verlaufen sein. Aber im Augenblick interessiert mich das nicht.

Ermin fährt jetzt los. Ich breche in Richtung Ostweide auf und werde mein Glück bei Elfies Hütte versuchen. Das gibt mir Zeit zum Nachdenken.

Sollte ich morgen wieder zu Hause sein, werde ich meinem Präfekten einiges erklären müssen – und noch viel mehr. Denn für mich steht fest: Wenn ich Elfie finde, werde ich sie mit in meine Welt nehmen, notfalls auch gegen ihren Willen. Doch zunächst muss ich sie finden, und die Sorge, was ihr Entführer ihr antun könnte, beunruhigt mich zusehends.

Es ist schon seltsam, dass er nicht mehr aufgetaucht ist. Auch die Nachforschungen in den örtlichen Herbergen brachte kein Ergebnis. Meiner Erfahrung nach dürfte er sich einen einfachen Unterschlupf gesucht haben – Spezialkämpfer wie er passen sich der Situation an, agieren im Verborgenen, um nicht aufzufallen. Die Hütte oder ein ähnlicher Ort wären dafür geeignet.

Schließlich erreiche ich Elfies Rückzugsort, doch er ist leer. Enttäuscht, aber nicht überrascht, verweile ich einen Moment, noch unschlüssig, wie ich weiter vorgehen soll. Mein Blick wandert über die Wände – auf Elfies Zeichnungen. Sie hängen noch immer da. Stumme Zeugen ihrer Anwesenheit, ein letzter Rest von ihr.

Ihr Abschiedsgeschenk kommt mir in den Sinn. Das Bild ist mit so viel Liebe zum Detail gemalt, dass es mir trotz allem einen Funken Hoffnung schenkt. Ich bin davon überzeugt, dass sie sich nach mir und einer gemeinsamen Zukunft sehnt. Tasha meinte zwar, Elfie fürchte sich vor einem Leben in meiner Welt, aber ich bin mir sicher, sie würde dort zurechtkommen. Umso mehr ärgert es mich, dass sie einfach gegangen ist, ohne mit mir darüber zu sprechen. Wegzulaufen war jedenfalls der falsche Weg.

Mit einem Mal hallt Mutters Stimme in meinem Kopf:

Mit Flucht kennst du dich doch selbst bestens aus!

Unsinn!, widerspreche ich im Geiste. Das war keine Flucht und hatte schon gar nichts mit Liebe zu tun, sondern mit dem Bedürfnis, der Kontrolle meiner Mutter zu entkommen und sie wegen der Preisgabe meines Vaters unter Druck zu setzen.

Ich werde in meinen Gedanken unterbrochen, als das Handy vibriert. Es ist Ermin.

»Wo bist du gerade? Hast du schon etwas entdeckt?«, fragt er.

»Nein, und du?«

»Auch nichts. Ich habe das Gefühl, dass sie gar nicht erst bis nach Aberdeen gelangt ist.« Ermin überlegt kurz. »Okay, ich fahre noch zum Flughafen und sehe mich nach Colins Wagen um. Wenn ich ihn nicht finde, komme ich zurück und wir überlegen, was als Nächstes zu tun ist«, erklärt er mit deutlicher Frustration in der Stimme.

Diese Art der Kommunikation und noch einiges andere werde ich vermissen, wenn ich wieder zu Hause bin. Es ist eine besondere Form von Magie, sich über so weite Distanzen verständigen zu können. Vieles hier würde ich mir in meiner Welt wünschen, dabei habe ich nur einen kleinen Teil der Zukunft gesehen. Ermin und Tasha wollten nicht, dass ich die Farm verlasse – sicher in guter Absicht, um mich zu schützen.

Schluss mit der Grübelei! Das bringt mich nicht weiter. Ich muss mich jetzt auf das Wesentliche konzentrieren. Vielleicht finde ich eine Spur, wenn ich mich noch einmal rund um die Hütte umsehe.

Doch auch nach längerem Suchen sehe ich nichts. Mein Frust wächst und mit ihm das ungute Gefühl. Der

Gedanke, was meine Shian in diesem Moment durchmachen muss, belastet mich.

Wo bist du nur? Wo hat er dich hingebracht?

Die einsetzende Dunkelheit zwingt mich zur Rückkehr. Als ich auf das Pferd steige, fällt mein Blick auf ein Stück Pergament, das in einem Strauch im Wind flattert. Vorhin war das noch nicht da, dessen bin ich mir sicher.

Ich greife danach, ehe es erneut wegfliegen kann. Rasch wird mir klar, dass es sich um eine Landkarte handelt. Sie ist äußerst detailliert und präzise gezeichnet und weist markierte Stellen auf. Aber wie kommt sie hierher? Hat der Wind sie etwa zufällig hergeweht? Das erscheint mir unwahrscheinlich. Wir befinden uns abseits der Wanderwege. Vielleicht hat *er* sie verloren, als er uns beobachtete.

Leider kann ich die Schrift nicht lesen, also beschließe ich, die Karte mitzunehmen und den anderen zu zeigen.

Ermin ist ebenfalls auf dem Rückweg. Er hat sich kurz bei mir gemeldet, ohne gute Nachrichten.

Als ich die Farm erreiche, erwartet er mich bereits. Tasha steht bei ihm und sieht mich mit traurigen Augen an. Wortlos folge ich den beiden ins Haus. In der Küche sitzen Nechtan und Eve – schweigend und angespannt.

Tasha reicht mir eine Tasse Kaffee und ein Stück Brot, bevor sie schließlich die bedrückende Stille durchbricht. »Was werden wir jetzt tun?«, fragt sie leise.

»Wir sollten die Polizei einschalten«, schlägt Eve vor.

Doch Ermin schüttelt den Kopf. »Nein! Nechtan und Marc müssen ungehindert ihre Heimkehr antreten können. Die Polizei würde nur stören und zu viele Fragen stellen.«

»Aber irgendetwas müssen wir doch unternehmen«, begehrt Tasha auf.

Ich nicke und bekräftige: »Ich werde diesen Ort erst verlassen, wenn Elfie in Sicherheit ist.« Außerdem gedenke ich sie mitzunehmen, aber das müssen sie ja nicht wissen.

Nechtan mustert mich neugierig. Er scheint überrascht von meiner direkten Ansage. Da fällt mir plötzlich das Pergament wieder ein.

»Ich habe eine Karte mit einer Markierung gefunden. Vielleicht ist sie wichtig.«

»Zeig her«, fordert Ermin und nimmt mir das Papier aus der Hand. Mit einem Blick erkennt er die Beschriftungen. »Ja, es stimmt. Unsere Farm und auch die Gegend von Dunnicaer sind darauf besonders hervorgehoben.«

Eve runzelt die Stirn. »Und was heißt das nun?«

»Dass das kein Zufall sein kann. Das stammt von ihm«, erklärt Ermin.

Eve hakt nach. »Okay, die Farm ist markiert, das kann ich noch verstehen, aber was bedeutet dann das X bei Dunnicaer?«

Ich überlege laut: »Wenn ich er wäre, würde ich mich an einem unauffälligen Ort verstecken.«

Tasha greift den Gedanken auf: »Glaubst du etwa, sie sind in der Grotte?«

»Das kann ich mir nicht vorstellen. Die Höhle ist seit dem Einsturz gesperrt«, widerspricht Eve.

Nechtan mischt sich nun ein. »Und wenn er bei Dùn Fhoithear ist?«

Wir sehen ihn fragend an, worauf er erklärt: »Ihr nennt es Dunnottar.«

Ah, das ist der Ort, an dem wir unsere Rückkehr wagen wollen.

»Das wäre möglich«, murmelt Eve nachdenklich. »Es ist nur provisorisch gesichert, ganz anders als Dunnicaer. Aber warum sollte er mit seiner Geisel ausgerechnet dort sein? Da könnte ich mir ein bequemeres Versteck vorstellen.«

»Wahnsinnige gibt es zu allen Zeiten«, entgegnet Tasha und stellt die entscheidende Frage: »Und? Fahren wir hin?«

Eve reagiert ablehnend. »Jetzt? Mitten in der Nacht?«

»Ja, jetzt!«, bekräftige ich entschlossen. »Notfalls gehe ich alleine.«

»Ich komme mit«, erklärt Ermin ohne Zögern.

»Ich ebenso«, fügt Tasha sofort hinzu.

Nach kurzem Überlegen schließen sich auch Eve und Nechtan an.

Wir fahren mit Ermins Auto, das genügend Platz für uns alle bietet.

Kurz bevor wir aufbrechen, wende ich mich leise an ihn. »Sollten wir nicht etwas zu unserem Schutz mitnehmen? Der Kerl hat eine Waffe, und ich bin mir sicher, dass er sie einsetzen wird.«

Ich weiß, dass Ermin selbst welche besitzt, er wiegelt jedoch ab. »Ungern, das könnte die Situation nur verschärfen.«

Trotz seiner Worte bemerke ich, wie er vor der Abfahrt unauffällig einen seiner Schussapparate einsteckt.

Offensichtlich will er auf Nummer sicher gehen, ohne die anderen zu beunruhigen.

Die Fahrt zur Küste verläuft in bedrückendem Schweigen. Die Anspannung im Wagen ist greifbar.

Tasha sitzt vorn und hat eine Hand auf Ermins Arm gelegt – eine liebevolle und beruhigende Geste. Ich sitze hinten mit Eve und Nechtan, jeder in seine Gedanken vertieft.

Ermin hat vergeblich versucht, Tasha davon zu überzeugen, auf der Farm zu bleiben. Er sorgt sich um sie und das ungeborene Kind, aber sie ist stur. In ihrer Entschlossenheit erinnert sie mich an meine Mutter. Ich werde darauf achten, dass sie nicht in Gefahr gerät, falls Elfie und ihr Entführer tatsächlich dort sind.

Und das scheint sich zu bewahrheiten. Ein Wagen steht in Klippennähe. Tasha erkennt ihn sofort.

»Das ist Colins Auto.« Sie wird nun immer nervöser.

Eve will wissen: »Habt ihr an Taschenlampen gedacht?«

»Im Kofferraum«, antwortet Ermin knapp.

In der Dunkelheit versuchen wir den Zugang zur Grotte zu finden. Es ist Nechtan, der den schmalen Pfad als Erster entdeckt.

Bevor wir den Abstieg wagen, wendet sich Ermin an Tasha. »Du wartest beim Auto. Wenn wir in einer Stunde nicht zurück sind, rufst du die Polizei!«

Sie wehrt sich, aber eher zaghaft. »Ich gehe mit. Sie ist doch meine Freundin.«

Ermin bleibt hart. »Nein, Tasha! Du bleibst hier. Ich dulde keinen Widerspruch. Verstanden!«

Widerwillig gibt sie nach.

Vielleicht, weil sie spürt, wie ernst die Lage ist, vielleicht auch, weil die Grotte Erinnerungen weckt.

Erinnerungen, die sie offensichtlich nicht wieder durchleben will. Das kann ich gut nachvollziehen. Selbst ich meine das seltsame Summen wieder zu hören – dieses dumpfe, fast unheimliche Dröhnen, das mich erst hierher geführt hat. Auch Tasha spürt die unheimliche Magie. Sie hat mir oft gesagt, dass sie keine Wandlerin zwischen den Welten mehr sein will.

Ermin nimmt sie noch einmal in den Arm, bevor er aufbricht. Seine Stimme ist leise, seine Worte sanft, während er ihr einen Kuss auf die Stirn gibt. Ich verstehe nur Bruchstücke seines Flüsterns – *dass er sie liebt und sie keine Angst haben soll.*

Als er sich von ihr löst, begibt er sich geradewegs Richtung Klippenabgang, die anderen beiden gehen voraus. Ich folge ihnen, während Tasha zurückbleibt. In diesem Moment wirkt sie unglaublich verletzlich, der Anblick geht mir nahe.

Kurz bevor ich den Abstieg beginne, drehe ich mich noch einmal zu ihr um und rufe: »Ich passe auf ihn auf. Versprochen!«

Der Pfad hinab ist eng und gefährlich. Noch ehe wir die Höhle betreten, fällt uns Licht im Inneren auf. Ermin und Nechtan riskieren einen vorsichtigen Blick. Eve und ich müssen hinter ihnen ausharren, der Zugang ist einfach zu schmal. Als sie sicher sind, dass im Eingangsbereich der Grotte niemand zu sehen ist, treten wir ein.

Kaum sind wir drin, bleibt Ermin abrupt stehen. Er hebt die Hand, gebietet uns leise zu sein. Er muss etwas gehört haben.

Dann nehme ich es auch wahr: Stimmfetzen, gedämpft, aber eindeutig. Wir folgen ihnen. Sie werden immer deutlicher, je näher wir kommen.

Eine Männerstimme sticht hervor – mal brüllend, dann beinahe flehentlich. Verdammt, ich will endlich wissen, was da vor sich geht.

Ermin bemerkt meine Ungeduld und flüstert: »Bleib ruhig! Wir haben sie gefunden. Es sind Elfie und der Polizist. Er sagte, dass seine Frau ihn verlassen habe und er Elfie zurückhaben wolle. Der …« An dieser Stelle bricht er die Übersetzung ab.

»Rede weiter!«, fordere ich ihn auf. Doch es ist Eve, die seine Worte vollendet. Sie scheint die Sprache gut zu verstehen. »Er fügte hinzu, dass der Sex mit ihr, äh, der Beischlaf, unglaublich war.«

Ich schaue keinen von ihnen an. Eine Mischung aus Wut, Scham und Eifersucht breitet sich in mir aus. Ermin hat wohl geahnt, wie sehr mich das treffen würde, und hat deshalb nicht weitergesprochen.

Eve hat damit jedoch kein Problem und fährt fort: »Er ist ihr nachgereist, um sie zurückzugewinnen. Als er sie aber mit dir und Colin gesehen hat, sei er durchgedreht. Er wolle niemanden töten, nur verjagen.«

»Pah!« Ich grummele vor Missmut.

Eve will nun von Ermin wissen: »Wie geht es jetzt weiter?«

»Ich werde mit ihm reden. Alleine! Ihr haltet euch zurück.«

Mir passt das nicht. Es geht hier um meine Shian! Wäre es umgekehrt und Tasha in Gefahr, könnte man Ermin sicher nicht aufhalten.

Er nimmt meinen Unmut wahr, greift abrupt nach meinem Arm und redet mir ins Gewissen: »Marc, er wird mich, im Gegensatz zu dir, nicht als allzu große Bedrohung erachten. Und außerdem besitzt er eine

Waffe. Wer weiß, was er tun wird, wenn er merkt, dass er Elfie als Partnerin verloren hat.«

Mir gefällt das immer noch nicht, aber er hat nicht Unrecht. Ermin hat eine Frau, die er vergöttert, und keinerlei Interesse an Elfie. Kristian weiß das, er wird uns lange genug beobachtet haben. Mir hingegen würde er sofort anmerken, dass ich sie liebe – und sie mich. Daher nicke ich widerstrebend.

Plötzlich verstummt Kristian. Es scheint, als hätte er uns bemerkt, denn er sieht sich hektisch um.

Elfie nutzt den Moment und versucht beruhigend auf ihn einzureden. Das ist gut, so wird seine Aufmerksamkeit von uns abgelenkt.

Sie trägt keine Fesseln und bewegt sich nun in einen Bereich des Tunnels, den wir nicht vollständig einsehen können. Etwas muss dort sein, denn sie kniet sich nieder.

Die beste Sicht von uns allen hat Ermin: Geduldig wartet er auf den richtigen Moment und flüstert mir ein weiteres Detail zu: »Henrys Bruder, Colin, ist auch hier. Er liegt am Boden und ist wohl verletzt. Elfie will Kristian überzeugen, ihn gehen zu lassen.«

Ah, deshalb hat sie sich hingekniet.

Ermin tritt nun vor und bewegt sich leise in Richtung der drei, die Hände seitlich vom Körper ausgebreitet, um zu signalisieren, dass er unbewaffnet ist. Gleichzeitig verschafft er uns Deckung, indem er dem Mistkerl die Sicht auf uns versperrt.

Kristian steht mit dem Rücken zu uns, sodass er Ermin nicht sofort wahrnimmt. Das ist die Gelegenheit.

Aber Elfie sieht Ermin kommen und blickt zu lange in seine Richtung, was Kristians Aufmerksamkeit erregt.

In einer schnellen Drehung fährt er herum und starrt Ermin ungläubig an, als könne er nicht fassen, dass jemand hinter ihm steht. »Verdammt! Was … was tust du hier?«, stottert er. Dann hält er abrupt inne und richtet die Waffe drohend auf ihn. »Verschwinde! Sofort!«

Ermin bleibt jedoch unbeeindruckt. »Lass sie gehen. Das bringt doch alles nichts«, fordert er ruhig und macht einen Schritt auf ihn zu.

Natürlich bleibt das diesem Widerling nicht verborgen. Er brüllt erneut und droht, Ermin zu erschießen, wenn er nicht auf der Stelle verschwindet.

Eve übersetzt für Nechtan und mich, damit wir dem Geschehen folgen können. Ich würde am liebsten losstürmen und ihn erledigen, doch er wäre mit seiner Waffe schneller und Ermin würde in Gefahr geraten. Das kann ich nicht verantworten, ich habe es Tasha versprochen.

Elfie mischt sich ein und versucht weiter, ihn zu beruhigen. Auch Ermin lässt nicht locker.

Eve erklärt uns, dass Ermin herausfinden will, was Kristian bezweckt, wie er ihm helfen könnte und dass es bestimmt eine Lösung gäbe. Aber Kristian geht nicht darauf ein. Er will, dass Ermin abhaut, damit er mit Elfie in Ruhe reden kann.

Plötzlich hören wir Geräusche hinter uns.

Unglaublich, noch jemand taucht auf – es ist Adam!

Die Situation wird chaotisch, wir sind gefangen zwischen einem Verrückten vor uns und einem hinter uns.

»Ich habe euch gewarnt, dass das ein Nachspiel haben wird«, faucht Adam und bedroht uns mit einer Waffe.

Wir haben keine Wahl, als unsere Deckung aufzugeben und tiefer in den Tunnel zu stolpern – zu den anderen.

Als Kristian uns sieht, weiten sich seine Augen vor Entsetzen und ein roher, kehliger Schrei entweicht ihm. Die Anspannung ist förmlich greifbar. Seine Finger verkrampfen sich noch fester um die Waffe, bis die Knöchel weiß hervortreten. Die Ereignisse haben sich überschlagen, ihm entgleitet die Kontrolle. Und er will ein Elitekämpfer sein?

Auf Elfies Gesicht erscheint für einen flüchtigen Moment ein Lächeln, als sie mich erkennt und sich unsere Blicke kreuzen. Leider bemerkt es auch Kristian. Zornig und völlig außer sich zwingt er sie weiter in den dunklen Gang hinein – weg von uns.

Eve nutzt die Gelegenheit, um auf ihren Kollegen einzureden, und hält dabei Nechtan nur mühsam zurück, der bereits auf Adam loszugehen droht.

»Adam, um Himmels willen, was machst du da? Bist du verrückt geworden?«

»Ich war noch nie so klar«, zischt er böse.

»Nein, das ist Wahnsinn. Leg die Waffe weg«, versucht sie es weiter.

»Ich? Ihr seid doch alle irre!«, kreischt er lauthals.

»Was hast du denn vor?«

»Ich werde es hier enden lassen«, erklärt er dramatisch.

»Willst du uns etwa alle töten?«, entgegnet Eve empört.

Er wird ruhiger, spricht nicht mehr so laut, doch sein Blick verrät ihn. »Nein, nur die beiden«, sagt er und deutet auf Nechtan und mich. Dann ergänzt er warnend: »Aber wenn es nicht anders geht ...«

Ich nehme ihn nicht wirklich ernst. Mit einem einzigen Schlag könnte ich ihn außer Gefecht setzen, nur die Waffe in seiner Hand hält mich davon ab.

Etwas anderes ist viel dringlicher: Hilflos muss ich mitansehen, wie Elfie von dem anderen Irren weggezerrt wird, tiefer in die Anlage hinein.

Ermin folgt ihnen. Doch da gibt Kristian plötzlich einen Schuss ab, der Ermin nur knapp verfehlt. Tashas Mann verliert nun seine stoische Ruhe und kocht vor Wut.

Der Schuss hat aber auch sein Gutes. Der Knall hat Adam abgelenkt, sodass Eve ihm blitzschnell die Waffe aus der Hand schlagen kann. Dann tritt sie ihm kräftig zwischen die Beine. Mit einem schmerzhaften Laut bricht er zusammen und sinkt zu Boden.

Nechtan grinst breit und schaut Eve bewundernd an. Die beiden müssen sich in den letzten Wochen wohl nähergekommen sein, genauso wie ich und meine Shian.

Elfie! Verdammt, ich muss hinter ihr her!

Im Laufen rufe ich Nechtan und Eve zu: »Kümmert euch um Colin und Adam. Schafft sie raus. Ich helfe Ermin.«

Kristian hat sich mit Elfie bereits weit ins Innere des Tunnelsystems begeben. Das unheimliche Rumoren im Untergrund ist wieder zu hören, doch ich kann nicht sicher sagen, ob es wirklich aus dem Boden kommt oder ob es nur mein Blut ist, das dröhnend und laut in meinen Adern pocht. Die Anspannung ist unerträglich und so überhöre ich sämtliche Warnzeichen, die auf eine mögliche Öffnung der Passage hindeuten. Es gibt einfach keine Zeit zu verlieren – ich muss Elfie so schnell wie möglich hier herausbringen.

Es dauert einen Moment, bis ich auf Ermin stoße. »Wo sind sie?«, frage ich gehetzt.

»Ich weiß es nicht genau. Der Tunnel gabelt sich.«

»Gut, nimm du den rechten Gang, ich den linken«, schlage ich hastig vor.

Gerade als wir losgehen wollen, fällt erneut ein Schuss – hinter uns.

Ermin reagiert genervt. »Bei den Göttern, was ist denn jetzt wieder?« Doch dann erstarrt er. Eine ihm vertraute Stimme ruft nach ihm.

Tasha!

Sein Gesicht wird blass und tiefe Besorgnis zeichnet sich auf seiner Miene ab. Es ist offensichtlich, er muss zu ihr.

»Geh!«, sage ich. »Ich schaff das hier.«

Er überlegt nur kurz, dann klopft er mir auf die Schulter und überreicht mir seine Waffe. »Mit Adam werde ich schon fertig, die brauchst du dringender.«

Bevor er sich endgültig abwendet, dreht er sich noch einmal zu mir um. »Pass auf dich auf … und auf Elfie!«

Es klingt wie ein Abschied. Ich antworte mit einem stummen Blick. Er eilt nun seiner Liebe entgegen und ich meiner.

Endlich. Ein schwacher Lichtschein taucht wie ein rettender Hoffnungsschimmer in der Dunkelheit auf. Dem Jupiter sei Dank, ich habe den richtigen Abzweig gewählt.

Elfies Stimme hallt schrill durch den Raum, und nun sind auch Umrisse zu erkennen. Ohne abzuwarten, rufe ich in ihrer Sprache, mit meinen begrenzten Sprachkenntnissen: »Lass sie gehen!«

Erschrocken dreht sich Kristian um.

Als er mich erkennt, verzieht sich sein Gesicht zu einer verächtlichen Grimasse. Er denkt nicht daran, Elfie freizulassen, sondern hält sie jetzt wie einen Schutzschild vor sich.

»Hau ab!«, schreit er und richtet die Waffe auf mich. Meine eigene kann ich in dieser Situation nicht einsetzen – er wäre schneller.

Elfie öffnet den Mund, will etwas sagen, doch dieser Abschaum unterdrückt jedes Wort. Mit brutaler Härte legt er ihr den Arm um den Hals, presst sie so fest an sich, als wolle er sie zerdrücken. Sie kämpft verzweifelt um Luft, ihre Hände krallen sich in seinen Arm, aber sie hat keine Chance, sich zu befreien.

Im nächsten Moment hält er ihr die Waffe an den Kopf, flüstert ihr etwas ins Ohr und brüllt dann zu mir: »Ich sage es nicht noch einmal. Verschwinde!« Seine Stimme ist voller Hass. Er ist zu allem entschlossen.

Elfie steht die Angst ins Gesicht geschrieben. Ihre Augen sind weit aufgerissen, ihre Lippen zittern. Sie wehrt sich nicht einmal mehr, ihr Blick ist leer, ihre Tränen mischen sich mit dem Schweiß auf ihrer Haut.

Mir bleibt keine Zeit. Es ist offensichtlich, dass er den Schussapparat einsetzen will. Doch bevor er dazu kommt, gerät er ins Wanken, denn der Boden beginnt zu beben. Gesteinsbrocken lösen sich von der Decke.

Kristian blickt panisch nach oben und flucht laut. In diesem Augenblick lockert er seinen Griff um Elfie. Als ein größerer Stein seinen Arm trifft, keucht er vor Schmerz auf und lässt die Waffe fallen.

Jetzt oder nie!

Ich stürze auf ihn zu, aber der Mistkerl hält Elfie immer noch fest, sodass wir alle gemeinsam zu Boden gehen, und weil Elfie zwischen uns eingeklemmt ist, komme ich nicht richtig an ihn heran.

Der Boden erzittert erneut, noch heftiger als zuvor. Es sind dieselben Erschütterungen wie damals, als ich hierherkam. Das Tor scheint sich tatsächlich heute schon zu öffnen.

Mit Mühe schaffe ich es, mich zusammen mit Elfie von Kristian herunterzurollen, dabei kann ich seine Waffe an mich nehmen.

Mein nächster Gedanke ist: Ich muss ihn töten!

Er erkennt die Gefahr und springt blitzschnell auf.

Ich ziele, aber Elfie drückt meinen Arm entschlossen nieder. Der Schuss löst sich und kracht wirkungslos in die Tunnelwand. Kristian nutzt den Moment und flieht.

»Was sollte das?«, knurre ich verständnislos.

Elfie, immer noch unter der Last meines Körpers liegend, stöhnt: »Nicht … meinetwegen.«

Ich richte mich auf, ziehe sie mit mir hoch. Ihr Verhalten verstehe ich nicht.

Sie sieht mir an, dass ich eine Erklärung erwarte. Mit zitternder Stimme und verweinten Augen flüstert sie: »Ich möchte nicht, dass meinetwegen jemand stirbt, nicht einmal Kristian.« Ihr Blick ist so voller Hilflosigkeit, dass es mir das Herz zerreißt.

Obwohl wir zusehen sollten, von hier zu verschwinden, gebe ich dem Bedürfnis nach, sie in die Arme zu schließen. Ich will sie trösten, will den Moment genießen, sie wieder bei mir zu haben – etwas, das ich fast schon nicht mehr zu hoffen gewagt hatte.

»Lauf nie wieder vor mir weg«, hauche ich sehnsüchtig in ihr Haar.

Mit einem leisen Seufzer schmiegt sie sich enger an mich, als wolle sie mir damit ein stilles Versprechen geben, dass nie wieder zu tun. Doch das Beben um uns herum reißt uns aus unserer Zweisamkeit. Es wird immer unerträglicher, selbst die Wände erzittern. Ich ergreife ihre Hand und ziehe sie mit mir. Die Richtung spielt keine Rolle, wir müssen hier nur schnellstens raus!

Merkwürdigerweise stoßen wir weder auf Kristian, noch auf die anderen. Ich hoffe, dass unsere Freunde es nach draußen geschafft haben. Die anderen beiden – Kristian und Adam – mögen hier unten verrotten. Das allerdings droht uns nun auch. Denn es wird rasch klar: Wir sitzen in der Falle!

Nirgends ist ein Ausstieg zu finden. Überall türmt sich Geröll und mit jeder neuen Erschütterung stürzen mehr Steine herab, versperren uns den Weg.

Ich versuche Elfie zu schützen, halte sie fest an meinen Körper gepresst, schirme sie ab, so gut ich kann.

Einige Male treffen mich die herabfallenden Brocken hart – an den Schultern, am Rücken –, doch der Schmerz ist nichts im Vergleich zu der Angst um ihr Leben.

Unsere Lampen werfen nur noch einen trüben Schein und tauchen die Szenerie in ein gespenstisches Licht.

Der aufgewirbelte Staub macht das Atmen schwer und kratzt in unseren Kehlen. Die Luft wird immer dicker, jeder Atemzug wird zur Qual und zwingt uns zu heftigem Husten. Dazu kommen die unheimlichen Töne – mal tief summend, mal schrill und schneidend.

Sie bohren sich unerbittlich in unsere Köpfe und treiben uns an den Rand der Verzweiflung.

Plötzlich sackt Elfie in sich zusammen. Ich rufe ihren Namen, doch sie reagiert nicht. Verzweifelt rüttele ich sie, versuche sie wachzuhalten, aber ihr Atem ist flach – viel zu flach.

Nun schwinden auch meine Sinne, mir wird schwarz vor Augen. Mein letzter Gedanke gilt ihr. Ich küsse sie und flüstere ihr zu, dass ich sie liebe.

Zumindest sind wir vereint – ein schwacher Trost, wo ich ihr so gern eine Zukunft geschenkt hätte.

Die Finsternis wird dichter und schließlich nimmt sie mich ganz in sich auf.

KAPITEL 10 - ♀

Ich erwache in völliger Dunkelheit.

Ein lähmendes Gefühl der Beklemmung erfasst mich – als wäre ich lebendig begraben. Ich rühre mich nicht, lausche in die Stille und sammle meine Gedanken.

Wo bin ich? Was ist geschehen?

Bin ich verletzt? Oder tot?

Nein, das kann nicht sein, dafür fühle ich zu viel.

Langsam kommen die Erinnerungen zurück: an Kristian, die anderen, und – o Gott – Marc. Wir waren zusammen. Dann das Beben und schließlich Finsternis.

Aber wo ist Marc?

Panik steigt in mir auf.

Ich will aufstehen, doch meine Beine gehorchen mir nicht, und auch meine Stimme versagt. Ein quälender Hustenreiz zwingt mich zu würgen. Die Luft ist schwer und riecht nach Staub. Dann setzt der Schmerz ein. Tausend feine Nadelstiche durchziehen meinen Körper, Schürf- und Platzwunden auf Gesicht und Armen brennen wie Feuer.

Erneut versuche ich mich aufzurichten, aber meine Knie geben nach. Womöglich bin ich schwerer verletzt, als ich dachte, und das Adrenalin vernebelt meinen Zustand.

Die Ärztin in mir versucht mich zu beruhigen: *Es kann nicht so schlimm sein und tot bist du auch nicht.*

»Marc?« Ich rufe seinen Namen leise, zu leise. Warum eigentlich? Vielleicht aus Angst, jemand anderes könnte mich hören – Kristian?

Noch einmal horche ich … nichts. Nur mein Herzschlag, der in meinen Ohren dröhnt.

Dann, endlich – ein Stöhnen und Fluchen.

»Marc! Bist du das?«, frage ich vorsichtig.

»Ja, ich bin hier!«

Erleichtert atme ich auf und taste mich behutsam zu ihm vor. »Gott sei Dank, du lebst«, wispere ich. »Bist du verletzt?«

»Mir geht es gut«, murmelt er mit kratziger Stimme.

»Es grenzt an ein Wunder, dass wir das überstanden haben«, hauche ich dankbar.

»Noch sind wir hier nicht raus.«

»Aber wir leben.« Ich seufze und will wissen: »Kannst du aufstehen?«

»Ja.«

»Dann lass uns einen Ausgang suchen.«

»Dafür brauchen wir Licht.«

»Die Taschenlampen können nicht weit entfernt liegen«, überlege ich laut und taste nach ihnen.

Marc wird schneller fündig. »Eine habe ich, und sie funktioniert noch. Aber die andere? Siehst du sie?«

Ich schüttele den Kopf.

Im Schein des Lichts offenbart sich das Chaos um uns herum – surreal und bedrohlich. Einmal mehr wird mir bewusst, wie viel Glück wir hatten: Glück, überlebt zu haben, und Glück, dass der Tunnel nicht vollständig mit Geröll blockiert ist.

Trotzdem bleibt der Weg eine einzige Tortur – mal müssen wir über Geröllberge klettern, mal uns durch schmale Spalten zwängen. Immer wieder heißt es, Steine beiseitezuräumen, um irgendwie hindurchzukommen. Allerdings schwinden meine Kräfte zusehends, also gönne ich mir eine Pause, während Marc wie ein Berserker weiterarbeitet.

»Ob es den anderen gut geht?«, überlege ich laut.

»Bestimmt«, entgegnet Marc, der gerade einen besonders schweren Brocken zur Seite wuchtet. Jetzt braucht auch er eine Auszeit. Erschöpft sinkt er neben mir nieder und wischt sich den Schweiß von der Stirn.

Er nutzt die Atempause, um etwas anzusprechen, das ihn beschäftigt. »Elfie, sag mir, warum bist du vor mir weggelaufen?«

Ich zögere und gebe dann zu: »Ehrlich gesagt, ergreife ich oft die Flucht, wenn ich unter Druck gerate. Einmal hat es mich sogar nach Afrika geführt.«

Er sieht mich erstaunt an. »Nach Afrika? Wegen eines Mannes?«

Zaghaft nicke ich.

»Du bist schon eine seltsame Frau.«

»Weniger seltsam als ein Römer in meiner Zeit.«

Er lacht – ein herzliches Lachen, das wie Balsam wirkt.

Auch ich muss grinsen. Doch dann werde ich ernst. »Wir sind schon viel zu lange hier gefangen. Glaubst du, wir kommen wieder raus?«

Er zieht mich in seine Arme. »Na sicher! Das verspreche ich dir.«

So verharren wir eine Weile, bis er sich bedauernd räuspert. »Tut mir leid, meine kleine Shian, aber wir müssen weiter.« Sanft zieht er mich auf die Beine.

Ein leises Wimmern entweicht mir, denn ich spüre jeden einzelnen Knochen in meinem Leib. Aber es bleibt mir keine Wahl, ich muss durchhalten, auch wenn der Weg zur Befreiung mir alles abverlangt.

Nach einer gefühlten Ewigkeit und im wahrsten Sinne des Wortes ohne Lichtblick wird Marc plötzlich hektisch und ruft: »Sieh dort! Es wird heller.«

Sofort bin ich bei ihm. Der Lichtschein, den er entdeckt hat, ist schwach und liegt einige Meter entfernt.

Ob es wirklich unsere Rettung ist? Was, wenn wir auf Kristian oder Adam treffen? Und was, wenn das da draußen nicht mehr meine Welt ist?

Das spielt jetzt keine Rolle. Wir müssen hier raus. Bleiben ist keine Option.

Marc arbeitet sich mit unglaublicher Energie durch das Geröll. Ich bewundere ihn. Er ist hoch motiviert.

Doch je näher wir dem Ziel kommen, desto mehr beschleicht mich ein ungutes Gefühl. Der Lichtschein wirkt nicht wie Tageslicht, sondern eher wie eine künstliche Lichtquelle. Und so ist es dann auch.

Zwischen den Steinen am Boden befindet sich eine Taschenlampe. Sie ist eingeschaltet und flackert. Das enttäuscht und ernüchtert mich gleichermaßen.

Wem gehört sie und warum liegt sie hier? Sie wäre für jeden, der hier gestrandet ist, von großem Nutzen. Wer also konnte oder musste darauf verzichten?

Ich schaue mich um, kann jedoch niemanden entdecken. Vielleicht Marc, er ist näher dran. »Siehst du jemanden?«

»Nein, aber da ist Blut.«

Blut? Meine Anspannung wächst. »Hoffentlich nicht von Eve oder Nechtan«, äußere ich mit Besorgnis in meiner Stimme.

»Das glaube ich nicht, es liegt hier auch keine Leiche, also konnte derjenige noch gehen.«

»Mag sein. Nur warum wurde die Lampe zurückgelassen? Das passiert nicht einfach so.« Das Ganze frustriert mich. Ich bin müde und ausgepowert. Zwar will ich endlich raus aus dieser Gruft, doch ich bin einfach zu erschöpft, um noch einen Finger zu rühren oder einen weiteren Schritt zu machen.

Resigniert setze ich mich auf einen Steinhaufen und stöhne: »Egal! Ich kann nicht mehr.«

Marc drängt: »Elfie, wir müssen weiter!«

»Dann geh alleine! Ich komme nach.«

Er atmet tief durch und setzt sich neben mich. »Du hast recht. Eine Pause wird uns beiden guttun.« Er legt seinen Arm um meine Schulter und zieht mich zu sich. Sofort lehne ich meinen Kopf an ihn.

Er nutzt die Zeit für weitere Fragen. »Wie kam es, dass du mit diesem Mann zusam…«

Ich unterbreche ihn genervt. »Marc, wirklich? Willst du ausgerechnet jetzt über Kristian reden?« Ich rolle mit den Augen. »Na gut. Ich bin ein fühlender Mensch, der sich wie jeder andere nach Liebe und Geborgenheit sehnt. Ich dachte, er könnte mir das geben.«

Marc reagiert verstimmt und betont: »Ich … kann dir das geben, aber du bist einfach …«

Wieder unterbreche ich ihn: »Du wolltest mich in deiner Welt haben und das hat mir Angst gemacht.« Ich halte kurz inne, dann füge ich hinzu: »Und überhaupt, wie hättest du meine Anwesenheit deinen Leuten erklären wollen? Du bist Soldat, darfst du denn heiraten?« Jetzt werde ich auch noch rot. Bei uns stört sich niemand an einem Zusammenleben ohne Trauschein. Selbst Ermin und Tasha haben nie geheiratet, wollen aber als Mann und Frau angesprochen werden. Ich bin da eher ein Freigeist.

Marc antwortet überraschend ruhig: »Nun, meine Familie hat viel Einfluss, vor allem meine Mutter. Sie möchte schon länger, dass ich nach Hause zurückkehre, meinen restlichen Militärdienst in Mogontiacum ableiste und danach eine Laufbahn als Beamter einschlage.«

»Und das willst du?«, frage ich neugierig.

»Nein. Viel lieber möchte ich mein eigenes Hofgut bewirtschaften ... mit dir an meiner Seite.«

Ich kann nicht abstreiten, mein Herz macht einen Hopser. Marc ist so klar in seinen Wünschen. Er weiß genau, was er will. Der Glückliche!

Und was ist mit mir? Wie denke ich jetzt darüber, nachdem wir notgedrungen eine Schicksalsgemeinschaft gebildet haben?

Es ist unbestreitbar, er kommt aus einer anderen Realität. Wenn ich mir nun vorstelle, mit ihm ein Leben zu teilen, fühlt sich das vielleicht gar nicht mehr so fremd an, wie ich es mir eingeredet habe. Mein Widerstand beginnt zu schwinden. Dieser Mann geht mir unter die Haut wie keiner zuvor.

Der Wunsch, ihn zu küssen, überkommt mich plötzlich mit überwältigender Intensität. Offenbar empfindet er dasselbe, denn er ergreift die Initiative. Sein Kuss ist zärtlich und zugleich voller Leidenschaft. Unter seinen Lippen werde ich schwach und seufze auf. Ich lasse mich von dem Gedanken mitreißen, ein Leben mit ihm zu führen – sogar in seiner Welt.

Denke ich das gerade wirklich? Verrückt! An dem Sprichwort, dass Liebe blind macht, muss etwas Wahres dran sein.

Nur widerstrebend lösen wir uns voneinander.

Marc mustert mich einen Moment lang. »Wir reden darüber, wenn wir aus der Anlage raus sind«, sagt er ruhig. »Jetzt komm, Elfie! Zusammen schaffen wir das. Der Ausgang kann nicht mehr weit sein.«

Hoffentlich hat er recht. Ich habe genug vom Eingesperrtsein, und die Batterie der Lampe wird nicht ewig halten. Jedenfalls hat mir die Rast und der Kuss die nötige Energie geliefert, um weiterzumachen.

Und tatsächlich lächelt uns alsbald Fortuna zu, denn wir gelangen in einen Trakt der Anlage, der von den Erschütterungen weniger stark heimgesucht worden ist. Hier müssen wir nicht mehr so viel Gestein wegräumen. Ich hoffe, das ist ein gutes Zeichen. Ich will es glauben.

Kurze Zeit später erreichen wir eine Tunnelgabelung. »Links oder rechts?«, frage ich.

»Entscheide du.«

»Dann rechts.« Oder vielleicht doch links?

Nein, ich vertraue meinem Bauchgefühl.

Nach etwa einer halben Stunde wissen wir, dass wir den richtigen Weg gewählt haben. Ein schwacher Lichtschein flutet den Tunnel und wird zunehmend stärker – diesmal ist es kein trügerischer Schein, sondern natürliches Tageslicht. Eine Welle der Erleichterung durchströmt uns.

»Siehst du, wir haben es geschafft.« Marc strahlt über das ganze Gesicht und schließt mich fest in seine Arme.

»Ja, haben wir«, sage ich, doch meine Freude ist gedämpft. Die Gedanken an das, was uns draußen erwarten könnte, überschatten die Erleichterung.

Vorsichtig nähern wir uns dem Ausstieg. Im Staub und Erdreich sind deutlich Schuhabdrücke zu erkennen – sie überlagern sich, mindestens ein Paar davon wirkt kleiner. Das gibt mir Hoffnung, denn sie könnten auf Eve und Nechtan hinweisen.

Marc klettert als Erster hinaus und hilft mir. Merkwürdigerweise befinden wir uns nicht an der Küste, sondern in einem kleinen Wald. Weder unsere Freunde noch unsere Feinde sind in Sicht.

»Wo sind wir?«, frage ich.

»Das weiß ich nicht, aber immerhin sind wir dieser Düsternis entkommen.« Marc atmet tief durch, dann betrachtet er mich von allen Seiten. »Du hast ein paar Schrammen und Prellungen, nichts Ernstes.«

In den letzten Stunden habe ich meine Schmerzen fast völlig ausgeblendet. Jetzt, wo er es anspricht, melden sie sich wieder. Autsch!

Marc sieht nicht viel besser aus. Seine Hose und sein Shirt haben Risse und Blut ist sichtbar. Ich will wissen, ob er verletzt ist.

»Was ist mit dir? Tut dir etwas weh?«

Er wiegelt ab. »Mir geht es gut. Ich bin Schlimmeres gewohnt.« Schließlich schlägt er vor: »Lass uns Richtung Norden gehen.«

Er nimmt meine Hand und will losmarschieren, als er bemerkt, dass ich zögere. »Was ist mit dir?« Dabei betont er noch einmal: »Mir geht es wirklich gut!«

Aber das ist nicht mein Problem. »Ich muss mal … dringend«, entgegne ich leise.

»Oh, natürlich.« Er blickt sich um und deutet auf ein paar Sträucher. »Dort sind Büsche. Beeil dich bitte.«

Gerade als ich mich erleichtere, fährt mir der Schreck in die Glieder. Ich höre Pferdehufe, und nicht nur von einem, sondern von mehreren Tieren. Noch bevor ich zu Marc zurückkehren kann, tauchen sie auf.

Was ich da zu sehen bekomme, ist kaum fassbar – mindestens zehn Männer in römischer Uniform, wie aus einem Film.

Römer!

Es ist bizarr, diese Schlussfolgerung überhaupt zu ziehen. Sie kennen Marc offenbar und reden mit ihm. Er fühlt sich sichtbar unbehaglich, sein Blick wandert immer wieder in meine Richtung. Verständlich.

Nur, was soll ich jetzt tun? Zu ihnen gehen? Aber dann hätte er mich doch gerufen. Es scheint, als wolle er meine Anwesenheit vor ihnen verbergen. Also bleibe ich in Deckung und lausche ihren Worten, auch wenn ich kaum etwas verstehe.

Marc wirkt zunehmend unruhig, was dem Anführer der Gruppe nicht entgeht. Wütend schreit dieser ihn an. Ein Pferd wird herbeigeführt, und man fordert Marc auf, mitzukommen. Er zögert.

Klar, er möchte mich nicht allein zurücklassen, will mich aber auch nicht preisgeben. Er rechnet wohl mit einer Gefahr für mich.

Ein Reiter drängt Marc nun, sich zu fügen. Widerwillig steigt er auf das Pferd, während ich ihm entsetzt hinterherblicke. Lässt er mich etwa im Stich?

Mein Herz hämmert voller Verzweiflung in meiner Brust und Schweiß tritt mir auf die Stirn. All die Ängste, die ich in Bezug auf ein Leben mit ihm in seiner Welt hegte, übermannen mich. Mir wird schwindelig.

Der Gedanke, dass er fort ist, setzt mir zu. Was soll ich jetzt bloß tun, so mutterseelenallein? Ich bin völlig verloren in dieser archaischen, unbekannten Welt.

Eine lange Zeit stehe ich einfach nur da und hoffe inständig auf Marcs Rückkehr. Die Minuten vergehen, doch er taucht nicht auf.

Vielleicht ist das alles nur ein Traum und ich werde bald aufwachen. Aber egal, wie oft ich mich auch zwicke, ich bin immer noch im Hier und Jetzt.

In mir tobt ein Wechselbad der Gefühle – zwischen Hoffen, Bangen und Zorn. Mal werde ich von Panik regiert, dann glaube ich, das Atmen verlernt zu haben, gleich darauf plane ich voller Mut meine nächsten Schritte, nur um im darauffolgenden Augenblick von Furcht wie gelähmt zu werden.

Konzentriere dich, ermahne ich mich, und wiederhole es einige Male. Schließlich siegt die Vernunft und die Überzeugung: Er liebt mich und wird zurückkehren.

Kurz dachte ich darüber nach, ihm zu folgen, habe den Gedanken jedoch rasch verworfen. Denn es ist schon seltsam, dass er mich seinen Kameraden nicht vorgestellt hat. Und ihre Haltung ihm gegenüber war alles andere als freundlich. Marc wollte mich sicher nur beschützen, aber nun bin ich auf mich allein gestellt – keine gute Lösung.

Sie sind mit ihm nach Süden geritten. Ich werde Marcs Plan folgen und nach Norden aufbrechen, in der Hoffnung, dass er bald zu mir stößt. Bis dahin versuche ich Eve und Nechtan aufzuspüren. Ich vertraue darauf, dass sie den Tunnel ebenfalls verlassen haben und hier gelandet sind.

Noch während ich meine Überlegungen anstelle, wird mir ein dringenderes Problem bewusst: Die Sonne geht bald unter. Ich brauche einen sicheren Ort zum Übernachten. Nur wo? Und wie soll ich mich verhalten, wenn ich auf Einheimische treffe? Sie um Hilfe bitten? Oder besser meiden?

Verflucht, hier gibt es keine Unterkunft, nur einige Bäume und Büsche. Offenbar werde ich die Nacht unter freiem Himmel verbringen müssen. Eine unangenehme Vorstellung. Und wieder packt mich die Angst. Leise verdrücke ich ein paar Tränen.

Meine Gedanken wandern zu Tasha. Sie hat das alles schon zweimal durchgemacht – und überlebt. Sollte mir das nicht Mut machen?

Ich versuche mich an ihre Worte zu erinnern, an die Details, von denen sie mir berichtet hat. Es könnte nützlich sein.

Sie erzählte mir, dass Nechtans Familie ihnen geholfen hat. Möglicherweise sind sie auch bereit, mir zu helfen? Aber wo leben sie? Und wie soll ich sie aufspüren?

Während all dieser Grübelei habe ich mich notgedrungen unter einem Baum niedergelassen, um bis zum Morgen auszuharren und vielleicht etwas Schlaf zu finden. Doch es fällt mir schwer, unter den gegebenen Umständen zur Ruhe zu kommen, trotz der Erschöpfung, die mich quält.

Es ist kühl, ich friere. Die Bäume tragen noch ihr Laub, aber es ist bereits leicht verfärbt. Es muss Spätsommer sein. Das verstehe ich nicht, es ist nicht einmal Juli.

Wieder erinnere ich mich an etwas, das Tasha sagte: Die Zeit zwischen den Welten vergehe anders, nicht logisch. Sie vermutete dahinter besondere kosmische Ereignisse und genetische Faktoren.

O Gott, wer weiß, um wie viel später wir hier gelandet sind. Vielleicht befinden wir uns nicht einmal mehr in Marcs Epoche.

Moment! Das mag für sie gestimmt haben, aber ich muss in Marcs Zeitlinie sein, schließlich haben die römischen Soldaten ihn gekannt.

Was für ein Durcheinander! Das ist alles viel zu kompliziert für mich und völlig nebensächlich! Der einzige Fakt, der zählt: Ich bin definitiv nicht mehr im 21. Jahrhundert. Punkt!

Während ich auf den Sandmann warte, zerbreche ich mir den Kopf, wie ich hier reingeraten konnte und wie es weitergehen soll. Ich lasse alles immer wieder Revue passieren und komme zu dem Schluss: Ich bin selbst schuld! Hätte ich Colin nicht gebeten, zur Küste zu fahren, wäre nichts von alledem geschehen. Ich würde längst zu Hause in meinem warmen Bett liegen und meine Sehnsucht nach Marc mit einer Flasche Rotwein betäuben.

Doch jetzt bin ich hier, mitten in dem, was Mara und Tasha bereits durchgemacht haben. Unglaublich, dass alles wahr ist – unfassbar für jemanden aus meiner aufgeklärten Welt. Noch erstaunlicher ist, dass Mara und Tasha all das unbeschadet überstanden haben und dabei ihre Liebe fanden.

Mein Kopf hört einfach nicht auf, zu resümieren, zu vergleichen und abzuwägen, selbst wenn ich zwischendurch in kurze Schlafabschnitte falle. Diese sind oberflächlich, jedes Geräusch lässt mich sofort aufschrecken. Ich bin ein richtiger Hasenfuß und fürchte mich vor dem Tagesanbruch.

Als die Morgensonne ihre Fühler austreckt, kann von einer erholsamen Nacht keine Rede sein. Meine Knochen sind steif und tun weh, und noch immer bin ich in meinem Stresskostüm gefangen. Ich kann mich nicht einmal unauffällig durch diese Welt bewegen, allein schon wegen meiner Kleidung falle ich auf wie ein bunter Hund.

Es hilft nichts, ich muss aufbrechen. Tief durchatmen und das Beste hoffen. Nicht alle werden mir Böses wollen.

Auf meinem Fußmarsch halte ich die Augen offen und bleibe vorsichtig. Ich bewege mich möglichst nah an Gebüschen und Bäumen entlang, jederzeit bereit, mich rasch zu verstecken. Dabei halte ich Ausschau nach Eve und den anderen und nach einer Möglichkeit, mich frisch zu machen. Die morgendliche Dusche und mein Kaffee fehlen mir. Doch auf diesen Muntermacher wird man in Europa noch über fünfzehn Jahrhunderte warten müssen, wie auf so vieles andere, das ich gerade schmerzlich vermisse. Ein fahrbares Vehikel zum Beispiel, denn zu Fuß komme ich kaum voran und es ist anstrengend.

Ich habe keine Ahnung, wo ich mich befinde, und noch weniger, wohin ich eigentlich gehe. Und jetzt meldet sich auch noch mein Magen. Aber ich werde abgelenkt, denn es wird plötzlich laut. Ich höre Stimmen, sehe jedoch niemanden. Unsicher, ob ich den Kontakt suchen oder lieber in Deckung gehen soll, verharre ich einen Moment.

Vielleicht wäre es sinnvoll, mich langsam heranzutasten und einen Blick zu riskieren. Immerhin besteht die Chance, auf bekannte Gesichter zu treffen.

Okay, ich werde es wagen. Einige Sträucher bieten mir den nötigen Schutz. Doch die Enttäuschung ist groß: Keiner aus meiner Zeit ist unter ihnen. Es handelt sich um eine Gruppe von Männern mit extrem langen Haaren und wilder Bartpracht – urig und furchteinflö-ßend. Vermutlich Pikten, wenn ich mich richtig an Tashas Beschreibung erinnere. Sie sind bewaffnet und tragen Hemden, die mit Ponchos kombiniert sind. Besonders der große Rothaarige ist zum Fürchten. Er schreit und gestikuliert wild.

Was zum Teufel passiert denn nun schon wieder?

Die Männer fahren erschrocken hoch.

Ich bin nicht der Grund für diese plötzliche Anspannung. Etwas anderes hat sie in Alarm versetzt.

Sie ziehen ihre Schwerter, machen sich kampfbereit und blicken nervös um sich.

Verdammt, das hat mir gerade noch gefehlt, sie könnten mich entdecken.

Doch was hat diesen Tumult ausgelöst?

Oh nein, jetzt geht es richtig rund.

Eine andere Horde Krieger stürmt heran, wild brüllend, und greift die erste Gruppe an. Da wird nicht lange gefackelt, nicht geredet – sie kämpfen sofort. Es geht mit brutaler Wucht zur Sache, unter lautem Geschrei. Ein blutiges, entsetzliches Schauspiel. Ich kann nicht wegsehen, obwohl sich mein Magen zusammenzieht.

Die ersten Toten liegen rasch am Boden, die Verwundeten folgen dicht dahinter, sobald sie nicht mehr stehen können.

Auch der rothaarige Riese wird getroffen, doch er gibt nicht auf. Mit einem einzigen Schlag – voller

Wucht und Wut – spaltet er seinem Kontrahenten den Kopf. Ich schreie vor Entsetzen auf. Der Anblick ist zu grausam. Das Blut spritzt in alle Richtungen, es ist ein barbarisches Spektakel, das genauso schnell endet, wie es begann.

Verdammt, sie haben mich gehört und blicken nun suchend in meine Richtung. Mein Herz rast vor Angst und mein Blut rauscht wie ein Sturm durch meine Adern, während es schmerzhaft in meinem Kopf hämmert.

Was werden sie mit mir machen, wenn sie mich in die Finger bekommen? Ich mag es mir nicht vorstellen.

Panisch ducke ich mich tiefer und halte mir die Hände vor den Mund, in der verzweifelten Hoffnung, dass keine weiteren Töne entweichen. Doch es ist zu spät, sie haben mich bereits entdeckt.

Ich will aufspringen und davonlaufen, aber meine Beine gehorchen mir nicht. Eine Flucht ist ohnehin aussichtslos. Ich bin verloren. Sie werden mich töten.

Wie kommt man in einem Moment wie diesem zu seinem Frieden? Zieht das Leben nicht wie ein einziger rasanter Film am inneren Auge vorbei?

Ich merke nichts davon. Stattdessen frage ich mich, ob ich den Hieb des Todes spüren werde, bevor mein Herz aufhört zu schlagen. Mein letzter Gedanke gilt Marc. Ich liebe ihn und werde ihm das nicht mehr sagen können.

Und dann sind sie bei mir. Sie zerren mich mit brutaler Gewalt aus meiner Deckung. Ich schicke ein Stoßgebet Richtung Himmel: *Lieber Gott, lass es schnell vorübergehen.*

Doch entgegen meiner schlimmsten Befürchtungen töten sie mich nicht.

Ein schrecklicher Verdacht drängt sich mir auf: Wollen sie mich etwa zuvor missbrauchen?

Eine grauenhafte Vorstellung!

Nein, das lasse ich nicht zu!

Mit allen Kräften, die mir noch geblieben sind, wehre ich mich und beschimpfe diese Dreckskerle mit einem Shitstorm aus lateinischen und italienischen Worten. Lieber sollen sie mich auf der Stelle töten, als mich zu vergewaltigen. Ich werde mich bis zum bitteren Ende widersetzen. Zum Glück nehme ich aufgrund des freigesetzten Adrenalins kaum Schmerzen wahr, was es mir leichter macht.

Auch meine Gegner ächzen und stöhnen unter meiner Gegenwehr. Zwar bin ich klein und habe nicht die körperliche Stärke dieser testosterongeladenen ausgestorbenen Freaks, doch bin ich nicht so hilflos, wie es auf den ersten Blick scheint. Diese Schweinehunde werden kein leichtes Spiel mit mir haben.

Erst als ich zu beißen beginne, lassen sie von mir ab – nicht, weil ich sie verletzt habe. Im Adrenalinrausch habe ich den Anführer überhört, der brüllend etwas seinen Männern zuruft. Sie lassen mich sofort los, bleiben aber dicht um mich herum stehen. Ich schaue mir die bärtigen und stinkenden Barbaren genauer an und sie beäugen mich ebenso neugierig.

»Wer bist du?«, will der rothaarige Leithammel wissen, der nun an mich herantritt.

Was soll ich ihm antworten? Die Wahrheit? Eine Lüge? Oder kann er mich einfach mal kreuzweise?

Natürlich bemerkt er meinen trotzigen Gesichtsausdruck und lacht höhnisch. »Glaubst du wirklich, du kommst gegen uns an?«

»Vermutlich nicht, aber ich werde es euch nicht leicht machen«, entgegne ich bockig.

Wieder grinst er verächtlich und startet einen neuerlichen Versuch. »Mutig, aber jetzt rede! Du bist keine von uns und siehst auch nicht wie eine Römerin aus. Du erinnerst mich an …« Doch er stoppt plötzlich.

Das weckt mein Interesse, ich hake nach: »An wen?«

Er ignoriert meine Frage und will stattdessen wissen: »Was machst du hier? Warum bist du allein unterwegs? Wo willst du hin?«

Ich will nicht antworten. Stur und stumm sehe ich ihn an, bis zwei seiner Mitstreiter grob meine Arme packen und einer mir an den Haaren zieht.

Was soll ich tun? Eigentlich kann es nicht schaden, ihnen mein Ziel zu nennen. Zornig fauche ich: »Ich suche Nechtan und seine Familie.«

Überrascht mustert er mich. »Nechtan? Du kennst ihn? Woher? Was willst du von ihm?«

Da ich ihm nicht schnell genug antworte, ziehen seine Handlanger erneut an meinen Haaren und schubsen mich.

Es reicht! Ich habe genug!

»Lasst mich verdammt noch mal in Ruhe!«, brülle ich sie wutschnaubend an.

Unvermittelt nickt der Rothaarige den beiden Grobianen zu, daraufhin lassen sie mich endlich los. Na gut, das ist ein Anfang. Dann werde ich ihnen ein bisschen was erzählen.

»Ich war mit Nechtan und einigen anderen in einem Tunnel. Dieser stürzte plötzlich ein und wir wurden getrennt. Ich hoffe, sie kamen raus. Nun suche ich sie.«

Ich weiß nicht, ob ihm meine Antwort nicht gefällt, aber er blickt mich sehr eindringlich an und fragt: »Wer? Wer kam noch zurück?«

Komische Frage, doch bevor ich ihm eine Antwort geben kann, wird es chaotisch – und gefährlich.

Ein vermeintlich getöteter Gegner hat sich unbemerkt aufgerappelt und schleicht sich mit einer Waffe von hinten an den Rothaarigen an. Der dreht sich im letzten Moment um, als seine Männer ihn warnen, und weicht dem ersten Schlag aus. Der zweite Hieb trifft ihn jedoch hart am Oberschenkel.

Die Attacke bringt dem Angreifer nichts, denn die anderen stürzen sich sofort auf ihn und töten ihn in Sekundenbruchteilen. In der Zwischenzeit taumelt der Rothaarige, Blut fließt.

Eigentlich sollte mich sein Sterben in dieser verfluchten Welt nicht kümmern, zumal ich davon ausgehe, dass sie mich bald ebenfalls töten werden. Doch mein Gewissen und mein ärztlicher Eid rühren sich. Und wer weiß, wenn ich ihm helfe oder es zumindest versuche, wird man mir vielleicht dankbar sein und mich verschonen.

Seufzend fordere ich daher den Schwerverletzten auf: »Lass mich mal sehen.« Aber er stößt mich beiseite, was mich wütend macht. »Verfluchter Idiot! Ich kenne mich aus und will nur helfen.«

Er bleibt skeptisch, also füge ich erklärend hinzu: »Du verlierst zu viel Blut. Dir wird bald schwindelig werden und dann wirst du sterben. Aber falls es dir ein Trost ist, es wird schnell gehen.« Ich spreche in einem ungerührten sarkastischen Ton.

Endlich signalisiert er seine Einwilligung.

Energisch fordere ich: »Leg dich hin. Sofort!«

»Warum?« Er bleibt misstrauisch.

Ich will nur verhindern, dass er sich noch mehr verletzt, falls er aufgrund der Hämorrhagie ohnmächtig wird und umfällt. Ich antworte: »Nur zur Vorsicht, falls du taumelst und stürzt.«

Er tut, was ich sage.

Jetzt wende ich mich an seine Männer: »Ich brauche Tücher und eure Mäntel.« Sie schauen zu ihrem Anführer, der mit einem stummen Blick zustimmt.

Mein Patient sieht mich nun mit bohrendem Blick an und fragt schließlich: »Wie ist dein Name?«

»Ähm, Elfie … Elfie Meiser, und wie ist deiner?«

»Cal… Calgacus.« Er stöhnt vor Schmerz auf, als ich seine Wunde inspiziere.

Die Verletzung scheint tief zu sein. Der Blutverlust birgt das Risiko eines Schocks. Seine Organe würden dann nicht mehr ausreichend mit Sauerstoff versorgt, der Kreislauf und der Stoffwechsel könnten versagen. Normalerweise würde ich ihm einen Druckverband anlegen und ihn schnellstens ins Krankenhaus bringen, aber das ist hier nicht möglich.

Einer seiner Mitstreiter, ein junger Mann, reißt sich ein Stück Stoff aus seiner Kleidung und sieht mich abwartend an. Na ja, nicht gerade steril, aber ich muss das Beste daraus machen.

»Drück es auf die Wunde, so fest du kannst«, weise ich ihn an.

Währenddessen habe ich Calgacus einige Mäntel unter sein verletztes Bein geschoben, um es höher zu lagern, in der Hoffnung, die Blutung damit verlangsamen zu können.

Einen weiteren seiner Kameraden fordere ich auf: »Ich brauche Feuer und ein breites Eisen.« Doch der

Kerl rührt sich nicht, blickt mich nur grimmig an, was mich zornig macht. »Bist du taub? Los jetzt!«

Missmutig sucht er den Blickkontakt zu Calgacus. Erst als dieser ihm zunickt, setzt er sich in Bewegung.

Was für ein Riesenrindviech!

»Was hast du vor?«, will mein Patient nun wissen.

»Ich werde die Wunde ausbrennen. Ah, da fällt mir ein: Ich brauche Wasser und Alkohol.«

»Alkohol? Was ist das?«

»Bier, Wein …«, zähle ich ungeduldig auf.

Inzwischen ist der grimmige Typ zurück, mit einem breiten Dolch und einem Behälter voll glühender Kohle. Wo er die so schnell hergezaubert hat, ist mir ein Rätsel, aber es soll mir recht sein.

»Leg ihn ins Feuer, und verdammt, wo bleibt das Wasser und das Bier?«, schimpfe ich.

»Ich habe noch nie ein Weib wie dich gesehen und gehört«, bemerkt Calgacus erstaunt.

»Es gibt für alles ein erstes Mal«, erwidere ich trocken.

Endlich kommt auch der Rest. Ich weise die beiden Helfer an, den Verletzten an Armen und Beinen festzuhalten. Er darf bei der folgenden Prozedur nicht zappeln. Zuerst reinige ich aber grob die Wunde mit Wasser.

Calgacus verzieht keine Miene, wirkt eher amüsiert. »Für was für einen Feigling hältst du mich eigentlich?«, tönt er grienend, als ich mit der Behandlung beginne.

Ich kommentiere es nicht, denn er unterschätzt, was noch kommt, und überschätzt seine eigene Kraft.

Da ich bisher nur das Wasser benutzt habe, fragt er: »Was hast du denn mit dem Bier vor?«

»Ist für mich«, gebe ich ehrlich zu und nehme einen Schluck. Dabei verziehe ich angewidert den Mund.

Das Gebräu schmeckt grässlich und trotzdem genehmige ich mir gleich darauf einen zweiten Schluck. Irgendwie muss ich mich beruhigen, so dies in einer solchen Situation und Umgebung überhaupt möglich ist. Ich brauche Mut, denn wenn er stirbt, wird der grimmige Kerl mich bestimmt nicht am Leben lassen.

Calgacus lacht über meine Antwort und meinen Ekel, und genau in diesem Augenblick greife ich zum Dolch und presse die glühende Klinge auf seine Wunde. Ein lauter Schrei entweicht ihm und sein Körper verkrampft.

»Haltet ihn fest! Drückt ihn nieder!«, brülle ich meinen Helfern zu.

Sekunden später ist er still. Er ist ohnmächtig geworden. Der junge Mann will wissen, wie es weitergeht.

»Da hilft nur beten«, antworte ich spontan in meiner Sprache.

Als ich seinen verwirrten Gesichtsausdruck bemerke, erkläre ich es ihm verständlicher und genauer: »Er muss zu einem Arzt … äh, Heiler. Er braucht einen Verband, vielleicht mit Kamillenblättern, Eisenkraut … oder was auch immer bei euch verwendet wird.« In der Medizin der Antike bin ich nicht bewandert. Penicillin und Antibiotika gibt es noch nicht, sterile Tücher habe ich auch nicht zur Hand. Seine Überlebenschancen sind also nicht gerade hoch.

»Wir bleiben hier«, brummt der Grizzly und schaut mich missmutig an.

Nun gut, ihre Entscheidung. Aber warum bringen sie ihn nicht wenigstens an einen trockenen, warmen

Ort? Das wäre für ihn allemal günstiger, als unter freiem Himmel zu liegen. Doch statt sich darum zu kümmern, haben seine Kumpels lediglich ein Lagerfeuer entfacht und das Kampfareal gesäubert. Einige sind dann aufgebrochen, nur zwei sind geblieben.

»Bringt ihn wenigstens in eine Hütte«, rate ich eindringlich.

Der Jüngere entgegnet knapp: »Morgen.«

Nun gut, die Nacht ist mittlerweile hereingebrochen, wahrscheinlich ist der Transport deshalb nicht mehr möglich. Aber das ist nicht mein Problem. Ich muss an mich denken und die nächstbeste Gelegenheit zur Flucht nutzen.

Bevor ich jedoch verschwinden kann, will ich versuchen, dem Jungen ein paar Informationen zu entlocken. Die Gelegenheit ist günstig, da der andere Kerl weggegangen ist, um Feuerholz zu holen. Vor ihm fürchte ich mich, denn er schaut mich immer so an, als sei ich ein besonders widerwärtiges Scheusal, das besser tot als lebendig wäre. Mich gruselt es, wenn er mich so ansieht.

Jetzt, wo ich mit dem Jüngeren allein bin, frage ich nach seinem Namen. Es dauert einen Moment, bis er ihn mir nennt.

»Aidan.«

Er hat zwar nur einsilbig geantwortet, aber immerhin, er redet mit mir.

»Und wie heißt dein Freund?«

»Ailig.«

Ah, ähnliche Namen, sie sind vermutlich miteinander verwandt.

Ich werde mutiger: »Sag mal, Aidan, wo lebt eigentlich Nechtans Familie?«

»Am Loch Cannor«, gibt er unumwunden preis.

»Und wo genau ist das?«

»Es liegt einen guten Tagesmarsch von hier entfernt, Richtung Westen.«

Du meine Güte. Das habe ich mir einfacher und vor allem näher vorgestellt. Klar, mit einem Auto wäre ich in einer Stunde dort. Aber zu Fuß, ohne Navi – das dauert ewig. Und mit meinem Orientierungssinn werde ich mit Sicherheit auch noch daran vorbeilaufen.

Ein Ortskundiger wäre nützlich. Ob Aidan mir helfen wird? Soll ich es wagen, ihn zu fragen? Vielleicht ist es klüger, nicht sofort damit herauszuplatzen, sondern den richtigen Moment abzuwarten. Nur wann der sein soll, bleibt mir ein Rätsel. Aidan ist fast nie allein.

Während unserer kurzen Unterhaltung vermeidet Aidan es, mich anzusehen, und stochert nun nachdenklich im Feuer herum. Irgendetwas beschäftigt ihn und das weckt meine Neugier.

Zuerst will ich jedoch wissen, warum die beiden Gruppen sich vorhin gegenseitig die Köpfe eingeschlagen haben, anstatt gegen die Römer zu kämpfen.

Vorsichtig, aber freundlich hake ich nach: »Aidan, warum haben euch die anderen eigentlich angegriffen?«

Er hebt den Blick und starrt mich an, als würde er mich zum ersten Mal sehen. Dabei mustert er mich von Kopf bis Fuß – intensiv und unverblümt, was mir mit jeder Sekunde unangenehmer wird.

Schließlich spricht er, doch sein Ton hat sich verändert, er klingt misstrauisch und feindselig. »Was willst du von mir? Was suchst du hier? Was sollen diese Fragen? Bist du ein Hexenwesen?«

Hexe? Auch das noch. Genervt stöhne ich auf. Das kommt bestimmt von diesem Ailig. Aber selbst wenn, der Junge muss nicht gleich so frech zu mir werden.

»Beruhig dich mal. Ich bin genauso wenig eine Hexe, wie du ein Vogel bist«, entgegne ich mürrisch.

Seine Augen weiten sich übertrieben vor Schreck, als hätte ich ihn gerade verflucht.

Was habe ich nun schon wieder falsch gemacht?

»Du … du willst mich verhexen?«, keucht er ängstlich.

Ich rolle mit den Augen. »So ein Unsinn!«

Er nähert sich mir langsam und bedrohlich. Was hat er vor? Will er mich etwa schlagen?

In diesem Augenblick taucht Ailig auf und bemerkt die Spannung zwischen uns.

Ich frage mich, wie es dazu kommen konnte. Ich dachte, Aidan sei nett, aufgeschlossen und zugänglich. Tja, da habe ich mich wohl gründlich geirrt. Und super, das war es dann wohl auch mit einem potenziellen Führer zum *Loch* … wie hieß es gleich nochmal? Ach ja, *Loch Cannor*.

»Was ist hier los?«, brummt Ailig gefährlich.

Der Kerl ist groß, beinahe so riesig wie Calgacus, aber mit dunkelblondem Haar, das ihm bis weit über den Rücken fällt, dazu ein langer, sorgfältig geflochtener Bart.

Auch die anderen haben lange Haare und Bärte, nur dem Jungen fehlen diese markanten Merkmale, vermutlich wegen seines Alters.

Das Bild, das Ailig abgibt, wirkt durch das Blut seiner Opfer, das noch immer an ihm klebt, umso beunruhigender. Er macht mir Angst. Mit seiner massiven Gestalt und den finsteren Augen gleicht er einem

Grizzlybären auf zwei Beinen. Das tiefe, kehlige Grummeln, das er immer wieder von sich gibt, verstärkt den Eindruck von roher Gewalt und unberechenbarer Gefahr.

Aidan reißt mich aus meinen Gedanken. »Sie ist bestimmt eine Hexe«, zischt er feindselig und zieht einen Dolch.

War es das jetzt? Will er mich umbringen?

Ailig sieht mich diesmal mit einem undefinierbaren Ausdruck an. Dann brummt er erneut und schlägt zu meinem Erstaunen dem Jungen hart gegen den Kopf.

Aidan taumelt, reibt sich den schmerzenden Schädel und murrt irritiert: »Was soll das, Ailig?«

Ailig antwortet ruhig, fast gleichgültig: »Sie hat sich um Calgacus gekümmert. Vielleicht brauchen wir sie noch.«

Ah, daher weht der Wind. Solange ich von Nutzen bin, tun sie mir nichts.

Na toll! Wie lange wird es wohl dauern, bis ich meine Henkersmahlzeit bekomme?

Und warum denke ich gerade jetzt ans Essen?

Weil du schon seit mehr als einem Tag nichts zwischen die Zähne bekommen hast, meldet sich meine innere Stimme trocken.

Verflucht, wichtiger als Essen ist es, einen Weg zur Flucht zu finden.

Marc kommt mir in den Sinn.

Was er wohl in diesem Moment macht?

Denkt er an mich?

Ist er bereits auf der Suche nach mir?

Hoffentlich! Ich brauche ihn – hier!

Wie konnte ich nur glauben, ich könnte mich mit den Gegebenheiten dieser Zeit arrangieren?

Total naiv!

Unsere Denkweisen sind zu verschieden, unsere Welten zu weit voneinander entfernt.

KAPITEL 11 - ♂

Ich muss zu ihr zurück. Allein wird Elfie da draußen nicht lange überleben. Wut auf mich selbst steigt in mir auf. Sie hat diese Reise in meine Zeit nicht freiwillig angetreten, und dennoch war ich insgeheim froh über diese Wendung. Ich dachte, ihr jetzt beweisen zu können, dass auch meine Welt lebenswert ist, dass sie ihre Vorzüge hat. Doch zu unserem Unglück geriet ich in die Hände eines unserer Aufklärungstrupps.

Ich kenne jeden aus der Truppe, besonders den Anführer, Centurio Lucius Gellius Nepos. Aber er begegnete mir mit Misstrauen. Er sprach von Casto, seinem Freund, und davon, dass dessen Leiche im Tunnel gefunden worden war, während man mich nicht fand – und auch niemanden sonst. Das sei nun schon Wochen her, was mein plötzliches Auftauchen, und dazu noch lebendig, umso verdächtiger erscheinen lässt.

Nepos weiß von Castos Verdacht, der mich für einen Verräter hielt und mich bei Severus angeschwärzt hatte. Der Präfekt aber glaubte ihm nicht, er ist mir wohlgesonnen, und auch das ist Nepos bekannt.

Ich wollte ihm eine Erklärung für mein Verschwinden geben, doch Nepos hörte nicht hin. Dafür, sagte er, sei später noch Zeit. Er müsse zurück ins Lager und befahl mir, mitzukommen.

Und verdammt, ich gehorchte. Denn wäre Elfie zu diesem Zeitpunkt in ihre Fänge geraten, hätte ich sie nicht schützen können. Meine eigenen Leute trauen mir nicht, hören nicht auf mich – zumindest im Moment.

Ich weiß, wozu sie fähig sind, wenn sie die Anwesenheit einer Frau bemerkt hätten. Deshalb habe ich schweren Herzens entschieden, sie zurückzulassen.

Hoffentlich bereue ich es nicht.

Wir haben das Castrum nicht mehr erreicht und müssen für die Nacht ein Lager aufschlagen. Kurz kam mir der Gedanke, mich in der Dunkelheit abzusetzen. Doch eine solche Aktion wäre Nepos zweifellos fragwürdig erschienen und kaum zu erklären gewesen. Sie hätte sowohl meine als auch Elfies Zukunft gefährdet.

Nein, ich muss zu Severus und ihm eine glaubhafte Geschichte über meine Abwesenheit präsentieren. Nur wenn er mir diese abnimmt und mir vertraut, kann ich frei handeln, Elfie suchen und in Sicherheit bringen.

Wie es ihr wohl geht?

Meine Hoffnung ruht auf Nechtan und Eve, dass Elfie auf die beiden getroffen ist. Da ich das aber nicht mit Sicherheit weiß, bleibt meine Sorge unvermindert.

»Woran denkst du gerade?«, unterbricht Nepos meine Grübelei, während das ruhige Lagerfeuer vor uns knistert.

Seine Stimme klingt nun eher von Neugier getrieben als von Misstrauen. Offenbar will er doch nicht warten, bis wir beim Präfekten sind.

»Nichts Wichtiges«, erwidere ich ausweichend.

»Das glaube ich dir nicht«, sagt er und mustert mich eindringlich. »Warst du in Gefangenschaft?«

Ich bleibe einen Moment still und denke darüber nach, was ich antworten soll. Da fällt mir etwas ein, das mir Nepos selbst einmal erzählt hat und das ich jetzt verwenden kann. Ich atme tief ein und sage: »Ich erinnere mich nur an wenig … Ich war in der Höhle und wurde von Casto getrennt, dann stürzte alles ein. Etwas traf mich am Kopf. Irgendwann erwachte ich und schaffte es raus. Doch ich wusste lange nicht, wo ich war … und wer ich war.«

Seine Miene hellt sich auf. Ich habe wohl das Richtige gesagt. »Das kenne ich. Meinem Bruder Appius ist Ähnliches in Germanien widerfahren, als er im Kampf einige harte Schläge gegen den Schädel abbekommen hat. Er hat zwar überlebt, ist aber seither wirr im Kopf.«

Genau diese Schilderung fiel mir wieder ein. Bei einem Gelage hatte Nepos mir volltrunken davon berichtet – unabsichtlich, der Wein hatte seine Zunge gelockert. Deshalb habe ich es nun aufgegriffen. Es ist nicht unklug, jemanden zu kennen, dem so etwas nicht fremd ist. Und er scheint mir meine Erklärung abzunehmen. Gut so! Vielleicht klappt es auch bei den anderen – vor allem bei Severus.

Obwohl Nepos meine Geschichte zu akzeptieren scheint, wirkt er mit einem Mal nachdenklich. Schließlich fragt er: »Aber wo warst du all die Wochen? Und was soll das mit diesen seltsamen Gewändern?«

Ich spüre seinen Blick auf mir, während ich nach einer passenden Antwort suche. »An die ersten Tage, Wochen habe ich kaum Erinnerungen. Ich irrte umher, schlug mich durch, traute niemandem …« Ich halte inne, um meine nächsten Worte mit Bedacht zu wählen. Bevor ich dazu komme, bricht Unruhe im Lager aus. Die Pferde scheuen. Ein Wildtier?

»Was ist los?«, fragt Nepos, seine Hand geht reflexartig an sein Schwert.

»Da ist jemand!«, ruft einer der Legionäre.

»Gib mir eine Waffe, ich kann helfen«, biete ich an, aber Nepos schüttelt den Kopf.

Ich bin mir sicher, er hat meinen Worten geglaubt, doch vielleicht vermutet er bei mir die gleiche Verwirrtheit wie bei seinem Bruder und will kein Risiko eingehen.

Die Männer kommen auch ohne mich zurecht. Schnell zeigt sich, dass es nur ein einzelner Angreifer ist, der problemlos gefangengenommen wird.

Als sie ihn heranbringen, staune ich nicht schlecht.

Es ist Kristian.

Der Mann, der Elfie nachstellte und mehrmals versucht hat, uns umzubringen.

Er erkennt mich. Überraschung spiegelt sich in seinem Gesicht wider und lässt ihn kurz verstummen. Dann bricht es aus ihm heraus: »Du? Was zum Teufel … Bist du dafür verantwortlich? … Verdammt! Lasst mich los, ihr Bastarde …«

Seine wüsten Beschimpfungen hallen durch die Nacht. Vergeblich stemmt er sich gegen die Männer. Es sind armselige Versuche, sich aus seiner Lage zu befreien.

Ich verstehe nicht alle seine Worte, aber dafür braucht es keinen Übersetzer. Nichts davon beeindruckt mich oder die anderen. Eine Antwort erspare ich mir.

Viel interessanter ist Nepos' Reaktion. Sein Misstrauen mir gegenüber ist wieder geweckt. »Du kennst diesen Fremden?«

»Nicht wirklich«, entgegne ich ernst.

Während Kristian brüllt, will Nepos weitere Fragen an mich richten, aber das Geschrei stört ihn. Unmerklich befiehlt er seinen Männern, sich darum zu kümmern. Sofort prügeln sie auf den Gefangenen ein. Ich kann nicht verhehlen, dass mir das gefällt.

Nepos bemerkt meinen zufriedenen Gesichtsausdruck. »Freunde seid ihr nicht«, stellt er nüchtern fest.

»Bei Jupiter, nein! Er wollte mich töten«, erwidere ich spontan.

Sofort wirkt er wieder zugänglicher, doch sein Augenmerk gilt nun meiner Kleidung.

»Du trägst dieselben Stoffe wie er. Wie kommt das?«

Ich senke den Blick, mir muss schnell etwas einfallen. »Meine Tunika war zerschlissen. Ich … fand einen Toten und nahm ihm die Gewänder ab.«

Nepos' Gesicht entspannt sich. »Ah, ich verstehe. Der Kerl denkt, du hättest seinen Kameraden getötet und bestohlen.«

Das ist eine plausible Erklärung. Die mache ich mir zu eigen und nutze sie zu meinem Vorteil. Kristian versteht uns sowieso nicht, er ist unserer Sprache nicht mächtig, also droht keine Gefahr von ihm.

»Was sollen wir mit ihm machen?«, fragt nun Aulus, einer von Kristians Bewachern.

Nepos sieht mich an. Ich zucke mit den Schultern. Mir ist er gleichgültig. Der Kerl hat nur Ärger gemacht und meine Shian in Gefahr gebracht.

»Wir nehmen ihn mit nach Inchtuthil. Er ist anders als die Einheimischen, die ich kenne. Vermutlich gehört er zu einem uns noch unbekannten Stamm. Severus sollte davon erfahren«, weist Nepos Aulus an und ergänzt genervt: »Bei den Göttern, was brüllt er da ständig?«

Trotz massiver Gewalt gibt Kristian nicht auf. Er schreit nach mir, ohne meinen Namen zu kennen – und auch nach Elfie. Er scheint zu glauben, dass sie hier ist.

Aulus entgegnet: »Ich glaube, er ruft nach einer Frau.«

Nepos lacht. »Wahrscheinlich nach seiner Mama.« Die Männer johlen laut. »Knebelt ihn, sonst bekommen wir heute keinen Schlaf mehr.«

Im Gegensatz zu Kristian bin ich mir seiner Lage bewusst, in der er steckt. Er nimmt nur die unmittelbare Bedrohung wahr, ohne zu begreifen, dass er in einer anderen Zeit ist und in viel größerer Gefahr schwebt. Mitleid empfinde ich nicht. Meine Gedanken gelten vorrangig Elfie, und meine Sorge wächst.

Ihr Götter, steht ihr bei!

Es dauert, bis ich endlich in den Schlaf finde. In meinem Traum suche ich nach meiner Shian und finde sie. Leidenschaftlich lieben wir uns. Ihre körperliche Präsenz ist so real, dass ich sie regelrecht spüren kann. Ich spreche mit ihr, gestehe ihr meine Liebe, bitte sie um Verzeihung und Geduld – wieder und wieder. Doch der Traum verändert sich. Unruhe kommt auf. Ich sehe Elfie stumm schreien, umgeben von roten Riesen, Blut fließt. Schweißgebadet erwache ich und brauche einen Moment, um zu realisieren, wo ich bin.

Die Männer sind bereits aufgestanden.

Nepos sieht mich grübelnd an. »Suchen dich deine Manen heim?« Da ich nicht antworte, ergänzt er:

»Wenn wir zurück sind, solltest du die Ahnen deiner getöteten Feinde mit einem Opfer milde stimmen, bevor Lemures aus ihnen werden. Eine Ziege dürfte reichen.«

Es sind jedoch keine rachsüchtigen Geister, die mich heimsuchen. Es geht um das Heil meiner Liebsten. Aber er hat recht, ein Opfer den Göttern darzubringen, kann nicht schaden.

Aulus taucht auf. »Centurio, wir sind bereit zum Aufbruch.«

Es wird ernst. Das Ziel ist nah und mit ihm das Aufeinandertreffen mit Severus. Doch erneut wandern meine Gedanken zu Elfie. Geht es ihr gut? Wie hat sie die letzte Nacht verbracht? Hoffentlich ist sie in Sicherheit! In diesem Augenblick werde ich von Kristian unterbrochen. Er schreit mal wieder nach mir.

Einer seiner Bewacher hat ihm den Knebel entfernt, damit er etwas trinken kann. Sofort nutzt er die Gelegenheit, um meine Aufmerksamkeit zu erregen. Er will wissen, was hier vor sich geht, und er will meine Hilfe. Ausgerechnet er!

Ich gehe nicht darauf ein. Meine Kameraden sollen nicht merken, dass ich ihn verstehe und weiß, wer er ist. Dank Ermin habe ich inzwischen einiges von seiner Sprache gelernt, er war ein guter Lehrer.

Da ich nicht reagiere, wird Kristian lauter und aggressiver. Sein Gesicht glüht vor Zorn.

Nepos bleibt das nicht verborgen und grinst breit. »Er scheint dich ja richtig zu mögen.«

Währenddessen zerrt Kristian wild an seinen Fesseln, windet sich wie ein verwundetes Tier und krakeelt: »Verdammt noch mal, was redet ihr da? Ist das Latein? Was habt ihr mit mir vor?«

Ich bleibe stumm. Erst kurz vor unserem Aufbruch, als die anderen abgelenkt sind, wende ich mich ihm zu. »Halt endlich den Mund ... sonst stirbst du auf der Stelle.«

Natürlich hört er nicht auf mich und brüllt weiter. »Warum seid ihr verkleidet? Ist das irgendein verrücktes Ritual? Eine Bruderschaft oder so?«

»Ritual? Nein! Du bist in meiner Welt«, flüstere ich.

»In deiner Welt? Was heißt das?«

»So wie ich es gesagt habe«, entgegne ich gereizt.

»Wo ist Elfie? Ich will ...«

Ich höre ihm nicht mehr zu und drehe mich weg, denn mittlerweile ist Aulus aufgetaucht, um Kristian mitzunehmen, der sich jedoch vehement dagegen wehrt.

Aulus ist genervt. »Wenn es nach mir ginge, würde ich ihn ans Pferd binden und den ganzen Weg hinter uns herschleifen, aber ...«, er seufzt frustriert, »... dann kämen wir frühestens am Abend an.«

Kristian hat keine Wahl, das versteht er endlich, und verstummt. Vorerst scheint er aufgegeben zu haben und leistet keinen nennenswerten Widerstand mehr, beobachtet uns dennoch sehr genau.

Auf unserem Weg nach Süden rasten wir nur selten. Kurz vor Ankunft im Lager ordnet Nepos jedoch eine größere Pause an, um sich mit einem Informanten zu treffen. Das Gespräch dauert ungewohnt lange.

Als wir weiterreiten, werfe ich ihm einen Blick zu. »Gibt es Neuigkeiten?«

Nepos antwortet bereitwillig. »Ein Gerücht«, sagt er. »Ein verschollener Clanführer soll wieder aufgetaucht sein.«

Das lässt mich aufhorchen. »Wer ist es?«

»Der Spitzel wusste es nicht … noch nicht.«

Ich runzele die Stirn. »Euer Gespräch zog sich hin. Alles in Ordnung?«

Mit einer flüchtigen Handbewegung wehrt er ab. »Ja, nicht wichtig. Ich hatte noch etwas Privates mit dem Mann zu besprechen«, sagt er, ohne ins Detail zu gehen.

Ich glaube ihm – an Nepos' Verhalten hat sich nichts geändert. Er zeigt seinen Argwohn sonst schnell und deutlich.

Wir werden unterbrochen. Kristian brüllt wieder und versucht meine Aufmerksamkeit zu erlangen.

Nepos mustert mich aufmerksam. »Kann es sein, dass der Gefangene dich doch näher kennt? Er schreit auch ständig den Namen einer Frau, oder etwa nicht?«

Ich bleibe vorsichtig und gebe nur preis, was ich verantworten kann. »Ich weiß nicht … ja, da war eine Frau. Sie hat meine Wunden versorgt und mir Nahrung gebracht.«

»Hast du sie geschändet … getötet?«, will er wissen.

»Nein, ich tat ihr nichts.«

»War sie seine Frau oder Schwester?«

»Keine Ahnung, möglich«, weiche ich aus.

Nepos hakt nach: »Wo ist sie?«

»Das weiß ich nicht. Sie verschwand kurz bevor ihr mich fandet.«

Er gibt nicht auf und bohrt weiter: »Warum hast du nichts gesagt?«

»Warum sollte ich? Sie war weg.«

Nepos überlegt eine Weile und meint ernst: »Ich verstehe jetzt seine Wut. Vor allem auf dich.«

Und ich wiederum ahne, was Nepos denkt: Nach seiner Vorstellung habe ich einen Freund Kristians getötet und dessen Frau geschändet, vielleicht sogar umgebracht. Ich lasse ihn bei dieser Annahme. Diese Geschichte könnte mir helfen, mich glaubwürdiger erscheinen zu lassen.

Am späten Mittag erreichen wir endlich Inchtuthil.

Severus wurde bereits informiert und wartet vor dem Praetorium, seinem villenartigen Quartier. Deutlich ist ihm seine Überraschung anzumerken.

»Aurelius, du! Ich wollte es nicht glauben. Mit dir haben wir nicht mehr gerechnet. Wir hielten dich für tot.«

»Totgesagte leben länger«, erwidere ich grinsend.

Severus lacht. »Dann dürftest du steinalt werden.«

»Das hoffe ich doch.« Ich bin erleichtert, denn er scheint kein Misstrauen zu hegen. Das ist gut.

»Komm rein. Du musst mir berichten, was geschehen ist und wo du die letzten Wochen warst.«

Jetzt zählt es! Nur wenn ich ihn von meiner Geschichte überzeuge, erhalte ich freie Hand.

Nepos begleitet mich ins Triclinium, den Speisesaal. Der Tisch ist reich gedeckt, sofort knurrt mein Magen. Doch zugleich plagt mich ein schlechtes Gewissen. Während ich hier sitze und mich stärke, weiß ich nicht, wie es um meine Shian steht.

Severus winkt mit einer knappen Geste. »Aurelius, fang an. Berichte!«

»Wo soll ich beginnen? Bei unserer Mission an der Küste?«, frage ich.

Severus nickt und greift nach ein paar Pflaumen. Ich ordne inzwischen meine Erinnerungen.

Damals kam Calgacus, der Anführer der Caledonii, zu uns – der Verlierer der Schlacht am Mons Graupius. Sein Volk war angesichts des verlorenen Kampfes erzürnt und suchte einen Schuldigen. Sie planten, Calgacus den Göttern zu opfern. Um sein Leben zu retten, bot er uns einen Handel an: seinen Schutz und ein sicheres Leben an der Südküste Britanniens, dazu eine jährliche Apanage, im Tausch gegen den Kopf des neuen Clan-Oberhauptes – Nechtan, Sohn des Torquil.

Calgacus hatte mitbekommen, dass der römische Stadthalter, Gnaeus Iulius Agricola, den Befehl gegeben hatte, charismatische Führer der einheimischen Clans um jeden Preis zu eliminieren, damit weitere Aufstände verhindert werden. So kam es zu einem Bündnis mit unserem ehemaligen Feind. Um an Nechtan heranzukommen, verriet uns Calgacus, dass der neue Clanführer mit Ermin und den anderen an die Küste zu einer Kultstätte gebracht werden sollte. Dort erwarteten wir sie. Doch dann kam alles ganz anders.

Ich frage mich, ob Calgacus seine Zuwendungen erhalten hat, denn Nechtans Leiche wurde nie gefunden. Wie auch, er war mit mir in der Zukunft. Sie wissen nicht, dass er lebt – noch nicht.

Severus blickt mich mit zunehmender Ungeduld an. »Aurelius! Was ist mit dir? Träumst du? Fang endlich an!«

»Verzeih. Also, ich erinnere mich nur schemenhaft. Ich weiß noch, wie ich Casto in den Tunnel folgte, dann bebte alles und die Wände brachen ein. Geröll traf mich am Kopf und ich verlor das Bewusstsein. Als ich zu mir kam, wusste ich nicht mehr, wer ich war.«

Severus mustert mich skeptisch.

Nepos, der dies bemerkt, unterstützt mich. »Praefectus, ich kenne einen ähnlichen Fall. Auch mein Bruder verlor durch Schläge auf den Kopf sein Wesen.«

Was Severus nun denkt, ist schwer zu deuten. Seine Miene verrät nichts. Schließlich wendet er sich wieder mir zu. »Und was geschah danach?«

»Ich irrte ziellos umher«, erkläre ich, »und traute niemandem, da ich nicht wusste, wer Feind und wer Freund war. Gestern stieß Nepos auf mich, und ich begann mich zu erinnern.«

»Und wieso trägst du diese merkwürdigen Stoffe?«

Nepos antwortet für mich: »Er zog die Kleidung eines Toten an, da seine eigene abgenutzt war.«

Severus zieht die Stirn kraus. »Und was ist mit dem Gefangenen, den ihr mitbrachtet? Er trägt dieselben Gewänder.«

Wieder ergreift Nepos das Wort. »Er tauchte letzte Nacht in unserem Lager auf. Vermutlich gehört er einem Volk aus den nördlichen Regionen an.«

Severus bleibt hartnäckig. »Das erklärt nicht, warum er zu euch kam? Was will er?«

Auch jetzt antwortet Nepos. »Wir verstehen ihn nicht. Er spricht keinen der uns bekannten Dialekte. Ich vermute, er hat es auf Aurelius abgesehen.«

Severus wirft einen erstaunten Blick von Nepos zu mir.

Nepos fügt schnell hinzu: »Wegen der Kleidung. Vielleicht denkt er, dass Aurelius seinen Kameraden getötet hat … und auch dessen Frau.«

Severus horcht auf. »Welche Frau?«

Ich übernehme das Gespräch und gebiete Nepos mit einer Handbewegung, zu schweigen. Er hat lange genug für mich geredet. »Ich habe ihr nichts getan. Sie hat mich versorgt und ist dann verschwunden.«

Severus wird still. Glaubt er mir nicht?

Er schenkt sich Wein ein, starrt auf seinen Becher, bevor er schließlich spricht: »Wir haben nach dir gesucht, fanden aber nur Castos Leichnam. Die Höhle war eingestürzt. Wir dachten, sie sei dein Grab geworden und haben deine Familie informiert.«

Er hebt den Blick und sucht meinen. In meinen Augen wird er Entsetzen lesen, denn ich kenne meine Mutter.

Severus scheint meinen Gedanken zu erraten. »Sie ist auf dem Weg hierher. Wir erwarten sie täglich.«

»Bei Jupiter, konntet ihr das nicht verhindern?«, platzt es aus mir heraus.

Severus zieht eine Augenbraue hoch, irritiert über meinen Ton, aber seine Stimme bleibt ruhig. »Sie hat mächtige Freunde. Sie glaubte nicht an deinen Tod und wollte sich selbst davon überzeugen. Sie bringt erfahrene Bergleute mit, die den Tunnel freilegen sollen.«

Ja, das ist typisch für sie.

»Schickt einen Boten zu ihr. Sie kann umkehren«, wage ich vorzuschlagen.

Severus schüttelt den Kopf. »Das liegt nicht in deiner Entscheidung, Aurelius«, mahnt er. »Und es würde ohnehin nichts nützen.«

Ich stöhne leise. Wenn meine Mutter sich etwas in den Kopf gesetzt hat, lässt sie sich nicht umstimmen. Jetzt wird mich Severus nicht mehr gehen lassen, und sobald Mater angekommen ist, sie auch nicht. Verdammt, vielleicht hätte ich Elfie doch mitnehmen sollen.

»Ruh dich erst einmal aus und zieh dir dann angemessenere Kleidung an«, fordert Severus mich auf.

Ich nicke ihm zu. Was bleibt mir auch anderes übrig? Die Erleichterung darüber, dass er mir meine Geschichte abgekauft hat, hält sich angesichts der neuen Ereignisse in Grenzen. Leider gibt es niemanden, dem ich die Suche nach Elfie guten Gewissens anvertrauen kann. Was soll ich nur tun?

Doch bevor ich gänzlich in meinen Gedanken versinke und den Raum verlasse, stellt er mir noch eine Frage.

»Hast du gesehen, was mit Torquils Sohn geschehen ist? In der Höhle …«

»Nein«, antworte ich. »Ich weiß nur, dass er schwer verletzt dorthin gebracht wurde und sie einstürzte, ehe ich auf ihn stieß.«

»Denkst du, dass er dort starb?«, will er wissen.

»Das ist anzunehmen. Oder habt ihr seither etwas von ihm gehört?«

»Nein, er ist wie vom Erdboden verschluckt. Doch das traf auch auf dich zu«, entgegnet er nachdenklich.

Er weiß nicht, was ich weiß – das muss auch so bleiben. Aber die Lage beginnt kompliziert zu werden. Ich denke, er glaubt mir meine Lügen, aber bei Severus kann man sich nie sicher sein.

Grübelnd verlasse ich ihn, Nepos begleitet mich.

Seltsam, Nepos hat die Information seines Spitzels gar nicht vorgetragen. Das überrascht mich. Vielleicht möchte er erst Gewissheit haben, bevor er es dem Präfekten mitteilt.

Als wir bei unseren Unterkünften ankommen, fällt mir noch etwas anderes ein. »Was ist eigentlich mit

Calgacus? Hat er seinen Lohn erhalten, ist er schon im Süden?«

»Nein«, antwortet Nepos. »Der Präfekt fordert von ihm noch immer einen Beweis für Nechtans Tod. Erst dann gilt der Handel.«

»Und wo ist er jetzt?«

»Er versucht, Severus' Forderung nachzukommen.«

Weder Nechtan noch Calgacus bedeuten mir viel, ich kenne sie kaum. Trotzdem hoffe ich, dass Calgacus keinen Erfolg hat. Denn Nechtan und Eve sind im Moment Elfies einzige Hoffnung.

Plötzlich hetzt Aulus herbei. Außer Atem berichtet er: »Der Gefangene macht Ärger … er hat einen Soldaten getötet.«

»Was sagst du da?« Nepos brüllt so laut, dass Aulus einen Schritt zurückweicht.

»Er … er konnte sich losreißen und von den Fesseln befreien«, stottert er verlegen. Dann, mit wachsender Sicherheit: »Der Fremde ist sehr versiert im Nahkampf. Ich habe noch nie eine solche Kampftechnik gesehen.« Fast klingt es anerkennend.

Elfie erwähnte, dass Kristian eine Art Elitekämpfer ist. Aber ich dachte, sie spräche dabei von der Fähigkeit, eine Donnerwaffe zu benutzen.

»Wo ist er jetzt?«, presst Nepos hervor.

»Er hat sich im Lazarett verbarrikadiert und den Medicus als Geisel genommen«, antwortet Aulus.

»Du musst Severus Meldung machen«, gebe ich zu bedenken.

Nepos wirft mir einen unschlüssigen Blick zu. Der Gedanke an Severus' Reaktion macht ihn offenbar nervös, doch es wäre noch fataler, ihn im Unklaren zu lassen.

»Schick doch Aulus zu ihm«, schlage ich vor. »Ich begleite dich zum Lazarett.«

Nepos blickt zu Aulus, der den Wink versteht und sofort verschwindet. Aber an mich gerichtet sagt er: »Du musst nicht mitkommen, das schaffe ich alleine.«

»Mag sein«, entgegne ich, »aber ich könnte dir von Nutzen sein.«

Nepos überlegt kurz, während sein Blick an mir herabgleitet. »Gut, aber zieh dich um. So nimmt dich keiner ernst.«

Schade, die Kleidung ist bequem – bequemer jedenfalls als unsere Rüstung.

Plötzlich erinnert sich Nepos an etwas. »Ähm, da wir von deinem Tod ausgingen, haben wir deine Sachen in eine Kiste gepackt. Sie steht in deiner Kammer. Falls etwas fehlt …« Er grinst entschuldigend.

Ich verstehe. Wahrscheinlich hat man sich an meinen Habseligkeiten bedient. Was soll's. An diesen Dingen hängt mein Herz nicht, nur an *jemandem*.

Ich schüttele den Kopf und sage: »Ist schon gut. Ich beeile mich.«

Beim Umziehen fällt mir Elfies Zeichnung in die Hände, die ich die ganze Zeit bei mir getragen habe – gefaltet und im Hosenbund versteckt.

Der Anblick des Bildes weckt Wehmut in mir. Ich vermisse sie – diese wundervolle, kleine, süße Frau, mit ihren tiefbraunen Augen, so warm und weich in jeder Hinsicht. Ich muss Severus unbedingt davon überzeugen, das Lager verlassen zu dürfen. Nie könnte ich mir verzeihen, wenn ihr etwas zustößt oder ich sie ganz verliere. Doch jetzt ist nicht der richtige Zeitpunkt, und daran ist dieser Irre schuld. Dieser Kerl, der in beiden

Welten nur Ärger stiftet, ist eine echte Plage. Vielleicht sollte es hier und heute enden.

Vor dem Lazarett treffe ich auf einen gereizten Präfekten und einen niedergeschlagenen Nepos. Severus wirft mir einen flüchtigen Blick zu, nickt kaum merklich und richtet dann seine Aufmerksamkeit wieder auf die anderen Offiziere.

Elfies Freund hat einen fatalen Fehler begangen: Kein Römer duldet es, auf eigenem Boden bedroht zu werden. Das wird sich schnell herumsprechen, auch außerhalb des Forts. Severus fürchtet nichts so sehr wie Spott – und die Sanktionen Roms. Sein Dienst im Norden endet bald. Er sehnt sich nach seiner Heimat. Der kalte Norden liegt ihm nicht. Kein Makel darf an ihm haften. Deshalb wird er Kristian vor aller Augen bestrafen und hinrichten lassen, um ein Exempel zu statuieren.

»Wie sieht es aus? Wird gestürmt?«, frage ich Nepos leise.

»Das war eine Option, aber der Fremde hält den Medicus in seiner Gewalt, und er ist der einzige Arzt im Lager. Wir setzen auf Zeit, irgendwann wird er schlafen müssen.«

Das klingt vernünftig. Es dämmert bereits, aber übermüdet und in die Enge getrieben ist er wie ein wildes Tier – gefährlich und unberechenbar. Ich frage mich, wo seine eiserne Waffe abgeblieben ist. Hätte er sie noch, wäre sie längst zum Einsatz gekommen. Vermutlich ging sie im Tunnel verloren oder wurde beschädigt. Besser so.

Laute Rufe hallen zu uns herüber – es ist Kristian!

Er will verhandeln. Doch selbst wenn er sich verständlich machen könnte, würde ihm keiner zuhören. Er begreift einfach nicht, wo er ist, und dass es längst zu spät ist. Severus wird auf seine Forderungen nicht eingehen. Und dennoch interessiert ihn, was der Übeltäter zu sagen hat. »Bei den Göttern, gibt es denn niemanden, der sein Kauderwelsch übersetzen kann?«

Keiner rührt sich, bis sich unvermittelt eine mir vertraute Stimme einmischt.

»Ich! Ich verstehe ihn. Zumindest ein wenig.«

Fassungslos drehe ich mich um.

»Mutter?«

»Ich bin froh, dich lebendig vorzufinden, mein Sohn.« Ihre Stimme klingt warm. Auf ihrem Gesicht liegt eine Mischung aus Freude und Überraschung.

Severus blinzelt irritiert. »Ave, Sidonie Aurelius. So früh hatten wir Euch nicht erwartet«, begrüßt er sie verwundert.

Mit ihr ist ihre Leibwache angereist – hünenhafte, grimmige Germanen vom Stamm der Aresaken, dem Volk meiner Urgroßmutter, großväterlicherseits.

Mater hat zwar viele Unterstützer, aber auch reichlich Widersacher, weshalb sie nie ohne ihre Beschützer reist.

Die anwesenden Soldaten wirken eingeschüchtert. Es liegt nicht nur an ihren Wachen, meine Mutter hat eine Präsenz, die jeden Raum einnimmt. Selbst im Alter ist sie noch eine beeindruckend attraktive Frau, eine Politikerin mit Macht und eine Persönlichkeit, die keinen Widerspruch duldet. Mit den Jahren gleicht sie immer mehr meiner Großmutter.

Severus scheint wenig erfreut über diese Wendung. Nun hat er neben dem Geiselnehmer auch noch eine hochrangige Frau am Hals. Er wirft Aulus einen grimmigen Blick zu, als wolle er ihn für diesen unerwarteten Auftritt verantwortlich machen.

»Salve, Praefectus«, entgegnet Mater freundlich. »Ja, wir kamen wider Erwarten gut voran.« Sie sieht ihn jedoch kaum an, ihr Augenmerk gilt mir.

Prüfend mustert sie mich und streicht mir sanft über die Wange, als wolle sie sich vergewissern, dass ich es wirklich bin. »Du siehst gut aus, nur ein wenig müde.«

Dann, völlig wider ihres gewohnten Naturells, zieht sie mich in eine Umarmung und flüstert, sichtlich bewegt: »Ich hatte große Angst um dich und befürchtete schon, dich für immer verloren zu haben.«

Ihre unvermittelte Zuneigung vor aller Augen überrascht mich. Natürlich lässt auch mich unser Wiedersehen nicht kalt, obwohl wir im Streit auseinandergegangen sind.

»Wir unterhalten uns später«, sagt sie und kehrt sofort zu ihrer gewohnten Souveränität zurück. Dann fragt sie kurz und bestimmt: »Was ist hier los?«

Zum Antworten komme ich nicht, das übernimmt Severus. »Ein Gefangener hat sich mit einer Geisel im Lazarett verschanzt.« Dann blickt er meine Mutter fragend an. »Ihr sagtet, Ihr versteht ihn?«

»Nun, nicht alles«, antwortet sie ruhig. »Aber es ähnelt einer Sprache, die ich aus meiner Kindheit kenne.«

Severus zieht die Stirn in Falten. »Was genau habt Ihr von seinen Worten verstanden?«

»Er drohte, die Geisel zu töten, falls man ihn nicht gehen ließe«, antwortet meine Mutter mit kühler Gelassenheit.

»Könnt Ihr uns helfen und für uns übersetzen?«
Mutters Interesse ist geweckt.

Kurz darauf ist Kristian wieder zu hören. Sie lauscht seinem aufgebrachten Geschrei aufmerksam und wirkt erstaunt.

»Was brüllt er da?«, fragt der Präfekt neugierig.

»Er versteht nicht, was hier geschieht oder was ihr von ihm wollt«, erklärt sie. »Alles hier komme ihm eigenartig und verrückt vor. Er beteuert, niemandem etwas antun zu wollen. Er will diesen Ort nur so schnell wie möglich verlassen, zusammen mit seiner Frau.«

Bei den letzten Worten sieht sie mich intensiv an. Kristian muss mehr offenbart haben, als mir lieb ist.

Severus verliert die Geduld. »Das kommt nicht infrage! Er hat einen meiner Männer getötet und uns zum Narren gehalten. Er wird seiner Strafe nicht entgehen.«

»Dann geht zum Schein auf seine Forderung ein«, schlägt sie pragmatisch vor. Ihre Stimme ist ruhig, fast geschäftsmäßig. Das ist typisch für sie. Im Laufe der Zeit hat sie viel von der römischen Elite gelernt und sich ein dickes Fell zugelegt.

Severus findet Gefallen an Maters Vorschlag. Doch dafür benötigt er weiterhin ihre Hilfe, denn nur sie kann Kristians Worte übersetzen und ihm Vertrauen vorgaukeln.

Mutter und Severus tauschen sich kurz aus, bevor sie sich wieder ihm zuwendet. Kristian ist sichtlich erleichtert, endlich auf jemanden zu treffen, der seine Sprache spricht. Er wagt sich sogar mit seiner Geisel vor das Gebäude und fordert Mutter auf, näherzutreten.

Mir gefällt das nicht, aber ich habe keinen Einfluss darauf. Die beiden unterhalten sich angeregt – viel zu lebhaft für meinen Geschmack. Bestimmt erzählt er ihr von seiner Heimat – und von Elfie.

Währenddessen wird Severus immer ungeduldiger. »Was treibt sie da so lange? Wir haben ihn genau da, wo wir ihn haben wollen«, knurrt er gereizt. »Das muss jetzt ein Ende finden!«

Er sieht seine Autorität in Gefahr. Das Ganze geht ihm nicht schnell genug. Er gibt den Männern ein Zeichen, sich in Position zu bringen.

Kristian ahnt von all dem nichts. Zu sehr ist er mit dem Medicus und meiner Mutter beschäftigt.

»Vorsicht, Praefectus …«, warne ich leise, besorgt um das Wohl meiner Mutter, auch wenn weder sie noch ihre Garde Anzeichen von Unruhe zeigen.

Severus wirft mir einen scharfen Blick zu. Er steht in der Hierarchie über mir. Ich habe nicht das Recht, ihn zu mahnen. Die Entscheidung ist längst gefallen: Sobald meine Mutter zurückkehrt, wird er die Männer angreifen lassen. Auf den Arzt nimmt er jetzt keine Rücksicht mehr. Doch das geschieht nicht ohne Kalkül. Er hat erfahren, dass mit meiner Mutter ein Medicus angereist ist.

»Sie kommt zurück«, flüstert Aulus plötzlich.

Der Präfekt sieht seine Gelegenheit gekommen. Er wartet, bis Mater sich weit genug von Kristian entfernt hat, und gibt dann das Zeichen zum Angriff. Zehn unserer besten Männer stürzen sich auf ihn.

Die Attacke trifft Kristian völlig unerwartet. Er lässt den Medicus los, um sich zu verteidigen – aufzugeben, kommt für ihn nicht infrage.

Trotz der Überzahl hat unser Trupp Schwierigkeiten, ihn zu überwältigen. Mit aller Kraft wehrt er sich. Für ihn ist es ein Kampf auf Leben und Tod. Dass er noch nicht getötet wurde, liegt einzig daran, weil Severus ihn lebend will – für eine spätere Demütigung und Bestrafung in aller Öffentlichkeit.

Währenddessen hat sich meine Mutter ohne Hast zu mir begeben. »Er hatte eine interessante Geschichte zu berichten«, äußert sie vielsagend, nur für meine Ohren bestimmt.

»Kann ich mir denken!«, erwidere ich ernst.

Inzwischen lässt Kristians Gegenwehr nach. Er wird zu Boden geworfen und kräftig malträtiert, was Severus zufrieden zur Kenntnis nimmt.

Nun wendet sich der Präfekt wieder meiner Mutter zu. »Ihr habt lange mit ihm gesprochen. Was hatte er zu sagen?«

Bevor sie antwortet, sieht sie erst mich an, dann Severus. »Er ist verwirrt. Zum einen glaubt er, in einem Traum gefangen zu sein, zum anderen vermutet er eine Verschwörung.«

»Mehr nicht?«, hakt Severus zweifelnd nach.

»Doch, allerlei Unsinn und Verrücktes. Er ist nicht bei Sinnen.«

Severus gibt sich schließlich mit ihrer Antwort zufrieden. Er hat, was er wollte: Kristian liegt am Boden. »Ich danke Euch. Es war sehr hilfreich, dass Ihr ihn vor das Gebäude gelockt habt.« Sie winkt ab und er fügt hinzu: »Ihr hattet eine anstrengende Anreise. Ruht Euch aus. Nutzt die Zeit mit Eurem Sohn.«

Dann sieht er mich grinsend an. »Nimm dir ein paar Tage frei. Ihr habt sicher viel zu besprechen.«

Das ist wahr. Mater kam, um mich zu retten. Doch ich wurde bereits gerettet, und jetzt muss ich dringend meine Shian finden. Aber so, wie ich meine Mutter kenne, wird sie nicht Ruhe geben, bis sie alles weiß. Es wird eine lange Nacht und mir rennt die Zeit davon.

»Hier lebst du also«, beginnt sie das Gespräch und lässt ihren Blick durch meine Kammer schweifen.

Severus hat ihr und ihren Begleitern die Räumlichkeiten seines Praetoriums zur Verfügung gestellt. Sie schickte ihr Gefolge vor, während sie mich zu meiner Unterkunft begleitete, um mit mir ungestört zu sein.

»Du hättest nicht kommen müssen«, entgegne ich ehrlich.

Sofort packt sie mich bei der Schulter. »Wie kann man nur so dickköpfig sein?«

»Das habe ich von dir«, kontere ich gereizt.

Mit einem Mal lacht sie. »Ja, das stimmt wohl.« Dann setzt sie sich auf mein Bett. Überrascht stellt sie fest: »Das ist gar nicht mal so unbequem.«

Schluss mit dem Drumherumreden. Sie will doch was ganz anderes wissen. »Jetzt stell schon deine Fragen.«

Mit ihren großen graublauen Augen sieht sie mich ernst und zugleich traurig an. »Ich war in Rom, als mich die Nachricht erreichte, du seist verschüttet worden, möglicherweise tot. Und nun stehst du hier vor mir. Im ersten Moment dachte ich, du wärst ein Trugbild … Marc, was ist mit dir geschehen?«

»Kristian wird dir doch schon einiges erzählt haben«, antworte ich verstimmt.

»Dieser Fremde hat viel gesagt. Viel Wirres. Ich will deine Version hören.« Sie ist wie immer hartnäckig und will nur glauben, was aus erster Hand stammt.

»Du kennst die Geschichten über Avia …«, beginne ich.

Sie senkt ihren Blick. »Ja, natürlich. Ich bin damit aufgewachsen. Aber es sind nur Geschichten.«

Wie immer leugnet sie alles, was mit den wundersamen Berichten über ihre Mutter zu tun hat – Erzählungen, die oft fantastisch und kaum zu glauben waren. Ich denke nicht, dass es ihrem wahren Inneren entspricht, ihr Leugnen scheint eher von gesellschaftlichen Zwängen beeinflusst zu sein. Großmutters Fähigkeiten, so sagte meine Mutter einmal ärgerlich, seien sowohl ein Segen als auch ein Fluch. Ich stelle daher selbstsicher klar: »Nein! Keine Geschichten. Ich war dort.«

Sie wird plötzlich still, ungewöhnlich still. Ich werde direkter. »Hast du mich gehört? Ich war dort!« Ich betone dabei die letzten Worte besonders stark.

Nun spricht sie wieder. »Ich habe es gehört. Verdammt!«

Meine Mutter flucht? Das ist neu für mich.

Wider Erwarten zeigt sie eine ungewohnte Offenheit, sie will mir wirklich zuhören. »Bitte, schildere mir alles. Fang von vorne an.« Ihr Blick sucht meinen, ein weiteres Zeichen, dass sie es ernst meint.

Ich hole tief Luft und beginne zu berichten: von der Begegnung mit Tasha, Avias Schwester, wie ich ihr half und wie ich durch einen Tunnel in ihre Zeit gelangte. Was ich dort erlebte, wie ich in ihrer Welt die Liebe meines Lebens fand, und dass diese Liebe nun in Gefahr schwebt, weil wir getrennt wurden und sie – Elfie – jetzt ganz alleine auf sich gestellt ist.

Mater unterbricht meinen Redeschwall nur selten, und wenn, dann nur für gezielte Nachfragen. Die meiste Zeit hört sie mir aufmerksam zu.

Ich erzähle die halbe Nacht hindurch. Berichte von sprechenden Bildern und eisernen Ungetümen, bis meine Worte schließlich versiegen. Doch jetzt, wo Mater etwas dazu sagen könnte, bleibt eine Reaktion von ihr aus.

Nach einer Weile hake ich nach. »Und? Was denkst du?«

Keine Antwort.

Zweifel steigen in mir auf. »Du … du glaubst mir doch?«, frage ich und betone: »Ich bin nicht verrückt!«

Endlich sieht sie mich an. Ihre Augen strahlen Ruhe und Wärme aus. »Nein, mein Sohn, du bist nicht verrückt, und ich glaube dir.«

Diese Worte bedeuten mir viel. Genau das habe ich gebraucht. Spontan umarme ich sie fest, erfüllt von Dankbarkeit. Als ich mich wieder von ihr löse, bitte ich sie: »Mutter, ich brauche deine Hilfe. Ich muss Elfie finden und sie von hier fortbringen. Sie ist so unbedarft und hilflos, was unsere Welt angeht. Du musst sie mit nach Mogantiacum nehmen.«

Sie nickt langsam und wirkt nachdenklich. »Diese Frau scheint dir wirklich viel zu bedeuten. Dann muss sie etwas Besonderes sein.«

»Ja, das ist sie«, antworte ich ohne Zögern. »Ich darf sie nicht verlieren!«

Behutsam ziehe ich Elfies Zeichnung hervor und halte sie meiner Mutter hin. Mit Neugier und einem Hauch von Rührung betrachtet sie das Bild.

»Das ist sie?«, fragt sie schließlich.

Ich bestätige: »Ja, sie hat es selbst gemalt.«

Plötzlich füllen sich ihre Augen mit Tränen.

Verwirrt und besorgt sage ich: »Du brauchst nicht traurig zu sein. Alles wird gut. Ich beende meinen

Militärdienst und komme dann nach Hause zurück. Genau wie du es dir immer gewünscht hast.«

Das wird zwar noch eine Weile dauern, doch das Wichtigste ist, dass Elfie in Sicherheit bei ihr sein wird.

Mit gedämpfter Stimme fährt sie fort: »Das geht auch schneller. Ich kam, um dich zu finden, und schwor mir, dich mit nach Hause zu nehmen, ob du es wolltest oder nicht. Ich führe ein Schriftstück des Kaisers mit mir, das dich von deinem Dienst befreit.«

Unter anderen Umständen hätte ich mich vermutlich geweigert, doch in dieser Situation ist es eine Fügung der Götter, die mir sehr gelegen kommt.

Ihre Worte erhalten nun eine ungewöhnliche Schwere, als sie weiterspricht: »Mein Junge, vielleicht ist nun der richtige Zeitpunkt gekommen, um …«

Ich unterbreche sie ungeduldig: »Mutter, lass uns später über alles reden. Ich muss sofort auf die Suche nach ihr gehen. Gib mir ein paar deiner Männer mit.«

»Marc, hör mir zu. Es ist wichtig!«

Sie drängt mich, auf meinem Nachtlager Platz zu nehmen, und setzt sich neben mich. Ihre Hände zittern, auch ihre Stimme vibriert. Sie schluchzt. So habe ich sie noch nie erlebt. Instinktiv ergreife ich ihre Finger, versuche sie zu beruhigen.

»Es geht um unser ewiges Streitthema …«, erklärt sie, stockt jedoch erneut und sieht mich mit rot unterlaufenen Augen an.

Warum schneidet sie ausgerechnet jetzt das Thema von meinem unbekannten Vater an?

»Mutter, darüber können wir …«

Wieder unterbricht sie mich: »Nein, bitte, nimm dir einen Moment, so wie ich mir die Zeit für dich genommen habe.«

Sie ist so traurig und so verletzlich, völlig ungewohnt für mich. Ich drücke zur Bestätigung ihre Hand, um ihr zu zeigen, dass ich ihr zuhören werde.

»Marc, ich konnte dir nie von der Liebe meines Lebens erzählen, weil ich dich schützen musste, und weil du es mir wohl auch nicht geglaubt hättest. Aber jetzt bist du bereit, und du sollst es erfahren.« Sie atmet tief durch, sammelt sich und sagt: »Auch dein Vater kam aus der Zukunft.«

Was? Das kann nicht wahr sein.

In meinem Kopf beginnt sich alles zusammenzufügen – jedes Fragment, jede Andeutung, jede Verletzung, der ganze Familienzwist. Es ergibt plötzlich einen Sinn, doch gleichzeitig fühle ich mich wie betäubt, überwältigt von dieser simplen Wahrheit.

Mutter gibt mir einen Augenblick, um die Information zu verinnerlichen, bevor sie fortfährt.

»Er kam, wie deine Avia, zufällig in unsere Welt. Es war ein Glücksfall, dass er auf deinen Großvater traf. Er nahm ihn auf und ich verliebte mich in diesen wunderbaren, belesenen Mann.«

Ein Lächeln huscht über ihr Gesicht, während sie kurz innehält. Dann jedoch verändert sich ihr Blick.

»Aber es gab auch Menschen, die ihm Übles wünschten, und die uns unser Zusammenleben missgönnten. Selbst deine Großeltern waren machtlos. Eines Tages wurde dein Vater überfallen und schwer verletzt. Die Wunden wollten nicht heilen. Er wurde immer schwächer. Als die Sommersonnenwende näher rückte, schlug deine Avia vor, ihn zum Sturmfelsen zu bringen. Mit der Hilfe der Götter könnte er vielleicht in seine Welt zurückkehren und dort gerettet werden. Dein Großvater und einige seiner Getreuen nahmen sich dieser Aufgabe an. Mir brach das Herz. Doch um ihm den Abschied nicht noch schwerer zu machen, verschwieg ich ihm die Schwangerschaft. Eine Entscheidung, die mich bis heute quält.«

Mir fehlen die Worte. Ich bin erschüttert von dieser Offenbarung und fühle mich zurückversetzt in meine Kindheit, als wäre ich wieder der kleine Junge mit neun Jahren. Gleichzeitig überkommt mich Scham, wenn ich an mein Verhalten ihr gegenüber denke. Ich habe ihr all die Jahre so viel Schmerz bereitet, während sie in Stille litt. Mehr denn je bewundere und liebe ich sie und bin stolz, dass sie – und keine andere – meine Mater ist.

Wir liegen einander in den Armen und trauern um die verpassten Gelegenheiten zur Versöhnung. Da durchzuckt mich ein Gedanke. »Warum kam er nicht zurück?«, frage ich leise.

»Darüber habe ich auch lange nachgedacht. Wahrscheinlich starb er. Seine Verletzungen waren schwer. Hätte er gekonnt, wäre er zurückgekehrt. Ganz sicher.«

Das ist nicht leicht für mich. All die Jahre wollte ich wissen, wer ich bin. Nun weiß ich es, aber der Moment ist ungünstig, ich kann mich nicht näher damit befassen. Das muss warten. Es darf nicht bei mir so enden wie bei meiner Mutter. Ich muss meine Shian finden.

Sie ahnt meine Gedanken. »Du musst los. Sigmar und Ulf, meine besten Kämpfer, werden dich begleiten. Ich informiere deinen Präfekten. Er glaubt ohnehin nicht, dass ich nur deinetwegen gekommen bin. Wenn ihr aufbrecht, wird er sich fragen, was genau vor sich geht. Aber mach dir keine Sorgen, das spielt keine Rolle.«

»Was denkt er denn?«

»Das ist schwer zu sagen. Vielleicht glaubt er, dass ich den Auftrag habe, mir ein Bild von ihm zu machen, ehe er nach Hause zurückkehren darf. Es könnte aber auch sein, dass ich hier bin, um mit den hiesigen Stämmen zu verhandeln. Irgendetwas in dieser Richtung.«

»Und ist dem so?«, hake ich nach.

Sie nimmt mein Gesicht zwischen ihre Hände. In ihren Augen liegt bedingungslose Liebe. »Ich bin nur deinetwegen gekommen. Aber lass Severus ruhig etwas anderes vermuten. Es kann nicht schaden.«

Ich gebe ihr einen Kuss, dann breche ich auf.

Meine Gedanken sind jetzt bei Elfie.

Meine süße Shian, halte durch!

Ich bin auf dem Weg zu dir.

KAPITEL 12 - ♀

Ein neuer Tag beginnt. Ich bin noch am Leben, und das ist, was zählt. Die ersten Strahlen der Morgensonne wärmen mich und für einen Moment tut das gut. Eigentlich sollte es mir Hoffnung geben, trotz der Ereignisse in dieser fremden, unwirklichen Umgebung.

In der letzten Nacht habe ich kaum ein Auge zugetan. Meine Kidnapper hatten mich an Händen und Füßen gefesselt – nur einer von vielen Gründen für meinen Schlafmangel. Auch wenn sie mir kein Haar gekrümmt haben, fällt es mir schwer, mich an den Anblick dieser massiven, zotteligen und grimmig dreinblickenden Neandertaler zu gewöhnen.

Ihre Andeutung, dass sie mich noch brauchen – Betonung auf *noch* –, beunruhigt mich. Besonders, da Calgacus stark fiebert. Sollte er sterben, sehen seine Begleiter keinen Grund, mich am Leben zu lassen. Der Jüngere hält mich bereits für eine Hexe, auch wenn er eher vom *bösen Blick* spricht, was aber auf das Gleiche hinausläuft. Meine Gedanken kreisen um einen Fluchtplan und um Marc.

Während Calgacus noch zu schlafen scheint, sind Ailig und Aidan bereits auf. Sie beachten mich kaum und zeigen keinerlei Scheu, ihre Notdurft in meiner Gegenwart zu verrichten. Das funktioniert bei den beiden auch ganz simpel: Sie müssen nur ihr Röckchen heben. Bei mir hingegen ist das deutlich komplizierter.

»Hey, ihr zwei! Könntet ihr mir endlich die Fesseln abnehmen? Ich muss mal … also, mich erleichtern.«

Ailig wirft mir seinen gewohnt finsteren Blick zu, sagt aber nichts. Stattdessen gibt er dem Jüngeren mit einer knappen Handbewegung den Befehl, mich loszubinden. Widerwillig gehorcht Aidan.

Ich bin heilfroh, die verfluchten Fesseln los zu sein. Meine Handgelenke brennen von den aufgescheuerten Stellen, die die Stricke hinterlassen haben. Hoffentlich entzünden sie sich nicht.

Zwischen dem Buschwerk finde ich schließlich ein halbwegs geschütztes Plätzchen. Einzig störender Faktor: Aidan! Er steht nur wenige Schritte entfernt. Auf Privatsphäre muss ich wohl verzichten – und auch auf Toilettenpapier. Zum Glück habe ich noch ein paar Papiertaschentücher, aber die werden nicht ewig reichen.

Diese Epoche ist einfach widerlich. Ich kann meinen eigenen Geruch nicht ertragen und meine Wärter stinken noch schlimmer. Kein Wunder, an ihnen haftet auch der Tod.

»Beeil dich!«, drängt Aidan ungeduldig.

»Es dauert, so lange es dauert«, gebe ich trotzig zurück.

Als ich zurückkehre, meldet sich mein Magen. Zögernd frage ich: »Ich habe Hunger. Und ihr?«

Doch sie beachten mich nicht. Sie machen nicht einmal Anstalten, selbst etwas zu essen. Und was ist eigentlich mit Calgacus? Er braucht dringend einen Heiler.

Wie aufs Stichwort ertönt plötzlich seine Stimme. »Halò làir Dhonn.«

Was heißt das? Ach, unwichtig!

»Wie geht es Euch heute?«, frage ich.

Er lächelt, trotz erkennbarer Schmerzen und Fieber. »Wieso so förmlich?«

Gut, dann direkt. »Du musst zu einem Arzt … äh, Medicus.«

»Unsinn! Ich habe schon Schlimmeres überstanden. Mich kriegt man nicht tot.«

Das wage ich in dieser Welt zu bezweifeln und stelle nüchtern fest: »Dann kann ich ja gehen.«

»Und wo willst du so ganz allein hin?«

»Zu Nechtan, also zu seiner Familie«, antworte ich rasch und richte mich auf, um selbstsicherer zu wirken.

Er mustert mich nachdenklich, dann überrascht er mich mit seiner Aussage: »Wir begleiten dich.«

»Warum?«

»Weil du Schutz brauchst.«

»Vor euch vielleicht«, kontere ich gereizt.

Er lacht. »Du bist gewitzt, das gefällt mir.«

Seine beiden Kumpels haben unser Gespräch mit halbem Ohr verfolgt. Jetzt sehen sie ihn verwundert an und beginnen mit ihm zu diskutieren. Was sie sagen, verstehe ich nicht. Ich kann nur raten, worum es geht.

Calgacus spricht kurz darauf ein Machtwort auf Latein. »Schluss damit! Wir begleiten die Frau nach Loch Cannor. Vielleicht haben wir Glück und Nechtan ist dort.«

»Du bist nicht in der Verfassung für eine Reise«, widerspreche ich.

»Lass das mal meine Sorge sein«, entgegnet er ernst und wendet sich dann an Ailig. Das Gebrumme seiner Worte in der fremden Sprache klingt wie ein Befehl. Kurz darauf verlässt uns der Alte, sichtbar verärgert.

Calgacus bleibt unbeeindruckt und widmet sich wieder mir. »Hunger?«

Ich nicke.

Er kramt Brot und Speck aus einem mitgeführten Beutel hervor. Na ja, wählerisch darf ich nicht sein. Und es schmeckt tatsächlich so, wie es aussieht: Das Brot ist alt und hart, der Speck zäh wie Leder.

Meine Mutter würde sagen: *Der Hunger treibt's rein, der Ekel schiebt's runter und der Geiz behält's drin.*

Während ich das zähe Zeug mühsam kauend herunterwürge und mir den Nutzen für mein Überleben einrede, beobachtet Calgacus mich aufmerksam.

»Du bist anders. Du erinnerst mich an Ermin und seine Begleiterin.«

Ich bin erstaunt. »Du kennst Ermin und Tasha?«

»Ja, vor allem Ermin. Er hat an meiner Seite gegen die Römer gekämpft«, erwidert er anerkennend.

»Er hat gekämpft? Wow! Und was ist geschehen?«

»Wir haben verloren.«

Scherzkeks!

Einen Moment lang herrscht Schweigen zwischen uns. Dann fällt mein Blick auf seine Verletzung. Gestern Nacht wollte ich mich um ihn kümmern, aber die beiden anderen haben es mir verwehrt.

Es wundert mich, wie fit er trotzdem noch wirkt, doch diese Zeit und diese Kämpfer sind eben anders als meine Generation – abgehärteter.

»Lass mich mal deine Wunde sehen«, sage ich und schaue ihm fest in die Augen.

Ohne ein Wort zu sagen, streckt er mir sein verletztes Bein entgegen. Vorsichtig wickele ich das Tuch ab.

Es sieht nicht so schlimm aus, wie ich befürchtet hatte. Das Wichtigste war, den Blutverlust zu stoppen, und das ist mir gelungen. Jetzt geht es darum, die weitere Versorgung sicherzustellen.

»Ich brauche frisches Wasser.«

Calgacus nickt Aidan zu, der sofort einen kleinen Lederbeutel heranbringt. Ich säubere und kühle die Wunde mit dem Wasser und verbinde sie anschließend wieder.

»Du brauchst dringend einen Ar… äh, Medicus.«

»Das hat Zeit«, winkt er ab.

»Nein, hat es nicht. Das ist gefährlich. Du brauchst Medizin, um eine Infektion … äh, Entzündung zu verhindern.«

»Gut, was benötigst du?«

»Verdammt, das wissen eure Heiler besser als ich«, fluche ich.

Er starrt mich unbeirrt an, also lasse ich einen genervten Seufzer los und fange an, ein paar Heilpflanzen aufzuzählen: »Eisenkraut? Gemeiner Beinwell …?« Vielleicht geht es auch simpler: »Kamille? Honig?«

Beim Stichwort *Honig* wird er rege und lächelt. Wieder schickt er Aidan los. Bald darauf kehrt dieser mit einem kleinen Behälter voll des süßen Bienenprodukts zurück. Woher er den so schnell hat? Egal.

Ich behandele Calgacus damit, auch wenn ich bezweifele, dass es viel helfen wird. Aber es kann nicht schaden, schließlich soll Honig antiseptisch wirken.

In der Zwischenzeit ist Ailig wieder aufgetaucht. Er hat Pferde besorgt. Nun, es sind eher zu groß geratene stämmige Ponys. Doch bei deren Anblick und der Anzahl von vier schwant mir Übles.

Die drei Männer machen sich bereit.

Calgacus bemerkt mein Zögern und befiehlt schroff: »Los, steig auf!«

»Ich laufe lieber«, erwidere ich und verschränke die Arme vor der Brust.

»Ich sage es nicht noch einmal, steig auf, làir Dhonn!«

»Ich will aber nicht. Und verflucht, was bedeutet *làir Dhonn*?«

»Braune Stute.«

Ich schnaube genervt. »Ich habe doch gesagt, ich setze mich nicht auf das … das Ding!«

Calgacus grinst zwar, bleibt aber unnachgiebig: »Mädchen, Làir Dhonn bedeutet: *braune Stute*. Und du wirst dich auf das Pferd setzen!«

Sollte das ein Kompliment sein?

Völlig schnuppe, ich will da nicht rauf!

»Ich mag keine Vierbeiner und … und ich kann auch nicht reiten«, erkläre ich störrisch. Erstaunt sieht er mich an. Ich bekräftige es noch einmal: »Ja, du hast richtig gehört, ich kann nicht reiten!«

Seine Miene verändert sich abrupt, und der plötzliche Stimmungswechsel jagt mir einen kalten Schauer über den Rücken. Mit eiskaltem Blick fixiert er mich. »Tu, was ich sage! Lebendig oder tot. Mir ist es einerlei. Aber du wirst mitkommen.«

Die grausame Gleichgültigkeit in seinen Worten schnürt mir die Kehle zu. Dieser Mann ist gefährlich – seine aufgesetzte Freundlichkeit nur trügerischer Schein. Warum will er mich so vehement begleiten?

Aus reiner Nächstenliebe sicher nicht. Er braucht mich. Aber wofür?

Jedenfalls nicht als Krankenpflegerin, da steckt mehr dahinter, warnt meine innere Stimme.

Doch was bleibt mir übrig? Ich habe die Wahl zwischen Pest und Cholera: Fürchte ich mich mehr vor diesem Mann und seinen unbekannten Plänen oder vor dem stämmigen, zu klein geratenen Ross, das mich gerade freundlich anstupst?

Schlussendlich beuge ich mich der Erpressung. Calgacus quittiert das mit einem kühlen Blick.

Während ich noch überlege, wie ich dieses arme Tier besteigen soll, hebt mich Ailig ohne Vorwarnung auf dessen Rücken. Ein Laut der Überraschung entweicht mir, wodurch das Pferd aufschreckt – und das wiederum erschreckt mich. Krampfhaft klammere ich mich an den Zügeln fest, doch wie bringt man so ein Tier in Bewegung? Sanftes Drücken mit den Beinen, Hüja-Rufe, sogar leichtes Zerren an den Zügeln – nichts funktioniert. Erst ein Klaps von Calgacus auf den Pferdehintern lässt es zusammenzucken und loshüpfen. Ich schwanke wie ein Mehlsack im Sturm und muss ein Bild für die Götter abgeben, während mir der Angstschweiß auf die Stirn tritt. Na großartig, das kann ja heiter werden.

Aidan, dem mein ungelenker Umgang mit dem Pferd nicht entgeht, gibt mir schließlich ein paar knappe Ratschläge – nicht aus Freundlichkeit, sondern weil sie nicht unnötig aufgehalten werden wollen. Mit seinen Tipps klappt es tatsächlich etwas besser, aber ein Pferdefreund werde ich trotzdem nicht.
Schon nach kurzer Zeit beginnen mir alle Knochen und Muskeln zu schmerzen, besonders mein Hinterteil. Im

Gegensatz zu diesen Barbaren sitze ich für gewöhnlich nicht auf einem Pferderücken. Rücksicht nimmt natürlich keiner und Pausen sind selten. Sie sind nur darauf aus, schnell voranzukommen, und unterhalten sich kaum. Wenn sie es doch tun, verstehe ich kein Wort. Calgacus lässt mich nicht einmal mehr den Verband wechseln.

Die Dämmerung setzt ein und ich will auf keinen Fall noch eine Nacht im Freien verbringen – erst recht nicht mit diesen Männern.

Vorsichtig erkundige ich mich bei Calgacus, wie lange es noch dauert, bis wir ankommen. Seine Antwort ist knapp. »Bald!«

Ich kann mir ein Augenrollen nicht verkneifen. *Bald* – wie bei Kindern auf langen Autofahrten. Nur dass es hier ausnahmsweise stimmt, denn kurz darauf erreichen wir das Ziel.

Ich weiß nicht, was ich erwartet habe: ein Dorf? Eine Festung? Aber ganz sicher keine Burg mitten auf einem See. Genau das sehe ich jetzt vor mir.

Es gibt eine Bootsanlegestelle, ein paar Männer stehen dort und begrüßen Calgacus. Offenbar kennt man ihn und hält ihn nicht für einen Feind. Vielleicht waren meine Sorgen unbegründet.

Als ich endlich von meiner Mähre absteige, kann ich kaum laufen. Meine Oberschenkel und mein Po brennen vor Muskelkater, Verspannungen ziehen sich von den Schultern bis in den Nacken hinauf. Ich bin erschöpft, habe Durst und Hunger und sehne mich nach einer heißen Dusche. Noch mehr hoffe ich auf ein Bett und tiefen, erholsamem Schlaf – acht oder zehn Stunden wären ein Traum.

Wozu mache ich mir überhaupt Gedanken? Ich weiß nicht einmal, ob mich die Leute hier aufnehmen werden. Vielleicht komme ich auch vom Regen in die Traufe.

Das Boot nähert sich langsam dem Ziel, eine kleine Gruppe von Bewohnern erwartet uns bereits. Ich frage mich, ob Eve und Nechtan unter ihnen sind.

Eine ältere Frau sticht aus der Menge hervor, resolut und selbstbewusst. Ihre Mimik, ihre Augen erinnern mich ein wenig an Nechtan, auch wenn ich ihn nur einmal gesehen habe. Zu ihren Füßen knurrt ein hässlicher Hund, der sofort verstummt, als sie ihn mit einem kurzen Befehl zum Schweigen bringt. Neugierig beobachtet sie mich, während sie Calgacus freundlich begrüßt. Die beiden sprechen miteinander. Ich verstehe nichts, aber ihre Blicke und ihre Gesten lassen erahnen, dass es um mich geht.

Voller Ungeduld mische ich mich ein. »Entschuldigen Sie bitte! Mein Name ist Elfie. Ich suche Eve und Nechtan. Sind sie hier?«

Bevor die Frau etwas sagen kann, stürmt eine Gestalt auf mich zu. Ich traue meinen Augen kaum – es ist Eve! Wie ein Wirbelwind kommt sie angerannt, mit ihren leuchtend roten Haaren, die mir schon im Tunnel aufgefallen sind, und das trotz der damals bedrohlichen Situation.

Mit einem freudigen Aufschrei springt sie mir entgegen, als wären wir alte Freundinnen, die sich länger nicht gesehen haben, und zieht mich in ihre Arme. Obwohl wir uns persönlich nicht näher kennen, verbindet uns das gleiche Schicksal. Ich bin wirklich erleichtert, hier eine Verbündete zu haben, die aus meiner Welt stammt und den ganzen Wahnsinn mit mir teilt.

»Mein Gott, du lebst. Wir dachten, wir wären die Einzigen, die aus dem eingestürzten Stollen entkommen sind«, sagt sie bewegt. »Was ist mit den anderen? Mit Ermin? Mit Marc?« Hinter ihr taucht nun auch Nechtan auf.

»Ermin habe ich nicht mehr gesehen. Ich weiß nicht, was mit ihm geschehen ist. Ich kam mit Marc hierher, aber ein römischer Trupp nahm ihn mit, und ich blieb zurück. Schließlich traf ich auf die drei.« Ich deute hinter mich auf Calgacus und seine Männer. Lange Erklärungen erspare ich mir, dazu habe ich weder Zeit noch Lust.

Erst jetzt scheint Nechtan sie wahrzunehmen und sieht den roten Riesen mit unverhohlenem Argwohn an, und wird überraschend direkt. »Lange nicht gesehen, Calgacus. Man erzählt sich, du seist zu den Römern übergelaufen.«

Calgacus grinst und breitet theatralisch die Arme aus. »Wäre ich dann hier?«

Die ältere Frau mischt sich ein, und nun bestätigt sich, was ich geahnt habe, sie ist Nechtans Mutter. »Was redest du da, Sohn? Benimm dich! Wir stehen in seiner Schuld. Er hat zusammen mit den anderen sein Leben für dich riskiert.«

Doch Nechtan bleibt misstrauisch und mustert Calgacus weiterhin kritisch. »Hat er das? Alle Männer, die uns damals zur Grotte begleiteten, starben beim Kampf gegen die Römer, wie ich hörte. Ich war verwundet, nicht bei Bewusstsein, als Eve und ihre Freunde mich in die Höhle brachten und mir damit das

Leben retteten. Dabei sollte er uns den Rücken frei-
halten.«

Nechtan tritt einen Schritt näher und baut sich vor
Calgacus auf, fast bedrohlich. »Hast du das? Aber
warum bist du dann der Einzige, der überlebt hat?«

Calgacus zuckt mit den Schultern und antwortet
unbeeindruckt: »Manchmal ist Glück alles, was man
braucht.«

Nechtans Mutter schüttelt unwillig den Kopf und
wird nun deutlich. »Hör auf damit! So behandelt man
seine Gäste nicht. Kommt jetzt herein und stärkt euch.«

Ein Blick genügt, um zu erkennen, dass sie keine
Widerrede duldet.

Missmutig gibt Nechtan nach und lässt Calgacus
den Vortritt.

Das Ganze ist schon sehr merkwürdig. Ich erwähne
lieber nicht, dass Calgacus verletzt ist und woher er die
Wunde hat. Ich will da nicht hineingezogen werden –
oder bin ich das nicht schon längst?

Im Gebäude werden wir in einen kleinen Saal geführt, wo frisches Brot, Käse, Obst und allerlei andere
Speisen bereitstehen. Obwohl ich erschöpft bin, kann
ich der Versuchung nicht widerstehen und lange kräftig zu.

Eve hat ebenfalls Appetit, während Nechtan nichts
anrührt. Sein Blick bleibt auf Calgacus fixiert. Die beiden sprechen nur wenig miteinander, und wenn, dann
nicht auf Latein, sodass ich ihre Worte nicht verstehe.
Aber ehrlich gesagt, interessiert es mich nicht. Vielleicht haben sie einfach nur ein ausgeprägtes Platz-
hirschverhalten, auch wenn ich zugeben muss, dass
mir immer wieder die getöteten Männer in den Sinn

kommen. Ich sollte mich besser auf die Leute hier am Tisch konzentrieren, schließlich werde ich einige Tage mit ihnen verbringen müssen. Also frage ich Eve, die bereitwillig Auskunft gibt.

Sie fasst alles, was sie weiß, in wenigen Sätzen zusammen. Am Ende sagt sie: »So, nun zu den Hauptpersonen: Nechtans Mutter heißt Cadha. Seine Schwester Nessa ist derzeit nicht im Crannóg.« Ihre Stimme wird leiser. »Sein Vater Torquil starb, während Nechtan weg war. Er schlief friedlich ein, so wurde es ihm mitgeteilt.«

Ich bin überrascht, wie gut sie informiert ist. Das alles scheint ihr sehr vertraut zu sein. Dann fällt mir noch etwas ein. »Eve, was genau ist ein Crannóg?«

»Das hier«, erklärt sie, »die wasserburgähnliche Festung in der wir uns befinden. In unserer Zeit gibt es keinen vergleichbaren Crannóg.«

»Hier ist einfach alles *besonders*«, entgegne ich frustriert. Doch was mich wirklich interessiert, ist: »Wann können wir heimkehren?«

»Das weiß ich nicht«, antwortet sie ruhig. »Es gibt kein Handbuch dafür.«

Ihre Gelassenheit erstaunt mich. Macht ihr unsere Lage gar nichts aus? Ich muss es wissen. »Eve, mal ehrlich, willst du überhaupt zurück nach Hause?«

Einen Moment lang haftet ihr Blick sehnsüchtig an Nechtan. Jetzt wird mir klar, was los ist. Sie hat sich in diesen großen, blonden Einheimischen mit den langen Haaren verliebt.

»Ich glaube nicht, dass wir zurückkehren können, selbst wenn wir wollten«, sagt sie unvermittelt.

Ich ziehe die Stirn kraus. »Wie kommst du darauf?«

»Weil Adam tot ist.«

»Adam?« Ich verstehe nur Bahnhof.

»Du weißt noch, wer Adam ist, oder?«

Wieso fragt sie so komisch? Natürlich kenne ich ihn. Ich verstehe allerdings nicht, warum unsere Rückkehr von ihm abhängig ist – äh, war.

Bevor ich jedoch nachfragen kann, erklärt sie: »Wir fanden ihn im Tunnel, schwer verletzt, unter Steinen begraben. Nechtan wollte ihn zum Sterben zurücklassen. Das konnte ich nicht. Wir befreiten ihn, aber es war zu spät. Er starb in meinen Armen. Wir haben ihn noch vor Ort beerdigt.«

Es ist eigenartig. Sollte mich das nicht irgendwie berühren? Nein. Ich empfinde nur wenig Mitleid für ihn, schließlich stecke ich wegen ihm und Kristian in diesem Schlamassel. Außerdem hätte es genauso gut Marc oder mich treffen können, statt Adam.

Eves Information passt zu dem, was Marc und ich auf unserem Weg aus dem Tunnel fanden. Es müssen Eves Schuhabdrücke gewesen sein. Leise murmele ich: »Da war auch eine Taschenlampe ... und Blut.«

Sie hat mich gehört und nickt. »Wir hatten großes Glück, überhaupt lebend rauszukommen, und dann noch einmal, als wir auf einige von Nechtans Getreuen stießen. Sie gaben uns ihre Pferde, und so kamen wir schneller hierher.«

Nicht zu fassen. Wir müssen die beiden um Haaresbreite verpasst haben. Und wenn ich alles richtig zusammenpuzzle, könnten die Männer, die Calgacus tötete, Nechtans Leute gewesen sein. Nur, warum kämpften sie gegeneinander?

Sollte ich ihr davon berichten? Einen Verdacht zu äußern, würde das Vertrauen gefährden, zumindest bei Nechtans Mutter, die offenbar zu Calgacus steht. Ich bin die Fremde hier, nicht Calgacus. Der Kerl scheint sich nicht im Geringsten zu sorgen oder nervös zu wirken. Das müsste er, sollte meine Vermutung stimmen. Aber ist das auch so? Mein Bauchgefühl bejaht es. Doch mein Verstand sagt, dass ich besser die Klappe halten soll – vorerst.

»Elfie, alles in Ordnung?«, durchbricht Eve meine Grübelei.

»Ja, nein … ach, ich weiß nicht …« Mein Kopf dröhnt, und ich lasse einen schweren Seufzer entweichen. Wir sind von meiner ursprünglichen Frage abgekommen. Also hake ich nach: »Ich verstehe da noch etwas nicht. Was hat Adams Tod mit unserer Rückkehr zu tun?«

Eve antwortet prompt: »Man glaubt, dass die Passage nur jenen offensteht, die gemeinsam hindurchgekommen sind, andernfalls droht der Tod.«

Oh, das ist harter Tobak. »Ist das ein Fakt?«

Eve zuckt mit den Schultern. »Keine Ahnung. Wie schon gesagt, es gibt kein Lehrbuch dafür.«

»Davon hat mir Tasha gar nichts erzählt … dass Genetik die Ursache sein könnte, okay … besondere Himmelserscheinungen, auch okay … aber, dass es dieselben Personen sein müssen? Das ist neu.« Ich fühle mich, als würde mein Hirn gleich *Error* melden. Das Ganze überfordert den Homo sapiens sapiens in mir.

»Also, bei unserer Reise spielten die Gestirne schon eine entscheidende Rolle. Wir kamen früher als gedacht nach Hause und Nechtan sowie Marc gelangten erst durch dieses Ereignis in unsere Zeit.« Bedauernd fügt sie hinzu: »Tut mir leid, Elfie, mehr weiß ich aber wirklich nicht.«

Wir sitzen eine Weile wortlos da und beobachten das Treiben um uns herum. Schließlich meldet sich mein Körper, meine Augenlider fallen mir immer wieder zu und ich beginne zu gähnen. Doch bevor ich Eve fragen kann, wo ich heute Nacht schlafen werde, will sie noch etwas wissen.

»Elfie, was ist eigentlich mit deinem Freund Kristian? Kam auch er hierher?«

»Ich weiß es nicht und ich will auch gar nicht daran denken …« Allein die Vorstellung, ihm hier zu begegnen, jagt mir eine Gänsehaut über den Rücken. »Und bitte, nenn ihn nicht meinen Freund.«

»Entschuldige, ich wollte nicht …«

Ich winke ab, zu erschöpft, um über diesen Hornochsen nachzudenken, geschweige denn, über ihn zu sprechen. Was mich beschäftigt ist meine Heimkehr – und Marc, der mich am liebsten als seine Frau in dieser Welt behalten würde, mich dann aber schon bei der ersten Gelegenheit allein ließ. Außerdem geht mir Calgacus nicht aus dem Kopf. Er plant etwas, da bin ich mir mittlerweile sicher. Was ist, wenn ich aus Vorsicht zu viel Rücksicht nehme, dabei die Übersicht verliere und am Ende die Nachsicht habe?

Ich muss innerlich grinsen über meine vielen Sichtweisen. Vielleicht sollte ich sie mit jemandem teilen.

»Eve, ich muss dir was sagen …« Bevor ich weitersprechen kann, tritt Nechtans Mutter Cadha an mich heran.

»Elfie … so ist doch dein Name?«

Ich nicke, überrascht, dass sie mich so direkt anspricht.

»Freunde meines Sohnes sind mir herzlich willkommen. Du kannst gerne bei uns bleiben. Wir finden gewiss eine Beschäftigung für dich«, sagt sie freundlich.

Was meint sie damit? Glaubt sie etwa, dass ich hierbleiben werde? »Äh, danke, aber ich habe nicht vor, eure Gastfreundschaft länger als nötig in Anspruch zu nehmen.«

Sie wirkt verunsichert, dann umspielt ein Lächeln ihre Lippen. »Ist der Grund dafür der Römer? Eve hat mir von ihm erzählt.«

»Ja, äh, nein.« Ich stottere, denn Marc ist tatsächlich ein Grund, diesen Ort zu verlassen, ich muss ihn suchen. Und ich muss einen Weg zurück nach Hause finden. Ich ergänze schnell: »Ich möchte einfach wieder heim.«

Mitfühlend legt sie eine Hand auf meinen Arm und streicht tröstend darüber. »Sprich einmal mit Eve.«

Was soll das? Was denkt Cadha? Hält sie meine Heimkehr etwa für unmöglich?

Eve, die kurz abgelenkt war, hat von Cadhas Worten nichts mitbekommen. Nun mustert sie mich prüfend. »Du siehst müde aus. Komm, Elfie, du brauchst Schlaf, ich brauche Schlaf. Wir werden uns eine Kammer teilen.«

Widerstandslos folge ich ihr. Ich habe mich nicht einmal von den anderen verabschiedet. Völlig groggy möchte ich nur noch ins Bett. Ich will nicht über Cadhas Worte und über Calgacus nachdenken. Alles, was ich bisher in dieser Welt erlebt habe, hat mich an meine physischen und mentalen Grenzen gebracht. Doch morgen ist ein neuer Tag. Vielleicht werde ich dann vieles klarer sehen und meine nächsten Schritte besser planen können.

Der Schlafraum, zu dem Eve mich führt, ist klein und schlicht eingerichtet. Es gibt nur wenige Möbel, keinen unnötigen Schnickschnack. Das passt für mich. Der einzige Luxus sind zwei Betten. In diesem Augenblick bin ich einfach nur froh, nicht mehr unter freiem Himmel nächtigen zu müssen. Endlich fühle ich mich sicher.

Ich ziehe mich nicht aus, sondern lasse mich wie einen nassen Sack auf das Bett fallen. Kaum liege ich, schließen sich meine Augen wie von selbst. Viel nehme ich nicht mehr wahr. Eve spricht noch, glaube ich, aber ihre Stimme erreicht mich nur als ein dumpfes Flüstern, mit einem Schleier zwischen uns. Stattdessen schleicht sich ein anderes Gefühl in meine Sinne – die Sehnsucht nach Marc.

Warum fühle ich mich so zu ihm hingezogen? Ist es bloße körperliche Anziehungskraft, oder steckt mehr dahinter, als ich mir eingestehen möchte?

Zweifellos fühle ich mich in seiner Nähe stark und geborgen. Er gibt mir Kraft und ich vermisse ihn.

Vor meinem geistigen Auge taucht sein Bild auf – lebendig, greifbar. Seine blauen Augen verschlingen mich. Ich spüre seine Hände, wie sie mich berühren, überall – an mir, auf mir, in mir. Der Eindruck ist überwältigend real. Auch seine Wärme, die Festigkeit seiner Muskeln, die Intensität seiner Zärtlichkeit fühle ich deutlich.

Kann ein erotischer Traum so real sein, als wäre Marc physisch bei mir und würde all das mit mir tun, was ich gerade spüre?

Es muss so sein. Wir haben eine besondere Verbindung, womöglich hat uns das Universum ganz bewusst zusammengeführt. Sollte ich mich dem fügen?

Es annehmen und aufhören, mich zu widersetzen? Ist es meine Bestimmung?

Plötzlich taumle ich und werde in eine wirbelnde Spirale gezogen, drehe mich immer weiter, bis alles um mich herum verschwindet – und nur Dunkelheit bleibt.

»Elfie!«

Eine Stimme dringt in meine Traumwelt. Wer ruft mich? Oder bin ich noch immer in meinem Traum gefangen?

»Aufwachen!«

Ich will aber nicht aufwachen und sträube mich. Doch die Stimme gibt nicht auf und nun rüttelt auch jemand an mir.

Nur mit Mühe öffne ich meine Augenlider. Mein Gesicht fühlt sich bleischwer und geschwollen an. Mein Blick ist anfänglich noch getrübt. Nur langsam wird das Bild klarer und ich erkenne den Störenfried: Es ist Eve.

»Lass mich bitte weiterschlafen«, flehe ich sie an.

Doch sie gibt nicht nach. »Es sind Eindringlinge im Gebäude. Schnell! Steh auf!«

»Verdammt! Ich dachte, wir wären hier sicher«, brumme ich gereizt. Und weil ich vor Schreck zu schnell aufstehe, schwächelt mein Kreislauf – unbeholfen und wackelig komme ich in die Höhe.

»Wo sind Nechtan und die anderen Kämpfer?«, will ich wissen.

»Das wüsste ich auch gern«, entgegnet Eve knapp.

»Gibt es hier keine Wachen?«

»Nicht wirklich. Es ist eine Zuflucht und momentan wird sie nur von wenigen bewohnt«, erklärt sie fast flüsternd.

»Wenn es eine Zuflucht ist, wie können dann Angreifer hier sein?«

»Gute Frage. Spielt aber jetzt keine Rolle, sie sind da«, sagt sie trocken und geht zur Tür, um vorsichtig hinauszublicken.

»Was hast du vor? Wäre es nicht besser, im Zimmer auf Hilfe zu warten und uns zu verbarrikadieren?«

»Nein. Wir müssen den anderen beistehen. Sie brauchen uns.«

Na toll, ich bin kein Kämpfer. Was soll ich schon ausrichten können? »Eve, ich weiß nicht, wie ich helfen kann?«

»Schnapp dir einfach den nächstbesten Gegenstand … Stock, Messer, was auch immer, und nutze ihn als Waffe.«

Während mir die Knie schlottern, bleibt sie hochkonzentriert, als wäre sie *Lara Croft* – nur mit roten Haaren. Dieses zierliche Persönchen ist kaum größer als ich, aber ziemlich taff. Sie passt hier perfekt hin. Ich bezweifle zwar, dass ich ihr im Ernstfall eine große Hilfe sein werde, aber ich will es wenigstens versuchen. Ich greife nach einem Holzscheit und folge ihr dicht auf den Fersen.

Bald hören wir laute Stimmen aus Richtung des Speisesaals. Auf dem Weg dorthin treffen wir auf niemanden.

Als wir ankommen, wagen wir einen vorsichtigen Blick hinein. Cadha ist zu sehen, umringt von einigen Getreuen. Etwas abseits stehen drei Fremde: ein Römer in voller Montur und zwei Männer, die nicht uniformiert sind und mich aufgrund ihres Aussehens eher an Germanen erinnern. Sie scheinen jedoch nicht zu Nechtans Männern zu gehören.

Seltsam an der Situation ist Cadha. Sie wirkt weder ängstlich noch aufgeregt. Ich hingegen bin es umso mehr. Mein Adrenalinpegel steigt, mein Herz schlägt immer schneller und meine Atmung beschleunigt sich, was zu Lasten meines Gehörs geht. Das Rauschen meines Blutes macht es schwer, zu verstehen, was im Saal gesprochen wird.

Dann schubst mich Eve. Sie will losschlagen. Ein letzter, ermutigender Blickkontakt und dann stürmen wir beide brüllend hinein. Eine ziemlich blöde Idee, aber vielleicht nehmen Cadhas Leute das als Zeichen, sich uns anzuschließen.

Sofort stürzt sich Eve auf einen der germanisch aussehenden Fremden. Sie reagieren nicht einmal, das Überraschungsmoment liegt eindeutig auf unserer Seite.

Eve schafft es, den Mann umzuwerfen und liegt nun auf ihm. Ich nehme den Römer ins Visier und will schon mit dem Holzscheit zuschlagen, als er mir meine improvisierte Waffe mit einer einzigen eleganten Bewegung entreißt. Und dann erkenne ich ihn. Es ist Marc!

Von seinem Anblick bin ich so überrascht, dass ich erstarre. Nicht weniger erstaunt ist Marc selbst.

Aus dem Augenwinkel sehe ich, wie der zweite Fremde seinem Gefährten zu Hilfe eilt. Mit Mühe gelingt es ihm, Eve von ihrem Gegner herunterzuziehen. Sie wehrt sich energisch, verpasst ihm schmerzhafte Tritte und Schläge.

Langsam fällt die Starre von mir ab. Mit gedämpfter Stimme wispere ich seinen Namen: »Marc.«

Das ist das Signal für ihn. Er zieht mich in seine Arme und küsst mich vor aller Augen. Ich leiste keinen

Widerstand. Warum auch? Genau danach habe ich mich doch gesehnt.

Als er sich schließlich von meinen Lippen löst, flüstert er tief erleichtert: »Meine süße Shian, ich bin so froh, dich gefunden zu haben und dich wohlauf zu sehen …« Dann hält er mich ein wenig auf Abstand und blickt mich prüfend an. Zärtlich streicht er über meine Augenlider. »Du siehst erschöpft aus. Geht es dir gut?«

Ich schmiege mich an seine Brust, auch wenn seine Rüstung unangenehm drückt, und murmele leise: »Jetzt ja.«

»Was verdammt … ist hier los?«, brüllt Eve atemlos und zappelnd, denn ihr Gegner hat ihr buchstäblich den Boden unter den Füßen weggezogen, indem er sie, da sie viel kleiner ist als er, hochgehoben hat und fest umklammert hält.

Marc gibt mit einer knappen Kopfbewegung den Befehl, sie loszulassen. Der Hüne gehorcht und lässt sie fallen, als hätte er sich an einer heißen Kartoffel verbrannt. Der jähe Bodenkontakt macht Eve eher wütend, als dass sie sich über ihre wiedergewonnene Freiheit freut. Frustriert tritt sie dem Germanen kräftig gegen das Schienbein. Dieser zuckt nur kurz zusammen. Er will wohl zeigen, dass er hart im Nehmen ist.

Cadha grinst bei dieser Aktion. In ihrem Blick spiegeln sich Stolz und Anerkennung für Eve. Seltsamerweise blieben sie und ihre Leute bisher auffällig untätig. Sogar der blöde Köter hat keinen Laut von sich gegeben. Als Wachhund hat er, meiner Meinung nach, kläglich versagt.

Erst jetzt ergreift Cadha das Wort: »Centurio, ich bedaure unsere anfängliche Feindseligkeit. Ihr werdet sicherlich verstehen, warum.«

Marc reagiert ruhig. »Ich kam nur, um meine Frau zu finden. Ich danke Euch sehr, dass Ihr ihr Schutz gewährt habt.«

Frau? Bei dieser Aussage schießt mein Puls augenblicklich in die Höhe.

»Sie kam erst gestern Abend bei uns an. Calgacus brachte sie her.«

Marcs Haltung verändert sich. Er will etwas sagen, wird aber von Eve abgelenkt, die inzwischen näher an ihn herangetreten ist und ihn neugierig umrundet.

»Ich habe dich nicht erkannt, Marc. Du siehst gut aus in dieser Römerrüstung.«

Marc hört es, aber etwas anderes scheint ihn zu beschäftigen. »Calgacus war hier?«, wiederholt er in einem merkwürdigen Ton.

Eve und ich nicken gleichzeitig. Marc hält mich weiter in seinen Armen, während sein Blick nun fest auf Cadha gerichtet ist. Mit ernster Stimme sagt er: »Wisst Ihr denn nicht, dass er Euch verraten hat? Er soll Nechtan an meinen Lagerpräfekten ausliefern. Als Belohnung winkt ihm eine Villa im Süden. Bei der Grotte an der Küste misslang es damals und jetzt will er es nachholen.«

Eve stößt einen entsetzten Schrei aus und wendet sich sofort an Cadha. »Wo ist Nechtan? Und wo ist Calgacus?«

Cadha wird blass. Der Schock fährt ihr durch die Glieder. Für einen Moment bleibt sie wie erstarrt, dann gibt sie ihren Männern ein Zeichen. Sie eilen los, offenbar auf der Suche nach ihrem Sohn und Calgacus. Mit zitternder Hand reibt sie sich über das Gesicht, als wolle sie erwachen, und murmelt: »Das darf einfach nicht sein.«

Eve wendet sich an Marc. »Wie bist du auf die Insel gelangt? Die Boote sind nachts nicht an Land.«

Marc bestätigt ruhig. »Doch, sie waren da. Calgacus muss sie genutzt haben, um von der Insel zu verschwinden.«

»Aber hättest du ihm nicht begegnen müssen?«

Sie klammert sich an die Hoffnung, dass Marcs Verdacht unbegründet ist. Denn sollte er recht haben und Calgacus nicht mehr hier sein, dann gilt das womöglich auch für Cadhas Sohn.

»Nein, wir sind niemandem begegnet. Er hat wohl einen anderen Weg genommen, aus gutem Grund«, erklärt Marc.

Unterdessen ist einer von Cadhas Männern zurückgekehrt und flüstert ihr etwas ins Ohr.

Cadha richtet sich auf, sichtlich erschüttert. »Es ist wahr. Er hat meinen Sohn entführt. Sie wurden gesehen. Wir müssen ihn zurückholen. Nechtan darf nicht in die Hände der Römer fallen!« Ihre Stimme ist scharf und sie blickt Marc beinahe feindselig an.

Er bemerkt es und versichert ihr: »Ich werde alles tun, damit Ihr Euren Sohn wohlbehalten zurückbekommt.«

Hoffentlich verspricht er ihr da nicht zu viel.

»Wir brauchen Hilfe«, stellt Eve nüchtern fest, bemüht, einen Plan zu schmieden. »Wo sind eigentlich Nessa und Talorg?«

Cadha seufzt. »Im Norden. Sie werden nicht rechtzeitig zurück sein können.«

»Dann müssen wir es alleine schaffen«, sagt sie entschlossen. »Wir treffen uns beim Boot. Ich muss noch ein paar Sachen packen.« Und schon ist sie weg.

Nachdenklich blicke ich ihr hinterher. Mist! Hätte ich ihnen gestern oder wenigstens heute von meinem Verdacht berichtet, wäre das vielleicht alles nicht passiert. Aber jetzt ist es zu spät.

Marc zieht mich beiseite. »Sorge dich nicht, alles wird gut.«

Ich zweifle. »Wie willst du ihn retten? Und was wird mit mir?«

Er streicht mir sanft über die Wange. »Meine Mutter ist im Castrum. Sie möchte, dass ich mit ihr nach Hause zurückkehre.«

»Deine Mutter? Sie ist hier? Warum?«

»Sie kam, um mich zu retten und mitzunehmen.« Er macht eine Pause, sieht mich eindringlich an und bittet: »Vertrau mir! Zuerst retten wir Nechtan, und dann kommst du mit mir nach Mogontiacum.«

Moment! Das geht mir zu schnell! Bin ich wirklich bereit, mein altes Ich aufzugeben – für einen Mann aus einer anderen Epoche? Sollte ich nicht wenigstens versuchen, nach Hause zu kommen? Wenn es aber stimmt, dass mit Adams Tod die Heimreise unmöglich geworden ist, dann ist ein Leben mit dem Mann, den ich liebe, auf der römischen Seite des Rheins eine verlockende Alternative. Es bleibt jedoch eine schwierige und folgenreiche Entscheidung.

Und dann ist da noch Marcs Mutter. Was, wenn sie mich nicht mag? Weiß sie überhaupt von mir? Wie erklären wir ihr, woher ich komme?

»Ich sehe, wie du zu grübeln beginnst. Aber das musst du nicht! Es war uns vorherbestimmt, aufeinanderzutreffen. Wir gehören zusammen.«

Marc versucht mir Mut zu machen. Sein Blick ist voller Liebe und Zuversicht. »Mater wird dich mögen, nein, sie wird dich lieben, nicht nur, weil ich es tue, sondern weil das Gute an dir, das Gute in dir ist.«

Seine Worte berühren mich, und er hat meine Befürchtungen richtig erkannt. Jetzt lächelt er, als wüsste er, was ich denke. Verdammter Kerl! Er sieht dabei so sexy aus. Liegt es an der Rüstung? Es gibt wissenschaftliche Berichte, dass von Uniformen ein besonderer Reiz ausgeht. Sie signalisieren Kraft, Selbstvertrauen und Wagemut. Da ist etwas Wahres dran.

Er nickt mir aufmunternd zu. Es wird ernst.

Ich strecke mich durch und sage: »Nun, dann sollten wir uns bereitmachen.«

Von Cadha verabschieden wir uns noch vor Ort.

Sie ist merklich getroffen und wirkt zerbrechlicher als gestern. Die Entführung ihres Sohnes, der gerade erst heimgekehrt war, trifft sie mitten ins Herz. Vor allem unter dem Aspekt des Verrats von Calgacus, den sie als Gast in ihrem Haus willkommen hieß.

Ich versuche positiv zu denken. Es wird schon alles gut gehen. Immerhin haben wir mit Marc einen waschechten Römer an unserer Seite, der uns die Türen zu seiner Welt öffnen kann.

Eve steht an der Bootsanlegestelle, schwer bewaffnet – sie sieht wirklich aus wie *Lara Croft*, wenn auch in Rot. Ein Gürtel mit verschiedenen Dolchen hängt an ihrer Hüfte und auf dem Rücken trägt sie eine Axt. Ihr Haar hat sie zu einem praktischen Zopf gebunden und sich mit Erde beschmiert. Warum genau, habe ich noch nicht ganz durchschaut. Vielleicht denkt sie, dass das irgendwie dazugehört, oder sie macht es einfach für sich.

»Was grinst du so?«, fragt sie herausfordernd.

»Du erinnerst mich an *Tomb Raider*.«

Damit entlocke ich ihr ein Schmunzeln. Doch nicht nur ich bin beeindruckt, auch die beiden Germanen starren sie mit offenem Mund an, wohl nicht zuletzt wegen ihrer engen Hose und des Shirts, der Haare und der Kriegsbemalung, und so weiter. Ich grinse immer noch.

Die beiden Germanen haben sich inzwischen wieder gefangen und paddeln kräftig los.

»Wer sind die beiden stummen Riesen?«, will ich von Marc wissen, der sich bei Eves Anblick verschluckt hat und nun mühsam den Husten unterdrückt.

»Sie gehören zu … äh, Mutters Leibwache.«

»Sie hat Bodyguards? Können wir ihnen vertrauen?«, hake ich leise nach.

»Ja, können wir. Sie sind weitläufig mit mir verwandt«, sagt er und fügt fragend hinzu: »Was sind *Bodyguards*?«

»Nicht wichtig.« Ich mag jetzt nichts erklären, da ich sehe, was mich an Land erwartet.

Als wir ankommen, stehe ich zunächst prüfend vor ihnen: Pferde! Keine Ponys! Richtige Pferde! Verdammt große Viecher! Allerdings nur drei, vermutlich konnten sie nicht mehr beschaffen.

»Elfie?« Eve schubst mich in ihre Richtung.

»Lass das!«, knurre ich.

»Was ist denn los mit dir?«

»Ich … mag sie nicht. Sie sind riesig und extrem ein-schüchternd«, erkläre ich mein Verhalten.

Eve lacht und schüttelt den Kopf.

Auch Marc grinst. Er kennt meine Abneigung bereits. »Komm, Elfie! Du reitest bei mir mit. Eve wird bei Ulf aufsitzen.«

Während ich noch schmolle, zieht er mich sanft zu sich aufs Pferd. Ich sitze vor ihm, so gibt er mir am besten Halt. Die Höhe des Pferdes und der Gedanke an einen möglichen Sturz lösen Unbehagen aus. Aber ich habe keine Wahl. Ein paar tiefe Atemzüge helfen mir, mich zu sammeln. Die Ungewissheit darüber, was uns nun erwartet, beunruhigt mich mehr – wenigstens bin ich diesmal nicht alleine. Marc ist bei mir und das gibt mir Sicherheit.

KAPITEL 13

Das stundenlange Reiten schmerzt, besonders weil mein Körper den letzten Ritt noch nicht vergessen hat. Doch die Tatsache, dass ich wieder bei Marc bin, lässt mich die Strapazen ertragen.

Nach einer Weile spricht er leise unsere unfreiwillige Trennung an. »Es tut mir leid, dass ich dich zurücklassen musste.«

»Ja, das war ein großer Schock für mich«, antworte ich ehrlich.

»Ich hatte Angst, dass sie dir etwas antun. Mein Plan war, so schnell wie möglich zu dir zurückzukehren«, versucht er sich zu rechtfertigen.

»Und jetzt glaubst du, sie werden mir kein Leid zufügen?«

»Der Präfekt hat mir meine Geschichte geglaubt, dass ich nach einem Steinschlag am Kopf eine Zeit lang nicht wusste, wer ich war. Außerdem ist meine Mutter dort. Niemand wird es wagen, dir etwas anzutun, wenn ihm sein Leben lieb ist.«

Ich bleibe ruhig und versuche seine Informationen zu verarbeiten. Die Amnesie ist ein cleverer Schachzug. Trotzdem hätte ich nicht erwartet, dass seine Mitstreiter ihm die Story abkaufen.

Marc reißt mich aus meiner Grübelei. »Wie bist du eigentlich auf Calgacus gestoßen?«

»Reiner Zufall. Er und seine Männer gerieten in einen Kampf und dabei entdeckten sie mich. Calgacus wurde verletzt, ich versorgte ihn und rettete damit auch mich selbst. Als ich ihnen sagte, dass ich zu Nechtans Familie wolle, bot er an, mich dorthin zu bringen.« Ich seufze tief. »Hätte ich das bloß nicht getan. Dann wäre Nechtan jetzt nicht entführt worden.« Noch immer ärgert mich mein Anteil an dem ganzen Desaster.

»Aber du wärst vielleicht nicht mehr am Leben«, hält er seufzend dagegen.

Eve hat das Gespräch mitbekommen und wirft ein: »Du trägst dafür keine Verantwortung. Du wusstest nichts von Calgacus' Verrat. Niemand hat damit gerechnet, nicht einmal Cadha.«

Die beiden versuchen mir meine Schuldgefühle zu nehmen. Aber ich hätte mein ungutes Gefühl gestern Abend mindestens Eve mitteilen müssen. Erschöpft zu sein, nicht mehr klar denken zu können, sind bloße Rechtfertigungen, also halte ich dagegen: »Ich ahnte, dass er etwas im Schilde führt. Das hätte ich euch sagen müssen, auch ohne Beweise.«

Eve schüttelt den Kopf. »Selbst wenn du es gesagt hättest, Cadha hätte dir nicht geglaubt, ich übrigens auch nicht. Dass Calgacus so hinterhältig ist, hat niemand kommen sehen. Mach dir keine Vorwürfe.«

Ihre Worte sind tröstlich gemeint, doch der bittere Beigeschmack bleibt.

Erst am frühen Nachmittag legen wir eine längere Rast ein. Eve nutzt die Gelegenheit, um ihre Glieder zu lockern, und führt Trockenkampfübungen aus.

Tasha hatte mir einmal erzählt, dass Eve Kampfsportlerin ist. Marcs Begleiter wirken unschlüssig, wie sie diesen kleinen Wirbelwind einordnen sollen. Sie wechseln zwischen Staunen und amüsiertem Grinsen.

Meinen Römer hingegen scheint das nicht zu interessieren. Er hat nur Augen für mich.

»Ich muss dir noch etwas gestehen …«, sagt er plötzlich. Doch er spricht nicht weiter, es muss gewichtig sein, so wie er herumdruckst.

»Raus damit! Wo drückt der Schuh?«

Er lacht leise. »Wo der Schuh drückt? Interessante Redewendung.«

Ich werde ungeduldig. »Ja, ist lustig. Jetzt rede schon endlich.«

Und dann rückt er damit raus.

»Kristian lebt. Er ist im Lager.«

»Wie bitte? Das ist nicht dein Ernst!« Ich starre ihn fassungslos an und haue ihm reflexartig auf den Arm.

»Warum schlägst du mich?«, fragt er und grinst unschuldig.

»Das hättest du mir schon früher erzählen können«, rüge ich ihn.

Er zuckt mit den Achseln. »Es gab Wichtigeres.«

»Und was hat er im Lager zu suchen?« Meine Stimme klingt schärfer, als ich beabsichtigt hatte.

»Er wartet auf seine Hinrichtung.«

Das haut mich um. Zwar überrascht es mich nicht, dass Kristian erneut alle gegen sich aufgebracht hat, aber trotzdem trifft mich die Nachricht wie ein Schlag.

Ich frage mich ernsthaft, was ich je an diesem Mann gefunden habe.

Marc nennt den Grund für die Bestrafung. »Er hat einen unserer Männer getötet und eine Geisel genommen. Der Präfekt kann nicht anders, er muss es ahnden.«

Mir kommen Eves Worte in den Sinn: *Nur mit jenen, mit denen man die Zeitreise angetreten hat, kann man zurückkehren, ansonsten droht der Tod.* Adam hat es bereits nicht überlebt. Mit Kristians Hinrichtung stünden dann schon zwei Personen für eine Heimreise nicht mehr zur Verfügung. Und was sagt das Universum zu den beiden Rückkehrern Nechtan und Marc? Wie passen sie in diese Regel? Ach ja, da war doch dieses besondere Himmelsereignis …

Je mehr ich versuche dieses Mysterium zu verstehen, desto mehr beginnen meine Synapsen durchzubrennen. Ich stehe vor der Wahl: Wahrscheinlicher Tod beim Versuch zurückzukehren, oder ein Leben an der Seite des Mannes, den ich liebe, allerdings im Hier.

»Elfie, tut es dir leid? Das mit Kristian?« Marc sieht mich durchdringend an.

Ich antworte ernst: »Ich halte nichts vom Töten oder der Todesstrafe. Jedes Leben ist wertvoll. Ich bedaure, dass es ihn hierher verschlagen hat.«

»Obwohl er dir Leid zufügen wollte?«, bemerkt er zweifelnd.

Ich nehme sein Gesicht in meine Hände, küsse ihn und sage leise: »Er war verblendet und dumm zu glauben, er könnte mich zurückgewinnen.«

Marcs schöne blaue Augen blicken plötzlich traurig. »Und? Was wirst du tun? Bei mir bleiben oder gehen?«

Was diese elementare Frage betrifft, klingt er zum ersten Mal unsicher, beinahe ängstlich. Bisher hat er vorausgesetzt, dass mein Leben an seiner Seite weitergeht, doch nun möchte er es auch von mir hören.

Verflixt, warum fällt es mir so schwer, ihm einfach zu sagen, was er hören will? Ich atme tief durch, meine Stimme wird leise, als ich sage: »Ich liebe dich, Marc, aber ich habe auch Angst.«

Es ist das erste Mal, dass ich ihm meine Liebe gestehe, und ich sehe, wie er nun strahlt. Er zieht mich noch ein Stück näher an sich und flüstert: »Bitte habe Vertrauen, meine süße Shian. Ich bin bei dir, immer.« Sein folgender Kuss ist wie ein Siegel, ein Versprechen auf eine gemeinsame Zukunft.

»Hey, ihr Turteltäubchen, wir müssen weiter!«, ruft Eve und hat bereits die Pferde im Schlepptau.

Laut seufzend und nur sehr widerwillig lässt Marc mich los. Erneut muss ich mich auf das vierbeinige Ungetüm setzen. Doch es gibt Wichtigeres, als meine Abneigung gegen das Reiten.

Marc streicht sanft über meinen Nacken, eine wohlige Gänsehaut breitet sich aus. Er riecht an mir, liebkost mein Ohrläppchen. »Du duftest gut und du schmeckst gut.«

Echt jetzt? Ich habe seit Tagen nicht geduscht und nicht einmal die Zähne geputzt. Wie peinlich! Andererseits, ihm dürfte es ähnlich ergehen, nur finde ich nicht, dass er müffelt. Dafür sind vermutlich die Pheromone oder die Gene verantwortlich. Ein weiteres Indiz, dass wir zusammengehören – weil wir uns *riechen* können?

Inzwischen reitet Eve mit ihrem Begleiter an unserer Seite. Mit banger Miene wendet sie sich an Marc. »Ich mache mir große Sorgen. Bisher haben wir keine Spur von Calgacus oder Nechtan gefunden.«

»Calgacus will ins römische Lager, aber er wird nicht den direkten Weg genommen haben. Er kann sich denken, dass man ihn verfolgt«, entgegnet Marc sachlich.

Eve sieht ihn angespannt an. »Was werden deine Leute mit Nechtan tun?«

»Hinrichten«, antwortet er knapp.

Eve schluckt, Tränen sammeln sich in ihren Augen.

Ich stupse Marc unauffällig, woraufhin er sich schon beschweren will. Dann begreift er endlich, in welches Fettnäpfchen er getreten ist, und versucht die Wogen zu glätten. »Eve, alles wird gut. Wir holen Nechtan da raus. Von Vorteil ist doch, dass ich selbst Römer bin.« Dabei schenkt er ihr ein aufmunterndes Zwinkern.

Sie erwidert nichts, lässt nur einen tiefen Seufzer los.

Mist! Jetzt beginnt es auch noch zu regnen – typisch schottisches Wetter. Für die wunderbare Landschaft mit ihren sanften Hügeln, hohen Bergen, Tälern, klaren Seen und dichten Wäldern hatte ich bisher kein Auge. Und obwohl man es nicht vermutet, gibt es hier sogar Orte mit endlos langen weißen Stränden. Schottland ist wahrhaftig abwechslungsreich und atemberaubend. Doch all das tritt in den Hintergrund angesichts der Herausforderungen, die mich erwarten, und die nicht minder atemberaubend sind.

Es ist fast Abend, als wir endlich unser Ziel erreichen. Aus Vorsicht rasten wir außerhalb der Sichtweite des Castrums. Der Regen hat inzwischen nachgelassen.

Marc entscheidet, dass Eve nicht mit uns weiterreitet. Sie soll sich ein Versteck suchen und auf ein

Zeichen warten. Das gefällt ihr nicht, aber nach einer kurzen Diskussion gibt sie auf. Es ist besser so.

Meine Gedanken kreisen um das, was mich dort erwarten wird. Die Unsicherheit nagt an mir.

»Marc, wie werden sie auf mich reagieren? Und was, wenn Calgacus dort ist? Er kennt mich und wird meine Anwesenheit sicher hinterfragen.«

Marc bleibt ganz ruhig und strahlt pure Zuversicht aus. »Es wird sich alles fügen, du wirst es sehen.«

Bevor wir unseren Weg fortsetzen, tritt Eve an mich heran. Sie schließt mich in die Arme und vergießt ein paar Tränen.

»Eve, du brauchst nicht traurig zu sein. Wir werden Nechtan finden und ihn befreien.«

Sie löst sich aus der Umarmung und sieht mich mit feuchten Augen an. »Ich hoffe, du hast recht. Aber ich muss dir etwas gestehen ...« Sie atmet tief ein. »Ich werde mein Leben hier, in dieser Epoche verbringen. Das ist jetzt mein Zuhause, das habe ich schon vor einiger Zeit beschlossen.«

Ihre Stimme bricht leicht und sie senkt den Blick. »Unsere Wege trennen sich nun. Wir werden uns wohl nicht wiedersehen. Ich wünsche dir von Herzen, dass du deinen Platz findest, sei es an Marcs Seite oder in unserer alten Heimat.«

Ihre Abschiedsworte berühren mich. Es tut weh, sie allein zurücklassen zu müssen. Obwohl sie erst spät in mein Leben trat, verliere ich in ihr eine Freundin und Zeitgenossin.

Ich ziehe sie fest in meine Arme. »Oh, Eve, ich werde dich vermissen und wünsche dir alles Glück der Welt ... Nechtans Schulter zum Anlehnen, die Kraft, niemals aufzugeben, die Nachsicht, anderen zu verzeihen, und vor allem unendlich viel Liebe!«

Wir weinen gemeinsam. Marc schenkt uns diesen Moment. Eve ist nun die dritte Person aus unserem Quartett, die nicht mehr in unsere Geburtswelt zurückkehren wird. Für die Daheimgebliebenen wird das ein harter Schlag sein, sofern sie je von unserem Schicksal erfahren. Nur Tasha und Ermin wissen von unserem Verbleib. Ich hoffe, dass sie lebend dem Tunnel entkommen sind.

Marc wirft mir einen bedeutungsvollen Blick zu. Er ist bereit, aufzubrechen, und verabschiedet sich von Eve. Auch unsere Begleiter nicken ihr noch ein letztes Mal zu. Dann reiten wir los, ohne zurückzublicken.

Ich beginne zu zittern wie Espenlaub, was zum Teil der feuchten Kleidung geschuldet ist, aber auch der Angst vor dem, was mich erwartet.

Mein Römer bemerkt es und zieht mich näher an sich. Er hüllt mich in seinen Mantel. In diesem Augenblick fühle ich mich sicher und geborgen. Sogar die beiden Germanen, die uns begleiten, verleihen mir ein Gefühl von Schutz. Es muss einfach gut gehen.

Als das römische Castrum im Regendunst der untergehenden Abendsonne auftaucht, wächst meine Nervosität. Mein Herz pocht so heftig, dass ich fürchte, es könnte gleich aus meiner Brust springen.

Marc flüstert mir beruhigend ins Ohr: »Ich bin bei dir. Ich beschütze dich. Darauf kannst du dich verlassen. Vertraue meiner Liebe zu dir.«

Und trotzdem, was für eine irre Situation: Ich, ein weibliches Greenhorn aus der Zukunft, finde mich in der archaischen Männerwelt der Antike wieder und stehe kurz davor, Tausenden testosterongesteuerten

Soldaten gegenüberzutreten. Ich muss wirklich verrückt sein, aber eine Umkehr ist ausgeschlossen.

Nachdem wir das massive, mit Wehranlagen versehene Tor des Lagers erreicht haben, erkennen die Wachposten Marc sofort. Sie grüßen ihn freundlich und lassen uns ungehindert passieren. Mich haben sie dabei nicht weiter beäugt. Dennoch halte ich unbewusst die Luft an und atme erst aus, als wir das Tor hinter uns gelassen haben.

»Siehst du, keine Probleme«, muntert Marc mich auf.

Auf dem weitläufigen Gelände reitet er zielstrebig in Richtung eines villenartigen Gebäudes. Dort treffen wir Männer, die unseren Begleitern ähnlich sehen – also keine Römer. Auch sie begrüßen uns ohne Argwohn und helfen mir beim Absteigen.

Marc tauscht ein paar Worte mit ihnen. Dann nimmt er meine Hand und will das Gebäude betreten. Neugierig frage ich: »Worüber habt ihr gesprochen?«

»Ich wollte wissen, ob Calgacus aufgetaucht ist.«

»Ist er?«

»Nein.«

Marc ist recht einsilbig. Er wirkt mit einem Mal unsicher. Seltsamerweise lockert genau das meine Anspannung, denn ich ahne, worum er geht. Es erinnert mich an das immer gleiche Spiel: Ein Sohn, der seiner Mutter seine zukünftige Frau vorstellt. In jeder Zeit dasselbe Szenario.

Im Inneren angelangt, eilt uns eine ältere Frau entgegen. Da sie Marc mit Namen anspricht und ihn mit einem Lächeln in die Arme schließt, wie es nur eine Mutter tun kann, die erleichtert ist, ihren Sohn wohlbehalten wiederzusehen, liegen die Fakten klar auf der Hand.

Marcs Mutter ist eine beeindruckende Erscheinung – ganz und gar römisch. Sie ist in eine Stola gehüllt, ein hellgrünes bodenlanges Kleid, das in der Taille von einem purpurnen Gürtel gestrafft wird. Der Saum ist mit einer gleichfarbigen Borte verziert. Darüber liegt ein weiter Umhang – eine dunkelgrüne Palla. Ihre Schuhe leuchten in einem kräftigen Rotton. Ihr Haar hat sie kunstvoll zu einem Knoten am Hinterkopf geflochten, in den ein langer Schleier eingearbeitet ist.

Ihr Schmuck ist ebenso prächtig wie zahlreich: Goldene Ringe, Spangen, Ohrringe, Ketten und Armbänder, teils besetzt mit kostbaren Edelsteinen, schmücken sie von Kopf bis Fuß. Trotz ihres schneeweißen Haares und ihres offensichtlich fortgeschrittenen Alters strahlt sie eine bemerkenswerte Jugendlichkeit aus. Ihre Haut ist außergewöhnlich straff, ihre gesamte Erscheinung zeugt von Vitalität. Hinzu kommt ihre imposante Größe: Sie überragt die meisten Römer und mich erst recht.

Ich räuspere mich.

Marc bemerkt es, löst sich aus ihrer Umarmung und stellt uns vor. »Mutter, das ist Elfie. Die Frau, die ich liebe und heiraten werde ... Elfie, das ist meine Mutter, Sidonie Aurelius.«

Aus irgendeinem Grund erwarte ich ein Donnerwetter, doch es bleibt aus. Stattdessen drückt sie mich überraschend herzlich und gibt mir einen Kuss auf die Stirn.

»Herzlich willkommen in unserer Familie, Elfie Meiser. Du darfst mich gerne Sita nennen.« Sie strahlt über das ganze Gesicht. Damit habe ich nicht gerechnet und bin sprachlos.

Ehe Marc oder ich etwas sagen können, drängt sie uns in einen Raum, der offenbar das Speisezimmer ist.

»Kommt, ihr habt bestimmt Hunger. Ich lasse euch etwas bringen.«

Marc greift ein. »Mutter, unsere Kleidung ist vom Regen durchweicht und wir sind müde. Es waren anstrengende Tage, vor allem für Elfie.«

»Oh, natürlich! Wir haben Zeit«, entschuldigt sie sich schnell. Dann fällt ihr ein: »Ach, das hätte ich beinahe vergessen: Severus will dich sehen.«

»Heute noch?« Marc wirkt wenig begeistert.

Sie bestätigt kurz und blickt daraufhin nachdenklich zu mir. »Auch meine Mutter trug gerne Hosen. Nun, damit kann ich dir leider nicht dienen. Aber wenn du möchtest, lasse ich dir ein paar meiner Kleider bringen.«

Das Angebot nehme ich dankbar an. Ich habe tatsächlich nichts zum Anziehen, außer dem, was ich am Leib trage, und meine Sachen beginnen bereits unangenehm zu riechen.

Nachdem wir uns von seiner Mutter verabschiedet haben, führt Marc mich zu den Schlafräumen.

»Das ist dein Zimmer. Mein Zimmer ist direkt nebenan«, sagt er mit einem breiten Grinsen. »Ich muss leider noch mal weg, ich beeile mich.«

Als er sich umdreht, um zu gehen, halte ich ihn zurück.

Er sieht mich prüfend an. »Geht es dir gut? Glaub mir, du bist hier wirklich in Sicherheit.«

Das weiß ich. Aber gerade jetzt brauche ich etwas anderes, etwas, das mir Stabilität und Gewissheit schenkt: seine Liebe.

Ich schaue ihm in die Augen und fordere leise, aber bestimmt: »Küss mich!«

Er lächelt. Mit einem Ruck zieht er mich in seine Arme und erfüllt mir meine Bitte, und das mit voller Leidenschaft.

Genau das habe ich gebraucht, denn nicht nur Eve hat eine Entscheidung getroffen, auch ich werde hierbleiben, selbst wenn ich real betrachtet keine Wahl habe.

Mein Körper reagiert auf seine Liebkosungen, doch leider werden wir unterbrochen. Ein Klopfen an der Tür reißt uns aus dem Moment. Plötzlich steht eine junge Frau im Zimmer, beladen mit Stoffen, und starrt verlegen zu Boden. Schmunzelnd löst sich Marc von mir, während ich frustriert aufseufze.

»Wir haben alle Zeit der Welt, süße Shian«, raunt er mit verheißungsvollem Unterton. Doch gleich darauf fügt er bedauernd hinzu: »Aber ich muss jetzt zum Präfekten. Er wartet nicht gerne.«

Widerwillig lasse ich ihn ziehen, obwohl es mir schwerfällt.

Mein Blick wandert zurück zu dem Mädchen, das noch immer in der Nähe der Tür steht – hochrot im Gesicht. Ist es in dieser Zeit tatsächlich so ungewöhnlich, sich vor anderen zu küssen? Oder ist sie einfach nur schüchtern?

O Gott, ich weiß überhaupt nichts über die Gepflogenheiten dieser Epoche. Ich werde auffallen wie ein bunter Hund. Fast unmerklich schüttele ich den Kopf.

Nun gut, zuerst sollte ich versuchen, das Eis zu brechen. Ich frage nach ihrem Namen und schenke ihr ein besonders freundliches Lächeln.

Mit gesenktem Blick und leiser Stimme antwortet sie: »Lil.«

»Das ist ein schöner Name: Lil …« Ich reiche ihr die Hand, die sie zögerlich ergreift. »Ich bin Elfie.« Das Mädchen taut nur langsam auf, was in Ordnung ist, immerhin muss ich mit meinen Jeans und dem Bob-Haarschnitt merkwürdig wirken.

Sie legt die Wechselkleidung auf einen Stuhl und erklärt: »Morgen früh helfe ich Euch beim Ankleiden. Das Nachtgewand liegt bereits auf dem Bett. Eine Karaffe mit Wasser steht auf dem Tisch. Benötigt Ihr noch etwas?«

Ich verneine dankend.

Sie wünscht mir noch eine ruhige Nacht und verlässt den Raum.

Das Zimmer wirkt jetzt extrem düster. Nur eine einzelne Öllampe spendet schwaches Licht. Doch das ist nicht wichtig. Ich muss mich der klammen Sachen entledigen, bevor ich noch krank werde, denn mir ist kalt.

Nachdem ich mich umgezogen habe, wickele ich mich in eine Decke ein. Auf dem Schlafplatz sitzend, mit angewinkelten Beinen, lasse ich die letzten Tage Revue passieren.

Gefährlich und zugleich wundersam schön waren sie. Es gibt hier viele hilfsbereite Menschen wie Cadha und Marcs Mutter – nicht jeder hat Böses im Sinn. Marc ist ebenfalls ein Kind dieser Epoche und trotzdem zu einem großartigen Mann und Menschen geworden. Das liegt vermutlich an seiner Erziehung. Seine Mutter ist aufgeschlossen und nett. Sie hat viel von ihrem Vater Marcus, aber ihre Augen und ihre Ausstrahlung wecken Erinnerungen an ihre Mutter Mara.

Mara! Der Gedanke an meine Freundin lässt plötzlich Zweifel in mir aufsteigen. Ausgerechnet in Maras Enkel habe ich mich verliebt. Ist das moralisch vertretbar? Was würde sie dazu sagen? Hätte ich ihren Segen?

Das Schlimme ist, dass ich längst verloren bin. Mein Herz gehört ihm.

Da schießt mir unvermittelt eine Erinnerung in den Sinn, etwas, das Marcs Mutter gesagt hat: Sie nannte meinen Nachnamen – Meiser. Woher kennt sie ihn? Oder hat Marc ihr das erzählt? Ich muss ihn später fragen.

Abgespannt sinke ich in einen tiefen Schlaf, mit Eindrücken, die noch immer ihre Kreise in meinem Kopf ziehen, bis mein Geist endlich zur Ruhe kommt.

Ich werde wach, als Lil im Zimmer auftaucht und ordentlich Lärm macht. Ich will schon meckern, lasse es aber, weil sie mich viel zu freundlich ansieht. Da kann ich nicht muffelig reagieren. Und mal ehrlich, ich brauche einfach Menschen, die nett zu mir sind.

Gähnend strecke ich mich und wünsche ihr einen guten Morgen.

Sie erwidert meinen Gruß und teilt mir mit: »Ihr werdet zum Frühstück erwartet.«

Oh, natürlich, Marcs Mutter.

Lil hilft mir, mich anzuziehen und frisch zu machen.

Ich muss mich nun von meiner bequemen Hose verabschieden. Dafür schlüpfe ich in eine beigefarbene Leinentunika mit Ärmeln. Das knöchellange, hemdartige Gewand wird mit Spangen zusammengehalten. Darüber legt mir Lil eine dunkelbraune Stola – ein Überkleid, das sie geschickt an meiner Taille und unter der Brust bindet. Die Schnürung betont meine beiden

Attribute. Mir war nicht bewusst, dass Römerinnen sich so offenherzig zeigten. In meinem bisherigen Leben spielten Kleider jedenfalls keine Rolle. Da werde ich mich umgewöhnen müssen. Ein großer Spiegel wäre jetzt hilfreich, mir steht jedoch nur ein kleiner Handspiegel zur Verfügung.

Lil sieht mich zufrieden an und grinst anerkennend. Das werte ich als Kompliment.

»Was soll mit den Gewändern geschehen?«, fragt sie und deutet auf meine alten Sachen.

»Ich möchte sie behalten«, antworte ich. Ich bin noch nicht bereit, mich von ihnen zu trennen.

Sie nimmt sie an sich und will gehen, doch ich halte sie auf, ich habe noch eine Frage. »Lil, ich würde mir gerne die Zähne putzen. Hast du dafür ein Mittel?«

Sie nickt und verschwindet für ein paar Minuten. Als sie zurückkommt, übergibt sie mir ein kleines Töpfchen mit einer Art Creme und einen weichen Zweig.

Neugierig betrachte ich es, da es etwas streng riecht. »Woraus besteht die Paste?«

»Aus Essig, Honig und Salz«, erklärt sie.

Eine seltsame Mischung, aber mir bleibt nichts anderes übrig. Ich werde wohl meine Finger benutzen, um die Paste aufzutragen, und den Zweig als Zahnstocher für die Zahnzwischenräume. So ist es vermutlich auch gedacht.

Lil ist schon an der Tür, als ihr etwas einfällt. »Ihr sollt ins Triclinium kommen«, teilt sie mir mit.

»Wo ist das?«

»Dort, wo gespeist wird.«

Ah, das Esszimmer.

Jetzt ruft jemand nach ihr, also sage ich schnell: »Ich bin dir wirklich dankbar für deine Hilfe!«

Sie lächelt mich an und geht.

Nun bin ich allein und das fühlt sich nicht gut an. Marc ist gestern nicht mehr zu mir gekommen. Ob er noch in seinem Zimmer ist? Ich klopfe an die Tür, doch es bleibt still. Ich riskiere einen Blick hinein – leer. Er muss früh aufgestanden sein. Es gibt sicher einen Grund dafür. Vielleicht hat er seinen Pflichten als Soldat nachkommen müssen oder er wollte mich einfach nur ausschlafen lassen.

Mit jedem Schritt Richtung Essbereich steigt mein Puls. Ich bin gespannt, wie Marc auf mein neues Erscheinungsbild reagieren wird. Der Tragekomfort der römischen Gewänder ist aufgrund ihrer Ausmaße und Schwere ungewohnt. Zum Glück habe ich noch meine Turnschuhe an, die unter dem langen Stoff verborgen bleiben.

Ich bin fast dort, da öffnet sich unvermittelt die Tür des Speiseraums. Lil erscheint mit einem leeren Tablett in den Händen und sieht mich freundlich an. Es ist schön zu sehen, dass sie ihre Scheu mir gegenüber abgelegt hat.

Marc hat mich bereits bemerkt und geht zielstrebig auf mich zu. »Du siehst wundervoll aus.« Seine Augen leuchten. Er gibt mir einen Kuss auf die Wange und begleitet mich hinein.

Auch Marcs Mutter kommentiert meine Verwandlung: »Wie eine echte Römerin. Es steht dir.«

»Danke. Aber ich muss mich noch daran gewöhnen.«

Sie tritt an mich heran. »Ich habe etwas für dich.« Mit einem Lächeln legt sie mir eine Perlenkette um.

»Die ist für dich, Elfie, als Zeichen meiner Dankbarkeit.«

»Äh, wofür?« Ich sehe sie irritiert an.

»Du weißt es nicht, aber du hast mir einst das Leben gerettet.«

Verwirrt blicke ich sie an. Was meint sie damit? Selbst Marc schaut erstaunt.

Sie erklärt: »Als ich noch sehr klein war, wurde ich schwer krank. Ein Mann kam und brachte meiner Mutter ein Geschenk. Es war Medizin. Eine Arznei, die es in unserer Welt nicht gibt und die mich wieder gesund machte. Mutters Freundin hatte sie uns zukommen lassen. Erst jetzt begreife ich, dass du das warst. Meine Mutter hat immer am achtundzwanzigsten Martius eine Kerze entzündet. Das ist doch dein Geburtstag, nicht wahr?«

Ich staune und nicke verlegen.

»Das dachte ich mir. Als mein Sohn von dir berichtete, von dem Ort, an dem er dich traf, und wie du heißt, kam die Erinnerung zurück.«

Ich weiß nicht, was ich denken oder fühlen soll. Ich stehe vor Maras Tochter und liebe Maras Enkelsohn. Der innere Konflikt ist wieder da. Das alles überfordert mich, und ohne es zu wollen, füllen sich meine Augen mit Tränen.

Marc streckt sofort die Arme nach mir aus, dabei sieht er seine Mutter vorwurfsvoll an.

Ich brauche Abstand und wehre seine Nähe ab. Eine leise Entschuldigung murmelnd, eile ich aus dem Raum. Frische Luft – das ist, was ich jetzt brauche.

Auf dem Weg nach draußen höre ich, wie er mit seiner Mutter in eine hitzige Diskussion gerät. Ich bedauere das, denn keiner von ihnen kann etwas dafür. Es liegt allein an mir. Marcs Mutter hat lediglich eine Gemeinsamkeit entdeckt, die meine Zweifel erneut entfacht hat.

Draußen angekommen, finde ich mich in einer weiteren unwirklichen Situation wieder: überall Legionäre, die mich anstarren. In meinem Kopf herrscht Chaos. Es fällt mir schwer, einen klaren Gedanken zu fassen. Wellen der Verzweiflung überrollen mich.

Kann ich hier überhaupt leben? Fernab von allem, was mir lieb und teuer ist? Habe ich mir das alles nur schöngeredet? Und dann noch der innere Konflikt, mit Maras Enkel ein Verhältnis zu haben. Es fühlt sich falsch an – und doch wieder nicht. Ich muss nachdenken, in Ruhe! Wo zum Teufel finde ich hier einen Ort, an dem ich einfach mal für mich sein kann?

Hektisch sehe ich mich um, da dringen plötzlich Schreie an mein Ohr. Eine Frau brüllt und eine Männerstimme mischt sich lautstark ein.

Nein! Das ist nicht möglich!

Es sind Eve und Nechtan! Die beiden werden gewaltsam durch das Lager gezerrt – von Calgacus und seinen beiden grimmigen Helfern.

Ich muss handeln, meine eigenen Befindlichkeiten zurückstellen, denn es gibt wirklich Wichtigeres.

Schnell mache ich mich auf den Rückweg zum Triclinium. Marc und seine Mutter Sita nehmen mich nicht einmal wahr, als ich den Raum betrete. Sie diskutieren immer noch, aber ich glaube, jetzt geht es nicht mehr um mich.

Entschlossen trete ich dazwischen. »Schluss damit!«, rufe ich laut. Beide blicken überrascht auf.

»Elfie, bitte entschuldige. Ich wollte dich nicht …«, beginnt Sita, ihre Stimme von Verwunderung und Bedauern durchzogen.

»Später! Wir haben andere Probleme«, unterbreche ich sie.

»Was ist los?«, fragt Marc besorgt.

»Calgacus ist hier. Er hat Nechtan und Eve gefangen genommen.«

Marcs Miene verfinstert sich. »Du bleibst hier bei meiner Mutter«, ordnet er mit fester Stimme an und eilt hinaus.

Ich würde gerne helfen, weiß jedoch nicht, wie. Ich stecke in einem Dilemma oder besser gesagt, in einem Zwinger voller Wölfe, und ich bin das Häschen.

»Wer sind die beiden Gefangenen?«, fragt Sita, offenkundig neugierig.

»Der Mann heißt Nechtan, er ist ein Einheimischer und führt einen der lokalen Stämme an. Seine Familie nahm mich auf. Die Frau, Eve, liebt ihn und kommt auch aus meiner Welt.«

»Bei Jupiter, wie viele von euch sind hier?«, will sie erstaunt wissen.

»Wir waren zu viert. Einer starb, der andere ist Gefangener in diesem Lager.«

»Ah, Kristian.«

Jetzt bin ich es, die überrascht ist.

Schnell erklärt sie: »Am Tag meiner Ankunft nahm er den Medicus als Geisel. Der Präfekt bat mich, mit ihm zu sprechen, weil er merkte, dass ich ihn verstehe.« Sie hält kurz inne und sieht mich ernst an, dann wechselt sie unvermittelt ins Deutsche: »Ist Kristian dir wichtig?«

Ich bin völlig perplex. Die plötzliche Frage, noch dazu auf Deutsch, trifft mich unerwartet. Etwas lahm antworte ich: »Kristian? Nein, äh, früher einmal.«

»Und was war eben mit dir los? Warum bist du weggerannt?«, hakt sie nach.

»Es tut mir leid. Das hatte nichts mit dir zu tun, es liegt an mir.«

Sie lässt nicht locker. »Vielleicht kann ich dir helfen?«

Ich zögere. Das ist doch kaum der richtige Zeitpunkt für so ein Gespräch. Und trotzdem habe ich den Drang, mich zu erleichtern. Sollte ich es riskieren? Mein Verstand ringt noch mit einer Entscheidung, aber mein Mund ist schneller.

»Glaubst du, Mara wäre damit einverstanden?«

Verwirrt sieht sie mich an. »Womit?«

»Mit … mit mir und Marc?« So, jetzt ist es raus. Ich habe es gesagt, wenn auch holprig. Gleichzeitig vermeide ich den Augenkontakt, da ich fürchte, Ablehnung darin zu finden.

»Warum hätte Mara etwas dagegen haben sollen?«, fragt sie verwundert.

»Nun, weil ich … äh, in Maras Alter bin, also, in dem Alter, als sie verschwand, und Marc ist … ist doch ihr Enkel. Das ist …« Die passenden Worte wollen einfach nicht kommen. Warum fällt mir das nur so schwer? Es ist nicht verboten, sich zu verlieben, und wir sind nicht einmal miteinander verwandt.

Marcs Mutter schmunzelt. »Meine Güte, sprichst du oft so?« Eine Antwort erwartet sie nicht. Ihr Blick wird sanfter und sie legt den Kopf leicht schief. »Ich glaube, ich weiß, warum du dir solche Gedanken machst. Für dich fühlt es sich falsch an, weil du dich in den Nachfahren deiner besten Freundin verliebt hast, nicht wahr?«

Ein Kloß bildet sich in meinem Hals und ich nicke kaum merklich. Endlich spricht jemand aus, was mich quält.

»Im Normalfall, zu Hause, in meiner Welt …«, setze ich mühsam an, »also angenommen, ich wäre tatsächlich schon so alt, dann würde ich niemals eine Beziehung mit einem jungen Mann eingehen, erst recht nicht mit dem Enkel meiner besten Freundin.«

Sita seufzt hörbar auf, bevor sie mit einer provokanten Frage antwortet: »Bist du eine alte Frau? Und bist du mit uns blutsverwandt?«

»Nein! Natürlich nicht!«

»Dann verstehe ich das Problem nicht.« Sie schweigt einen Moment und die Stille wird spürbar.

Unfähig, diese Leere auszuhalten, versuche ich mich erneut an einer Erklärung. »Sieh mal, du wurdest vor etwa sieben Jahrzehnten geboren«, betone ich eindringlich, »und ich habe deine Mutter noch vor vier Jahren gesehen, zusammen mit deinem Vater Marcus. Da waren sie jung und am Leben. Verstehst du, was ich meine?« Ich muss kurz durchatmen, schließlich ergänze ich bedrückt: »Das mit Marc und mir kommt mir eben manchmal verdreht vor. Als … als würde ich ein Kind verführen.«

Ich muss zugeben, wenn ich meine Worte so laut ausgesprochen höre, wirkt meine Denkweise eher verrückt, aber auch heilsam, denn die Absurdität beginnt sich herauszukristallisieren. Als Ärztin und Psychotherapeutin sollte ich es eigentlich besser wissen. Doch manchmal, so scheint es, ist man für sich selbst der schlechteste Patient.

»Das klingt wahrlich seltsam ...«, kommentiert Sita bedächtig und schreitet langsam auf mich zu. Schließlich bleibt sie vor mir stehen und sieht mich ernst an. »Marc ist kein Kind mehr. Er ist ein erwachsener Mann, der seine eigenen Entscheidungen trifft. Er hätte längst eine Frau und Familie haben sollen, stattdessen verließ er mich.«

Sie hält inne, ihre Haltung verändert sich, ein warmes Lächeln breitet sich auf ihrem Gesicht aus. »Ich glaube, er wartete genauso wie ich damals auf den Richtigen, auf den besonderen Menschen. Und für meinen Sohn bist du das!« Sie stoppt kurz und will dann völlig überraschend wissen: »Liebst du meinen Sohn?«

Ich hebe den Kopf, strecke mich und schaue ihr direkt in die Augen. Mit fester Stimme erkläre ich: »Ja! Das tue ich! Von ganzem Herzen.«

Ihr Lächeln wird breiter. »Dann ist doch alles gut. Ihr liebt euch. Meinen Segen habt ihr und Mara wäre ebenso glücklich.«

Es fühlt sich in der Tat nun ein wenig leichter ums Herz an. Dieses eigenartige Gefühl von amoralischem und sittenwidrigem Verhalten ist zwar nicht vollständig verschwunden, aber es bedrückt mich nicht mehr so stark.

Plötzlich greift Sita nach meinem Arm und zieht mich zur nächstbesten Sitzgelegenheit. Sie will, dass ich Platz nehme.

»So, und jetzt erzählst du mir alles. Von Anfang an. Wie du Marc kennengelernt hast, auf welche Weise du hierhergelangt bist und was es mit euren Begleitern auf sich hat.«

Das war keine Bitte, sondern eine Aufforderung. Mit einem durchdringenden Blick fixiert sie mich, wartet darauf, dass ich beginne.

Ich seufze leise und entgegne zögerlich: »Das … wird etwas Zeit in Anspruch nehmen.«

»Die Zeit nehmen wir uns«, erwidert sie ruhig, aber bestimmt.

Vielleicht ist es hilfreich, sich das Ganze von der Seele zu reden. Aus psychologischer Sicht ist es ein wichtiger Schritt, der oft mehr bewirkt, als viele erwarten würden. Solche Gespräche helfen, Gedanken, Gefühle und Wünsche in Worte zu fassen und all das auszudrücken, was tief in einem brodelt und einen belastet.

Ich starte mit einer kurzen Einleitung zu Sitas Mutter Mara und ihrer Schwester Tasha sowie deren Reisen in die Vergangenheit, basierend auf dem, was man mir darüber erzählt hat. Dann gehe ich ausführlicher auf die jüngsten Ereignisse ein: dem Besuch bei Tasha und Kristians Rolle dabei. Schließlich berichte ich über alles, was ihren Sohn betrifft.

Sita hört mir aufmerksam zu, ohne mich zu unterbrechen. Sie lässt mich in meinem eigenen Tempo ausdrücken, was mir hilft, meine Gedanken zu ordnen. Mit jedem Satz spüre ich, wie ich ruhiger und ausgeglichener werde. Ihre geduldige Haltung gibt mir das Gefühl, verstanden zu werden – und das tut unendlich gut.

KAPITEL 14 - ♂

Ich muss mich sammeln. Mein Versprechen gegenüber Cadha, ihren Sohn zu befreien, wird nun deutlich schwieriger einzuhalten sein, vor allem nach Eves Gefangennahme. Gleichzeitig beschäftigt mich Elfies merkwürdiges Verhalten. Zunächst dachte ich, meine Mutter könnte sie vergraulen wollen, doch selbst sie schien von Elfies Gefühlsausbruch sichtlich betroffen.

Was ist mit ihr los? Plant sie etwa, zurück nach Hause zu gehen? Vielleicht hätte ich die letzte Nacht bei ihr verbringen sollen. Wer weiß, worüber sie gegrübelt hat, während sie allein war. Als ich von Severus zurückkam, lag sie bereits friedlich schlummernd in ihrem Bett. Wecken wollte ich sie nicht, man konnte sehen, wie erschöpft sie war. Am Morgen schaute ich nach ihr, doch sie schlief noch immer tief und fest.

Ich werde herausfinden, was sie durcheinandergebracht hat, aber im Moment muss das warten. Jetzt gilt es, eine Möglichkeit zu finden, Nechtan und Eve zu befreien, ohne Severus' Misstrauen weiter zu schüren.

Gestern Abend ließ er mich zu sich rufen und stellte mich zur Rede. Er wollte wissen, warum ich das Lager verlassen hatte und welchen Auftrag ich dabei ausführen musste. Dabei betonte er mehrfach seinen Rang als Lagerpräfekt und dass er mein Vorgesetzter sei – zumindest bis zu meiner Abreise mit meiner Mutter. Diese Information hatte ihn sehr überrascht, aber das Dokument, das sie ihm vorlegte, war eindeutig. Zudem fragte er nach dem Grund für meinen Dienstabbruch und ob dies wirklich in meinem Interesse liegt. Ich bestätigte es knapp, ohne näher darauf einzugehen. Sein Blick verriet Missmut – und vermutlich auch Neid, weil ich schneller als er die Möglichkeit erhalten hatte, von hier wegzukommen.

Severus ließ das Thema daraufhin fallen, blieb jedoch hartnäckig, was meinen letzten Auftrag betraf. Er müsse wissen, was vor sich geht, um mögliche Risiken für seine Männer einschätzen zu können – falls es solche gäbe. Seine Worte verrieten eine wachsende Unsicherheit. Er befürchtet, dass ihm das Vertrauen seiner Untergebenen entgleiten könnte. Der Tod Castos und anderer Männer, mein plötzliches Verschwinden und Calgacus' verspätete Auslieferung Nechtans lasten schwer auf seinem Ruf.

Was meine Aktivität im Hinterland anging, hätte ich behaupten können, es handle sich um einen streng vertraulichen Auftrag aus Rom. Doch eine solche Aussage hätte Severus nur noch argwöhnischer gemacht, da dies nicht nachvollziehbar gewesen wäre. Der römische Statthalter Agricola hat die Caledonii besiegt und die Aufgabe, aufstrebende Clanführer zu unterdrücken, den hiesigen Präfekten übertragen. Genau das geschieht auch, wie der Fall Nechtan zeigt. Daher gab ich Severus eine plausible Begründung: Ich erklärte ihm, es handle sich um eine Angelegenheit der Aresaken, eine interne Familiensache. Genaueres ließ ich bewusst offen, und schließlich akzeptierte er es.

Für Elfies Anwesenheit hatte Severus ohnehin eine eigene Erklärung: Er glaubt, sie sei zu meinem persönlichen Vergnügen hier. Soll er das ruhig denken!

Ich bin jedenfalls froh, dass Elfie in der Obhut meiner Mutter ist und somit außerhalb von Severus' Blickfeld. Ich kenne seine Neigungen.

Die heutige Gefangennahme von Nechtan und Eve wird für ihn ein Freudenfest sein, und die Frau des jungen Clanführers wird sein Nachtisch. Eve ist ihm schutzlos ausgeliefert. Sollte sie sich wehren, würde das ihn nur noch mehr anspornen. Ich mag mir nicht vorstellen, wenn die Rollen vertauscht wären. Nechtan muss vor Sorge um sie beinahe verzweifeln.

Jetzt bin ich auf dem Weg zu Severus, in der Hoffnung, nähere Informationen über die beiden zu erhalten.

Severus empfängt mich mit sichtlicher Zufriedenheit. »Salve, Aurelius.«

»Salve, Praefectus, man hat mir bereits von Eurem Erfolg berichtet«, erwidere ich ruhig.

»Ja. Calgacus hat uns endlich diesen Bastard ausgeliefert, und dazu noch seine Hure.« Er grinst breit, bevor er selbstgefällig hinzufügt: »Nach all dem Ärger werden wir uns ein wenig Vergnügen gönnen.«

Mir wird kalt bei seinen Worten. Ich weiß, was er meint: Nechtan foltern und Eve gefügig machen.

»Schau nicht so. Ich werde dir schon was übrig lassen. Obwohl … du bist ja bereits versorgt«, bemerkt er mit einem abfälligen Lächeln.

Sein schmutziges Grinsen ist kaum zu ertragen, vor allem im Wissen, dass es auch Elfie hätte treffen können. Er ist ein abscheulicher Kerl. All die Jahre habe ich weggeschaut, weil es anders nicht möglich war, ohne selbst malträtiert oder strafversetzt zu werden. Man lernt, sich anzupassen. Und auf manches, was ich dafür tun musste, bin ich nicht stolz.

Plötzlich wird es laut. Nepos und zwei seiner Männer zerren die wild um sich tretende Eve in den Raum.

Nepos flucht. Blut rinnt ihm seitlich am Hals entlang. »Dieses Miststück hat mir ein Stück von meinem Ohr abgebissen.«

Eve zischt böse: »Ich beiße dir noch was ganz anderes ab, wenn du es noch einmal wagst, mich anzufassen!«

Severus starrt Nepos wütend an, aber nicht, weil er Eves Unschuld verteidigen will. Nein, sein Ärger entspringt allein der Tatsache, dass er der Erste sein will, der sie bricht.

»Ihr solltet sie besser in Ruhe lassen«, mische ich mich ein. Sofort spüre ich verständnislose und zornige Blicke auf mir.

Eve nimmt mich nun auch wahr und hält abrupt inne. Ich vermeide es, sie anzusehen. Niemand soll merken, dass wir uns kennen.

Mit gespielter Gelassenheit füge ich hinzu: »Es ist nicht klug, sich an einer wehrlosen Frau zu vergehen, solange meine Mutter im Lager ist.«

Severus runzelt die Stirn und scheint abzuwägen. Ihm wird bewusst, dass er sein Ansehen nicht weiter gefährden darf.

Nepos hingegen knurrt empört: »Pah, wehrlos! Diese Hure ist alles, nur nicht wehrlos.«

Weil er weiter keift, unterbricht ihn Severus scharf: »Genug! Aurelius hat recht. Solange seine Mutter mit ihrem Gefolge hier weilt, werden wir uns in Geduld üben müssen.«

Nepos will noch etwas erwidern, doch die eisige Miene des Präfekten lässt ihn augenblicklich verstummen.

»Schafft sie weg!«, befiehlt Severus genervt.

»Ich bringe sie zurück«, biete ich eilig an.

Eve verhält sich nun stiller und leistet keinen Widerstand mehr. Kurz treffen sich unsere Blicke. In ihren Augen liegt ein stummes Flehen.

Währenddessen hält Nepos sich mit schmerzverzerrtem Gesicht das Ohr. Ein tiefes, gequältes Knurren ertönt aus ihm, begleitet von wüsten unterdrückten Flüchen.

»Geh zum Medicus und lass dir die Wunde versorgen«, sage ich kühl.

Gleichzeitig packe ich Eve mit festem Griff am Arm und ziehe sie entschlossen mit mir hinaus. Dabei drohe ich ihr laut, sodass es alle im Raum hören können: »Wage es nicht, mir das Gleiche anzutun, sonst schneide ich deinem Barbaren die Kehle durch … vor deinen Augen.«

Ich achte darauf, dass meine Haltung und Worte keinen Zweifel an meiner Ernsthaftigkeit aufkommen lassen. Mein Ziel ist es, sie ungestört in die Arrestzellen zu bringen, ohne Misstrauen zu erregen. Ich muss mit ihr alleine sprechen.

Auf dem Weg dorthin, fleht sie leise: »Marc, bitte, du musst etwas unternehmen.«

»Ich tue, was in meiner Macht steht«, antworte ich flüsternd. »Aber, sag mir, wie haben sie dich gefangen nehmen können?«

»Es tauchten plötzlich drei Männer auf. Sie entdeckten mich. Ich dachte, ich schaffe das. Es waren ja nur drei«, entgegnet sie geknickt.

»Verdammt, Mädchen, du solltest in Deckung bleiben …« Ich breche ab, als sich Soldaten nähern. Erst als sie außer Hörweite sind, fahre ich leise, aber scharf fort: »Bei den Göttern, hast du sie denn nicht erkannt? Das war Calgacus mit seinen Handlangern. Jetzt ist alles nur noch schwieriger.«

Eve beginnt zu weinen.

»Beruhige dich«, sage ich rasch und versuche sie zu trösten. »Ich hole euch da schon raus.«

Vor dem Eingang des Gebäudes stehen zwei Wachen. Sie kennen mich, nicken mir kurz zu und lassen mich durch.

Eve stöhnt auf, als sie die düsteren Räume erblickt. Die Zellen sind kalte, fensterlose Kammern mit schweren Holztüren, in die Gitter eingesetzt sind und die fest in massive Steinwände eingelassen wurden. Der Geruch von Feuchtigkeit, Schweiß und anderem Unrat steigt mir in die Nase und die schummrigen Lichtverhältnisse verstärken die bedrückende Atmosphäre.

Seltsam, wie anders ich den Ort jetzt wahrnehme. Zuvor hatte ich nie darüber nachgedacht. Für mich waren die Insassen hier immer zu Recht eingesperrt – im Gegensatz zu Eve.

Nechtan und Kristian teilen sich eine Zelle – nicht die beste Fügung. Beide tragen Blutergüsse an Gesicht und Armen, dazu kommen noch andere Verletzungen. Vielleicht sind sie bei der Gefangennahme entstanden, oder sie sind selbst aneinandergeraten.

Eve bringe ich in der Nachbarzelle unter und sage entschuldigend: »Tut mir leid, Eve, es muss sein, bis ich eine Lösung habe.« Sie nickt stumm, es bleibt ihr auch nichts anderes übrig.

Kaum habe ich die Tür geschlossen, erkennt Kristian mich und fängt sofort an, lautstark zu lamentieren. Er will raus, verlangt nach einem ordentlichen Gerichtsverfahren – so übersetze ich grob seine Worte. Dieser Maulaffe begreift noch immer nicht, in welcher Lage er sich befindet.

»Hör endlich auf zu jammern!«, schnaubt Nechtan verächtlich und fügt hinzu: »Oder willst du eine weitere Tracht Prügel?«

Kristian mag Nechtans Worte nicht verstehen, wohl aber dessen Gestik und Tonfall. Dennoch setzt er unbeirrt sein Geschrei fort.

Nechtan interessiert sich jedoch nicht wirklich für ihn, seine Sorge gilt Eve. Er ruft nach ihr: »Geht es dir gut, Eve? Haben sie dir etwas angetan?«

»Nein, alles gut, dank Marc«, erwidert sie ruhig.

Da Kristian mit seiner Brüllerei nicht aufhört, ist es nur eine Frage der Zeit, bis die Wachen nachsehen oder Nechtan die Geduld verliert.

Dieser ballt bereits die Fäuste und stöhnt genervt auf. Doch dann reißt er sich zusammen und fragt: »Marc, weißt du schon, wie wir entkommen können?«

»Ich plane noch«, antworte ich. »Wir werden eine Ablenkung brauchen und die Dunkelheit als Schutz. Sei bereit! Du wirst merken, wann es losgeht.«

Ich bin gerade im Begriff zu gehen, da hält mich Eve auf. »Marc, kannst du Nechtan nicht zu mir lassen? Bitte!«

Vielleicht ist das gar nicht mal so schlecht gedacht. Ich nicke zustimmend. Sofort hellt sich ihre Miene auf. Allerdings brauche ich die Hilfe der Wärter – wegen Kristian. Diese verstehen zwar die ganze Aktion nicht, gehorchen aber. Sie halten Kristian zurück, während ich den Zellenwechsel vornehme.

Die zwei Verliebten fallen sich sofort in die Arme. Und Kristian? Der kann einfach keine Ruhe geben. Er schreit und wehrt sich nach Leibeskräften. Die Legionäre sind gereizt und traktieren ihn. Ich lasse sie gewähren, mir ist es gleich.

Auf dem Weg zurück ins Praetorium überlege ich, wie die Befreiung der beiden gelingen kann. Nur eins steht fest: Es muss noch heute Nacht geschehen.

Mutters Leibwache könnte mir dabei helfen, das werde ich mit ihr besprechen. Sie wird sicher nicht erfreut sein, denn sie nimmt die römischen Gesetze ernst. Aber ich schulde Nechtans Familie diesen Gefallen, und wichtiger als die Gesetze bin ich meiner Mutter.

Zudem ist Eve zwischen die Fronten geraten, und auch das wird sie verstehen. Mutter setzt sich oftmals für die Rechte der Frauen ein, egal ob Römerin oder Sklavin. In unserer Welt kein leichtes Unterfangen. Das hat ihr zwar einigen Widerstand eingebracht, aber auch einflussreiche Gönner. Doch genug davon. Jetzt will ich erst einmal herausfinden, was mit Elfie los ist.

Ich finde sie zusammen mit meiner Mutter im Triclinium. Hastig springt sie auf und eilt mir entgegen. Ihre Stimme zittert vor Anspannung, als sie fragt: »Was ist mit den beiden? Hat man ihnen etwas angetan?«

»Nein, es geht ihnen gut«, antworte ich schnell, bemüht, sie zu beruhigen.

Dann wende ich mich an meine Mutter: »Könntest du uns für einen Moment allein lassen?«

Mater versteht und zieht sich diskret zurück. Ich werde später mit ihr über meine Pläne sprechen. Jetzt gibt es für mich nichts Wichtigeres, als mit Elfie zu reden.

Ich trete näher und sehe sie eindringlich an, suche nach Hinweisen, die mir verraten, was in ihr vorgeht. Natürlich entgeht ihr das nicht.

»Was schaust du mich so an?«, fragt sie nervös und errötet.

»Dich bedrückt etwas. Sag es mir, bitte. Ich kann dir bestimmt helfen.«

Sie senkt den Blick und wendet sich ab. Vorsichtig lege ich meine Hand auf ihre Schulter und ziehe sie sanft zu mir zurück. »Bitte, Shian, weiche mir nicht aus, rede mit mir.«

Ein tiefer Seufzer entfährt ihr, ihre Brust hebt und senkt sich schwer. Für einen Moment verharre ich, gebannt von der sanften Bewegung ihres Körpers, die meine Gedanken auf Abwege führt. Zu lange habe ich nicht von ihr gekostet. Doch jetzt ist nicht die Zeit dafür. Entschlossen reiße ich mich zusammen.

Hat sie mir eigentlich geantwortet?

Nein, hat sie nicht. Also muss ich nachhaken.

»Elfie, du solltest das Leben loslassen, das du einst für dich geplant hast. Es ist an der Zeit, das Leben anzunehmen, das hier auf dich wartet … mit mir.«

Keine Reaktion!

Gequält stöhne ich auf, denn meine nächsten Worte fallen mir alles andere als leicht. »Wenn du wirklich nach Hause zurückkehren willst, werde ich dich nicht aufhalten und dir helfen, auch wenn es mir das Herz bricht.«

Endlich regt sie sich. Ein Ausdruck von Staunen und Freude überflutet ihr Gesicht. »Das würdest du tun? Für mich?«

Ich nicke langsam und antworte mit fester Stimme: »Lieben heißt auch, loslassen zu können.«

Völlig unerwartet fällt sie mir um den Hals und küsst mich. Ich bin verwirrt. Was bedeutet das nun? Bleibt sie oder geht sie?

Die erlösende Antwort folgt kurz darauf. Zärtlich raunt sie: »Ich liebe dich doch, du dummer Esel.« Ein Schmunzeln huscht über ihr Gesicht, bevor sie mich spielerisch mit dem Finger auf die Nase stupst.

Erleichtert und überwältigt ziehe ich sie in meine Arme. Aber es bleibt ein Rest Unsicherheit, denn ihre Worte jetzt und ihr Verhalten von vorhin passen nicht zusammen.

Behutsam löse ich mich ein Stück von ihr, gerade so weit, dass ich ihr in die Augen sehen kann. »Meine Shian, du bedeutest mir alles. Nur, bitte, sag mir endlich, was mit dir los war?«

Ihre Miene verändert sich. Die Leichtigkeit weicht einem ernsten Ausdruck. »Das ist nicht so einfach zu erklären.«

»Versuch es«, dränge ich sanft.

Sie blickt sich nervös um, ihre Lippen leicht zusammengepresst, als ob sie nach den richtigen Worten sucht. »Nun, du bist der Enkel meiner Freundin. Das fühlt sich … merkwürdig an.«

Ich höre, was sie sagt, verstehe es aber nicht und hake nach: »Warum?« Ihre Antwort überrascht mich.

»Ich bin mit deiner Großmutter aufgewachsen, wir waren wie Schwestern. Und du ... du bist ihr Enkel. Das macht unsere Beziehung irgendwie ... falsch.« Ihre Schultern sacken herab und sie senkt den Blick, fast trotzig ergänzt sie: »Verdammt, besser kann ich es nicht erklären.«

»Wenn ich dich richtig verstehe, dann siehst du in mir also einen Knaben, der fast wie Familie ist?« Ich halte kurz inne und sehe sie belustigt an. »So in etwa? Habe ich recht?«

Mein Necken bringt sie dazu, schmollend den Kopf abzuwenden, doch das lasse ich nicht zu. Behutsam lege ich eine Hand auf ihren Arm und ziehe sie näher zu mir.

Ruhig und unmissverständlich betone ich: »Avia ist schon lange nicht mehr hier. Ich bin kein Knabe mehr und wir sind nicht verwandt. Für mich und für jeden anderen stellt das kein Problem dar.«

Sie öffnet den Mund, um etwas zu sagen, aber ich komme ihr zuvor. Mit Nachdruck erkläre ich: »Elfie, ich habe lange geglaubt, dass das Leben mir Antworten schuldig ist ... über meinen Vater, über meinen Platz in dieser Welt. Doch dann war die Antwort plötzlich da: Du ...«

Ich atme tief ein, bevor ich fortfahre. »Du bist mehr, als ich mir je gewünscht habe, und mehr, als ich zu hoffen wagte. Du bist die Antwort auf all meine Sehnsüchte. Ich liebe dich so sehr, dass ich dich hätte gehen lassen. Du bist das Beste, was mir je passiert ist, und ich brauche dich.«

Warum weint sie jetzt? Was habe ich falsch gemacht?

Schluchzend presst sie ihr Gesicht an meine Brust. Mit stockender Stimme murmelt sie: »Das ist das Schönste, was mir jemals jemand gesagt hat. Ich weiß nicht, ob ich dich verdient habe.«

»Oh, meine süße Shian …« Ich nehme ihr Gesicht in meine Hände und küsse ihr die salzigen Tropfen von der Wange, bis sich unsere Lippen zu einem leidenschaftlichen Kuss treffen. Beide stöhnen wir leise auf. Es ist mehr als bloße Begierde, es geht tiefer. Sie ist der Teil von mir, der lange gefehlt hat. Sie hat mich erst *ganz* gemacht.

»Jetzt wird alles gut. Du bist bei mir und fürchte dich nicht, in meiner Heimat wirst du dich wohlfühlen.«

Mit ihren großen braunen Augen blickt sie mich an, verweint, aber auch mit Zuversicht. Ihre folgenden Worte berühren mich sehr und lassen mein Herz vor Glück überquellen.

»Als ich in diese Welt geriet, glaubte ich, in einem Albtraum gefangen zu sein. Nun erkenne ich … der wahre Albtraum wäre, eine Welt ohne dich. Ich liebe dich, Marc Antonius Aurelius. Ich habe fast Angst, zu erwachen …«

Weitere Worte sind unnötig. Ich presse sie an mich und nehme erneut ihre Lippen in Besitz – voller Gier. Sie erwidert mein Drängen, fordernd und mit all ihrer Hingabe. Doch wir werden gestört. Eine Stimme dringt dumpf durch den Nebel des Rausches.

»Entschuldigt bitte, aber …«

Widerwillig löse ich mich von Elfie, ein Seufzen unterdrückend, und drehe mich zur Quelle der Störung um: Mater!

Meine Mutter steht da, die Augen zufrieden auf uns gerichtet. Natürlich! Sie hat genau das, was sie immer wollte: mich bald zu Hause – und noch dazu mit einer Frau an meiner Seite.

Doch die warme Zufriedenheit verschwindet und ihre Miene wird deutlich ernster. Sie räuspert sich und spricht mit Nachdruck: »Eure Zweisamkeit muss warten. Dafür habt ihr noch genügend Zeit. Es gibt Dringlicheres … deine Freunde zu retten. Oder willst du das nicht mehr?«

»Natürlich will ich das.« Meine Stimme klingt schärfer als beabsichtigt. Ich trete einen Schritt vor und sage: »Aber dafür benötige ich deine Unterstützung.«

Mater verschränkt die Arme vor der Brust und mustert mich forschend. »Was kann ich tun?«

»Ich brauche Sigmar und Ulf.«

Sie zögert nicht und hebt die Hand in einer zustimmenden Geste. »Und was genau hast du vor?«

»Es ist besser, wenn du nicht viel darüber weißt«, entgegne ich.

Dann wende ich mich an Elfie. Mein Ton ist sanft, aber bestimmt: »Du bleibst bei meiner Mutter.«

Sie begehrt auf: »Marc, lass mich …«

Ich unterbreche sie, diesmal entschlossener: »Nein! Du bleibst hier. Ich muss meinen Kopf frei haben. Bitte, hör auf mich.«

Einen Moment lang hält sie inne, ihre Haltung deutet Widerstand an, doch schließlich gibt sie mit einem gequälten Seufzen nach.

Um sie zu besänftigen, streiche ich ihr sanft über die Schulter und küsse sie. »Es wird alles gut gehen, glaube mir.« Mit einem letzten Blick auf sie verlasse ich die beiden und schließe die Tür hinter mir.

Vor dem Gebäude treffe ich auf die beiden Aresaken. Ich kläre sie über mein Vorhaben auf. Die beiden Germanen aus dem Gefolge meiner Mutter sind verlässlich und verschwiegen. Sie helfen mir nicht nur, weil ich zur Familie gehöre, sondern auch aus Abneigung gegen römische Bestrafungen, wenn diese Gleichgesinnte treffen.

Mein Plan ist einfach. Sie sollen Nechtan und Eve in einem unbeobachteten Moment aus dem Gefängnis befreien und zu einem Abwasserkanal bringen, der nahe am Zellentrakt vorbeifließt. Dieser Kanal führt sie vor das Castrum, wo bereits Pferde auf sie warten. Was danach geschieht, liegt allein bei ihnen.

Die Aresaken werden jedoch erst handeln, nachdem ich Kristian befreit habe. Dabei geht es mir weder um ihn noch um sein Wohlergehen. Er dient lediglich als Ablenkung – eine Gelegenheit, die Ulf und Sigmar nutzen können. Kristians Ausbruch und das Chaos, das er auslöst, wird den Aresaken die Möglichkeit verschaffen, die Gefangenen aus ihrer Zelle herauszulassen. Ich werde mich offiziell an der Jagd nach dem flüchtigen Kristian beteiligen, um nicht mit dem Verschwinden der anderen beiden in Verbindung gebracht zu werden.

So lautet der Plan. Außerdem bereite ich Elfie damit einen Gefallen. Sie missbilligt die Todesstrafe. Kristians Leben liegt ab dann in seinen eigenen Händen.

Ich mache mich nun auf den Weg zu den Gefangenen, um ihnen alles zu erklären – insbesondere Kristian, der für den Erfolg entscheidend ist. Aber er wird nur das Nötigste erfahren.

Unter den Wachen im Zellentrakt entdecke ich Aulus. Er begrüßt mich freundlich: »Salve, Centurio Aurelius.«

»Salve. Wie geht es den Gefangenen?«

Genervt erwidert er: »Dieser Fremde gibt keine Ruhe. Zäh ist er, das muss man ihm lassen. Aber morgen hat es endlich ein Ende mit ihm und seinem Gebrüll.«

»Verstehe«, erwidere ich knapp und lenke das Gespräch auf mein eigentliches Anliegen: »Aulus, ich will noch einmal mit dem anderen Gefangenen sprechen … Alleine!«

Aulus hat keinen Grund, mir zu misstrauen, und verlässt zusammen mit dem anderen Wächter den Trakt.

Ich trete an die Zellen heran. In der einen liegt Kristian reglos auf dem Boden – ob schlafend oder bewusstlos, lässt sich nicht sagen. Sicher ist nur, dass er übel zugerichtet wurde.

Erst jetzt bemerken mich Eve und Nechtan. Beide nähern sich der Tür und sehen mich erwartungsvoll an. »Hast du Neuigkeiten?«

Ich nicke knapp und bedeute ihnen, still zu sein. Leise erläutere ich ihnen meinen Plan, darauf bedacht, dass ihr Zellennachbar nichts mitbekommt – er darf nicht argwöhnisch werden. Mit ihm spreche ich gleich.

Eve sieht mich skeptisch an und fragt schließlich: »Glaubst du wirklich, dass das funktionieren kann?«

»Ich sehe keine andere Möglichkeit.«

In diesem Augenblick wird Kristian munter. Er beginnt zu fluchen und laut zu poltern, wird jedoch abrupt still, als er merkt, dass ich mich ihm vertraulich zuwende.

Ich wähle meine Worte sorgfältig, in seiner Sprache: »Nimm den Schlüssel ... und geh bei Dunkelheit.«

Er starrt mich ungläubig an, als würde er mich nicht verstehen oder meinen Worten keinen Glauben schenken. Ich halte den Schlüssel hoch, drehe ihn langsam in der Hand und wiederhole mit Nachdruck: »Deine Freiheit!«

Zögernd nimmt er ihn und fragt misstrauisch: »Warum hilfst du mir? Eine Falle, oder?«

Ich antworte, teils in seiner, teils in meiner Sprache: »Sieh dich um! Schlimmer kann es kaum werden. Ah, doch! Morgen! Dann wirst du nämlich hingerichtet. Es ist mir egal, was mit dir passiert. Ich tue das für Elfie.«

Er scheint es zu begreifen und will wissen: »Wo ist sie?«

»Unwichtig! Willst du sterben oder hier raus?«

Eine Antwort erübrigt sich. Ein stummes Zeichen mit den Augen zeigt mir seine Billigung.

Ich drücke ihm den Zellenschlüssel in die Hand, den ich Aulus zuvor unbemerkt entwendet habe, und warne ihn eindringlich: »Denke daran: bei Nacht! Über zehntausend Mann sind im Lager.«

Ich hoffe, er ist nicht so töricht, es tagsüber zu versuchen.

»Was ist mit den beiden?« Kristian deutet auf Nechtan und Eve.

»Ihnen kann ich nicht helfen. Sie werden als Sklaven verkauft«, lüge ich und wende mich zum Gehen.

»Danke«, grummelt er kaum hörbar.

»Bedanke dich nicht. Vielleicht gelingt dir die Flucht, vielleicht auch nicht.«

Für mich ist er nur ein Mittel zum Zweck, für ihn ist es ein Hoffnungsschimmer – allemal besser, als gar keine Wahl zu haben.

Bevor ich den Gefängnistrakt verlasse, werfe ich einen letzten Blick auf die beiden Liebenden. Wir wissen, dass wir uns nicht wiedersehen werden.

Eve hat Tränen in den Augen. Ich halte den Augenkontakt einen Moment länger, um ihr stumm zu versichern, dass alles gut werden wird.

Den restlichen Tag gehe ich meiner Arbeit nach – noch stehe ich im Dienst der römischen Armee. Mein Auftrag ist es, das Kampftraining der Männer zu überwachen. Ich zeige ihnen, wie sie gezielte Stiche gegen Kopf und Hals ausführen.

Während die Neulinge an hölzernen Pfählen mit Holzschwertern üben, trainieren die erfahreneren Männer mit stumpfen Metallwaffen. Zudem lernen sie, das Scutum effektiv einzusetzen: Der massive Schild dient nicht nur der Abwehr von Stichen und Schlägen, sondern auch dazu, Gegner aktiv zurückzudrängen. Mein Spezialgebiet ist jedoch der freie Kampf – insbesondere der Einsatz des Kurzschwertes als Hiebwaffe im Nahkampf, Mann gegen Mann.

Heute bin ich allerdings mit meinen Gedanken woanders. Ich kann es kaum erwarten, mit Elfie heimzukehren – etwas, das ich mir bis vor Kurzem nicht hätte vorstellen können. Aber ich kann erst aufatmen, wenn der Befreiungsplan gelingt.

Ob Kristian meinem Rat folgt und bis zur Nacht wartet? Sigmar und Ulf behalten jedenfalls die Arrestzellen im Auge. Sie werden erst eingreifen, wenn er flieht und die Wachen abgelenkt sind, der Moment also günstig für die Befreiung ist.

»Unglaublich, dass diese Knaben uns besiegt haben.«

Was? Wer redet da?

Ah, es ist Calgacus. Er wirkt erschöpft, schwitzt und humpelt. Mit einem aufgesetzten Lächeln fügt er hinzu: »Deine Männer sind ja kaum der Muttermilch entwöhnt.«

»Oft der erste Fehler unserer Gegner: Sie unterschätzen uns«, halte ich trocken dagegen.

Calgacus lacht.

Verächtlich setze ich nach: »Wie fühlt es sich an, die eigenen Leute zu verraten?«

Er zuckt gleichgültig mit den Schultern. »Ob Tier oder Mensch, jeder will nur überleben.«

Der Kerl ist mir zuwider. Zum Glück muss ich ihn nicht mehr lange ertragen. Doch warum sucht er das Gespräch mit mir? Bisher hatten wir wenig miteinander zu tun. Aber schnell wird klar, was hinter seiner Redseligkeit steckt.

»Du warst im Tunnel, in der heiligen Grotte. Und wie ich hörte, für längere Zeit verschwunden.«

Ich brumme nur kurz, mein Blick bleibt auf das Training der Soldaten gerichtet.

»Die Alten glauben, es sei ein Portal«, setzt er nach.

Ich ignoriere ihn und konzentriere mich weiter auf die Männer. Einer der Legionäre führt das Schwert unsicher, seine Schläge sind schwach und er stolpert beinahe.

Der junge Soldat klagt: »Das Holzschwert ist schwerer als ein echtes.«

Ich mahne ihn: »Mag sein, aber es stärkt deine Arme. Im Kampf darfst du nicht schwächeln.«

Während ich ihm die richtige Haltung und Schlagtechnik zeige, hoffe ich, dass Calgacus das Interesse verliert. Doch er bleibt hartnäckig.

»Nicht schlecht«, merkt er mit gespieltem Lob an.

Mir reicht's!

»Verdammt, was willst du von mir?«, stoße ich gereizt hervor.

»Ich bin nur neugierig«, sagt er achselzuckend. »Nechtan lag im Sterben, und jetzt? Kräftiger denn je, als hätten die Götter selbst ihn zurückgeholt.« Er schnaubt spöttisch. »Vielleicht auch nur, um den römischen Göttern besser dienen zu können, als Sklave.«

Dann fixiert er mich. »Aber mich interessiert etwas anderes … die Grotte. Welche Macht wirkt an diesem Ort? Du warst doch dort.«

Ich halte seinem Blick stand. »Ich weiß nichts mehr, mein Gedächtnis war eine Zeit lang weg. Warum hast du nicht Nechtan gefragt? Du hattest genug Gelegenheit, eine Antwort aus ihm herauszupressen.«

Er betrachtet mich prüfend. »Er war nicht sehr gesprächig«, entgegnet Calgacus frustriert und reibt sein schmerzendes Bein. Nach kurzem Zögern fügt er leiser hinzu: »Ich … habe eine Verletzung, die nicht heilen will.«

Ich hebe eine Augenbraue. »Deshalb all die Fragen? Hoffst du, dort Heilung zu finden?«

»Nechtan war so gut wie tot. Aber schau ihn dir an …« Er stockt, als fiele ihm noch etwas ein. »Und diese Frau an seiner Seite … Eve …«

»Was ist mit ihr?«

»Sie ist eigenartig und ihre damaligen Gefährten waren es ebenso. Sie passten nicht hierher. Ihre Gewänder, ihr Verhalten, ihre Sprache, alles an ihnen war sonderbar … ungewöhnlich.«

Ich zucke mit den Schultern. »Nun, sie kamen nicht von hier. Erinnerst du dich an dein erstes Aufeinandertreffen mit uns Römern? Auch uns fandest du damals sicher befremdlich.«

Er schüttelt den Kopf. »Das mag sein, doch es bleibt eine Tatsache, dass sie mit Nechtan in die Höhle gingen, und nicht alle von ihnen tauchten wieder auf. Ich will wissen, was dort geschehen ist.«

Ich werde ihm nichts von der anderen Welt verraten. Diese Information sollte nicht in falsche Hände geraten.

Calgacus bemerkt mein Schweigen, gibt aber nicht auf. »Und dann noch dieser seltsame Zufall: Ganz in der Nähe der heiligen Grotte stießen wir kürzlich auf ein Weib. Ihre Kleidung war dieselbe wie die der Fremden von damals. Sie wollte nach Loch Cannor. Wir begleiteten sie … es passte in meine Pläne.«

Ja, er fand Elfie. Das ist das Einzige, was ich ihm zugutehalte: Er brachte sie in Sicherheit, auch wenn sein wahres Ziel die Entführung Nechtans war.

Er betrachtet mich prüfend. »Sag schon! Du weißt doch etwas!«

Ich werde ihm nichts preisgeben, und erst recht nicht, dass die Frau, der er geholfen hat, hier im Lager ist.

Als ich stumm bleibe, verhärtet sich sein Gesicht, dann wandelt sich sein Ausdruck. Seine Augen weiten sich, Überraschung flackert darin auf. Leise murmelt er: »Làir Dhonn …«

Ich folge seinem Blick – und während mir klar wird, was ihn innehalten ließ, steigt Unmut in mir auf.

Elfie kommt auf uns zu. Nicht nur der rote Krieger, auch einige Soldaten richten ihre Aufmerksamkeit auf sie.

»Was suchst du hier?«, frage ich, verärgert über ihr Auftauchen.

»Na dich! Es wird bald dunkel und deine Mutter möchte dich sehen.«

Calgacus hebt erstaunt den Kopf und mustert sie unverhohlen. »Dich habe ich hier nicht erwartet. Du siehst … anders aus.«

Elfie lächelt ihn freundlich an – zu freundlich.

»Die Welt ist eben ein Dorf.« Dann will sie wissen: »Wie geht es deinem Bein?«

Es missfällt mir, dass sie miteinander reden. Also trete ich dazwischen und stelle unmissverständlich klar: »Calgacus, das ist Elfie, meine Braut.«

Er verstummt sofort.

Ein kurzer Ausdruck des Tadels huscht über ihr Gesicht, ehe sie sich wieder ihm zuwendet. »Du siehst krank aus. Warst du inzwischen bei einem Heiler?«

Calgacus zögert. »Äh, nein … mir geht es gut.«

Unbeeindruckt tritt Elfie näher. Bevor ich reagieren kann, legt sie ihm die Hand auf die Stirn.

»Du hast Fieber. Das ist gefährlich. Es ist dein Leben. Aber ich an deiner Stelle würde endlich handeln.« Ihre Stimme bleibt ruhig und unnachgiebig.

Ich verstehe sie nicht. Calgacus hat Eve und Nechtan verschleppt, nutzt jede Gelegenheit zu seinem Vorteil – und trotzdem bleibt sie freundlich zu ihm?

Jetzt ist Schluss damit!

Ich greife nach Elfies Arm und will sie mit einer hastig geäußerten Verabschiedung fortziehen. Doch im selben Moment geht der Alarm los. Laute Hornsignale hallen durch das Lager.

Die Männer, die eben noch trainierten, stürmen auf den Befehl ihrer Vorgesetzten los und machen sich kampfbereit. Sie befürchten einen Angriff.

Verdammt, viel zu früh!, schießt es mir durch den Kopf. Es ist noch hell. Im Gegensatz zu den anderen glaube ich, dass Kristian hinter dem ganzen Aufruhr steckt. Er konnte wohl nicht warten und hat die Flucht gewagt. Das bestätigt sich auch sogleich.

Aulus taucht auf, atemlos, und berichtet: »Gefangene … ausgebrochen.«

»Wer? Alle drei?«, frage ich scharf.

»Nein, nur einer … der Verrückte.«

»Wie konnte das passieren?«, stoße ich ungehalten hervor, bemüht, den Schein zu wahren.

Sichtlich schuldbewusst erklärt er: »Ich weiß es nicht, Centurio. Er muss mir den Schlüssel entwendet haben … oder ich habe ihn selbst verloren.«

Ein leises Knurren entfährt mir, gefolgt von einem harschen Befehl: »Sperrt alle Ausgänge und verdoppelt die Wachen!«

Ich bin verärgert, nicht wegen Aulus, sondern wegen Kristian. Der Schwachkopf hätte warten sollen.

Bevor ich Elfie zurückbringen kann, erscheint Severus. Sein Gesicht ist vor Zorn verzerrt. Er muss bereits erfahren haben, wer ausgebrochen ist, und brüllt wütend: »Nicht schon wieder dieser elende Köter! Das wird Folgen haben!«

Severus ist ein hitziger Mann, schnell im Urteil und selten bereit, Gnade zu zeigen. Dass Kristian ihn erneut zum Narren gehalten hat, ist eine unverzeihliche Beleidigung für seinen Stolz. Es steht außer Frage, dass er nicht nur ihn hart bestrafen wird, sondern auch die Wachen zur Rechenschaft ziehen will. Für Severus ist es ein Angriff auf seine Autorität und er wird unerbittlich Vergeltung üben.

Während ich Elfie auf direktem Weg zu meiner Mutter bringe, schweift mein Blick zu den Aresaken. Sie halten ihre Position. Noch ist es nicht dunkel genug für ihr Eingreifen. Ich kann nur hoffen, dass man Kristian nicht so schnell finden wird.

Elfie will von mir wissen, ob ich etwas mit dem Vorfall zu tun habe und welche Rolle Kristian dabei spielt. Für eine ausführliche Erklärung fehlt mir die Zeit, also vertröste ich sie. Sie akzeptiert es, wohl auch, weil die Situation mit den kampfbereiten Legionären sie beunruhigt.

Als wir das Praetorium erreichen, umfängt uns eine unnatürliche Stille. Keine Wachen. Keine Bediensteten. Mein Bauchgefühl warnt mich. Vorsichtshalber schiebe ich Elfie hinter mich und weise sie an, sich ruhig zu verhalten. Und mein Instinkt trügt mich nicht.

Im Triclinium stehen Mitglieder von Maters Gefolge reglos beisammen, ihre Blicke starr auf mich gerichtet.

Dann sehe ich es – hinter ihnen. Meine Mutter. Eine Klinge an ihrer Kehle. Kristian!

Elfie stößt einen Schrei aus, dann beginnt sie zu fluchen. »Kristian, was zur Hölle tust du da? Bist du wahnsinnig?«

Kristian lacht kalt. »Glaubt ihr, ich bin dumm? Für wie blöd haltet ihr mich?«

Ich verstehe nicht jedes Wort, aber eines ist klar: Er weiß um seine Rolle als Bauernopfer und hat den Spieß umgedreht.

»Ihr werdet mir helfen, hier rauszukommen«, zischt er. »*Sie* ist mein Weg nach draußen.« Kristian deutet auf Mater. Der Dolch an ihrem Hals drückt sich nun tiefer in ihre Haut. Blut tritt hervor.

»Du bist schon tot«, sage ich gefährlich leise. »Du weißt es nur noch nicht.« Ich koche vor Wut. Wie konnte er hier eindringen? Und wo verdammt sind die Wachen?

Kristian grinst höhnisch und genießt die Kontrolle – die Macht, die er über uns besitzt.

Alles, was er jetzt sagt, erreicht mich kaum. Es gibt für mich nur ein Ziel: meine Mutter retten.

»Lass sie los!«, fordere ich mit schneidender Stimme.

»Für wie dumm hältst du mich?«, erwidert er beleidigt, fast trotzig.

Elfie tritt vor, gegen meinen Willen. »Kristian, das führt zu nichts. Lass sie gehen.«

»Verdammt, Elfie, die wollen mich umbringen! Und was ist das hier überhaupt? Wo sind wir? Ich verstehe das alles nicht.« Verzweiflung bricht durch seinen Zorn.

»Du bist in der Vergangenheit«, erklärt sie ruhig. »In einem römischen Lager, mit echten Römern.«

Kristian lacht nervös. »So ein Blödsinn!«

Elfie gibt nicht auf und versucht es weiter. »Sieh dich um. Tausende von Männern in römischer Rüstung. Keine Autos, keine Elektrizität, keine Flugzeuge am Himmel. Alle sprechen Latein. Was sagt dein polizeilicher Spürsinn dazu?«

Er schüttelt den Kopf, seine Unruhe wächst. Es scheint, als beginne er langsam zu begreifen.

»Woher weißt du das alles? Und was tust du hier?«

»Na, durch dich bin ich überhaupt erst hier gelandet«, erwidert sie scharf. Dann blickt sie zu mir, legt ihre Hand sanft auf meinen Arm und fügt leise hinzu: »Aber es war auch das Beste, was mir passieren konnte. Ich liebe Marc und werde bei ihm bleiben.«

»Was? Du willst hierbleiben? Bei ihm? Du machst wohl Witze!«, ruft Kristian fassungslos.

Dann – ein Moment der Unachtsamkeit. Sein Griff um meine Mutter lockert sich. Ich nutze die Gelegenheit und stürme auf ihn zu.

Kristian stößt Mater instinktiv beiseite. Sie ist für ihn nutzlos geworden, denn nun muss er sich auf mich konzentrieren. Der Kampf beginnt und die Situation eskaliert schnell.

Stimmen, Rufe, einige der Anwesenden rennen hinaus, zur gleichen Zeit tauchen Männer von Maters Leibgarde auf. Ich nehme einen Schlag gegen meinen Kopf wahr und taumle.

Wer? Wie?

Ich weiß nicht, was genau geschehen ist, aber ich bekomme noch mit, wie Elfie dazwischengeht.

Dann – ein erstickter Laut.

Mein Kopf dröhnt, ich fühle mich wie gelähmt.

Verdammt, wo ist meine Shian?

Bei allen Göttern, nein!

Sie liegt am Boden. Ihre Hände pressen gegen ihren Bauch, als versuche sie, das Leben in sich zu halten. Doch zwischen ihren Fingern sickert Blut hervor.

Kristian hält noch den Dolch in der Hand. Blut tropft von der Klinge.

Es ist nicht mein Blut.

Ihr Blut!

»Nein«, flüstere ich. »Das darf nicht sein! Bei Jupiter, nicht sie!«

Ich falle neben ihr auf die Knie, ziehe sie an mich. Ihr Körper bebt. Ihr Atem ist flach.

Die Welt um mich herum wird zu einem undeutlichen Rauschen. Meine ganze Aufmerksamkeit gilt *ihr*.

Ich will sie halten, sie wärmen, sie zurückholen und raune: »Keine Angst, alles wird gut.«

»Marc …« Ihre Stimme ist schwach, kaum mehr als ein Flüstern.

Ich neige mich näher zu ihr, will jedes Wort hören.

Sie hustet. Blut perlt über ihre Lippen.

»Ich … ich bereue nichts«, wispert sie, und ihre Finger krallen sich in mein Gewand. Sie will noch etwas sagen, aber ihr Körper krampft.

»Sprich nicht«, flehe ich. »Spare deine Kräfte. Der Heiler kommt gleich. Alles wird gut, meine süße Shian, hab Vertrauen.«

Sie lächelt müde. »Ich … liebe dich«, haucht sie mit letzter Kraft. Ein letzter Atemzug. Ihre Lider senken sich und ihr Körper entspannt sich.

Und Stille.

»Elfie?«

Ich weiß, was das bedeutet. Aber mein Verstand weigert sich, die grausame Wahrheit zu akzeptieren.

»NEIN!«, brülle ich verzweifelt gen Himmel, schüttle sie, presse einen verzweifelten Kuss auf ihre Lippen.

Keine Reaktion.

Noch immer hoffe ich auf die Gnade der Götter.

Doch es ist zu spät.

Alles Leben ist aus ihr gewichen.

Und mein Herz … es stirbt mit ihr.
Ist es wirklich geschehen?
Das kann nicht sein!
Das darf nicht sein!
Ich hätte sie retten müssen,
hätte schneller sein müssen,
hätte stärker sein müssen.

Die Gedanken hämmern unaufhörlich in meinem Kopf, ein eisernes Echo der Schuld.

Ich habe versagt.

Mein Herz weigert sich, die Wahrheit anzunehmen, und mein Verstand sucht verzweifelt nach einem Ausweg aus der gnadenlosen Realität.

Ich halte ihren leblosen Körper noch immer fest in meinen Armen, ich weiß nicht, wie lange schon. Zeit hat jede Bedeutung verloren. Ich kämpfe blind gegen die Hände an, die versuchen, mich von ihr zu lösen, und gegen die Stimmen, die wie fernes Rauschen in meinen Ohren verhallen.

Schließlich dringt durch den Nebel eine vertraute Berührung zu mir vor. Meine Mutter. Ihre zitternden Hände legen sich auf meine Schultern. »Marc, mein Sohn! Es tut mir so leid. Aber du musst sie jetzt loslassen. Bitte …«

Die Welt scheint stillzustehen. Der Gedanke, dass meine Shian wirklich fort ist – unwiderruflich –, ist einfach unvorstellbar. Nur langsam begreife ich diese grausame Wahrheit.

Nie wieder werde ich ihre Stimme hören, nie wieder ihre Wärme spüren. Trauer und Schuld schnüren mir die Kehle zu, wiegen bleischwer auf meiner Seele.

Was hätte ich tun können? Wo lag mein Fehler?

Und dann flackert ein Name auf, scharf und brennend: *Kristian!*

Er hat mir das Liebste genommen.

Wo ist er?

Nur sehr zögerlich lege ich Elfies Körper ab, als wäre sie zerbrechlich, als könnte ein Hauch sie vor Schmerz aufbegehren lassen, obwohl ihr Geist schon längst fort ist.

»Pass auf sie auf«, wispere ich meiner Mutter zu. Dann richte ich mich auf. Die Qualen in meiner Brust verwandeln sich in unbändige Wut. Meine Hände ballen sich zu Fäusten und mein Atem wird schwer und rau. Ohne zurückzublicken, verlasse ich den unsäglichen Ort, auf der Suche nach dem Mann, der mir das Liebste, das einzig Wichtige in meinem Leben brutal entrissen hat.

Kristian – er wird dafür büßen!

Ich finde ihn schneller als erwartet vor dem Gebäude. Er liegt bereits am Boden, festgehalten von zwei Legionären. Um ihn herum: Nepos, Aulus, die Aresaken und natürlich der Präfekt.

Als Kristian mich sieht, beginnt er zu wehklagen: »Das wollte ich nicht! Es war ein Unfall. Ich hätte ihr nie etwas angetan. Das musst du mir glauben. Ich habe sie geliebt.«

Seine Worte prallen an mir ab. Elfie ist nicht mehr da. Sie wird nie wiederkommen. Und doch – mein Blick wandert zum Eingang des Praetoriums, als könnte sie jeden Moment dort auftauchen. Ein törichter Gedanke, geboren aus Hoffnung und Sehnsucht. Vor wenigen Augenblicken war die Frau, die mich zum glücklichsten Mann auf der Welt gemacht hat, noch am Leben. Und nun ist sie weg – er hat sie mir genommen.

Meine gesamte Aufmerksamkeit gilt nun ihm – nur ihm!

Niemand sagt etwas. Lediglich diese elende Gestalt vor mir wimmert. Sein Selbstmitleid ist erbärmlich und unerträglich.

Ich trete näher an ihn heran, gebe den Soldaten ein Zeichen und sie lassen ihn los. Gleichzeitig nehme ich Aulus' Schwert an mich und werfe es Kristian zu Füßen.

»Nimm es!«, fordere ich.

Er starrt mich entsetzt an. »Nein.«

Ich schlage mit der flachen Seite meines Schwertes gegen seinen Arm. »Nimm es endlich, du elender Feigling!« Ein bitterer Ausdruck spielt um meine Lippen. »Du warst mutig genug, eine wehrlose Frau zu töten, aber bist zu feige, Mann gegen Mann zu kämpfen?«

Kristians Widerstand bröckelt. Zögernd hebt er die Waffe auf.

Gut so!

Ich muss mich konzentrieren. Zorn ist ein schlechter Begleiter im Kampf, er macht unachtsam.

Ich setze den ersten Hieb. Vor meinem inneren Auge sehe ich meine Shian – leblos vor mir liegend. Die Erinnerung treibt mich weiter.

Unaufhörlich schlage und haue ich auf Kristian ein. Er weicht zurück, gerät ins Wanken. Es gelingt ihm kaum, selbst zuzustoßen, zu sehr ist er mit der Abwehr beschäftigt. Doch einzelne seiner Angriffe schrammen gefährlich nah an mir vorbei – immer dann, wenn ich die Kontrolle über meine Wut verliere.

Das Duell ist dennoch einseitig. Es endet schneller, als mir lieb ist. Mit einer zügigen Schlagabfolge durchbreche ich seine Verteidigung und ramme die Klinge meines Schwertes tief in seinen Leib – mit voller Wucht, mit ganzer Genugtuung. Ein viel zu rascher Tod für ihn. Ich hätte ihn schreien hören wollen.

Sein Blut fließt, doch mein Schmerz bleibt.

Ich sinke auf die Knie, erschöpft und leer.

Ein Schrei der Pein strömt aus meiner Brust – roh, ungebändigt, erfüllt von Qual. Und der Himmel weint mit mir. Elfie ist nicht mehr, kehrt niemals mehr zurück. Mein Leben, meine Zukunft endet hier.

KAPITEL 15 - ♂ EINIGE MONATE SPÄTER

chweißgebadet schrecke ich hoch. Mein Herz hämmert wild, mein Kopf dröhnt. Ich atme hektisch, und dann wieder gar nicht. Die Angst, um den Verlust meiner geliebten Shian, wird neben all den körperlichen Auswirkungen auch begleitet von beklemmenden Gefühlen der Machtlosigkeit.

Obwohl das Geschehene bereits Monate zurückliegt, verfolgt es mich immer noch – in Form eines wiederkehrenden Albtraums. Jede Nacht, in der er mich heimsucht, wirft er mich zurück in jenen entsetzlichen Moment. Mein Schlaf ist dann nicht nur unruhig, sondern erfüllt von einer quälenden Angst, die mich beinahe krank macht. Doch allmählich, ganz langsam, beginnen die Schatten sich zurückzuziehen und ihre Macht über mich zu verlieren.

Die Rückkehr in meine Heimat, nach Mogontiacum, war zweifellos die richtige Entscheidung. Ich habe die Villa meiner Großeltern wieder aufgebaut – Stein für Stein, und mit ihr ein Stück meines inneren Friedens.

Meine Mutter hat sich inzwischen damit abgefunden, dass ich das Gut meiner Avis bewirtschaften möchte, anstatt eine Beamtenlaufbahn einzuschlagen. Sie ist einfach nur froh, mich wieder an ihrer Seite zu haben, und wir verstehen uns besser denn je. Sehr offen berichtete sie mir über meinen Vater. Nie habe ich sie glücklicher gesehen als in den Momenten, in denen sie mir von ihm erzählte.

»Es ist alles gut. Beruhige dich.«
Mit sanften Streicheleinheiten wird mein Geist langsam aus den düsteren Fängen des Albtraums zurück ins Hier und Jetzt geholt. Die Stimme, die mich erreicht, kenne ich so gut wie meine eigene. Sofort lässt die Anspannung nach. Meine Atmung beruhigt sich und auch mein rastloses Herz findet wieder seinen Takt.
»Mein Liebling, war es wieder derselbe Traum?«
Ich muss nichts sagen, sie kennt die Antwort.
»Es ist doch schon so lange her«, fügt sie sanft hinzu.
»Das mag stimmen. Aber damals glaubte ich, meine größte Furcht wäre wahr geworden ... dich zu verlieren, meine süße Shian.«
Elfie stöhnt gequält auf. Diese dunklen Stunden haben auch sie nie ganz losgelassen, denn nicht sie bekam Kristians Klinge zu spüren, sondern ich. Und zu allem Überdruss wurde ich im darauffolgenden Chaos auch noch von den Leibwächtern meiner Mutter unglücklich am Kopf getroffen. Sie wollten mich beschützen und kämpften gegen Kristian, bis sie ihn schließlich töteten – was ich selbst zu gern getan hätte.
»Damals dachte ich, du würdest sterben«, flüstert Elfie. »Eine Welt ohne dich ... das wäre für mich der wahre Albtraum gewesen.«
Ich ziehe sie zu mir und küsse sie, ein stilles Versprechen voller Liebe und Dankbarkeit. Sie hat mich gerettet, nicht nur, indem sie die Blutung stillte und

sich um mich kümmerte, nein, sie hat etwas weit Wichtigeres gerettet: mein Selbst.

Ernst entgegne ich: »Diesen Albtraum habe ich wohl für uns beide durchlebt. Während meiner Bewusstlosigkeit träumte ich so real von deinem Tod, dass ich dachte, mein Herz würde brechen, vor Kummer und Elend dich nie wiedersehen zu dürfen.«

»Oh, mein armer Schatz.« Elfies Stimme ist sanft, als sie sich mir zuwendet. Ihre Brust, warm und einladend, kommt mir so nah, dass ich unwillkürlich die Hände hebe. Doch sie hält mich zurück, ein stilles Lächeln auf ihren Lippen. Heute will sie die Kontrolle und ich gebe sie ihr gerne. Ihre Eigeninitiative fasziniert mich jedes Mal aufs Neue.

Ich schließe die Augen und lasse mich von ihren Berührungen treiben. Ihre Fingerspitzen zeichnen sanfte Muster auf meine Haut, bevor sie ihre Lippen einsetzt. Zuerst tastend, dann fordernder, umfängt sie mich mit ihrer Wärme. Ihr Mund findet meine Brust, saugt leicht, und ihre Zunge spielt neckisch mit meinen empfindlichen Stellen. Ein wohliges Kribbeln breitet sich in mir aus, während sie ihren Weg fortsetzt, ihre Küsse wie feine Tropfen, die jede Stelle meiner Haut berühren.

Meine Lust, meine Männlichkeit, ist entfacht und wächst unaufhaltsam. Die düsteren Erinnerungen, die mich eben noch quälten, schmelzen dahin wie Schnee in der Sonne. Elfies Hingabe, ihre Liebe, lassen sie verblassen, bis nur noch wir beide zählen.

Ganz von alleine findet *er* seinen Weg in ihr Innerstes. Ich stöhne vor Wollust auf, als ich schließlich ganz in ihr aufgehe. Auch meine Shian presst erregte Töne der Begierde hervor. Ihr Körper bewegt sich nun im

Einklang mit meinem. Dabei tanzen ihre weichen wilden Locken über ihre Schultern und streifen meine Haut wie seidige Flügel. Die braunen Wellen umrahmen ihr Gesicht, das vor Leben und Schönheit erstrahlt.

Sie ist ihrem Höhepunkt bereits sehr nahe. Ich spüre das genau, denn ich kenne ihren Körper in- und auswendig. Auch ich stehe kurz davor und stütze mich mit meinen Händen an ihren Hüften ab, um die Intensität meiner Bewegungen zu verstärken. Unsere Ekstase steigert sich ins Unermessliche, bis wir schließlich beide unsere Erlösung finden.

Und Elfie ist dabei nie leise. Ihre Lustschreie haben schon öfter zu Irritationen unter unseren Bediensteten geführt. Doch ich genieße es und möchte es nicht missen. Ein deutlicheres Zeichen ihrer gelebten Hingabe und Leidenschaft gibt es für mich nicht. Ich liebe und begehre dieses faszinierende, verführerische zarte Wesen. So mancher meiner Nachbarn beneidet mich um sie, doch sie gehört zu mir, und ich werde alles tun, um sie glücklich zu machen.

Manchmal, in stillen Augenblicken, denke ich an den Namen, den Calgacus ihr einst gab: *làir Dhonn*. Sie mochte ihn nie besonders, bevorzugt den Kosenamen, den ich ihr gegeben habe: *Shian* – ein fliegendes, zartes Wesen, ein gelebter Traum, der in die Welt der Sterblichen eingetreten ist. Doch in Momenten wie diesem, wenn sie sich voller Leidenschaft und ungezähmter Wildheit auf mir bewegt, sehe ich in ihr tatsächlich die *làir Dhonn*: eine anmutige, eigensinnige braune Stute.

Erschöpft sinkt sie nun auf mir nieder, ihr Herz schlägt kräftig und deutlich spürbar gegen meine Brust. Ein tiefes Gefühl der Erleichterung durchströmt mich – es ist kein Traum. Der Albtraum war nur ein böser Nachtmahr.

Elfie hebt den Kopf, ihre Stimme, von Erschöpfung und Erregung noch gefärbt, löst mich aus meinen Gedanken: »Woran denkst du?«

»Daran, was für ein Glück ich habe«, antworte ich spontan und mit aufrichtiger Zuneigung.

»Ja, das haben wir beide.« Sie atmet tief durch, ihre Augen kurz verträumt, bevor eine plötzliche Eingebung ihren Blick belebt. »Wie es wohl Eve und Nechtan geht?«

Ein Grinsen erfasst meine Mundwinkel. »Ah, davon habe ich dir noch gar nicht berichtet.«

»Wovon?« Jetzt ist ihre Neugier geweckt, sie sieht mich erwartungsvoll an.

»Gestern kam ein Bote und brachte eine Nachricht von den beiden.«

Überrascht schlägt sie mich spielerisch auf die Schulter. »Und das sagst du mir erst heute?«

Mit einem leicht schuldbewussten Lächeln antworte ich: »Tut mir leid, ich hatte bisher keine Gelegenheit, es dir zu erzählen.«

»Schon gut! Aber jetzt spann mich nicht länger auf die Folter! Was steht drin?«

»Wie du weißt, konnten Eve und Nechtan fliehen. Nechtan hat sich zu einem hochrangigen Führer entwickelt, nicht nur für sein eigenes Volk, viele kleinere Stämme haben sich ihm angeschlossen. Rom zeigt glücklicherweise kein größeres Interesse mehr an den nördlichen britannischen Gebieten … zu karg, zu wenig Ertrag für das immer hungrige Reich. Und übrigens, sie sind Eltern eines Mädchens geworden.«

»Oh, wie schön! Ich freue mich so für die beiden.« Ihr Gesicht strahlt, doch ein Hauch von Wehmut schleicht sich in ihre Stimme, als sie hinzufügt: »Es ist schade, dass wir sie nicht besuchen können.«

»Nun, wir könnten schon, aber erinnere dich an die Reise. Bereits der Weg hierher war für dich eine Qual.«

Sie seufzt leise. »Ja, das stimmt wohl.«

Während der Schifffahrt war ihr ständig übel und auch der Landweg war nicht angenehmer. Sie saß zwar nicht auf dem Rücken eines Pferdes, aber die Kutschfahrt war für sie ungewohnt und wenig komfortabel – die Straßen rau und uneben, die hölzernen Räder machten den Weg noch holpriger. Ganz anders als die geschmeidigen Wege und stabilen Wagenräder in ihrer alten Welt. Gelegentlich brachen die Sprossen, und einmal zerbrach sogar ein Rad. Elfie litt unter diesen Bedingungen stärker, als sie zugeben wollte.

»Was ist eigentlich aus Calgacus geworden?«, will sie nun wissen.

»Er hat seinen Verrat mit dem Leben bezahlt. Nur wenige Wochen nach unserer Abreise starb er. Die Wunde, die du versorgt hattest, wollte nicht heilen. Sein Bein begann zu faulen, aber er hielt länger durch, als die Heiler es für möglich gehalten hätten.«

Elfie brummelt unwillig vor sich hin: »Ich habe ihm doch gesagt, er soll sich rechtzeitig darum kümmern.«

Ich hake nicht weiter nach. Calgacus hat bekommen, was er verdiente.

Plötzlich schmiegt sie sich eng an mich.

»Frierst du?«

»Nein …«

Ihre knappe Antwort und die Stille, die sie umgibt, verraten mir, dass sie über etwas intensiv grübelt. Ich muss nicht lange warten, bis sie es ausspricht.

»Hm, glaubst du …« Sie hält inne, sammelt sich und fragt dann mit einer unsicheren Traurigkeit in ihren Worten: »Glaubst du … wir bekommen auch noch ein Kind?«

»Davon bin ich überzeugt, meine süße Shian.« Ich streiche zärtlich über ihr Haar, dann über ihre Schultern und lasse meine Hand schließlich an ihrem Rücken und Po verweilen.

Doch sie gibt sich nicht zufrieden, ich kenne diese Hartnäckigkeit nur zu gut.

»Und wenn nicht?«, bohrt sie nach.

Ich ziehe sie noch näher an mich. »Ich habe immer nur eines gewollt: eine Frau an meiner Seite, die ich über alles liebe. Mehr brauche ich nicht, um glücklich zu sein.« Zur Bestätigung meiner Worte küsse ich sie voller Inbrunst. Und ich werde ihr ein zweites Mal an diesem Morgen beweisen, dass meine Liebe und Gier nach ihr unerschütterlich sind – heute, morgen und bis ans Ende meiner Tage.

Diese Frau ist mein Atem, mein Herzschlag. Sie ist nicht nur meine Geliebte, sondern das Gute in meinem Leben, der lebendige Beweis dafür, dass ich meinen Traum lebe – hier, mit ihr.

Mit ihrer unermüdlichen Kraft hat sie uns durch Zeit und Raum getragen. Ich liebe dieses wundervolle Wesen – mit oder ohne Nachwuchs.

EPILOG

»Hallo ihr drei. Wie geht es euch?«, fragt Colin freundlich und lächelt.

»Gut! Schau mal, er kann schon laufen.«

Ich lasse Klein-Arminius los und sofort macht er einen Schritt in Richtung Papa. Mit freudigen Gurgellauten und einem strahlenden Lächeln fällt er in seine Arme. Ermin hebt ihn lachend hoch und überschüttet ihn mit Lob. Das Glück des Vaterseins steht ihm ins Gesicht geschrieben. Der Stolz auf seinen Nachwuchs, einen blonden Jungen mit leuchtend blauen Augen, ist unverkennbar.

Als wir erfuhren, dass wir einen Knaben erwarten, wollte ich ihn unbedingt *Arminius* nennen. Das stieß bei Ermin auf Widerstand. Sein römischer Name war für ihn ein rotes Tuch und er wehrte sich lange gegen meinen Wunsch. Aber ich blieb hartnäckig. Jetzt, wo unser Sohn auf der Welt ist, hat mein sturer Germane erstaunlich schnell seinen Frieden damit gemacht. Meistens nennt er ihn ohnehin nur *Armin*.

»Ho, Tasha, wo bist du gerade?«, fragt Colin und reißt mich aus meinen Gedanken.

»Ach, nirgendwo«, entgegne ich ausweichend.

»Mich lässt die Erinnerung auch nicht los«, sagt er plötzlich und interpretiert damit meine Grübelei falsch.

Aber ich weiß genau, was er meint.

Colins Erinnerungen an diesen Tag vor einem Jahr sind lückenhaft, und vielleicht ist das besser so. Kristian hatte ihn so brutal zugerichtet, dass er die meiste Zeit bewusstlos war und später im Krankenhaus nur mühsam wieder auf die Beine kam.

»Ich gehe schon mal zum Stall«, sagt Colin schnell. Er merkt, dass ich nicht darüber reden will.

Ich nicke ihm gedankenverloren zu. Hin und wieder träume ich noch von dem Moment, als Elfie und die anderen verschwanden. Dieser Tag hat sich in mein Gedächtnis eingebrannt. Ich sehe es so klar vor mir, als wäre es gestern gewesen: Elfie war von ihrem Ex-Freund entführt und zur Grotte gebracht worden. Dann tauchte auch noch Adam auf der Klippe auf. Mir blieb keine Wahl, ich musste ihm folgen – entgegen Ermins Weisung – und auch trotz meiner Angst. Denn die Sorge, Ermin zu verlieren, war einfach größer.

Im Inneren der Anlage stieß ich zunächst auf Eve und Nechtan. Sie überlegten fieberhaft, wie sie den bewusstlosen Colin und den schreienden Adam aus der Grotte schaffen sollten – ein Unterfangen, das durch die Enge des Tunnels und dem gefährlichen Aufstieg noch erschwert wurde.

Nechtan zögerte nicht lange: Während er Colin nach oben brachte, sollten Eve und ich Adam im Auge behalten. Kaum war er fort, rastete Adam völlig aus. So hatte ich ihn noch nie erlebt – als wäre er ein anderer Mensch geworden. Er schimpfte, schrie und drohte uns, riss sich los und zog plötzlich eine Pistole. Zu unserem Entsetzen feuerte er sogar, ehe er, wild schreiend und kopflos, tiefer in die Anlage flüchtete.

Rückblickend hatten wir unglaubliches Glück. Eigentlich hätte einer von uns getroffen werden müssen – Eve und ich standen viel zu nah beieinander, der Platz war einfach zu knapp. Aber das Schicksal war auf unserer Seite, vielleicht auch, weil Adam uns nicht wirklich verletzen wollte.

Wir folgten ihm – ich vornehmlich aus Eigennutz. Denn so bedrohlich der Tunnel auch erneut bebte und seinen bösen Schlund zu öffnen begann, ich hätte in keiner Epoche ohne meinen Liebsten sein wollen. Die Erleichterung, als ich Ermin endlich fand, war unbeschreiblich.

Nechtan war zwischenzeitlich zurückgekehrt und jagte mit Eve Adam hinterher. Elfie und Marc sah ich nicht mehr. Dann wurden die Erschütterungen heftiger. Eine gewaltige Eruption ließ Teile der Tunnelwände einstürzen und versperrte fast den Rückweg. In letzter Sekunde zog Ermin mich aus der Anlage.

Ich erinnere mich noch genau an das Gefühl der Zerrissenheit. Einerseits die immense Erleichterung, einem neuerlichen Albtraum entkommen zu sein. Andererseits die nagenden Schuldgefühle, weil ich die anderen zurücklassen musste – besonders meine Freundin Elfie.

Ermin holt mich abrupt in die Realität zurück und liest meine Gedanken wie ein offenes Buch.

»Du überlegst wieder einmal, was du hättest tun können, nicht wahr?«

Ich nicke traurig.

Er schaut mich nachsichtig an. »Nichts! Du hättest nichts tun können, meine Blume«, sagt er mit ruhiger

Überzeugung. »Ich bin mir sicher, sie leben und es geht ihnen gut. Elfie ist bei Marc. Die beiden lieben sich, das wird ihnen Kraft geben. Sorge dich nicht.«

Mit einem breiten Lächeln hebt er unseren Sohn in die Luft. Der Kleine kichert fröhlich und strampelt mit den Füßen. In diesem Moment wird mir einmal mehr bewusst, wie viel Glück ich habe.

Mein Germane dreht sich zu mir und lacht. »Schau dir unseren Sprössling an, ein kerngesunder Junge. Das hätte auch anders ausgehen können.«

Er hat recht. Doch manchmal drängen sich die Erinnerungen einfach in meinen Kopf, ob ich will oder nicht.

»Was wohl aus Eve und Nechtan geworden ist?«, überlege ich laut.

Ermin antwortet mit seiner gewohnten Gelassenheit: »Wie ich dir schon oft gesagt habe, auch die beiden haben sich gefunden. Sie werden sicher glücklich sein und für reichlich rothaarigen Nachwuchs sorgen.« Er spielt auf Eves Haarfarbe an und sofort zieht sich ein breites Grinsen über sein Gesicht. Auch ich muss lächeln.

Ich weiß genau, was ihm gerade durch den Kopf geht. Jedes Mal, wenn er in unserer Zeit auf rothaarige Schotten trifft, deutet er mit einem Augenzwinkern auf mögliche Nachfahren der beiden hin.

Doch plötzlich wird seine Miene ernst. »Und was Adam und diesen Kristian angehen … ich hoffe, sie schmoren im Höllenfeuer.«

Ermin liebt diesen christlichen Ausdruck und verwendet ihn für jeden, der ihm zu sehr auf die Nerven geht.

Nun dreht sich mein germanischer Krieger lachend mit unserem Stammhalter um die eigene Achse, hält aber abrupt inne, zieht die Luft ein und rümpft die Nase. »Oh, Klein-Armin hat die Hose voll. Das ist ein Job für deine Mama.« Mit einem schiefen Grinsen übergibt er mir unseren Sohn.

Egal wie gut Ermin sich an diese neue Zeit angepasst hat und wie sehr er mich in allem unterstützt, volle Windeln verabscheut er zutiefst. Es grenzt an Ironie, wenn man bedenkt, dass er als großer Krieger der Varusschlacht ohne zu zögern und ohne Reue tötete, den der Gestank von Blut, Gedärmen und anderen menschlichen Auswürfen nie störte, dass dieser Held bei der vollen Windel seines Sohnes beinahe würgen muss. Verstehe da einer das starke Geschlecht.

Während Ermin nun zu Colin eilt, der heute gekommen ist, um sich das neugeborene Fohlen anzuschauen, kümmere ich mich um den schmutzigen Popo unseres Sohnes. Dabei wandern meine Gedanken erneut zu Elfie. In meinem Herzen spüre ich, dass sie glücklich ist. In Marc hat sie jemanden gefunden, mit dem sie neue Wurzeln schlagen kann. Ich hoffe nur, dass Adam und Kristian für sie nicht zu einem Problem geworden sind.

Für meinen Boss John war es ein Schock, als er erfuhr, dass Eve und Adam erneut in der Grotte verschüttet wurden. Trotz schnell eingeleiteter Rettungsmaßnahmen gelang es nicht, den Zugang freizuräumen. Immer wieder stürzten die zuvor geräumten Bereiche ein. Wochen vergingen und die Hoffnung schwand. Schließlich brach man die Maßnahmen schweren Herzens ab und erklärte sie für tot. Es gab keine realistische Chance, sie nach so langer Zeit lebend vorzufinden.

Da man für alles einen Schuldigen braucht, wurde Adam aufgrund seiner psychischen Verfassung verantwortlich gemacht. Das setzte John ziemlich zu. Er glaubte, die Anzeichen unterschätzt zu haben, gab sich eine Mitschuld und meinte, nicht genug getan zu haben.

Jedenfalls zog John einen Schlussstrich, was die unterirdischen Ausgrabungen bei Dunnicaer und Dunnottar Castle betrifft. Künftige Genehmigungen würden nicht mehr erteilt werden, stattdessen gab es nur noch Erlaubnisse für Ausgrabungen an den überirdischen Stätten auf den Plateaus.

Ich denke momentan ohnehin nicht ans Arbeiten, meine Familie geht vor. Nächste Woche kommen Mom und Jenny mit den Kindern zu Besuch. Jenny hat sich von ihrem Mann getrennt. Ein wenig Abstand wird ihr guttun. Ich freue mich schon darauf, ihnen unseren Familienzuwachs vorzustellen. Außerdem habe ich Neuigkeiten zu berichten.

Nun ist es Zeit für den Kleinen, sein Mittagsschläfchen zu halten. Mit frischer Windel versehen und satt gestillt, schläft er schnell in seinem Beistellbettchen neben mir ein.

Während ich noch einen Moment die Ruhe genieße, betritt Ermin leise den Raum und legt sich zu mir. Er streicht meine Haare zur Seite und beginnt meinen Nacken zu liebkosen. Seine Zärtlichkeiten verfehlen ihre Wirkung nicht.

Als sein Blick zu unserem schlafenden Sohn wandert, raunt er mir verführerisch ins Ohr: »Schön, er schläft. Jetzt hast du Zeit für mich.«

Ich muss schmunzeln. Es ist erstaunlich, wie diese unerschütterliche Anziehungskraft zwischen uns niemals nachlässt. Im Gegenteil, sie scheint sich mit den Jahren sogar noch zu vertiefen.

Als Ermin seine Hand über meinen Bauch gleiten lässt, halte ich sie unvermittelt fest – eine stille, wissende Berührung. Verwundert sieht er mich an. »Alles in Ordnung mit dir?«

»Ich … war doch gestern bei der Ärztin«, beginne ich zögerlich.

Mein Unterton lässt ihn hellhörig werden.

»Bist du krank?«, fragt er besorgt.

Langsam drehe ich mich zu ihm um, sodass ich ihn direkt ansehen kann. Mit einem sanften Lächeln lege ich erneut seine Hand flach auf meinen Bauch. Aber er versteht es immer noch nicht.

»Bitte, Tasha, was ist los?«, drängt er, die Sorge in seiner Stimme ist unverkennbar.

Ich halte seinem Blick stand, grinse und sage schließlich mit einem Augenzwinkern: »Wir brauchen mehr Zimmer.«

Kurz schaut er irritiert. Dann macht es endlich Klick bei ihm und ungläubiges Staunen legt sich über sein Gesicht. Fast ehrfürchtig fragt er: »Wir bekommen wieder ein Kind?«

Meine Antwort ist ein glückliches Glucksen.

Er zieht mich sofort zu sich heran. Sein folgender Kuss ist erfüllt von Stolz, als würde sein Herz vor Dankbarkeit überfließen. Für mich gibt es keinen innigeren Ausdruck von Liebe und Rührung, den ein werdender Vater zeigen könnte.

Als er meine Lippen wieder freigibt, bemerkt er beschwingt: »Wir können das neue Gästezimmer in ein zweites Kinderzimmer umwandeln.«

»Das wird schon für eine Weile gehen«, entgegne ich nachdenklich.

»Eines nach dem anderen, meine Blume.« Er lacht. »Wir haben noch alle Zeit der Welt, das Haus für weitere Kinder umzubauen«, verkündet er fröhlich.

»Nicht wirklich …« Mein knapper Einwand lässt ihn aufhorchen.

»Ich verstehe nicht …«

Ich werde deutlich: »Wir erwarten Zwillinge.«

Und da sehe ich ihn das erste Mal in meinem Leben sprachlos. Ich muss laut losprusten, was leider zur Folge hat, dass unser Erstgeborener aufwacht.

Am späteren Abend, als die Sonne sanft hinter den Hügeln versinkt und die Landschaft in warmes Gold taucht, zieht Ermin mich behutsam an sich. In der Ferne höre ich das leise Blöken von Schafen, während die friedliche Stille unserer kleinen Farm uns umgibt.

Mein Liebster sieht mich mit einem Blick voller inniger Wärme an. »Du bist eine wunderbare Frau, Mutter und Partnerin. Ich liebe dich so sehr, dass keine Worte der Welt es je ausdrücken könnten. Es ist kaum zu fassen, dass du mich, einen alten Ochsen, erwählt hast und begehrst. Dafür liebe ich dich umso mehr, meine Blume.«

»Du bist nicht alt!«, widerspreche ich entschieden, doch eine Unsicherheit schleicht sich in meine Stimme. »Aber vielleicht verlierst du irgendwann die Lust an mir, wenn ich mich in eine überdimensionierte Kugel mit kurzen Beinen verwandle.«

Ermin muss schmunzeln und schüttelt den Kopf. »So ein Unsinn! Du bist in jeder Form atemberaubend, besonders wenn du schwanger bist. Du bist die einzige Frau, die ich je wollte und je wollen werde. Ich gehe mit dir durch alle Zeiten, ganz gleich, wie das Leben uns formt oder welche Wege es für uns bereithält. Dein Wesen ist mein Anker, mein Licht. Durch dich bin ich ein besserer und glücklicherer Mensch geworden.«

Er seufzt und küsst mich mit zunehmender Erregung, bevor er heiser hinzufügt: »Ach, meine Blume, glaube mir, mein Hunger nach dir wird nie gestillt sein.«

Ein schalkhaftes Grinsen huscht über sein Gesicht. »Du bist für mich wie die Schokolade für dich, nach der du lechzt, und die du nie aufgeben kannst.«

Oh ja, das stimmt. Ich kann nur kurz auf dieses Laster verzichten, aber nie für lange. Genauso ist es mit ihm. Er ist und bleibt der Einzige, der meine Leidenschaft so entfacht, wie ich es nie zuvor erlebt habe. Ich brauche ihn. Ich will ihn – für immer.

Unsere kleine Familie wächst, uns steht eine Zukunft voller Liebe und Freude bevor. In diesem Moment scheint alles möglich, und ich weiß, wir haben das Glück gefunden. Etwas Schöneres kann es nicht geben.

Fortsetzung?
Lasst euch überraschen …

GENEALOGIE

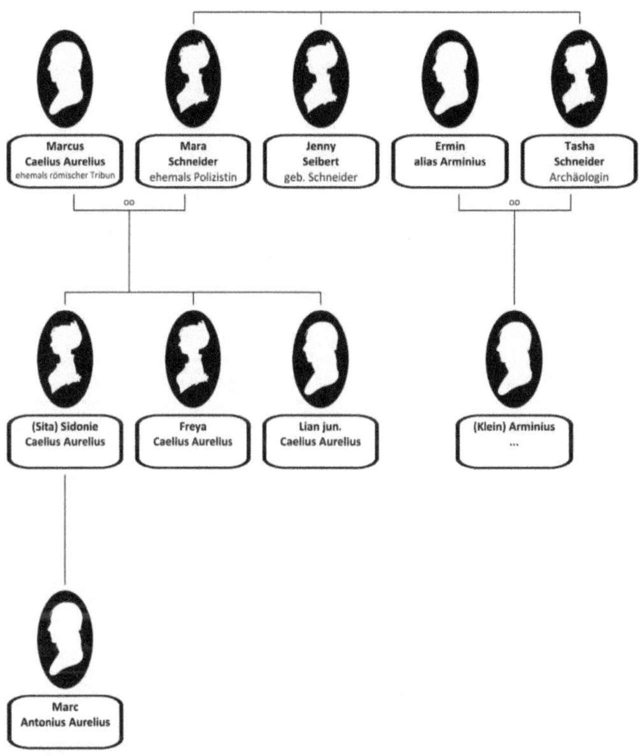

PERSONENVERZEICHNIS

Adam Duke	Kollege von Tasha
Aidan	junger piktischer Kämpfer
Ailig	älterer piktischer Kämpfer
Aulus	Legionär / einfacher Wachsoldat
Cadha	Mutter von Nechtan und Nessa
Calgacus	kaledonischer Heerführer
Colin Barclay	schottischer Tierarzt
Elfie Meiser	Ärztin, Freundin von Tasha
Ermin (alias Arminius)	ehemaliger germanischer Heerführer, Tashas Lebensgefährte
Eve Morgan	Kollegin von Tasha
Henry Barclay	Stallbursche, Colins Bruder
John	Tashas Boss
Kristian Wieland	Elfies Ex-Freund
(Klein-)Arminius	Sohn von Tasha und Ermin
Lil	junge Begleiterin von Marcs Mutter Sidonie
Lucius Gellius Nepos	römischer Centurio
Mara Schneider	Tashas Schwester, Frau von Marcus Caelius Aurelius
Marc Antonius Aurelius	Tashas Großneffe, Maras Enkel

Marcus Caelius Aurelius	ehemals römischer Tribun, Maras Ehemann
Nechtan	Clanführer, Sohn von Cadha
Nessa	Nechtans Schwester
Sidonie (Sita) Aurelius	Tochter von Mara und Marcus, Mutter von Marc Antonius Aurelius
Tasha Schneider	Archäologin, Maras jüngere Schwester, Ermins Lebensgefährtin
Titus Calidius Severus	Lagerpräfekt des römischen Lagers Inchtuthil

ORTSVERZEICHNIS

Dunnicaer	Felsklippe an der Ostküste Schottlands
Dunnottar Castle	Burgruine in Aberdeenshire, Schottland
Stonehaven	Ortschaft an der nordöstlichen Küste Schottlands
Stornfels	kleinster Ortsteil der Stadt Nidda im Wetteraukreis – die Burg Stornfels, auch *Sturmfels* und *Sloz Sturmfels* genannt, ist eine abgegangene mittelalterliche Höhenburg, erbaut im 11. Jahrhundert

Sheyna Jordan

»Geheimnis am Sturmfels«

Band 1

Die selbstbewusste Frankfurter Polizistin Mara Schneider gerät durch Zufall in die Vergangenheit – es verschlägt sie zweitausend Jahre in der Zeit zurück, direkt in den Konflikt zwischen Römern und Germanen. Sie trifft auf den Tribun Marcus Caelius Aurelius, der sie anfangs für eine germanische Spionin hält und gefangen nimmt. Um in der fremden Welt zu überleben, muss sie lernen, sich anzupassen. Doch findet sie in dieser archaischen Zeit auch die große Liebe?

Sheyna Jordan

»Entscheidung am Sturmfels«

Band 2

Die Frankfurter Polizistin Mara Schneider kann es kaum glauben: Der römische Tribun Marcus Caelius Aurelius ist in unsere Zeit gelangt. Sie ist glücklich über diese Schicksalsfügung.

Doch Marcus plagen Schuldgefühle angesichts der Informationen, die er von ihr über die drohende Varusschlacht in seiner Welt erhalten hat. Er glaubt, seine Freunde im Stich gelassen zu haben. Mara muss eine Entscheidung treffen.

Sheyna Jordan

»Schicksal am Sturmfels«

Band 3

Auf der Suche nach ihrer verschwundenen Schwester verschlägt es die Archäologie-Studentin Tasha Schneider in die Welt der Römer und Germanen. Sie trifft auf einen charismatischen Fremden, der ihr in der unwirklichen und gefährlichen Umgebung beisteht. Wer ist der Unbekannte und was wird Tasha am Ende finden?

Sheyna Jordan

»Echo am Sturmfels«

Band 4

Vor der beeindruckenden Kulisse Schottlands teilen die Archäologin Tasha Schneider und Ermin eine leidenschaftliche Liebe – und ein Geheimnis. Ermin, alias Arminius, ist ein Germane aus einer längst vergangenen Epoche, der sein altes Leben für sie aufgegeben hat. Doch nun, während Tashas Arbeit auf einer Ausgrabungsstelle, schlägt das Schicksal erneut zu. Zusammen mit ihren beiden Kollegen gerät Tasha auf eine gefährliche Zeitreise. Ein weiteres Mal entfaltet sich ein nervenaufreibender Kampf ums Überleben im Schatten der Geschichte. Unterdessen ahnt Ermin, dass etwas Außergewöhnliches geschehen ist, und setzt alles daran, einen Weg zu ihr zu finden.